Lektorat von: Johanna Stuck

Korrektorat von: Monika Schulze

Coverdesign von: Judith Lahfeld

Illustration von: Judith Lahfeld

Satz & Layout von: Whispering Voice Publishing

ISBN Softcover: 978-3-9825912-1-6
ISBN eBook: 978-3-9825912-2-3

Verlagslabel: Whispering Voice Publishing
Druck und Distribution im Auftrag des Verlags:
Whispering Voice Publishing, Bittingerweg 16, 73547 Lorch, Germany

www.whisperingvoice-publishing.com

www.homeofstories.de

Jo Milu

GET YOU THE MOON

BAND I

Roman

Wichtiger Hinweis: Am Ende des Buches befindet sich eine Triggerwarnung. Wir möchten keine Handlungen spoilern, aber wir ermutigen dich dazu, diese Warnung zu lesen, um sicherzustellen, dass der Inhalt für dich geeignet ist.

Prolog

Sie nimmt mich an die Hand, das erste Mal seit Jahren. Es ist ein komisches Gefühl. Ihre warmen Finger umschließen meine und ein angenehmes Kribbeln breitet sich in mir aus. Es ist ein schönes Gefühl, obwohl ich nicht weiß, was es zu bedeutet hat.

Es kann alles oder nichts passieren, während sie mich aus unserem Haus führt, hinaus auf den Hof und zum Auto. Ich steige hinten ein, stelle keine Fragen und lasse es einfach geschehen. Wir fahren ein Stück. Ich kenne die Gegend. Es ist der Wald am Stadtrand, in dem ich öfter mit meinem Dad spazieren gehe.

Auf einem kleinen Parkplatz halten wir an und ich steige unaufgefordert aus. Ohne mich direkt anzuschauen, kommt sie zu mir herüber und nimmt mich wieder an die Hand. Dann gehen wir ein Stück.

Ich weiß nicht, wie viel Zeit vergeht, aber irgendwann halten wir an. Wir haben den Wald hinter uns gelassen und stehen nun direkt auf der Brücke, die zu der großen Wiese führt, unter uns der See. Die Sonne geht gerade unter und lässt das Wasser funkeln. Es sieht wunderschön aus. Meine Mutter schaut mich nun direkt an, ein warmes Gefühl entsteht in meinem Bauch. Und sie grinst mich an, beugt sich zu mir runter und gibt mir einen Kuss.

Ich kann mich gar nicht daran erinnern, wann sie das das letzte Mal getan hat. Sie flüstert, ich solle mich gegenüber auf die Bank setzen und zum Himmel schauen, den Sonnenuntergang genießen. Ich frage mich bis heute, warum sie geflüstert hat.

Ich drehe mich um und setze wie ferngesteuert einen Fuß vor den anderen. Meine Schritte klingen stumpf auf den dicken Holzbrettern der Brücke. Ich konzentriere mich auf mein Ziel und schaue zu der kleinen Bank am anderen Ende. Im Sommer ist die Wiese voll mit Badegästen, aber heute ist sie leer.

Durch den Winter hat das Gras seine schöne grüne Farbe verloren und die kleinen Blätter an den Bäumen sind kaum zu erkennen. In ein paar Wochen wird der Wald ein dickes Blätterkleid tragen. Weiter hinten geht ein Mann mit einem Hund spazieren. Die Bank ist nur noch wenige Meter entfernt. Ich weiß, sie wird es diesmal wirklich tun und ich kann nicht einmal sagen, wie ich mich dabei fühle.

Noch ehe ich mein Ziel erreicht habe, höre ich, wie sie auf dem Wasser aufprallt, ich schluchze und halte mir die Hand vor den Mund. Als ich an der Bank ankomme, setze ich mich und beobachte den Sonnenuntergang, so wie sie es gesagt hat. Die Sonnenstrahlen fühlen sich warm auf meiner Haut an. Ich schließe meine Augen und habe das Gefühl, dass sie mir auf einmal ganz nah ist. So viel näher als die letzten Jahre. Sie hat es geschafft.

Ich vermisse sie, aber etwas sagt mir, dass es ihr jetzt besser geht und sie jetzt frei ist. Ich schaue nicht ein einziges Mal nach unten und behalte sie mit ihrem letzten Lächeln in Erinnerung.

Kapitel 1

Die Türen der Bahn gleiten langsam zu und ich springe noch schnell hinein. Fuck, ich komme schon wieder zu spät. Ich weiß, wie sehr er das hasst, aber ich kann jetzt nichts mehr daran ändern. Das Rattern der Schienen vibriert vom Boden durch meinen gesamten Körper. Ich blicke durch die geschlossenen Türen und lasse die Lichter des U-Bahn-Tunnels an mir vorbeiziehen. Ich kann gar nicht mehr zählen, wie oft ich in den letzten Minuten auf die Anzeige über mir gesehen habe.

Endlich ertönt die ersehnte Durchsage und wenige Momente später halten wir an meiner Station. Ich springe schnell hinaus, quetsche mich an den anderen vorbei und renne die Stufen zur Straße hoch.

Ein kalter Frühlingswind bläst mir ins Gesicht, als ich die U-Bahn-Station verlasse. Ich wickle meinen schwarzen Mantel enger um meinen Körper und laufe mit schnellen Schritten zur Arbeit. Londons Lichter reflektieren sich auf der Straße, die von dem Regen heute Nachmittag immer noch ganz nass ist. Ich biege um die nächste Ecke und bleibe von dem Bild, das sich vor mir auftut, abrupt stehen. Adam und Charles stehen mal wieder vor der Tür. Doch anstatt wie sonst in ein ernstes Gespräch vertieft zu sein, albern sie jetzt rum. Charles hat Adam im Schwitzkasten und ich kann bis hierher sein lautes Lachen hören. Ein Geräusch, das viel zu selten ist und von dem ich immer wieder eine Gänsehaut bekomme. Meine Haut wird trotz des Windes ganz warm und mein Herz schlägt viel zu schnell in meiner Brust.

Adam ist groß, schlank und trotzdem durchtrainiert. Seine kurzen schwarzen Haare betonen sein markantes Gesicht mit der geraden, gepiercten Nase. Charles ist etwas kleiner als er und deutlich breiter gebaut. Beiden habe ich von Anfang an direkt angesehen, dass sie aus Spanien kommen.

Als wenn Adam meine Anwesenheit spürt, dreht er sich in meine Richtung um und unsere Augen finden sich wie von selbst. Meine Knie werden weich und mein Kopf ist wie leergefegt. Ich sehe nur ihn und trotz der Entfernung zwischen uns, ist dieses elektrisierende Prickeln auf meiner Haut.

Adam unterbricht den Blickkontakt und dreht sich zu unserem Chef um. Widerwillig rufe ich mir wieder in Erinnerung, dass wir uns gestern Abend im Club gestritten haben. Ich stopfe meine Kopfhörer in meine Tasche und setze mich wieder in Bewegung.

Jedes Mal, wenn ich Adam sehe, verabschiedet sich mein Gehirn. Ich vergesse, was war. Bin voll und ganz von diesem Mann eingenommen, der meine Welt durcheinander bringt.

Es ist nicht nur sein Aussehen, das mich fasziniert. Obwohl er unglaublich heiß ist und das natürlich nicht schadet. Es ist die Art, wie er mich in seine Arme zieht. Wie seine Stimme meinen Körper zum Vibrieren bringt. Die Art wie ich mich in seiner Nähe fühle, wie oft er mich zum Lachen bringt und auf seine Art charmant ist. Ich spüre immer noch seine weichen Lippen auf meinen. Trotz des Streits letzte Nacht, hat er mich nach Hause gebracht und bevor ich aus dem Auto aussteigen konnte, mich an sich gezogen und geküsst.

Trotzdem kommt mit jedem Schritt meine Wut wieder zurück. Mein Magen zieht sich unangenehm zusammen. Ich nutze die Chance, solange er mit Charles beschäftigt ist: schnell ziehe ich die Tür zum Club auf und will gerade an den beiden vorbei huschen, da packt Adam mich grob am Oberarm.

»Was?«, blaffe ich ihn. »Ich weiß, dass ich zu spät bin.«

»Kehya, du treibst mich in den Wahnsinn«, presst Adam zwischen aufeinandergebissenen Zähnen hervor.

»Krieg dich wieder ein. Ich bin doch jetzt da.«

Bevor er etwas erwidern kann, reiße ich mich von ihm los und verschwinde im Club. Er würde hier vor den anderen nie eine Szene machen und dementsprechend provoziere ich ihn hier besonders gerne.Ich laufe die paar Stufen hinunter bis zum Herzstück des Clubs, dort wo die Tanzfläche und die Theke warten. Meine Kollegen stehen an der Bar, ich winke ihnen zu und gebe ihnen ein Zeichen, dass ich gleich da bin. Wir haben zum Glück noch nicht geöffnet und die letzten Vorbereitungen kriegen sie auch ohne mich hin.

Ich eile durch den dunklen Gang bis zum Mitarbeiterraum. Da die anderen bereits alle im Club unterwegs sind, bin ich allein. Der Raum ist dunkel, bis auf die kleinen Lichter am Spiegel. Ich ziehe meine Jacke aus und schmeiße sie zusammen mit meiner Tasche in den Spind, als die schwere Stahltür aufgerissen wird und mit Schwung wieder zuknallt.Ich muss mich nicht einmal umdrehen, um zu wissen, wer hinter mir steht

»Was soll dieser ganze Scheiß, Kehya?!«, schnauzt Adam mich an.

»Du kannst mich mal«, erwidere ich, gehe an ihm vorbei zur Tür und binde meine Dreadlocks zu einem großen Dutt zusammen. Bevor ich rausgehen kann, ist Adam bei mir, wirbelt mich herum und drückt mich mit dem Rücken gegen die Tür. Seine Hand schiebt sich in meinen Nacken, mit dem Gesicht ist er direkt vor meinem. Die Augenbrauen hat er tief nach unten gezogen und dazwischen hat sich eine kleine Falte gebildet. Ich sehe, wie er vor Zorn seine Kiefer aufeinanderpresst.

Adam leckt sich über die Lippen und seufzt kaum merklich. Ich überwinde die kleine Lücke zwischen uns und presse meine Lippen auf seine.Ich seufze unwillkürlich und merke erst jetzt, dass ich die Luft angehalten habe. Ich schmecke ihn in meinem Mund, werde von seinem Geruch eingehüllt und schmiege mich an ihn. Er küsst mich innig und leidenschaftlich, beißt mir in die Oberlippe und ich bemerke das vertraute Ziehen zwischen meinen Beinen. Ich spüre nicht nur sein Verlangen nach mir, sondern auch wie verzweifelt er ist. Verzweifelt, weil ich mich sehr bewusst seinen Anweisungen widersetze, nicht pünktlich bin und mit anderen flirte, wenn mir danach ist.

Er arbeitet sich langsam von meinen Lippen über meinen Kiefer entlang zu meinem Hals. Er weiß genau, wie empfindlich ich an dieser Stelle unter meinem Ohr bin. Und dass es mich verrückt macht, wenn er sich so unglaublich viel Zeit lässt und mich damit absichtlich quält. Dennoch halte ich still und sage kein Wort. Er will, dass ich bettle, ihn anflehe, ihm sage, dass ich mehr will. Er will hören, dass ich genauso verrückt nach ihm bin wie er nach mir. Und das bin ich und es fällt mir unglaublich schwer, es nicht rauszulassen. Ihm nicht zu zeigen, wie sehr ich ihn begehre.

Aber nicht heute, nicht jetzt. Wir haben uns letzte Nacht wegen irgendeines Typen gestritten, mit dem ich geflirtet habe. Nichts Ernstes. Aber danach war Adam mal wieder besonders besitzergreifend. Und ich hasse das Gefühl, wenn jemand denkt, dass ich ihm gehöre. Ich bin nicht sein Eigentum und will auch nicht so behandelt werden, vor allem wenn das zwischen uns nichts Ernstes ist und er mir genauso wenig gehört. Meine Haut wird von einer Gänsehaut überzogen, als er zarte Küsse auf meinem Schlüsselbein verteilt.

Seine Hände wandern weiter zu meinen Brüsten und verharren dort einen Moment. Egal wie stark ich nach außen bin, mein Körper zeigt ihm immer, wie sehr ich ihn begehre, wie sehr ich ihn will. Er kommt ihm entgegen, ohne dass ich es steuern könnte. Seine tätowierten Hände fahren am Rand meines weißen Oberteils entlang. Er blickt zu mir auf und ich könnte mich in seinen dunklen Augen verlieren. Doch statt meine Arme um ihn zu schlingen, schaue ich herausfordernd zurück und grinse. Adam verzieht keine Miene. Dann reißt er mit einem kräftigen Ruck mein Oberteil, dann mit einem zweiten den BH auf. Ich stöhne, als er meine gepiercte Brustwarze zwischen zwei Finger nimmt und sanft daran zieht. Sein Brustkorb hebt und senkt sich immer schneller. Mit dem Mund umschließt er meine andere Brust, leckt und beißt sie. Ich will es unterdrücken, doch ich stöhne unter seinen Berührungen, kann kaum stillhalten.

Ich kann es kaum erwarten, dass er endlich an meiner empfindlichen Stelle ankommt. Er leckt, küsst und beißt sich weiter meinen Körper entlang. Ich werde immer unruhiger und würde ihm am liebsten die Klamotten vom Leib reißen und ihn zwischen meine Beine ziehen. In diesem Moment gibt es nur noch Adam, seine Hände und seine Lippen auf meinem Körper. Langsam öffnet er die Knöpfe meiner Shorts, richtet sich dabei auf und küsst mich.

Ich schmecke das Verlangen in seinem Kuss, spüre wie sehr er mich will. Seine Finger fahren unter den Bund meiner Shorts und schieben sie langsam über meinen Hintern. Das Gefühl von seinen warmen Händen auf meiner Haut ist unbeschreiblich. Meine Hose fällt zu Boden und seine Finger spielen mit den Strapsen von meinen Netzstrümpfen. Er umgreift meinen Po und knetet ihn. Seine Lippen lösen sich von meinen. Ich will ihn, hier und jetzt. Er tritt einen Schritt zurück und mustert mich. Sein Mund öffnet sich und er bleibt mit dem Blick zwischen meinen Beinen hängen. Es dauert einen Moment, bis er begreift, dass ich wirklich keinen Slip trage. Sein Blick springt zurück zu meinem Gesicht und er sieht mich mit großen Augen an. Ich lehne mich provokant gegen die Tür und schaue an mir herunter. Dann schaue ich ihn wieder an und lächle ihn unschuldig an.

»Wie es aussieht, habe ich meinen Slip tatsächlich zu Hause vergessen«, hauche ich.

»Kehya«, presst Adam zwischen zusammengebissenen Zähnen hervor.

Es ist eine Mischung aus Erregung, Zorn und Verzweiflung. Ich stehe in Strapsen und meinen Dr. Martens Boots vor ihm, mein zerrissenes Oberteil liegt neben mir auf dem Boden. Ich weiß, wie sehr es ihn antörnt, mich so zu sehen, und ich genieße es. Diesen Augenblick, in dem ich die Kontrolle habe. Adam schluckt schwer, sein Brustkorb bewegt sich kurz nicht mehr, dann atmet er hörbar aus. Er lässt seinen Blick noch einmal über mich wandern, bevor er die Lücke zwischen uns schließt. Doch statt mich zu küssen, sinkt er vor mir auf die Knie und fängt an meinen Oberschenkel mit zarten Küssen zu übersäen.

Es pulsiert so unaufhaltsam in mir, ich weiß, ich werde es nicht mehr lange aushalten. Ich habe das Gefühl zu explodieren, als er mich endlich auf der Innenseite meiner Beine berührt. Seine Küsse wandern weiter Richtung meines Zentrums, seine Hände kneten meinen Hintern, während er die Finger nach oben schiebt. Ich blicke zu ihm, beobachte ihn bei seiner Folter. Allein der Anblick von Adam, kniend vor mir, mein eines Bein über seiner Schulter, bringt mich um den Verstand. Seine Lippen lösen sich von mir, unsere Blicke treffen sich und am liebsten würde ich seinen Kopf nehmen und ihn zwischen meine Beine pressen. Als wenn er meine Gedanken lesen kann, senkt er den Blick und drückt seinen Mund auf meine empfindliche Stelle. Ein lautes Stöhnen entweicht mir und ich streiche mit meinen Fingernägeln über seinen Kopf.

Seine Berührungen sind so sanft. Ich halte es nicht mehr lange aus. Ich schiebe ihm mein Becken entgegen, doch leider werden seine Berührungen nicht intensiver. Ich gebe ihm nicht die Genugtuung darum zu betteln. Ich sage nichts und gebe mich der wunderschönen Folter zwischen meinen Beinen hin. Ganz langsam werden seine Bewegungen schneller, sein Lecken fester, er nimmt mich in seinem Mund auf. Ich spüre, wie ich dem Höhepunkt immer näherkomme, meine Beine spannen sich an. Adam fährt langsam mit den Fingern zwischen meinen Schamlippen entlang. Seine Finger berühren meinen Eingang und ich weiß, sobald seine Finger in mir sind, werde ich meinen ersehnten Höhepunkt erreichen.

Seine andere Hand wandert an meinem Körper entlang und umgreift meine nackte Brust. Ich stöhne auf und komme ihm weiter entgegen, kann meinen nahenden Orgasmus spüren. Doch dann lässt Adam abrupt von mir ab, schiebt mich von der Tür weg und verschwindet.

Kapitel 2

Ich sehe ihm mit offenem Mund hinterher.

Das hat er gerade nicht wirklich gemacht. Wie kann er mich hier so stehen lassen? Nahezu nackt in unserem Mitarbeiterraum. Die unbefriedigte Erregung stachelt mich nur weiter an.

Nicht mit mir. Das bekommst du wieder, Adam. Ich atme tief durch, versuche mich zu beruhigen. Meine Haare binde ich zu einem neuen Dutt und hebe mein Oberteil vom Boden auf. Adam denkt, dass er dieses Spielchen gewonnen hat, doch da hat er sich geschnitten. Wir wissen beide, dass ich ohne Slip in den Club gekommen bin, und meinen BH hat Adam zerrissen. Ich werde den ganzen Abend vor seiner Nase herumlaufen und keine Unterwäsche tragen - und ihn damit um den Verstand bringen.

Ich nehme mein zerrissenes Shirt und knote es unter meinen Brüsten zusammen. Ich habe zwar noch einen Ersatzpullover in meinem Spind, aber diesen Gefallen werde ich ihm nicht tun. Da es ein weißes T-Shirt ist, sieht nicht nur Adam, sondern auch jeder Gast, dass ich keinen BH trage. Ich betrachte mein Spiegelbild einen Moment.

»Oh ja, das wird ein Spaß«, sage ich laut zu mir.

Ich ziehe noch schnell meinen roten Lippenstift nach und steige in meine schwarze Jeansshorts. Durchquere den Raum und lasse die schwere Tür hinter mir ins Schloss fallen. Hinter der Bar angekommen, kommt Charles auf mich zu. Ich bereite mich innerlich schon auf eine Standpauke vor. Er bleibt vor mir stehen, verschränkt seine Arme vor der Brust und richtet seinen Blick direkt auf mich.

»Kehya, ich habe mich damit arrangiert, dass du unsere Meetings vor der Schicht regelmäßig verpasst. Aber so spät wie heute vorbeizukommen, ist selbst für dich ein neuer Rekord. Das dulde ich kein zweites Mal. Ich bezahle dich, damit du hier im Club bei den Gästen bist und nicht irgendwo anders. Vielleicht denkst du beim nächsten Mal zumindest an deine Kollegen, die dank dir doppelt arbeiten müssen«, sagt Charles streng.

»Ich weiß. Es kommt nicht wieder vor.«

Ich hasse es, braves Mädchen zu spielen. Aber mir bleibt nichts anderes übrig.

»Kehya, du hast Glück, dass Adam mein bester Freund ist, sonst wärst du schon rausgeflogen«, betont er noch mal.

»Danke, aber ich brauche keine Sonderbehandlung. Und erst recht nicht wegen *Adam*. Es kommt nicht wieder vor und ich mache es heute mit dem Trinkgeld wieder gut.« Ich zwinkere meinem Chef zu und stolziere davon.

Mein Tablett ist voller Gläser und ich schlängle mich zu meinem ersten Tisch. Adam kommt am DJ-Pult langsam in Fahrt und heizt dem Club mit seinen Beats gut ein. Das Cookies wird mit jeder Minute voller. Ich nehme die Bestellungen an den anderen Tischen auf und gehe auf dem Rückweg zur Bar bei Adam vorbei. Laufe die drei Stufen zu ihm hoch und stelle mich neben ihn.

Mit einem engelsgleichen Lächeln schaue ich ihn an. »Was darf ich dir bringen?«, frage ich so unschuldig wie möglich.Adam starrt auf meine Brüste, runter über meinen nackten Bauch zu meinen Shorts und wieder zurück zu meinen Brüsten. Ich kann den Schock in seinem Gesicht sehen. Genau das, was ich erreichen wollte.

Er blickt mich mit zusammengebissenen Zähnen an und zieht seine Augenbrauen nach unten. Ich kann die Machtlosigkeit in seinem Gesicht erkennen und weiß, wie sehr er es hasst, wenn es nicht so läuft, wie er es gerne hätte. Falls er gedacht hat, dass ich meinen Pullover aus dem Spind überziehe, hat er sich getäuscht.

Ich bringe meine Lippen direkt neben sein Ohr. »Das gleiche wie immer also.« Dann drehe ich mich um und gehe zurück zur Bar. Ich gebe Jamie meine Bestellungen und trinke einen großen Schluck Wasser. Wir sind immer vier Kellner auf der Fläche und zwei hinter dem Tresen. Maddox, Jamie und ich sind in einem Team und Mila, Steven und Luca in dem anderen. In der Regel organisieren wir uns untereinander und sprechen ab, wer wo eingesetzt werden möchte.

Ich stütze mich auf dem Tresen ab und beobachte Jamie, wie sie meine Bestellungen fertig macht.

»Hab ich bei der Besprechung irgendwas verpasst? Und tut mir leid, dass ich heute so spät war.« Jamie schenkt mir ein breites Grinsen. »Du weißt doch, wie Charles manchmal ist, es gab überhaupt nichts Interessantes heute. Er hat nur den Chef raushängen lassen.« Sie macht eine kurze Pause. »Aber er hat schon recht, wir hätten dich für die Vorbereitungen gut gebrauchen können. Wäre weniger stressig gewesen.«

»Ich weiß, es tut mir leid.«

»Schon okay«, sagt sie und schmunzelt.

»Ihr seid die Besten. Danke.« Ich grinse breit. »Wie geht es eigentlich deiner Gran? Sie war schon lange nicht mehr hier.«

Jamie kichert. »Du weißt doch, wie sie ist. Sie hat zu viel zu tun, aber es geht ihr sehr gut.«

Plötzlich spüre ich eine Hand an meiner Taille. Meine Muskeln spannen sich an und ich weiß genau, dass es nicht Adam ist. Ich kann nicht genau sagen, woher ich es weiß. Wahrscheinlich liegt es daran, dass die Berührung so zaghaft ist. Ich schiebe seine Hand von mir weg und blicke zu dem Gast, der neben mir aufgetaucht ist. Er ist ungefähr einen Kopf größer als ich, blond, blaue Augen, gut gebaut.

»Was kann ich für dich tun?«, frage ich und lächle. Sein Blick wandert über mein Gesicht, dann beugt er sich zu mir herunter. »Meine Kumpels und ich würden gerne eine Bestellung aufgeben und das bei der schönsten Frau im Club.«

»Ich komme gleich zu euch rüber.« Ich zwinkere ihm zu und greife nach dem befüllten Tablett, das Jamie vor mir abgestellt hat. Ich serviere die Bestellungen und nehme neue von den Tischen auf, die ich bis jetzt nicht bedient habe.

Bevor ich zurück zur Theke gehe, mache ich mich auf den Weg zu dem blonden Typen von der Bar. Er hat sich zusammen mit seinen sechs Kumpels in einer der Sitzecken ausgebreitet. Sie sind alle Anfang zwanzig und vermutlich darauf aus, heute Nacht nicht allein nach Hause zu gehen. Ich notiere mir die Bestellungen und danach bringe ich Adam seine Flasche Wasser und den Rum.

»Kehya, du machst nicht nur mich verrückt mit deinem Outfit, sondern auch alle anderen Männer hier im Club.« Dabei schaut er mich ernst an und zieht ein schwarzes T-Shirt unter dem DJ-Pult hervor und hält es mir hin. Ich lache kurz auf. »Nur weil manche Männer zu schwanzgesteuerten Neandertalern werden, wenn sie ein bisschen nackte Haut und Brustwarzen sehen, werde ich mich nicht umziehen. Erst recht laufe ich nicht den restlichen Abend in deinem T-Shirt durch den Club. Sei froh, dass nur wir zwei wissen, dass ich keinen Slip trage«, erwidere ich. Bevor er noch etwas sagen kann, gehe ich und laufe zurück zur Bar.

Ich weiß, dass Adam mich heute Nacht nicht aus den Augen lassen wird. Wenn er könnte, würde er mir höchstpersönlich sein T-Shirt über den Kopf ziehen und mir vielleicht auch noch seine Unterwäsche anbieten. Aber wir wissen beide, dass ich mir nichts von ihm vorschreiben lasse, selbst wenn wir ein richtiges Paar wären, was wir nicht sind. Trotzdem stellen wir beide gewisse Besitzansprüche an den anderen.

Der Club ist heute Abend brechend voll, wir haben alle Hand zu tun und die Zeit vergeht wie im Flug. Heute spürt man wieder besonders, wie sehr Adam in seinem Element ist, wenn er hinter dem DJ-Pult steht. Keiner im Club kann still stehen. Alle tanzen, lachen und haben ihren Spaß. Das Trinkgeld fließt und ich flirte immer wieder mit den Gästen, die an den Tischen sitzen. Ich laufe gerade durch den Club und will zurück zur Bar, als Adam plötzlich neben mir auftaucht.

Er schlingt seinen langen Arm um meinen Körper und zieht mich an sich. Mein Stolz würde mich am liebsten aus seiner Umarmung treiben, doch ich genieße seine Nähe zu sehr, um ihn von mir weg zu stoßen.

»Keyha, jeder hier im Club sieht deine Nippel und dein Piercing. Bitte übertreib es nicht mit dem Flirten. Manche Jungs kommen schnell auf dumme Gedanken«, sagt er ernst und ich weiß, dass er mich nur beschützen will.

Ich hasse es, wenn er nur das hilflose Mädchen in mir sieht.

»Ich bin alt genug und kann auf mich aufpassen.« Ich schiebe ihn von mir und verschränke die Arme vor der Brust.

»Das weiß ich. Und trotzdem werde ich auf dich aufpassen! Ich will nicht, dass du halbnackt durch London läufst … Deswegen fahre ich dich nach der Schicht nach Hause.« Sein Ton ist ernst, aber davon lasse ich mich nicht beeindrucken.

Herausfordernd hebe ich die Augenbrauen, drehe mich um und gehe. Auch wenn er es nur gut meint, ich möchte einfach nicht wie ein kleines Kind behandelt werden. Ich bin eine erwachsene Frau und brauche kein Kindermädchen.

Die Nacht neigt sich langsam dem Ende und die letzten Gäste machen sich auf den Weg nach Hause. Adam baut sein DJ-Pult ab und der Rest von uns bringt den Club wieder auf Vordermann. Eine Stunde später können wir endlich Feierabend machen und nach Hause gehen. Mittlerweile ist es sieben Uhr morgens und ich freue mich auf mein Bett.

Ich habe weder die Kraft noch die Lust mich jetzt mit Adam auseinanderzusetzen. Ich nutze die Gelegenheit, als Adam und Charles nach hinten gehen, und hole meine Sachen aus dem Spind. Wenig später verlasse ich den Club.Nach anstrengenden Nächten wie dieser, laufe ich gerne zu Fuß nach Hause. Vom Club bis zur WG ist es ungefähr eine halbe Stunde. Ich hülle mich in meinen langen schwarzen Mantel und wickle mir meinen Schal um den Hals.

Typisch London fängt es nach ein paar Minuten an zu regnen. Die dicken Regentropfen prasseln auf meinen Kopf und durchtränken die Dreadlocks. Ich spüre, wie sich die Regentropfen ihren Weg durch meine Haare kämpfen, sich auf der Kopfhaut sammeln und mir dann ins Gesicht und in den Nacken laufen.

Eines meiner Lieblingslieder dröhnt durch die Kopfhörer direkt in meinen Kopf. Ich kann nicht anders, also singe und tanze ich mich durch die Straßen. Mein Körper bewegt sich, ohne dass ich etwas dagegen tun kann. Ich liebe einfach das Leben und gute Musik. Wie sollte ein Tag besser starten als tanzend durch den Regen zu laufen. Die Menschen, die mir entgegenkommen, ziehen grimmig ihre Kapuzen herunter und laufen hektisch mit ihren Regenschirmen an mir vorbei. Ich kann so etwas nicht nachvollziehen. Wieso kann man nicht das Beste aus einer Situation machen?

Das nächste Lied ist etwas langsamer und ich lasse die Nacht noch einmal Revue passieren. Adam ist und bleibt ein Rätsel für mich. Ich werde nicht schlau aus diesem Mann. Er ist einfach so dramatisch. Ich weiß, er kriegt sonst immer was er will und die Frauen liegen ihm zu Füßen. Keine seiner Ex-Freundinnen hat ihm bisher widersprochen oder ihm einen Wunsch abgeschlagen. Aber dann muss er sich eine andere suchen. Ich bin niemand, der Ja und Amen sagt.

Ich biege in unsere Straße ein, als ein schwarzes Auto neben mir hält. Ich brauche mich gar nicht umzudrehen, um zu wissen, wer es ist. An meinem Handy schalte ich die Musik aus und ziehe mir die Kopfhörer vom Kopf. Adam macht das Fenster runter.

»Steig ein«, sagt er gereizt.

Ich rolle genervt die Augen, habe aber jetzt keine Lust zu diskutieren. Also steige ich ein.

»Ich habe dir gesagt, dass ich dich nach Hause bringe. Du trägst keine Unterwäsche, hast kaum etwas an und läufst allein durch London. Du weißt doch, was hier für Menschen unterwegs sein können. Kannst du nicht *einmal* das tun, worum ich dich bitte?«, fleht er.

»Adam, ich bin ein großes Mädchen. Wann verstehst du endlich, dass du nicht auf mich aufpassen musst?«

»Das weiß ich. Ich mache mir nur Sorgen und könnte es nicht ertragen, wenn dir etwas passiert.«

»Mir passiert nichts, und ich weiß auch, dass du mir jedes Mal hinterherfährst, wenn ich zu Fuß vom Club nach Hause laufe.«

An seinem Blick erkenne ich, dass er es am liebsten abstreiten würde. Aber wir wissen beide, dass ich Recht habe. »Aber ich habe dich nie darum gebeten. Wenn es dir wichtig ist, mach es, aber ich komme auch so gut nach Hause.« Ich reibe mir über die regennasse Stirn.

»Adam hör zu, es war wirklich eine lange Nacht, ich bin fix und fertig und klitschnass. Ich muss nachher noch einen Artikel fertig schreiben und heute Nacht wieder im Club stehen. Wir sehen uns nachher, ja? Und ich verspreche dir pünktlich zu sein.«

Er nickt. »Danke.«

Wortlos gebe ich Adam noch einen schnellen Kuss und steige dann aus.

Kapitel 3

Ich will einfach nur schlafen.

Doch da habe ich mich wohl zu früh gefreut. Ich öffne meine Zimmertür und da liegt Eddy auf meinem Bett und blättert in der Vouge.

»Ed, ich muss echt schlafen. Meine Schicht im Cookies war hart«, sage ich erschöpft und lasse meine Tasche auf den Stuhl vor meinem Schminktisch fallen. Eddy schaut zu mir hoch.

»Was hat Adam diesmal gemacht?«, fragt er und verdreht dabei die Augen.

»Es liegt nicht an ihm … nicht nur jedenfalls. Ich war mal wieder zu spät und du weißt ja, wie sehr er das hasst. Und dann hatten wir auch noch super viel zu tun.« Ich ziehe meine Jacke aus und öffne meinen Schrank.

»Also doch Adam, ihr habt immer viel zu tun«, seufzt Eddy.

»Süße, hör zu, ich kann total verstehen, dass du nach dem Typen verrückt bist. Aber ich habe dich vermisst«, sagt er und klopft neben sich aufs Bett. Ich schmeiße meine Schuhe in die Ecke, tausche meine nasse Kleidung gegen Jogginghose und Pullover und lege mich zu meinem besten Freund ins Bett. Meine Augenlider sind so schwer, dass ich sie kaum noch offen halten kann. Ich lasse mich tiefer in mein Kissen sinken, während die Geräusche um mich herum langsam in den Hintergrund rücken. Doch bevor ich mich in die Welt der Träume verabschieden kann, werde ich von Eddy zurückgeholt:

»Kehy?« Bei seinem Tonfall schlage ich sofort die Augen auf und richte mich etwas auf. »Ja?«

»In zwei Tagen fahren wir zur Brücke. Und zu deinem Dad.«

»Ja, ich freue mich auf unser Picknick. Das klingt vielleicht komisch, aber irgendwie hat der Ort eine beruhigende Wirkung auf mich.«

Eddy mustert mich misstrauisch. »Ich freue mich auch auf unsere gemeinsame Zeit, aber … geht es dir wirklich gut damit?«

»Du wärst der Erste, der es erfährt, wenn es nicht so wäre.« Ich grinse ihn an und nach kurzem Zögern muss auch er lächeln. Dann schmiege ich mich an ihn. Arm in Arm liegen wir in meinem Bett und ich kriege endlich meinen lang ersehnten Schlaf.

Als ich aufwache, wird es bereits dunkel. Es muss nach fünf Uhr Nachmittag sein. Von Eddy ist keine Spur zu sehen. Ich ziehe mich aus und gehe Richtung Dusche. Neben Mary und John, unserem WG-Pärchen, bin ich die Einzige in unserer Wohnung, die ein eigenes Bad hat. Es sind diese Dinge, die ich liebe. Purer Luxus, wenn man mich fragt, besonders in London. Ich betrachte meinen nackten Körper im großen Badezimmerspiegel. Mir gefallen mein flacher Bauch und meine schmale Taille. Ich bin nicht makellos, aber trotzdem gefalle ich mir. Ich mache mir einen neuen Dutt, bevor ich unter die Dusche steige, damit die Dreads nicht wieder nass werden. Ich lasse mir viel Zeit und genieße die Ruhe. Schließe die Augen und das warme Wasser läuft mir übers Gesicht. Verdränge die Gedanken an letzte Nacht und genieße es, als endlich Stille in meinem Kopf herrscht.

Nach einer halben Stunde schaffe ich es endlich, die Dusche abzustellen. Ich wickle mich in meinen flauschigen Bademantel und gehe zurück ins Zimmer. Zusammen mit meinem Laptop setze ich mich in die Fensterbank und öffne die Mail von meinem Kollegen Rob aus der Agentur.

Neben meinem Job im Club habe ich ein Praktikum bei einem kleinen Verlag, ein paar Straßen von unserer Wohnung entfernt. Dort bin ich einmal die Woche und schreibe kleinere Artikel und Geschichten, von denen zwei sogar schon veröffentlicht wurden. Es ist nicht der große Durchbruch, aber ein Anfang. Vor ein paar Tagen habe ich Rob meinen neuesten Artikel geschickt, und ihn nach seiner Meinung gefragt. Auch wenn es nicht das erste Mal ist, spüre ich das flatterige Gefühl in meinem Magen, während ich seine Rückmeldung lese. Er lobt meine Arbeit, hat aber auch noch ein paar Anmerkungen und Verbesserungstipps für mich. Ich arbeite die Änderungen direkt ein, damit ich ihn dann an unseren Chef David weiterleiten kann.

Bevor ich ihn abschicke, werde ich wie bei den Malen zuvor ganz nervös und kriege schwitzige Hände. Ich reibe mir mehrere Male über die Oberschenkel, bis ich mich dazu überwinden kann, auf »Senden« zu klicken.

Ich liebe London, doch eines Tages werde ich für eine Zeit lang nach New York gehen und für die Times schreiben. Vielleicht auch bei der Vouge arbeiten, da will ich mich noch nicht festlegen. Ich sehe mich schon durch diese wuselige und völlig überfüllte Stadt laufen, oder mit meinem Laptop im Centralpark sitzen und arbeiten. Allein die Vorstellung lässt die Schmetterlinge in meinem Bauch fliegen. Und dass Eddy mit mir mitkommt und dort als Designer arbeitet, steht außer Frage. Ein breites Lächeln breitet sich auf meinen Lippen aus, ich freue mich unglaublich auf mein Leben und was mich noch alles erwartet.

Ich lasse meinen Blick kurz zu der kleinen Uhr in der rechten Ecke meines Bildschirms wandern. Wenn ich noch etwas essen will, bevor ich mich für den Club fertig mache, sollte ich mich langsam in die Küche bewegen. Bei uns in der WG haben wir die Regel, dass jede Woche jemand anderes mit einkaufen dran ist. Wir haben also immer genug im Haus und alle können sich bedienen. Das ist super, denn sonst würde ich ziemlich sicher verhungern. Ich ziehe mir schnell etwas Bequemes über, bevor ich mein Zimmer verlasse und in die Küche gehe. Als würde das Schicksal mir einen Gefallen tun wollen, treffe ich Mary in der Küche beim Kochen.

»Hey, was zauberst du Leckeres?«, frage ich und schaue über ihre Schulter in den Topf.

»Ach, nichts Besonderes. Nur ein paar Nudeln mit Tomatensoße. Soll ich dir was mitmachen?«, fragt sie und lächelt mich an.

»Bei sowas würde ich nie Nein sagen. Du bist ein Schatz, danke!« Ich gebe ihr einen Kuss auf die Wange und als ich zurücktrete, wirft sie mir einen skeptischen Blick zu.

»Ach, du weißt doch wie ich das meine«, lache ich und setze mich an den Küchentisch. Ich glaube, Mary denkt, dass ich auf sie stehe. Aber ich flirte einfach gerne, egal mit wem.

Die Tür geht auf, John und Eddy kommen in die Küche und setzen sich zu mir. Mary kommt zu uns und stellt sich vor den Tisch.

»John, du deckst den Tisch, Kehya und Eddy, ihr seid für den Abwasch verantwortlich.«

Im Chor sagen wir »alles klar, Chefin« und lachen gemeinsam los. Mary und John sind schon ihr halbes Leben ein Paar. Sie sind sowas wie die Eltern unserer WG. Neben uns wohnt außerdem Jeanine noch hier.

»Die Nudeln sind mal wieder der Hammer«, bringe ich hervor, als wir wenig später gemeinsam am Tisch sitzen und ich den ersten Bissen heruntergeschluckt habe. »Ich weiß wirklich nicht, wie du das machst. Kein Wunder, dass wir hier den ganzen Tag abhängen und hoffen, dass du irgendwann kochst.«

Eddy lacht und stimmt mir mit vollem Mund zu. Mittlerweile ist es fast acht Uhr abends, Eddy und ich machen den Abwasch und albern in der Küche herum. Er versucht mich gerade dazu zu zwingen, die Essensreste aus dem Waschbecken zu holen, als Jeanine die Küche betritt. Unwillkürlich verdrehe ich die Augen. Bei ihrer gefurchten Stirn und dem angewiderten Gesichtsausdruck kann ich ein genervtes Stöhnen nicht unterdrücken.

»Ich hoffe ihr seid hier bald fertig. Ich will in Ruhe Abendessen und kann euer nerviges Gegacker echt nicht gebrauchen.« Dabei verschränkt sie die Arme vor der Brust und zieht ihre Augenbrauen in die Höhe.

»Gott, Jeanine, krieg dich wieder ein. Entweder du erträgst uns oder du musst dich in dein Zimmer verziehen, bis wir fertig sind«, erwidere ich und sehe Eddy schmunzeln, der auf einmal sehr gewissenhaft die Essensreste aus der Spüle holt. Ich greife nach dem Geschirrtuch und nach einem noch nassen Teller. Ich höre, wie Jeanine die Tür zuknallt, als sie die Küche verlässt.

Wenig später stehe ich vor meinem Schrank und wühle mich durch meine Kleidung. Nach einer Ewigkeit finde ich unter einem langen Mantel ein enges rotes Kleid. Ich ziehe es vom Bügel und halte es mir an. »Ja, das passt«, murmle ich.

Der Stoff liegt eng an meinem Körper an. Ich fühle mich darin wohl und sexy, obwohl es weder einen tiefen Ausschnitt noch besonders kurz ist. Im Gegenteil, es geht mir sogar bis über die Knie und ist ziemlich schlicht. Ich nehme mir noch zehn Minuten Zeit, um mich etwas zu schminken, dann schlüpfe ich in meine geliebten Docs, ziehe meine schwarze Jeansjacke über und schnappe mir meinen kleinen Rucksack.

Die Schicht im Cookies fängt immer um zehn Uhr an. Charles bestellt uns allerdings immer eine Stunde früher her, um mit uns die bevorstehende Nacht durchzugehen und damit die Vorbereitungen problemlos laufen. Ich verpasse die Besprechung meistens und muss sagen, dass Jamies Zusammenfassungen mir vollkommen ausreichen, zum Helfen bin ich ja in der Regel immer hier. Heute will ich allerdings pünktlich sein. Ich laufe die letzten Meter zur Tram, eile so schnell wie möglich durch die Kontrolle und springe in meine U-Bahn.

Während der Fahrt höre ich einem Pärchen hinter mir beim Streiten zu. Es geht darum, wer mehr in der Beziehung macht als der andere. Ich verstehe nicht, warum es in vielen Beziehungen einen Wettkampf gibt. Jeder kann doch seinen eigenen Scheiß machen. Bei Mary und John scheint das gut zu laufen. Ich habe sie noch nie ernsthaft streiten gehört.

Meine Station wird aufgerufen. Ich stehe auf, steige aus und gehe rüber in den Club. Adam und Charles stehen wieder vor der Tür und unterhalten sich.

Ich winke ihnen zu und rufe: »Ich bin pünktlich! Hättet ihr wohl nicht mit gerechnet, oder?«

Charles applaudiert mir. »Du erwartest hoffentlich keinen Orden, dass du pünktlich zur Arbeit erscheinst.«

Adam steht mit verschränken Armen neben unserem Chef und seine Lippen verziehen sich zu einem kleinen Schmunzeln. Lachend gehe ich rein und bringe meine Sachen in meinen Spind. Bevor Adam hier auftaucht und ich am Ende doch wieder zu spät komme, eile ich schnell aus dem Mitarbeiterraum und geselle mich zu den anderen. Adam und Charles kommen rein und tauschen einen komischen Blick. Charles sagt noch etwas zu Adam und er nickt zustimmend, während er sich über die kurzen Haare streicht. Ich frage mich, was sie jetzt wieder im Schilde führen. Wir setzen uns in eine der großen Sitzecken und Charles gibt uns Anweisungen für heute.

»Kehya, du bleibst heute hinter der Theke und Jamie ist auf der Fläche unterwegs«, sagt Charles und sieht mich dabei streng an. Er will wohl sicher gehen, dass ich nicht widerspreche. Ich lasse es mir nicht nehmen, trotzdem die Augen zu verdrehen.

»Meinetwegen, wenn es unbedingt sein muss. Sobald Jamie eine Pause braucht, tauschen wir aber!« Charles wirft mir einen genervten Blick zu und geht dann weiter einige Besonderheiten mit uns durch. Im Club wissen alle, dass ich gerne Leute bediene und für gutes Trinkgeld auf der Fläche sorge. Hinter der Theke bin ich dagegen nicht so gut zu gebrauchen. Aber er ist der Chef und ich muss seine Entscheidung akzeptieren.

Heute sind mal wieder irgendwelche wichtigen Models im Club. Da sollen wir noch freundlicher und zuvorkommender sein, obwohl uns einige von denen nicht mal richtig wahrnehmen. Meistens macht sich mindestens eine von denen an Adam ran und ich glaube, dass genau das der Grund ist, warum Charles mich heute hinter der Theke sehen will.

Er hat keinen Bock auf Stress. Adam und ich sind nicht zusammen, es gibt keine Verpflichtungen zwischen uns. Trotzdem soll er, wenn es nach mir geht, seine Finger von anderen Frauen lassen. Da sehe ich rot. Allein bei dem Gedanken von Adam und einer anderen Frau zieht sich alles in mir zusammen. Vor allem, wenn ich wie heute Abend im gleichen Raum bin.

Ich sehe an mir herunter und bin froh über mein Outfit. Es ist sexy und verführerisch, ohne zu freizügig zu wirken. Also das komplette Gegenteil von gestern. Ich will mich einfach wohlfühlen, vor allem wenn der Club voller schöner Frauen ist.

Ich verfrachte also meinen Hintern hinter die Theke und bereite alles vor, prüfe die Vorräte und mache das Obst für die Cocktails fertig. Adam steht ebenfalls hinter seinem DJ-Pult und ist in seine Musik vertieft. Während ich meiner Arbeit nachgehe, beobachte ich ihn immer wieder. Er sieht heute unglaublich gut aus. Er hat eine zerrissene Jeans und ein weißes T-Shirt an. Die Tattoos auf seiner dunklen Haut erzählen die Geschichte seines Lebens. Eine Geschichte, von der ich mir wünschen würde, mehr zu erfahren.

Gerade greift er routiniert nach seinem Mischpult, und wieder einmal wirkt es so, als hätte er nie etwas anderes getan.

»Pass auf, dass du nicht anfängst zu sabbern.«

Ich schrecke zusammen und Jamie legt mir lachend ihren schlanken Arm um die Schultern.

»Ich war nur in Gedanken«, sage ich und grinse.

»Ja, ja, deine Gedanken konnten dir gerade alle vom Gesicht ablesen. Er ist aber auch einfach heiß.« Ich seufze zustimmend und wende mich von seinem schönen Anblick ab. Das Licht wird gedimmt, die Musik wird langsam aufgedreht und die ersten Gäste strömen in den Club.

Kapitel 4

Los geht's!«, rufe ich Jamie und Maddox zu.

Maddox ist ein großer schwarzer Typ und der dritte aus unserer Gruppe. Durch seine charmante Art fliegen die Frauen auf ihn und er kassiert fast mehr Trinkgeld als ich. Obwohl er, genau wie wir, ausschließlich als Kellner eingestellt wurde, unterstützt er auch ab und zu den Türsteher. Es passiert zwar nicht oft, aber falls es im Club Stress gibt, ist es immer gut einen großen kräftigen Mann anwesend zu haben, der schnell eingreifen kann.

Gleichzeitig ist Maddox einer der liebsten Menschen, die ich kenne. Und so steht er mit seinem breiten Grinsen vor mir und reicht mir den Zettel mit den Bestellungen. Die ersten Stunden vergehen wie im Flug und ich bin komplett in meine Aufgabe versunken. Ich bekomme weder etwas davon mit, wie schön unsere Modelgäste sind, noch wie die Stimmung ist. Ich bin ununterbrochen damit beschäftigt, die Getränke zuzubereiten. Jamie kommt zu mir hinter die Theke und reicht mir ihre Bestellungen. Sie schaut mich flehend an. »Ich kann nicht mehr!« Sie schmeißt sich mir an den Hals und blickt zu mir auf. Eine ihrer dunklen Locken fällt ihr in die Stirn und Jamie pustet sie theatralisch aus ihrem Gesicht.

»Gönn mir eine Stunde Pause.«

»Nichts lieber als das«, lache ich. »Ich nehme deine nächsten Bestellungen mit und du machst diese hier für Maddox fertig«, sage ich, schnappe mir das nächste gefüllte Tablett und laufe los.

Als ich den ersten Tisch für heute Abend erreiche, spüre ich eine zarte Hand an meiner Hüfte. Das kann eigentlich kein Mann sein. Ich drehe mich um und sehe eine süße Asiatin, die mir direkt in die Augen schaut. Sie flüstert mir ihren Getränkewunsch ins Ohr, während ihre Hand weiter zu meinem Hintern wandert. Mit der anderen Hand spielt sie mit einer ihrer dunklen Haarsträhnen, die sich aus ihrem Dutt gelöst hat. Sie flirtet so offensichtlich mit mir, dass ich mich nicht zweimal bitten lasse.

Ich betrachte ihr Gesicht, in dem Licht sehen ihre Augen schwarz aus und sie trägt roten Lippenstift. »Ich liebe deinen Lippenstift.« Dabei lehne ich mich ein Stückchen weiter zu ihr, damit sie mich besser verstehen kann. Bevor ich irgendwie reagieren kann, presst sie ihre Lippen auf meine und schiebt ihre Zunge in meinen Mund.

Erschrocken weiche ich vor ihr zurück.

»Sorry, ich muss arbeiten«, sage ich. Schnell wende ich mich dem Tisch vor mir zu und verteile die bestellten Getränke, bevor ich mir zwischen den herumstehenden Gästen einen Weg zu meinem nächsten Tisch bahne. Auf einmal packt Adam mich am Arm und zieht mich in die nächste dunkle Ecke.

»Wieso zum Teufel knutscht du direkt vor meinen Augen mit dieser Frau rum?!«

»Beruhig dich! Ich hab keine Ahnung, wer das war. Ich habe ihre Bestellung aufgenommen und dann …« Bevor ich meinen Satz zu Ende bringen kann, verschwindet er einfach und lässt mich stehen. Und jetzt rennt er einfach weg? Ich weiß, ich bin nicht immer unschuldig. Aber dieses Mal kann ich nichts dafür. Ich spüre, wie ich wütend werde und mein Herz schneller schlägt. Ich stürme zur Theke und knalle Jamie meine Bestellungen hin.

»Hast du Adam gesehen?«, frage ich genervt. Ich weiß, sie kann nichts dafür und ich will es auch nicht an ihr auslassen - aber wirklich zusammenreißen kann ich mich gerade nicht.

»Er ist Richtung Toilette gegangen«, sagt sie und schaut mich mitfühlend an. Dabei war ich nicht einmal fünf Minuten auf der Fläche. Ich lasse mein Tablett auf der Theke liegen und schlage mich durch zum Gang vor den Toiletten.

Direkt auf Adam zu.

Kapitel 5

Vor ihm steht eine schlanke Blondine in High Heels, vermutlich eine von den Models. Trotz der hohen Schuhe ist Adam immer noch größer als sie. Mit ihren langen Fingern malt sie kleine Kreise auf seine Brust und steht zu dicht vor ihm. Mein Atem stockt, als er ihr eine Strähne hinters Ohr schiebt und sich zu ihr runter beugt. Ich bleibe wie angewurzelt stehen.

Mein Magen zieht sich zusammen und mein Herz hämmert wie wild. Die Wut breitet sich immer weiter in meinem Körper aus und ich bin kurz davor zu explodieren. Gleichzeitig bin ich wie versteinert. Mein Blick ist auf Adam und die Blondine geheftet. Er gehört zu mir. Ich weiß, dass er das hier nur macht, um mich eifersüchtig zu machen. Das schafft er auch. Er grinst und blickt zu mir rüber, als die Blondine anfängt, ihm etwas ins Ohr zu flüstern. Sein Blick ist weiterhin auf mich gerichtet, als würde er nur darauf warten, dass ich durchdrehe. Und das nur, weil jemand anderes mich geküsst hat. Meine Hände ballen sich so fest zu Fäusten, dass meine Nägel sich schmerzhaft in meine Haut bohren. Lange ertrage ich das nicht mehr. Die Blondine hat nur Augen für Adam und sie lässt ihre langen Finger über seine Brust nach unten wandern. Anstatt sie davon abzuhalten oder von ihr zurück zu weichen, lässt er sie einfach machen. Und sieht mir dabei in die Augen. Ich fühle mich noch immer wie gelähmt, bin diesem Anblick hilflos ausgeliefert. Die Genugtuung steht ihm ins Gesicht geschrieben. Er weiß, dass er mich damit kriegt, weiß, was er damit anrichtet, und tut es trotzdem.

Maddox taucht neben mir auf, Jamie hat ihn bestimmt geschickt. In einer Hand balanciert er ein volles Tablett mit Shots, mit der anderen berührt er mich an der Schulter, blickt aber währenddessen zu Adam. Maddox kann sich wahrscheinlich denken, was hier los ist. Alle Mitarbeitenden im Club wissen, dass zwischen uns was läuft.

Ich erwache aus meiner Schockstarre, reiße Maddox das Tablett samt Shots aus der Hand und schmeiße es auf Adam.

Die Blondine schreit schrill auf. »Was soll das!« Sie kommt wütend auf mich zu, und fuchtelt mit ihren unechten Fingernägeln vor mir herum. Meine Wut wächst nur weiter.

Bevor ich allerdings handgreiflich werden kann, packt mich Maddox, hebt mich mit einem Arm hoch und trägt mich in den Mitarbeiterraum. Und schließt hinter sich die Tür ab. Ich zerre an seinem Arm, um mich aus dem festen Griff zu befreien.

»Lass mich verflucht noch mal runter!«, rufe ich, doch ich habe keine Chance gegen ihn. Ich will Adam schlagen. Mit mir kann er nicht so umspringen! Als Maddox mich endlich absetzt, versuche ich sofort an ihm vorbeizustürmen. Doch er greift wieder nach mir und hält mich auf.

Wütend zerre ich an meinem Arm. »Ich kläre das jetzt mit diesem Vollidioten da draußen. Geh mir aus dem Weg!« Ich bin so in Rage, dass ich gar nicht darüber nachdenke, als ich anfange auf Maddox Brust zu schlagen. »Lass mich gehen!«, schreie ich. Er hält mich mit beiden Armen von sich weg, sodass ich mich noch machtloser fühle - ich gebe auf. Ich weiß, Maddox' wird mich so nie gehen lassen und das ist wahrscheinlich auch besser so.

Ich höre Adams laute Stimme von draußen, verstehe ihn jedoch nicht.

»Verpiss dich!«, schreie ich. Meine Wut wird nicht weniger werden, wenn er weiterhin hier ist. Ich muss mich beruhigen und das kann ich so nicht.

»Maddox, schließ die beschissene Tür auf und lass mich rein!«, brüllt Adam und schlägt zwischen den einzelnen Worten immer wieder gegen die Stahltür. Maddox setzt mich auf einen der Stühle, blickt mich streng an und sagt: »Beweg dich einen Zentimeter und ich versohle dir den Hintern.« Dann grinst er mich mit einem strahlenden Lächeln an. Keine Ahnung, wie er in so einer Situation so ruhig bleiben kann.

Er bleibt vor mir stehen und schaut mich abwartend an. Tief einatmend nicke ich langsam und Maddox durchquert den Mitarbeiterraum und geht zur Tür. Meine Fäuste lockern sich und ich streiche über mein Kleid. Ich spüre, wie ich etwas runterkomme.

Maddox macht die Tür einen Spalt auf. »Klärt das, wenn ihr euch beide wieder beruhigt habt. Das hier ist gerade weder der richtige Zeitpunkt noch der Ort dafür.« Seine Stimme ist ruhig, aber bestimmt.

Adam schnauzt ihn an: »Maddox, das geht dich einen Scheiß an! Das hier ist eine Sache zwischen Kehya und mir, halt dich gefälligst da raus.« Die Ruhe, die sich in mir ausbreiten wollte, verfliegt augenblicklich wieder.

Bevor Maddox antworten kann, stürme ich los, reiße die Tür gerade weit genug auf, um Adam mitten ins Gesicht zu schlagen. Schmerz schießt durch meine Hand. Verdammt, das hat echt weh getan.

Adam greift nach seiner Wange und flucht laut.

»Kehya!«, ruft Maddox.

»Das bekommst du wieder. Ich lasse mich von dir nicht schlagen«, brüllt Adam, stößt die Tür vollends auf, versucht Maddox zur Seite zu schubsen und an mich ranzukommen. Er kriegt mich am Arm gepackt und zieht mich zu sich. Es fühlt sich an, als ob er mir mit bloßer Hand den Arm brechen könnte. Ich kratze ihn und versuche meinen Arm aus seiner Umklammerung zu winden. Maddox schubst Adam so kräftig gegen die Brust, dass er rückwärts gegen die Wand knallt, doch er zieht mich mit sich. Neben ihm pralle ich gegen die Wand und spüre einen dumpfen Schlag gegen den Kopf.

Maddox befreit mich aus Adams Griff und stellt mich auf die Füße. Schwankend lehne ich mich gegen die Wand hinter mir. Er bleibt zwischen uns stehen, beugt sich zu Adam und sagt in einem bedrohlichen Ton: »Gehst du noch einmal mit einer meiner Kolleginnen so um oder fasst sie auf diese Art an, schmeiße ich dich persönlich raus, egal ob du der best Buddy von unserem Chef bist. Und jetzt, verpiss dich!«

Selbst ich bekomme bei seiner Stimme Angst. Adam sieht an Maddox vorbei und sucht meinen Blick. Ich sehe ihm an, wie schlecht es ihm geht und wie leid es ihm tut, dass es so eskaliert ist. Er ist der Letzte, der mir körperlich weh tun will. Adam lehnt sich an die Wand hinter sich und lässt mich nicht aus den Augen

Kapitel 6

Ich bin ganz wacklig auf den Beinen und mir laufen Tränen über die Wangen. Mein Schädel brummt und ich spüre bereits, wie mein Arm blau wird.
Maddox schiebt mich sanft zur Seite. »Ist alles okay mit dir?« Dabei begutachtet er mich von Kopf bis Fuß.

Ich nicke, habe Angst, dass meine Stimme versagt, wenn ich jetzt etwas sage. »Okay«, sagt er, legt seinen Arm um meine Schultern und führt mich zurück zur Bar.

»Jamie, Kehya ist krank. Ich setze sie in ein Taxi und bin gleich zurück. Kannst du hier kurz die Stellung halten?«

»Klar!«, sagt Jamie und mustert mich mitfühlend.

Der frische Wind vor der Tür tut meinem aufgeheiztem Gesicht gut. Maddox bringt mich zu einem Taxi, das vor der Tür hält und gerade ein paar Gäste raus lässt. Dann erkundigt er sich noch mal, ob alles okay bei mir ist. Ich ziehe ihn in eine Umarmung und bedanke mich. Wer weiß, wie es ausgegangen wäre, wenn er nicht dazwischen gegangen wäre. Also ist es egal ob wir uns heute oder erst Dienstag auf den Weg machen. Und Eddy sieht das genauso.

Eddy steht bereits mit unseren Taschen vor der Tür, als das Taxi vorfährt. Er schmeißt unsere Taschen in den Kofferraum, rutscht zu mir auf die Rückbank und zieht mich in eine kurze Umarmung. »Waterloo«, sagen wir im Chor und das Taxi setzt sich wieder in Bewegung.

»Was ist los?«, fragt Eddy und mustert mich besorgt.

Ich weiß, er wird nicht Ruhe geben, bevor er weiß, dass mit mir alles okay ist. Meine Schultern sacken nach unten.

»Das Übliche. Wenn es eskaliert, dann richtig«, sage ich und spüre, wie der Kloß in meinem Hals immer größer wird. Mühsam gebe ich Eddy eine kurze Zusammenfassung von den Geschehnissen im Club.

»Komm her«, sagt Eddy, als ich fertig bin, und zieht mich in seine Arme. Meine Augen füllen sich mit Tränen. Ich blinzle sie so schnell wie möglich weg, doch eine löst sich aus meinem Augenwinkel und rollt mir über die Wange.

»Was willst du jetzt machen?« Dabei streichelt er mir über den Rücken. Ich löse mich aus seiner Umarmung und schaue ihn an.

»Keine Ahnung. Er bringt mich um den Verstand. Ich will ihn nicht in Schutz nehmen, oder das rechtfertigen, was passiert ist. Gleichzeitig denke ich, dass wir beide einfach unglaublich impulsiv sind.« Ich seufze schwer. »Bei uns gibt es nur ganz oben oder ganz unten.«

»Und genau das gibt mir manchmal zu denken. Ich sehe, wie glücklich du bist, wenn es gut läuft. Aber wenn es so ist wie jetzt, du London fluchtartig verlassen willst, mache ich mir Sorgen.«

»Das brauchst du nicht. Es war eine Scheißnacht, ja. Und ich habe keine Ahnung, wo das mit Adam und mir noch hinführt.« Ich atme tief durch. »Manchmal habe ich das Gefühl, die schönen Momente können nur so schön sein, wenn die anderen besonders scheiße sind. Klingt das verrückt?«

»Nicht verrückt. Ich verstehe, was du meinst. Du musst trotzdem auf dich aufpassen. Bitte.«

»Das mach ich. Danke, Eddy«, sage ich, schlinge meinen Arm um Eddy und atme seinen vertrauten Geruch ein.

Ich bin froh, dass wir nicht weiter über mich und Adam reden, dazu bin ich viel zu erschöpft. Ich will nur noch weg, weg aus London und weg von Adam. Das Taxi hält, und wir steigen aus. Eddy holt unsere Taschen und stellt sie neben sich auf den Bordstein.

Eddy versichert sich noch mal, ob mit mir wirklich alles in Ordnung ist. »Ja, es ist alles okay.« Ich zwinge mich zu einem kleinen Lächeln. Ich hänge mir meine Tasche über die Schulter, verschränke meine Finger mit Eddys und wir laufen Händchen haltend in den Bahnhof.

Es ist halb sechs Uhr morgens und außer uns sind nur wenige Menschen unterwegs. Der Bahnhof ist hell erleuchtet und einer der kleinen Kiosks hat zum Glück noch auf.

Wir gehen zu dem Mann an der Theke, der gespannt auf seinen Fernseher sieht und besorgen uns etwas zu trinken und zu essen für die Fahrt.

Unsere Tickets habe ich vorhin im Taxi online gebucht. Nach einer halben Stunde Wartezeit verlässt unser Zug den Waterloo-Bahnhof Richtung Corby, unser erster Halt auf unserem Weg nach Cottingham, Eddys und meiner Heimat.

Kapitel 7

Eddy und ich sitzen in unserem Mietwagen, den wir am Bahnhof in Corby abgeholt haben. Es ist ein schwarzer Mustang. Normalerweise holen wir uns irgendein kleines Auto, aber dieses Mal wurde uns ein Upgrade angeboten und da konnte Eddy nicht Nein sagen.

Früher haben unsere Eltern uns immer vom Bahnhof abgeholt, doch irgendwann haben wir angefangen, uns einen Mietwagen zu holen. So sind wir unabhängig von unseren Familien und können verschwinden, wenn es uns zu viel wird. Obwohl ich die meiste Zeit im Zug geschlafen habe, bin ich noch total erledigt. Ich ziehe mein Handy aus meiner Tasche und blicke auf das schwarze Display. Ob Adam sich wohl gemeldet hat? Ich schüttle den Gedanken schnell wieder ab und stecke es wieder zurück in die Tasche.

Eddy sitzt hinter dem Steuer, wie meistens, wenn wir zusammen unterwegs sind. Ich fahre nicht gerne und als Beifahrerin kann ich meine Gedanken sortieren und mir die vorbeiziehenden Gegenden anschauen. Die Landschaft wiederholt sich immer und immer wieder. Wir fahren an Wiesen und kleinen Waldstreifen vorbei, durch kleine Ortschaften und kommen unserem Ziel immer näher.

Ich bin noch nicht bereit, meine Familie zu treffen. Dafür war die letzte Nacht zu hart und ich weiß nicht, in welcher Stimmung mein Vater ist. Fünfzehn Minuten vor unserem eigentlichen Ziel fahren wir durch Rushton und kommen an einem wunderschönen Wellnesshotel vorbei. Ich blicke sehnsüchtig zu Eddy, er nickt und mein Mund verzieht sich zu einem Grinsen.

Eddy hält am Straßenrand, wendet und fährt zurück. Ich fange laut an zu lachen und Eddy steigt mit ein.

Genau diese Momente liebe ich zwischen uns so sehr.

Die Auffahrt zum Hotel ist eine kleine Allee mit riesigen Laubbäumen. Es ist Frühling und alles sieht unglaublich schön aus. Die grünen Blätter leuchten und die Umgebung um das Anwesen wirkt, als hätte man eine extra Portion Farbe darauf geschüttet.

Ich bewundere das alte Herrenhaus, was jetzt immer näher kommt. Das Gebäude ist gigantisch, mit riesigen Fenstern und Türen. Die Fassade besteht aus dicken, sandfarbenen Steinen. Wie können wir hier in der Gegend aufgewachsen sein, ohne dass uns dieses Hotel je richtig aufgefallen ist?

Eddy fährt mit dem Auto direkt vor die Tür, wo ein Page uns die Schlüssel abnimmt und wir reingehen können. Kaum betreten wir die Lobby, kommt uns auch schon eine ordentlich gekleidete Blondine mit strengem Pferdeschwanz entgegen.

Wahrscheinlich sehen Eddy und ich nicht wie die typischen Gäste in so einem Hotel aus. Ich habe immer noch mein Kleid aus dem Club an und Eddy trägt eine schwarze zerrissene Jeans und ein weites schwarzes T-Shirt.

Sie lächelt schmal und bleibt vor uns stehen. »Was kann ich für Sie tun?«, fragt sie freundlich. Doch an ihrem Blick erkenne ich sofort, dass wir definitiv nicht zu ihrer üblichen Klientel passen. Aber damit kann ich leben. Ich lächle ihr genauso falsch entgegen, hole meine Kreditkarte aus dem Portemonnaie und halte sie ihr hin. »Zwei Nächte, Doppelzimmer und jeweils zwei Ganzkörpermassagen für heute Nachmittag. Den Rest werden wir später buchen«, sage ich und sehe im Augenwinkel, wie Eddy breit grinst.

Die Blondine stutzt, nimmt mir dann die Kreditkarte ab und wir folgen ihr zur Rezeption. Dort angekommen reicht sie uns die Zimmerkarten und eine Übersicht mit den Behandlungsmöglichkeiten im Wellnessbereich.

Wir sind beide erschöpft von der langen Reise. Doch der Tag ist noch jung. Es ist erst neun Uhr morgens. Bevor wir in unser Zimmer gehen, bedienen wir uns im Frühstückssaal an dem großen Buffet. Wir schlagen uns die Bäuche voll, bis wir kurz davor sind zu platzen.

Eddy lässt sich schwer seufzend nach hinten in seinen Stuhl fallen. Ich betrachte einen Moment meinen besten Freund, ein warmes Gefühl breitet sich in mir aus. Ich beuge mich über den Tisch, sehe in Eddys graugrüne Augen und greife nach seiner Hand. »Du weißt, wie sehr ich dich liebe, oder? Du bist der wichtigste Mensch in meinem Leben und ich wüsste nicht, was ich ohne dich machen würde.« Egal, wen ich verlieren würde, ich weiß, ich würde es bei jedem überstehen. Außer bei Eddy.

»Süße, das weiß ich. Mir geht es mit dir genauso«, erwidert er, lächelt und drückt sanft meine Hand. Wir sitzen noch einen Moment schweigend am Tisch und genießen die Anwesenheit des anderen. Eddy streckt seine Arme über dem Kopf aus und gähnt. »Komm, ich brauche jetzt ein gemütliches Bett«, sagt er und steht auf. Ich folge ihm und wir gehen hoch in unser Zimmer.

Unsere Taschen stehen ordentlich neben dem Kleiderschrank und auf dem Tisch steht eine große Obstschale. Auf dem Fußboden liegt ein dicker weicher Teppich in einem Cremeton und vor den Fenstern hängen schwere olivfarbene Gardinen.

Wir schleudern synchron unsere Schuhe in die Ecke und schmeißen uns auf das gigantische Doppelbett. Die Tagesdecke hat das gleiche Muster wie die Tapete. Ich fühle mich, als wäre ich ins achtzehnte Jahrhundert zurückversetzt worden.

Wir bleiben auf der Tagesdecke liegen und schlafen innerhalb weniger Sekunden ein.

Kapitel 8

Ich werde von einem schrecklichen Geräusch geweckt. Ich greife nach meinem Handy, aber es ist immer noch aus. Verschlafen schaue ich mich in unserem Zimmer um, um herauszufinden, wo das nervende Klingeln herkommt. Es ist das Hoteltelefon, das auf Eddys Nachttisch steht. Ich greife über ihn und hebe ab. Es ist die Rezeption. Unsere Massagen fangen in einer halben Stunde an, ich bedanke mich und lege auf.

»Hey Ed«, sage ich und rüttle an seiner Schulter.

Er zieht sich das Kissen über den Kopf und dreht sich von mir weg.

»Ed, in einer halben Stunde fangen unsere Massagen an. Steh auf!« Ich ziehe ihm das Kissen vom Kopf und schmeiße es auf den Boden. Ich rolle mich aus dem Bett und gehe ins Bad, um mich frisch zu machen. Ich hoffe, dass Eddy gleich aufsteht. Ich will nicht ohne ihn gehen, obwohl ich das notfalls auch tun würde.

Unser Zimmer ist traumhaft, aber das Bad ist der Hammer. Wir haben einen direkten Blick auf den Hotelpark, eine freistehende Badewanne vor dem Fenster und eine begehbare Dusche. Alles ist aus hellem Marmor, schlicht und schön.

Aus dem Fenster kann ich auf den großen Springbrunnen in der Mitte des Gartens schauen. Hinter den großen Bäumen am Ende des Anwesens kann ich einen Fluss erkennen. Es ist ein krasser Kontrast zu London. Dennoch würde ich die Stadt immer bevorzugen. Ich liebe die lauten Straßen, die vielen Menschen und diese aufgekratzte Energie, die ich dort fühle. In London spüre ich jeden Tag, wie aufregend und schön mein Leben ist. Trotz Adam, oder vielleicht auch gerade wegen ihm. Auch wenn es gerade schwierig zwischen uns ist. Manchmal habe ich das Gefühl, dass wir uns mehr schaden, als dass wir uns gut tun. Aber das war nicht immer so.

Eddy kommt gerade ins Badezimmer, als ich mich in den großen weißen Bademantel wickle und schaut mich fragend an. »Wollen wir?« Seine dunklen Locken stehen vom Schlafen wild ab. Meine Lippen verziehen sich zu einem breiten Lächeln, ich gehe zu ihm und wuschle ihm durch die Haare. Gemeinsam machen wir uns auf zum Spabereich. Ich nur in Unterwäsche und Bademantel, Eddy in seiner Straßenkleidung.

Im ganzen Hotel liegen dicke weiche Teppiche und die Wände in der Lobby sind mit Holz vertäfelt. Es ist eines dieser Häuser, in denen man am liebsten an jedem Buch in den Regalen ziehen würde, um einen Geheimgang zu entdecken. Doch bevor wir das Hotel erkunden, lassen wir uns erstmal ein bisschen verwöhnen. Gegenüber der Eingangstür befindet sich eine große Glastür, die zu den Saunen und dem Whirlpool im Außenbereich führt.

Wir werden von in weiß gekleideten Mitarbeitern in unsere Behandlungsräume gebracht. Auch hier ist alles aus Holz.

Wir lassen uns eine ganze Stunde lang durchkneten. Doch während mein Körper immer weiter entspannt, kreisen meine Gedanken immer mehr um Adam. Was er wohl gerade macht? Ich habe immer noch nicht mein Handy angeschaltet, obwohl ich es auf der einen Seite gerne tun würde. Ich finde es furchtbar, wenn es so zwischen uns ist. Auf der anderen Seite will ich mich noch nicht wieder mit ihm auseinandersetzen. Ich will am liebsten nicht mal an ihn denken. Aber mein Kopf und mein Herz spielen da nicht so richtig mit.

Am Abend bestellen wir uns Essen aufs Zimmer. Wir haben beide keine Lust auf Menschen und freuen uns über die Zeit zu zweit. So können wir in gemütlichen Jogginganzügen im Bett essen und müssen nicht auf irgendwelche Tischmanieren achten.

Die nächsten Tage werden hart, und deswegen bin ich umso dankbarer für unsere kleine Auszeit hier. Mein Dad kommt nicht damit klar, wie ich mit Mums Tod umgehe. Und ich verstehe nicht, wie er immer noch so trauern kann. Und als würde das nicht reichen, ist die Situation zwischen mir und Adam so, wie sie nun mal gerade ist.

Während ich mit meiner Gabel in den Nudeln rumstochere und mir eine einzelne in den Mund schiebe, sieht Eddy mich nachdenklich an.

»Was ist los?«, frage ich und runzle die Stirn.

»Meinst du nicht, dass du langsam dein Handy anmachen solltest? Ich weiß, du willst dich abschotten. Aber irgendwann musst du entweder mit ihm sprechen oder es beenden«, sagt er ernst und ich weiß, dass er es gut meint.

Trotzdem verdrehe ich die Augen. »Ich weiß, aber so ist es gerade einfacher. Wie kommst du jetzt drauf?«

»Dir ist klar, wie gut ich dich kenne, oder? Meinst du ich sehe nicht, dass du dir dein Essen reinzwingst?«

Ich zucke mit den Schultern. »Nein, ernsthaft Ed, ich weiß nicht, was mit mir los ist. Adam treibt mich in den Wahnsinn, trotzdem kann ich mir nicht vorstellen, es zu beenden. Auch wenn ich das bei jedem anderen Typen schon längst gemacht hätte.«

»Ich merke auch, dass das mit Adam etwas anderes ist. Dass du anders bist. Im Guten und im Schlechten. Ich will nur nicht, dass du dich von ihm verarschen lässt. Aber … liebst du ihn?«, fragt Eddy und zieht eine Augenbraue nach oben. Ich schnaube. Darüber muss ich erstmal nachdenken. Liebe ich ihn? Ich reibe mir über die Stirn.

»Nein, das ist es nicht. Es ist keine Liebe. Ich würde es eher Faszination nennen. Er ist nicht nur optisch heiß. Irgendwas hat er an sich, was mich nicht loslässt. Ich habe selten einen Menschen gesehen, der so viel fühlen muss, aber gleichzeitig so wenig von sich preisgibt. Er weiß genau, was er will, und das holt er sich auch. Er ist genauso besessen von mir wie ich von ihm, das weiß ich. Das ist vielleicht auch unser Problem. Keiner von uns will nachgeben und mit Kompromissen tun wir uns auch ziemlich schwer.«

Eddy schaut mich einen Moment nachdenklich an. »Und wie lange willst du dich jetzt vor ihm verstecken? Irgendwann müsst ihr das klären - so führt das zu nichts.«

»Ja ich weiß, dass das nicht die Lösung ist. Aber ich will mich ein bisschen verkriechen und mein Handy noch nicht wieder anschalten. Er kann noch bis morgen warten.« Ich weiß, dass es ihn verrückt macht, wenn er mich nicht erreichen kann. Er macht sich dann solche Sorgen, dass er bei mir zu Hause auftauchen würde, um mit mir zu sprechen. Das jetzt nicht geht. Ich spüre Genugtuung, dass er nichts dagegen tun kann und abwarten muss, bis ich mich melde.

»Okay, du weißt aber, dass er völlig durchdreht, wenn er nicht weiß, ob es dir gut geht, oder? Er weiß ja nicht einmal, wo wir gerade sind.«

»Ja, ich weiß und das ist auch gut so«, sage ich und hoffe, dass wir Adam für den restlichen Abend vergessen können.

Ich schiebe mir eine mittlerweile kalte Nudel in den Mund. Und hoffe, dass mich zumindest das Essen ein bisschen ablenkt. Eddys Blick wandert immer wieder zu mir rüber, aber er sagt nichts mehr. Ich bin erschöpft von diesem Gespräch und mein Kopf tut weh. Wir essen schweigend unser restliches Essen auf. Eddy stellt das Tablett mit unseren leeren Tellern auf den Boden »Wollen wir noch was gucken?« Dabei deutet Eddy zu dem großen Fernseher an der Wand.

Ich zucke mit den Schultern. »Ja, können wir meinetwegen machen. Aber ich bin schon echt müde, ich werde das Ende bestimmt verpassen. Such du lieber einen Film aus.« Ich krieche unter die Bettdecke und kuschle mich an Eddy.

Ich schlafe irgendwann ein und wache erst am nächsten Morgen wieder auf. Als ich zur Toilette gehe, liegt Eddy in der Badewanne, die so voller Schaum ist, dass dieser bereits links und rechts an der Badewanne herunterläuft. Ich muss über dieses Bild lächeln, greife nach seinem Handy, das auf dem Waschbecken liegt und mache ein Foto von ihm.

»Hey!«, ruft Eddy lachend. Ich leite mir das Bild weiter und gehe zurück ins Schlafzimmer. Als er irgendwann aus dem Bad kommt, lackiere ich mir gerade die Fußnägel, woraufhin er mir sein Handy vor die Nase hält. Mary hat ihm eine Nachricht geschickt:

Mary 9:47 pm:
Wo seid ihr? Hier steht ständig ein
tätowierter Mann vor der Tür. Er wirkt
ziemlich aggressiv und gefährlich.
Er will, dass wir ihn reinlassen.

Mary 9:48 pm:
Er sagt, er gehöre zu Kehya. Bis jetzt
haben wir die Tür zugelassen. Aber ich
fühle mich unwohl.
Was sollen wir machen?

Ich seufze laut. »Es tut mir echt leid, dass Mary Angst hat. Aber so schlimm sieht Adam nun auch nicht aus. Und hat sie ihn nicht eigentlich schon ein paar Mal gesehen?«

»Kehy, das ist nicht lustig. Klär das mit Adam, bevor Mary die Bullen ruft.«

»Ja, ja, ich mach mein Handy schon an«, sage ich und verdrehe die Augen.

Eddy schreibt Mary, dass ich mich darum kümmere, Adam nur böse aussieht und keine Gefahr für sie darstellt. So schwierig die Situation für Mary auch sein muss, ich kann nicht verhindern, dass ich sie irgendwie witzig finde. Mary lebt manchmal in einer vollkommen anderen Welt. Mein Handy geht an, ping, ping, ping … ich habe etliche Nachrichten und verpasste Anrufe. Alle von Adam, bis auf eine und die ist von Maddox. Er fragt, ob alles okay bei mir ist.

Ich schreibe ihm, dass es mir gut geht und bedanke mich nochmal, dass er für mich da war. Bevor ich die Nachricht allerdings abschicken kann, geht ein weiterer Anruf ein.

Adam. Gut, da muss ich jetzt wohl dran gehen. Sofort spüre ich, wie sich meine Muskeln anspannen. Ich bin immer noch so wütend auf ihn.

»Hi Adam, ich bin mit Eddy bei meinem Dad. Ich habe keine Zeit für dich, was willst du?«, sage ich kurz angebunden.

»Warum weiß ich nichts davon, dass du zu deinem Vater fährst?«

Ich schnaube verächtlich. »Es wäre mir neu, dass ich vorher um Erlaubnis bitten muss.« Was bildet er sich ein? Er benimmt sich so im Club und jetzt stellt er auch noch Ansprüche an mich?

»Kehy, ich will nur wissen, wie es dir geht. Ist alles okay?« Seine Stimme ist tief und rau und etwas sanfter als zuvor. Ich weiß, dass er sich nur Sorgen gemacht hat, aber das ändert nichts an dem, was er getan hat. »Mir geht es hervorragend, es würde mir jedoch noch besser gehen, wenn du aufhörst, meinen Mitbewohnern Angst zu machen. Lass sie in Ruhe, klar?«

»Ich dachte, du würdest dich in deinem Zimmer vor mir verstecken. Ich wollte nur mit dir reden«, sagt er erschöpft.

»Okay, das hast du ja jetzt. Gibt's sonst noch was? Ich muss los.«

»Es tut mir leid. Bei mir ist eine Sicherung durchgebrannt, als ich dich mit dieser Frau gesehen habe. Ich wollte nicht, dass es so weit kommt. Wann kommt ihr zurück? Ich muss dich sehen, Kehy.«

»Keine Ahnung. Ich muss jetzt los. Wir sehen uns Donnerstag im Cookies.« Dann lege ich auf. Ich schicke die Nachricht an Maddox ab und schalte mein Handy wieder aus. Mit Adam kann ich mich auch noch beschäftigen, wenn wir zurück in London sind. Unwillkürlich muss ich an meine erste Begegnung mit Adam denken. Es war letzten Sommer, als ich mit Eddy und den anderen aus dem Cookies im Hyde-Park auf einem Reggae-Festival war. Adam war einer der DJs vor Ort. Er sah so unglaublich heiß aus und seine Musik hat meinen ganzen Körper zum Vibrieren gebracht.

Als ich später am Abend mit Charles und den anderen zusammenstand und wir uns unterhalten haben, kam Adam plötzlich auf uns zu. Er musterte mich kurz und seine Bewegungen wurden etwas langsamer. Mein Herz raste, er blieb neben uns stehen und wandte sich Charles zu. »Hey Chuck«, sagte er und schlug ihm freundschaftlich auf den Rücken

»Du warst wie immer mega. Falls du mal Bock auf London hast, denk bloß nicht, dass du in einem anderen Club auflegen könntest als in meinem.«

»Das würde ich niemals tun.« Er strich sich über das raue Kinn und schaute zu mir. »Aber stell mir erstmal deine hübsche Freundin vor.«

»Adam, das ist Kehya, meine Mitarbeiterin. Kehya, das ist Adam, einer meiner besten Freunde.«

Adam nahm meine Hand, hob sie an seinen Mund und hauchte: »Es ist mir ein Vergnügen.« Seine weichen Lippen auf meiner Haut fühlten sich unbeschreiblich an.

Ich war wie erstarrt, wusste nicht mehr, was ich sagen sollte, und blickte einfach nur in seine dunklen Augen. Es kribbelte in meinem ganzen Bauch und diesmal konnte ich es nicht auf die Musik schieben.

Er streichelte mit dem Daumen über meine Haut und ließ meine Hand dann los.

»Reicht jetzt, Adam, lass uns was trinken gehen«, warf Charles ein. »Sind gleich zurück, wir bringen euch was mit«, sagte Charles und die zwei verschwanden Richtung Bar.

»Also Kehya, falls du ihn nicht willst, ich nehme ihn«, sagte Eddy, stupste mich an und fing an zu lachen. Ich habe mich gefühlt, wie eines dieser kleinen Groupies. Nicht ein einziges Wort habe ich herausbekommen.

»Kehy, in welcher Welt bist du gerade?«, fragt Eddy und reißt mich aus meinen Gedanken. Ich komme im Hier und Jetzt an und schaue ihn fragend an. Die Bilder aus meinem Kopf sind verschwunden und für einen Moment wünsche ich mir, die Zeit zurückdrehen zu können.

»Komm, lass uns was essen gehen«, sagt Eddy und zieht mich auf die Füße.

Kapitel 9

3 Monate zuvor

Ich stehe zusammen mit Steven hinter der Theke und wir bereiten alles für die bevorstehende Nacht vor. Wir füllen die Kühler mit Eis, machen die Früchte für die Cocktails fertig und prüfen die Kühlschränke mit den Getränken.

Steven ist in London geboren und will auch nicht weg aus dieser Stadt, was ich total nachvollziehen kann. Er ist nicht viel größer als ich, sehr muskulös und liebt es, in zerrissenen Klamotten herumzulaufen. Selbst die Ärmel seiner T-Shirts sind ausgefranst. Ich frage mich, warum er das macht. Vermutlich denkt er, dass er dadurch ausgefallener wirkt. Das tut er aber nicht. Doch das werde ich ihm nicht sagen.

Jamie und Maddox sind zusammen mit Mila und Luca im Club unterwegs, schleppen Kisten und überprüfen das Lager. In einer halben Stunde macht das Cookies auf. Es ist der Tag vor Heiligabend. Die Stadt draußen ist weihnachtlich geschmückt, überall hängen Lichterketten und die Straßen sind übersäht mit Girlanden und Engeln. Der Tag vor Weihnachten ist immer besonders voll, die jungen Leute wollen vermutlich vor den Feiertagen mit ihren Familien noch mal alles rauslassen, was sie in den nächsten Tagen unterdrücken müssen.

Charles kommt zusammen mit Adam aus seinem Büro. Der Typ vom Festival. Er ist noch unwiderstehlicher als in meiner Erinnerung. Ich kann meine Augen kaum von ihm lösen. Trotz unserer nur kurzen, unscheinbaren Begegnung habe ich ihn nicht aus dem Kopf bekommen. Immer wieder musste ich an seine schönen Augen denken, die weichen Lippen auf meinem Handrücken und seine tiefe Stimme.

Ich checke kurz mein Outfit und spüre wieder dieses Kribbeln im Bauch - und das, obwohl er mich noch nicht gesehen hat und er sich bestimmt nicht an mich erinnern kann. Was ist bloß los mit mir?

Ich schüttle kurz den Kopf über mich selbst und konzentriere mich wieder auf meine Arbeit.

Adam steuert direkt auf das DJ-Pult zu, schaut nicht mal in meine Richtung und ich merke, wie Enttäuschung in mir hochkommt. Charles bleibt vor der Theke stehen und ich stelle ihm zwei Gläser Rum hin, seine Standard-Bestellung, wenn er Besuch hat. Er nimmt sie dankend entgegen und geht damit zu Adam.

Okay, Adam scheint heute bei uns aufzulegen. Die Gelegenheit werde ich nutzen. Seit Wochen geht er mir nicht mehr aus dem Kopf. Heute werde ich dafür sorgen, dass es ihm genauso geht.

Ich spieße Obst auf Holzspieße für die Cocktails, und fange an zu tanzen. Mein Körper bewegt sich zum Takt der Musik. Ich war noch nie eine von denen, die stundenlang in der Ecke steht und darauf wartet, dass endlich genug Leute auf der Tanzfläche sind. Ich tanze, wenn ich mich danach fühle.

Mir war es nie unangenehm mich zu zeigen, ganz im Gegenteil. Deswegen passe ich wahrscheinlich auch so gut hierher. Meine Bewegungen werden immer intensiver, als Adam hinter mir auftaucht. Er steht dicht hinter mir. »Tanz mit mir«, haucht er.

Kapitel 10

Ein angenehmer Schauer durchzieht meinen Körper und ich grinse unweigerlich. Ich nicke, und in dem Moment, indem ich zustimme, schiebt er seine Hand um meine Hüfte und zieht mich an sich.

Innerlich juble ich mir selbst zu.

Ich tanze weiter und drücke mich gegen ihn. Ich spüre seinen warmen Körper an meinem Rücken und wir bewegen uns im Takt. Seine Finger wandern langsam an meinem Oberkörper entlang. Meine Haut kribbelt unter seinen Berührungen und am liebsten wäre ich mit ihm allein.

Ich schließe die Augen und genieße seine warmen Hände auf meiner nackten Haut. Es ist mir egal, ob ich bei der Arbeit bin und meine Kollegen uns sehen können. Das liebe ich an meinem Job. Hier kann ich einfach Ich sein und mich so ausleben, wie ich es vorher nicht konnte.

Adam schiebt seine Hand weiter nach oben. Ich trage heute keinen BH und seine Finger berühren den Ansatz meiner Brust. Sein Atem stockt, während ich mich fester an ihn drücke. Ich liebe es, wie er mich berührt. Wie er meinen Körper erkundet. Ich könnte mich hier und jetzt in ihm verlieren.

Doch bevor mein Kopf komplett aussetzt und ich die Kontrolle verliere, schiebe ich seine Hand zurück zu meiner Taille.

Ich weiß nicht, ob ich mich schon mal so gefühlt habe bei einem Mann, erst recht nicht, wenn ich ihn eigentlich gar nicht kenne. Es ist, als wenn unsere Körper wissen, was dem anderen gefällt.

Ich drehe mich zu ihm um und schaue verführerisch zu ihm auf. »Ich muss ins Lager. Ich brauche mehr Früchte.«

Er beißt sich auf die Unterlippe. »Soll ich mit anpacken?«, fragt er mit rauer Stimme, während sich sein Griff um meine Hüfte noch etwas verstärkt.

»Das kriege ich schon alleine hin.«

Ich löse mich von ihm und gehe. An der Stelle, an der gerade noch seine Hand auf meiner Haut lag, spüre ich ein angenehmes Kribbeln.

Es ist keine Frage, ob ich ihn will, aber ich will ihn unter meinen Bedingungen. Ich spüre seinen Blick im Rücken und schwinge meine Hüften noch etwas mehr als normalerweise und freue mich über meinen kleinen Erfolg. Ich werde ihm den Kopf verdrehen - und erst erlösen, wenn er nicht mehr weiß, wo oben und unten ist.

Im Lager nehme ich mir eine Kiste voll Obst und gehe zurück zur Theke.

Steven sieht mich verwundert an. »Was hast du damit vor? Wir haben hier doch mehr als genug.«

Ich zucke mit den Schultern und stelle die Kiste hinter die Theke. »Früher oder später brauchen wir sie bestimmt.«

Der Abend beginnt und die ersten Gäste strömen in den Club. Wir arbeiten hier zwar alle, aber für uns hat es auch immer etwas von einer wilden Partynacht, in der wir selbst feiern und tanzen. Natürlich betrinkt sich hier keiner. Aber die Gäste sind einfach in deutlich besserer Stimmung, wenn sie ab und zu mit den hübschen Kellnern was trinken oder wir ihnen eine Kleinigkeit ausgeben. Jamie und Steven sind hinter der Theke und kümmern sich um die Getränke. Maddox und ich sind mit Mila und Luca auf der Fläche und bedienen die Gäste, die an den Tischen sitzen. Anders würden wir es gar nicht schaffen.

Damit wir den Überblick nicht verlieren, ist der Club in vier Bereiche aufgeteilt. Ich bin für den rechten Bereich zuständig und somit auch für unseren DJ. Eigentlich ist es mir egal, wo ich eingeteilt bin. Doch jetzt freue ich mich sehr darüber, immer wieder einen Grund zu haben, zu Adam zu gehen.

Ich bringe ihm eine große Flasche Wasser und ein Glas Rum. Er hat es nicht bestellt und sieht mich fragend an. Dass er Rum trinkt, habe ich vorhin gesehen, als er sich mit Charles unterhalten hat. Und die meisten DJs bei uns brauchen Wasser, weil sie sich hinter dem Pult so verausgaben.

»Ich bin für dein Wohlergehen verantwortlich. Sag einfach Bescheid, wenn du etwas brauchst«, sage ich, zwinkere ihm zu und verschwinde wieder, bevor er etwas erwidern kann.

Erstmal muss ich mich um die anderen Gäste kümmern, bevor ich weiter mit Adam flirten kann. Nach knapp einer Stunde habe ich ein paar Minuten und gehe zurück zu Adam.

Er ist wirklich einer der besten DJs, die wir bisher im Club hatten. Die Leute feiern und trinken, als wäre heute ihre letzte Nacht. Keiner kann still stehen und die Stimmung ist noch ausgelassener als sonst. Und mir geht es genauso, ich fühle mich wie beflügelt von seiner Musik und von ihm. Adam steht an seinem Laptop, ich gehe die paar Stufen zu ihm hoch und schiebe mich zwischen ihn und das Pult. Mit meinem Hintern lehne ich mich an den Tisch, auf dem das Mischpult steht. Ich beuge mich ein Stückchen zu ihm, doch unsere Körper berühren sich noch nicht. »Was kann ich für dich tun, Adam?«, hauche ich ihm ins Ohr.

Er blickt mich voller Begierde an. Ich kann die Lust in seinen Augen flackern sehen und mir geht es nicht anders. Mit der einen Hand schiebt er meine Dreads über die Schulter, die andere Hand legt er auf meine Taille. Dann kommt er einen Schritt auf mich zu und schließt die kleine Lücke zwischen uns.

Ich spüre seinen warmen Körper. Von meiner Taille wandert seine Hand nach oben und berührt den Ansatz meiner Brust. Seine Augen blicken von meinem Mund zu meinen Augen und wieder zurück.

Er nimmt mein Gesicht in seine großen Hände, beugt sich zu mir runter und küsst mich. Das Gefühl von seinen vollen, weichen Lippen auf meinen ist noch besser als in meiner Vorstellung.

Er küsst mich leidenschaftlich und zärtlich, knabbert an meiner Unterlippe und wir fangen an uns zum Takt der Musik zu bewegen, ohne uns voneinander zu lösen.

Mein ganzer Körper kribbelt, mein Kopf ist wie leergefegt. Ich spüre nur ihn, seine Lippen auf meinen und seine Hände an meinem Körper. In diesem Moment gibt es für mich nur ihn und die Musik. Wir werden eins und meine Welt bleibt für einen Augenblick stehen.

Ich bin schon jetzt süchtig nach ihm und habe das Gefühl, niemals genug von ihm zu bekommen.

Kapitel 11

Als ich Maddox meinen Namen rufen höre, werde ich zurück in die Realität gerissen. Widerwillig löse ich mich von Adam, sehe in seine fast schwarzen Augen und lecke mir über die Lippen.

»Kann ich sonst noch etwas für dich tun?«, frage ich verführerisch.

»Mir ist gerade ziemlich heiß geworden. Eine Flasche Wasser und noch ein Rum auf Eis fürs Erste«, sagt er mit ernstem Gesichtsausdruck, bis ich seine Mundwinkel ein wenig zucken sehe.

Ich grinse und mache mich wieder an die Arbeit. Der ganze Abend macht einfach Freude und ich fühle mich wie beflügelt. Dieser Abend ist schon jetzt unvergesslich und er wird noch besser werden. Das spüre ich.

Ich bediene einen Tisch voller junger Männer. Das bedeutet meistens viel Trinkgeld und da ich so gut drauf bin, flirte ich besonders mit einem der Jungs. Ich will zwar heute Nacht nur Adam, aber das muss er ja nicht wissen.

Maddox und ich versuchen uns immer so aufzuteilen, dass ich hauptsächlich die Tische mit den Männern nehme und er die Tische mit den Frauen. Obwohl ich auch gerne mit Frauen flirte, bringt Maddox doch deutlich mehr Trinkgeld ein, wenn er seinen Charme bei den Ladys spielen lässt.

Ich bringe dem Männertisch die nächste Runde. Sie sind alle gut angetrunken, haben offensichtlich ihren Spaß und vorhin drei Flaschen unseres besten Wodkas bestellt.

»Hey Süße, setz dich und trink was mit uns«, bittet einer von ihnen und lächelt mich dabei breit an.

Ich setze mich zu ihm auf die Bank und zwinkere ihm zu.

Ein voller Shot wird mir hingeschoben und wir stoßen an. Der Typ, der neben mir sitzt, wird etwas aufdringlich und kommt sehr dicht zu mir. Er legt seinen Arm um mich und zieht mich an sich. Ich rutsche wieder etwas von ihm weg. Sein Arm liegt weiterhin auf meiner Schulter. Ich gewähre es ihm einen Moment. Nicht, weil es mir gefällt, sondern weil es irgendwie zu meinem Job gehört.

»Du bist wunderschön. Hast du Bock auf eine kleine Nummer?«, fragt er mich direkt.

Ich lache, werde aber schnell wieder ernst. »Danke für das Angebot, aber Nein.«

Ich achte immer darauf, dass ich meine Grenzen klar mache, aber ohne dabei unhöflich zu werden. Es sei denn, sie werden zu aufdringlich und akzeptieren die Abfuhr nicht.

Er zuckt nur mit den Schultern. »Okay, vielleicht habe ich bei der Kleinen hinter der Theke ja mehr Glück«, sagt er und schaut rüber zu Mila.

Ich grinse ihn an und sage: »Fragen kostet ja nichts.«

Lachend stehe ich auf und verlasse die Gruppe.

Kapitel 12

Ich bin gerade auf dem Weg zu Adam, als ich sehe, wie er mir mit großen Schritten entgegenkommt. Unsere Blicke treffen sich und er zieht mich an sich ran, sobald er bei mir ist.

»Kehya«, haucht er. Meine Haut wird von einer Gänsehaut überzogen. Wie schafft er es, meinen Namen so erotisch klingen zu lassen?

Er kommt noch näher, küsst mich, verschlingt mich, mitten auf der Tanzfläche. Mein Körper und mein Verstand werden von ihm eingenommen. In meinem Kopf gibt es wieder nur noch ihn, wie er schmeckt, wie er sich anfühlt. Ich will genau das und mehr von ihm.

Mit einer Hand halte ich mich an dem leeren Tablett fest, die andere liegt auf seiner Brust.

Ich spüre seinen Herzschlag unter meinen Fingern.

Plötzlich hält er inne und löst sich von mir. Ich schaue ihn verwirrt an. Sein Gesichtsausdruck ist ernst, bevor er mir wieder näherkommt.

Sein Mund ist meinem so nah, dass ich spüre, wie seine Lippen sich beim Sprechen bewegen. »Ich will dich. Ich werde eifersüchtig, wenn ich dich mit anderen Männern sehe«, flüstert er und ich spüre die Vibrationen seiner Stimme in meinem ganzen Körper.

Am liebsten würde ich protestieren. Ihm sagen, dass ich niemandem gehöre und machen kann, was ich will. Ihm klar machen, dass ich frei und unabhängig bin, dass wir uns kaum kennen. Doch in diesem Moment bin ich so in seinem Bann gefangen, dass ich kein einziges Wort hervorbringe.

Er küsst mich wieder und wandert mit seinen Lippen von meinem Mund aus den Kiefer entlang bis zu der Stelle unter meinem Ohrläppchen. Mein ganzer Körper fängt an zu kribbeln und ich drücke mich instinktiv gegen ihn. Er schiebt meine Haare fort und küsst sich an meinem Hals hinab.

Ich halte es nicht mehr länger aus, ich gebe mich geschlagen. Ich brauche ihn, jetzt. Ich will ihn mit allem, was er mir geben kann.

»Adam warte.«

Er löst sich von mir und sieht mich besorgt an.

»Kann dein Pult ein paar Minuten auf dich verzichten?«, frage ich und deute mit dem Kinn hinter mich. Ich streiche mit meinem Finger über seinen Brustkorb. »Ich warte in fünf Minuten im Mitarbeiterraum auf dich.«

Ohne seine Antwort abzuwarten, drehe ich mich um und laufe zwischen den tanzenden Menschen zur Theke, wo ich Jamie meine nächsten Bestellungen gebe.

»Maddox, ich brauche zehn Minuten Pause. Meine Gäste sollten alle zufrieden sein. Bestellungen sind aufgegeben. Falls irgendwas ist, kannst du dann bitte kurz übernehmen?«

»Klar, Kehya«, sagt Maddox lachend und verdreht die Augen, als wenn er genau wüsste, was für eine Art Pause ich brauche. Aber das ist mir egal. Sie können ruhig alle wissen, was ich mit Adam vorhabe.

Ich gehe weiter durch den dunklen Gang zum Mitarbeiterraum. Gegenüber liegt das Büro von Charles, wo wir ihn eigentlich immer finden, wenn wir ihn mal brauchen.

Ich verschwinde hinter der schweren Stahltür und gebe ihm zwei Minuten. Wenn er dann nicht hier ist, hat er seine Chance verpasst.

Kaum habe ich die Tür geschlossen, öffnet sie sich wieder. Mein ganzer Körper kribbelt und ich merke, wie ich plötzlich nervös werde.

Der Raum ist dunkel, nur die runden Lampen an den Spiegeln geben ein bisschen Licht.

Adam kommt rein und schließt die Tür hinter sich ab. Mit schnellen Schritten kommt er auf mich zu und bleibt einen halben Meter vor mir stehen. Ich rühre mich nicht und warte ab, was er als nächstes tut.

Kapitel 13

Er streckt die Hand nach meiner Wange aus, streicht mir mit dem Daumen über meine Lippe. Unwillkürlich lecke ich darüber, mit seinen Blicken zieht er mich aus.

»Seit ich das erste Mal in deine grünen Augen geschaut habe, warte ich darauf, dich wiederzusehen, um genau das hier mit dir zu tun«, sagt er mit rauer Stimme.

Ich bin allein von seinen Worten und der Vorstellung davon feucht, was gleich passieren wird. »Adam«, hauche ich.

»Fuck«, presst er hervor, packt mich an den Hüften, zieht mich an sich und presst seine Lippen auf meine.

Alles um mich herum dreht sich und gleichzeitig bleibt die Welt stehen. Ich habe noch nie einen Mann so sehr begehrt wie Adam. Meine Hände fahren über seine kurzen Haare. Ich ziehe ihn näher an mich, liebe das Gefühl von seiner Haut unter meinen Fingern.

Er legt einen Arm um meine Taille und hebt mich hoch. Ich schlinge meine Beine um ihn und beiße ihm zärtlich in die Lippe, schmecke Rum und Adam.

Er trägt mich zu den Spiegeln, fegt alles herunter, was auf dem Schminktisch vor dem Spiegel steht, und setzt mich darauf ab. Er sieht mir tief in die Augen, schiebt mein Oberteil hoch und entblößt meine Brüste.

Er betrachtet meine dunkle Haut, spielt mit meinen Brustwarzen und lässt mich nicht aus den Augen. Ich merke, wie sich mein Puls weiter beschleunigt, meine Atmung schneller wird und ich es nicht mehr länger aushalte. Ich brauche ihn, hier und jetzt zwischen meinen Beinen.

Ich lecke mir über die Lippen, schiebe meine Hände unter sein T-Shirt und ziehe es ihm über den Kopf. Meine Finger fahren über seinen nackten Oberkörper und zeichnen die Linien der tätowierten Medusa auf seinem Bauch nach.

Er hat einen schlanken, aber durchtrainierten Körper. Bis auf sein Gesicht ist jeder Zentimeter seiner Haut mit Tattoos übersäht.

So steht er vor mir, dunkel, gefährlich und unwiderstehlich. Seine Augen sehen in dem dunklen Licht schwarz aus. Er beobachtet mich, wie ich seinen Körper begutachte.

Ich weiß, er hätte das Potential, mir richtig das Herz zu brechen. Aber genau das macht es so aufregend. Was wäre es für ein Leben, wenn ich immer nur auf meinen Verstand hören würde und nicht auf meine Gefühle? Nicht das tun würde, wonach ich mich sehne, unabhängig von den Risiken?

Ich ziehe ihn mit meinen Beinen zu mir, will seinen Körper an meinem spüren, seine Haut auf meiner. Ich will ihn in mir.

Er bearbeitet meinen Körper mit seinen Händen und küsst sich an meinem Hals hinab bis zu meinen Brüsten. Er nimmt sie in den Mund, beißt mir sanft in die Nippel und spielt mit meinem Piercing.

»Ich will mehr«, wimmere ich, als ich es nicht länger aushalte.

»Nichts lieber als das, meine Schöne«, sagt er und seine Stimme gibt mir den Rest. Wenn er spricht, vibriert es in meinem ganzen Körper. Ich knöpfe seine Hose auf, ziehe sie samt Boxershorts runter. Adam steht nackt vor mir und ich bin noch so gut wie angezogen. Mein Mund wird ganz trocken, ich strecke meine Finger nach ihm aus und streiche über seine Arme, betrachte ihn.

Ein tiefes Lachen vibriert in seiner Kehle. »Na, dir gefällt wohl, was du siehst.«

Ich sehe ihm in die Augen. »Oh ja.«

Er schiebt seine Hände unter meinen Rock, an meinen Oberschenkeln entlang bis zu meinen Hüften, dann weiter nach innen. Ich erschaudere unter seinen Berührungen. Es kann mir nicht schnell genug gehen.

Adam streicht mit seinen Fingern über meinen feuchten Slip und schiebt ihn zur Seite, hält dann kurz inne und schaut zu mir. »Ich will dich die ganze Zeit dabei anschauen.«

Obwohl ich nicht weiß, was er vorhat, nicke ich.

Er hebt mich hoch, stellt mich auf die Füße und dreht mich zum Schminktisch um. Sanft streicht er über meine Haut, umschlingt mich mit seinen Armen und ich schmiege mich an seinen warmen Körper. Im Spiegel vor mir kann ich über meiner Schulter seine geröteten Wangen und seinen leicht geöffneten Mund sehen.

Es ist so erotisch, wie seine Arme und Hände über meinen Körper fahren. Ich liebe den Kontrast zwischen unserer Haut, meine dunkel und seine tätowiert.

Ich ziehe die oberste Schublade des Schminktisches auf und reiche ihm ein Kondom. Dann stütze ich mich mit den Händen darauf ab und drücke meinen Hintern gegen seine Erektion. Er schiebt meine Dreads zur Seite und küsst meinen Nacken, fährt mit seiner süßen Folter fort und übersäht meinen Rücken mit leichten, zarten Küssen. Mit seinen Lippen auf meiner Haut bringt er mich völlig um den Verstand.

Äußerlich sieht er so gefährlich und hart aus, doch hier zeigt er mir so viel Liebe und Leidenschaft von sich. Er genießt jeden Moment, genauso wie ich und das lässt er mich durch die Art, wie er mich küsst deutlich spüren.

Er ist die perfekte Mischung aus aufmerksam und besitzergreifend. Dann gibt er mir einen letzten Kuss, bevor er sich aufrichtet und mir mit den Händen über die Hüfte und den Hintern streicht. Ich beobachte im Spiegel, wie er meinen Körper liebkost, ihn wie etwas Besonderes und Kostbares behandelt.

Während er sich das Kondom überstreift, treffen sich unsere Blicke im Spiegel. Ich spüre ihn an meinem pulsierenden Eingang, bevor er langsam in mich eindringt.

Ohne sich zu bewegen, lässt er eine Hand zwischen meine Beine gleiten und kreist hauchzart um meine empfindliche Stelle. Das Gefühl ist zu intensiv, zu schön. Ich halte diese Zärtlichkeit nicht mehr aus. Es fühlt sich unglaublich an. Aber ich will ihn wild.

Ich drücke meine Hüften gegen ihn. »Ich will nicht, dass du dich zurückhältst«, stöhne ich.

»Und ich will jeden Moment mit dir auskosten«, haucht er.

Er fängt an sich zu bewegen, quälend langsam und doch sehe ich ihm an, wie sehr er es genießt. Seine Hand bewegt sich in dem gleichen Rhythmus. Unsere Blicke treffen sich im Spiegel. Es ist nicht genug.

»Bitte, Adam«, flehe ich.

Er grinst, packt meinen Hintern und wird schneller, intensiviert den Druck.

Ich kann es nicht mehr zurückhalten und lasse mich fallen. Alles in mir zieht sich zusammen und ich komme zum Höhepunkt. Ich spüre, wie auch Adam sich anspannt und mit mir kommt. Unter lautem Stöhnen genieße ich jeden Zug meines Orgasmus. Ich schwitze, atme hastig und bin randvoll mit Glücksgefühlen. Ich liebe dieses einmalige Gefühl.

Adam schaut mich durch den Spiegel wieder an, betrachtet meinen zufriedenen Gesichtsausdruck und beugt sich vor. Ich spüre seinen warmen Bauch an meinem Rücken. Dann schlingt er beide Arme um mich, küsst mich auf die Schulter und zieht sich langsam aus mir zurück.

Ich drehe mich um, setze mich auf den Schminktisch und lächle ihn an.Er zieht seine Hose hoch, stellt sich zwischen meine Beine und küsst mich liebevoll, während er den Reißverschluss zuzieht. Ich schmecke ihn und obwohl ich mehr als befriedigt bin, habe ich trotzdem noch nicht genug von ihm.

»Ich bin süchtig nach dir, nach deiner Schönheit, nach deinem Körper«, sagt er und zieht mich noch fester an sich.

Ich lächle ihn an, küsse ihn und genieße das Hoch, das er mit diesen Worten in mir auslöst. Auch wenn wir uns heute das erste Mal richtig gesehen haben, fühle ich mich tief mit ihm verbunden. Noch nie bin ich so fasziniert von einem Menschen gewesen - und gleichzeitig so besorgt, mich zu schnell komplett in ihm zu verlieren.

»Adam, wir sollten langsam wieder raus, bevor uns noch jemand vermisst«, sage ich und schiebe ihn ein Stück von mir.

»Okay«, er greift nach seinem T-Shirt und zieht es sich über. Ich richte meinen Rock und das T-Shirt und überprüfe meine Frisur. Doch bevor ich den Raum verlassen kann, greift Adam meine Hand und zieht mich noch einmal zu sich.

»Kehya, ich meine das ernst. Ich werde jetzt regelmäßig hier auflegen und erstmal in London bleiben. Ich habe dich seit dem Festival nicht aus dem Kopf bekommen. Ich will dich für mich haben und mit niemandem teilen.« Er sieht mich dabei ernst an und bevor ich etwas erwidern kann, küsst er meine Hand wie damals auf dem Festival.

Ich bin nicht der Typ, der sich sofort verliebt und ich hatte noch nie eine ernsthafte Beziehung. Aber bei Adam ist es anders. Bei ihm habe ich das Gefühl, dass ich seit dem ersten Augenblick mit ihm in seinen Bann gezogen wurde und wie willenlos bin.

Ohne auf eine Antwort von mir zu warten, geht Adam an mir vorbei, öffnet die Tür und wir gehen Hand in Hand zurück in den Club. Bevor ich zur Theke abbiege, zieht er mich noch ein letztes Mal an sich und küsst mich.

Kapitel 14

Ed, du glaubst nicht wer heute im Cookies war!«, rufe ich aufgeregt als ich seine Zimmertür aufstoße. Eddy dreht sich stöhnend um und zieht sich die Decke über den Kopf.

Ich werfe mich zu ihm aufs Bett. »Los, steh auf! Ich muss dir alles erzählen. Sonst kann ich nicht schlafen.«

»Kannst du mir das nicht nachher erzählen? Ich habe die halbe Nacht über meinem neuen Entwurf gesessen.«

»Na gut, dann erzähle ich dir nicht von meiner heißen Nacht mit dem Typen vom Hype-Park-Festival ...« Ich will vom Bett rutschen, als Eddy mich am Arm packt und mit großen Augen ansieht.

»Doch interessiert?« Lachend setze ich mich im Schneidersitz vor ihn. Eddy reibt sich müde übers Gesicht und fährt sich durch die dunklen Locken, die zu allen Seiten abstehen. »Los, worauf wartest du denn noch? Erzähl schon!«

»Also ...«, sage ich und fange an und mache eine theatralische Pause.

»Kehya!«, ruft er und boxt mir freundschaftlich gegen den Arm.

»Ja ja, ich erzähl schon«, sage ich grinsend. »Steven und ich haben gerade angefangen alles für die Nacht vorzubereiten, als Charles plötzlich mit Adam im Club aufgetaucht ist.« Ich spüre die Gänsehaut an meinem ganzen Körper. Allein die Erinnerung reicht, um meine Gefühlswelt verrücktspielen zu lassen. »Oh Gott, du kannst dir nicht vorstellen, wie heiß er ist.«

Eddy lacht. »Oh doch, ich habe sein Bild noch genau im Kopf.«

»Er ist noch unwiderstehlicher als in meiner Erinnerung. Er hat überall Tattoos. Wie er mich an sich gezogen und geküsst hat - Gott es war der Wahnsinn.«

»Ich will alle Details wissen!«

»Ich habe mir eigentlich fest vorgenommen, ihn um den Verstand zu bringen ...« Ich schüttle den Kopf. »Aber ich hab es nicht ausgehalten. Ich war so von ihm eingenommen, dass ich einfach erlöst werden musste. Ich bin dann mit ihm in unserem Mitarbeiterraum verschwunden und …« Ich fasse mir an die Brust und lasse mich rückwärts aufs Bett fallen. »Es war unglaublich! Keine Ahnung, er wusste genau, wie er mich anfassen muss. Wie er mich berührt hat. Seine dunklen Augen haben mich um den Verstand gebracht und diese Hände«, schwärme ich.

»Scheiße Kehy, es hat dich voll erwischt«, sagt Eddy grinsend und zieht mich wieder hoch.

»Doch nicht so, wie du jetzt denkst. Du weißt, dass ich keinen Bock auf eine Beziehung habe, aber ihn werde ich wohl nicht so schnell aus dem Kopf kriegen.«

»War das eine einmalige Sache oder wird er jetzt öfters in London sein?«

»Er meinte, dass er jetzt öfters im Cookies auflegen wird. Also wenn es nach mir geht, werden wir das definitiv wiederholen«, lache ich. Ich muss laut gähnen und lasse mich tiefer in Eddys Bett sinken. Ich denke an die Nacht mit Adam, spüre noch immer seine warmen Hände auf meiner Haut.

»Ich hab dich lieb, aber denk nicht mal, dass du jetzt hier schlafen kannst«, reißt Eddy mich aus meinen Gedanken. Ich habe gar nicht gemerkt, dass ich meine Augen geschlossen habe. »Ich muss gleich noch an einem Entwurf für Jacque arbeiten. Und du weißt, das kann etwas ausarten.«

»Da will ich dir nicht im Weg stehen«, sage ich, als ich vom Bett rutsche. »Wir gehen nachher zum Weihnachtsmarkt, kommst du mit?«

»Klar«, sagt er und kuschelt sich wieder unter seine Decke. In meinem Zimmer lasse ich mich direkt in meine Kissen fallen und schlafen glücklich und zufrieden ein.

Kapitel 15

Ich bin eigentlich kein Fan von Feiertagen. Seit meine Mum uns verlassen hat, sind sie für meinen Vater mehr wie ein Trauertag als alles andere. Aber die Vorweihnachtszeit in London ist einfach unglaublich. Selbst der größte Grinch kommt hier bestimmt in Weihnachtsstimmung. Eddy und ich laufen Händchen haltend durch die beleuchteten Straßen. Zwischen den Häusern hängen riesige Engel, die aussehen, als würden sie zwischen den Häusern entlang fliegen. Die Lichter spiegeln sich in den Augen der Menschen und die meisten strahlen glücklich vor sich hin. Ich schaue zu meinem besten Freund und lächle ihn an.

»Na, der Typ hat es dir ja angetan«, lacht er.

Ich verdrehe die Augen, kann mir ein Grinsen aber nicht verkneifen. »Überhaupt nicht. Ich hatte guten Sex und freue mich jetzt einfach auf den Weihnachtsmarkt.«

Wir treffen uns mit meinen Kollegen vor dem London Eye. Wie alles andere in der Stadt ist auch das Riesenrad beleuchtet. Wir sind mal wieder die letzten. Die anderen stehen bereits alle an einem der kleinen Stände und wärmen ihre Hände an Glühweintassen.

»Hey, wartet ihr schon lange?«, begrüße ich die anderen.

Mein Blick fällt sofort auf Adam – er ist hier. Ob ich will oder nicht, die Schmetterlinge in meinem Bauch fangen an zu fliegen und das Grinsen auf meinem Gesicht wird noch breiter. Adam schaut zu mir und heftet seinen Blick auf Eddy.

»Eddy, das ist Adam unser neuer DJ. Adam, das ist Eddy mein …«

Doch bevor ich weitersprechen kann, fällt mir Eddy ins Wort: »Ich bin Kehyas bessere Hälfte, nett dich kennenzulernen.«

Ich sehe Eddy mit großen Augen an, doch der grinst breit und zuckt mit den Schultern. Er wird was zu hören kriegen, wenn wir nachher zu Hause sind. Adam nickt Eddy knapp zu und dreht sich dann zu Charles um. Ich spüre ein unangenehmes Ziehen in meinem Magen. Irgendwie hätte ich mir eine andere Reaktion von Adam gewünscht. Ich schüttle über mich selbst den Kopf. Es war ein One-Night-Stand nicht mehr und nicht weniger. Aber offensichtlich hat mir der Typ tatsächlich den Kopf verdreht.

»Kehya, ich hole mir noch was zu trinken, soll ich euch einen mitbringen?«, fragt Mila und holt mich damit aus meinen Gedanken.

»Ich komme kurz mit. Sonst noch wer?«

»Bring gerne noch eine Runde mit«, antwortet Charles. Reicht mir ein Tablett mit leeren Tassen und drückt mir ein paar Scheine in die Hand.

Mila und ich quetschen uns an den umherstehenden Menschen vorbei und der Geruch von gebrannten Mandeln und Zimt steigt mir in die Nase. Ich bekomme augenblicklich Hunger und überlege, was ich alles noch essen will. Wir erreichen die kleine Holzhütte mit den grünen Girlanden und stellen uns an die verhältnismäßig kurze Schlange.

»Unser neuer DJ ist sowas von heiß!«, platzt es aus Mila heraus. Ich lache zustimmend.

»Aber er scheint nur Augen für dich zu haben.« Sie wackelt verschwörerisch mit den Augenbrauen. »Er hat mehrmals gefragt, ob du noch zum Weihnachtsmarkt kommst.«

»Ehrlich?«, frage ich und merke, wie sich das Kribbeln in meinem Körper wieder breit macht.

Mila sieht mich wissend an. »Dir scheint es da nicht anders zu gehen.«

»Ach quatsch, er sieht einfach nur zum Anbeißen aus.«

»Zehn Glühwein mit Schuss, bitte!«, ruft Mila der Frau mit der grünen Schürze plötzlich zu. Ich schiebe das Tablett mit den leeren Gläsern auf den Tresen vor mir.

»Allein bei dem Gedanken schüttelt es mich schon.« Dabei verziehe ich das Gesicht und deute zu den Behältern mit Glühwein drin.

»Ja, richtig lecker, ist was anderes«, stimmt mir Mila zu.

Ich reiche der Frau das Geld und nehmen ihr das Tablett ab. Mila nimmt das Wechselgeld und wir schlängeln uns zurück zu unseren Kollegen.

»Bleibst du über die Feiertage wieder hier oder fährst du nach Schottland zu deiner Gran?«, frage ich und schaue kurz über meine Schulter um sicherzugehen, dass Mila mich gehört hat.

»Ich fahre morgen früh mit Josh zu seiner Familie. Gott, ich bin so aufgeregt. Ich habe bis auf seine Schwester noch niemanden kennengelernt. Und jetzt soll ich gleich die kompletten Weihnachtstage mit ihnen verbringen.«

»Das wird schon. Ich bin mir sicher, dass sie dich lieben werden.«

Als wir an unserem Tisch ankommen, verteilen wir die Tassen. Ich reiche Adam seine, dabei streifen sich unsere Hände. Seine warmen Finger fahren sanft über meine. Sein Blick ist ernst auf mich gerichtet, ich kann ihn nicht deuten, kann nicht einschätzen in welcher Stimmung er ist. Weiß nicht, was in seinem Kopf vor sich geht und werde wohl mit dieser Ungewissheit erstmal leben müssen.

Ich nehme die letzten beiden Tassen vom Tablett und stelle mich wieder zu Eddy. Er greift nach einer davon und legt dann seinen Arm um mich. Ich spüre Adams Blicke auf mir, doch als ich zu ihm sehe, wendet er sich ab. Er unterhält sich mit Jamie und kommt ihr dabei näher als mir lieb ist.

»Ed, was soll der Scheiß?«, stoße ich hervor.

Eddy grinst und kommt dann mit seinem Gesicht ganz nah an meins. »Ich glaube nicht, dass er so schnell aus deinem Leben verschwinden wird.«

»Ja, und?«, zische ich und schiebe ihn etwas von mir weg.

»Er soll direkt lernen, dass er nicht der wichtigste Mann in deinem Leben sein kann.« Bedeutsam wackelt er mit den Augenbrauen und sieht dabei so albern aus, dass ich unweigerlich anfangen muss zu grinsen.

Ich boxe ihm gegen die Brust. »Du bist ein Idiot.«

Eddy gibt mir einen Kuss auf die Wange und nimmt dann einen Schluck von seinem Glühwein. »Nur für dich.«

Kapitel 16

Los! Ich will Riesenrad fahren«, bettle ich Eddy an, damit er endlich mit mir kommt. Es ist zwar eine echt lange Schlange davor, aber die Aussicht über London ist von dort einfach unglaublich. Gerade jetzt, wo alles so schön beleuchtet ist.

»Du hörst ja sonst nie auf zu nerven«, sagt er lachend und hakt sich bei mir unter. Ich strahle und gemeinsam stellen wir uns in die Schlange vor den kleinen Kassenhäusern. Die Schlange bewegt sich zwar nur langsam voran, aber das nehme ich in Kauf.

»Und jetzt erzähl mir endlich von Oliver«, fordere ich ihn auf. Eddys Wangen verfärben sich kaum merklich. »Er ist süß und wir haben uns auch wirklich gut verstanden. Aber im Bett hat er es leider überhaupt nicht drauf. Kehya er war so bemüht … aber du weißt, das geht gar nicht für mich.«

Ich muss lachen und will mir das gar nicht vorstellen. »Oh man, und was jetzt? Hast du es ihm gesagt?«, frage ich und auch wenn ich ihn nicht kenne, tut mir Oliver leid.

»Er hat selbst gemerkt, dass es zwischen uns nicht funktioniert.« Er schüttelt den Kopf und wir gehen langsam weiter.

Eddy ist auf der Suche nach der großen Liebe, möchte heiraten und auch irgendwann Kinder haben. Bisher ist seine Auswahl an potenziellen Männern aber eher fragwürdig. Während wir über das Für und Wider von festen Beziehungen, seltsamen Erlebnissen im Bett und den letzten One-Night-Stand diskutieren, geht die Schlange langsam weiter.

»Zwei Tickets, bitte«, sage ich zu dem Mann hinter der Plexiglasscheibe, als wir endlich dran sind. Ich will mein Portemonnaie aus meiner Handtasche ziehen, als ich unterbrochen werde.

»Das übernehme ich«, höre ich Adams raue Stimme hinter mir sagen, reicht dem Mann seine Kreditkarte und bezahlt die Karten. Einen Moment lang sehen Eddy und ich uns verwirrt an. Adam dreht sich zu uns, legt einen Arm um Eddy und flüstert ihm etwas ins Ohr. Ich brauche einen Moment, bis ich verstehe, was hier gerade vor sich geht. Beide grinsen sich an, als würden sie sich schon ewig kennen.

Dann zwinkert Eddy mir zu und tritt aus der Schlange.

»Oder willst du nicht mit mir fahren?«, fragt Adam und hält mir seine Hand hin.

»Doch … gerne.« Perplex verschränke ich meine Finger mit seinen und lasse mich von ihm durch die Absperrung führen, die uns ein Mitarbeiter aufhält. Bevor ich einsteige, schaue ich noch einmal zu Eddy, der uns grinsend hinterher schaut. Wir steigen mit den anderen Leuten in die Gondel. Normalerweise ist das London Eye deutlich überfüllter. Ich stelle mich an die Glasscheibe und merke, wie aufgeregt ich bin. Ein flatterndes Gefühl breitet sich in meinem Bauch aus und ich weiß gar nicht, warum ich jetzt so nervös werde. Immerhin hatten wir schon Sex, jetzt fahren wir einfach zusammen Riesenrad. Ich versuche meine Gefühle unter Kontrolle zu kriegen und keine große Sache daraus zu machen.

Adam stellt sich ganz dicht neben mich. Er greift nach meiner Wange und dirigiert mein Gesicht ganz dicht an seines. »Bitte sag mir, dass er dein Bruder ist?«, flüstert er.

Mitten in diesem aufgeladenen Moment muss ich lachen. »Ed ist mein bester Freund.«

»Es gibt keine Freundschaft zwischen Männern und Frauen.« Die Art wie er spricht hat etwas, das andere vielleicht als einschüchternd beschreiben würden, doch diese Wirkung hat er nicht auf mich. Ich liebe den Klang seiner Stimme, die mir seit dem Festival nicht mehr aus dem Kopf geht.

»Und wenn ich dir sage, dass er schwul ist?«

»Bist du dir sicher?«

»Natürlich«, lache ich und muss an die unzähligen Male denken, in denen ich Eddy mit einem anderen Typen in seinem Zimmer überrascht habe.

»Also gibt es keinen Grund, eifersüchtig zu sein?«, seufzt er erleichtert und lässt seine Schultern kaum merklich etwas nach unten sinken. Bevor ich etwas erwidern kann, küsst er mich. Ich seufze leise, meine Welt hört auf, sich zu drehen und ich spüre nur noch seine warmen Lippen. Schmecke den wunderbaren Geschmack von Adam.

Ich verzehre mich nach ihm, will dass dieser Kuss niemals endet. Mein Körper schmiegt sich wie automatisch an ihn, will ihm noch näher sein, als ich es jetzt schon bin. Seine Hände streichen meine Taille entlang. Erst jetzt wird mir bewusst, wie sehr ich mir das hier gewünscht habe. Wie sehr ich gehofft habe, dass er mit zum Weihnachtsmarkt kommt und genau das hier passiert.

Meine Finger streichen über seine rauen Bartstoppeln. Das Gefühl seiner Haut an meiner ist unvergleichlich. Die Gondel stoppt mit einem kleinen Ruck, der uns schwanken lässt. Aus Adams Kehle löst sich ein kleines, glucksendes Geräusch. Ich fange an zu kichern und strahle ihm entgegen. In mir macht sich ein warmes Gefühl breit. Ich weiß nicht, ob ich mich jemals so in der Anwesenheit eines Mannes gefühlt habe. Ich senke den Blick und wende mich wieder London zu. Wir sind ganz oben angekommen und können die Stadt unter uns betrachten. Big Ben und die umliegenden Brücken funkeln uns entgegen.

»Ist es nicht wunderschön?«, flüstere ich.

»Ich hätte nicht gedacht, dass London mich so sehr fasziniert.«

Ich blicke über meine Schulter zu Adam, doch statt die Stadt zu beobachten, schaut er zu mir. Ich lächle ihn an und schaue wieder zu meinem geliebten London.

Adam schlingt von hinten seine Arme um mich. Ich lehne mich an ihn. Obwohl ich einen dicken Mantel anhabe, spüre ich seine Wärme. Ich bin eingehüllt von seinem Geruch und meine Gedanken drehen sich um diesen faszinierenden Mann hinter mir.

So bleiben wir stehen, bis wir wieder unten ankommen. Wir warten, bis die anderen Gäste ausgestiegen sind. Am liebsten würde ich einfach mit Adam in dieser Gondel bleiben. Bevor wir raus gehen, streicht Adam mit seinen langen Fingern zart über meine Wange und zieht mich ein letztes Mal an sich, um mich zu küssen.

Es ist nicht unser erster Kuss, aber bei weitem der sanfteste. Kaum merklich streifen seine Lippen meine, nur einen Atemzug lang, bevor wir uns wieder voneinander lösen. Dennoch bin ich so überwältigt, dass meine Knie ganz weich werden.

»Ihr müsst jetzt aussteigen«, erklingt die ungeduldige Stimme eines Mannes, der die nächsten Gäste hineinlassen will. Von einem auf den anderen Moment ist die elektrisierende Stimmung aus der Gondel gewichen.

Wir steigen aus und Adam geht ein paar Schritte vor mir her. Er wartet nicht auf mich und greift auch nicht nach meiner Hand. Irgendwie bin ich enttäuscht. Wir sind kein Paar und ich will auch überhaupt keine Beziehung, trotzdem fühlt es sich komisch an, wenn er mich so zurücklässt. Seine Nähe fehlt mir.

Adam stellt sich wieder zu Charles und ich mich zu Eddy.

»Was ist los?«, fragt er.

»Nichts«, sage ich und zucke mit den Schultern. Eddy zieht eine Augenbraue hoch und betrachtet mich skeptisch.

Ich lächle ihn gezwungen an und greife nach der Tasse in seiner Hand, die noch fast voll und mittlerweile kalt ist. Ich kann jetzt nicht mit ihm reden, ich muss mir erstmal selbst darüber klar werden, was ich überhaupt denken soll.

»Fahrt ihr heute noch nach Cottingham?«, fragt Maddox und schaut zwischen Eddy und mir hin und her.

Ich zucke mit den Schultern. »Da haben wir noch gar nicht darüber geredet.«

»Gute Frage, Kehy, wann willst du fahren?«, fragt Eddy. Mein Blick huscht von ihm kurz zu Adam, der mich mit zusammengezogenen Augenbrauen mustert. Ich drehe mich wieder zu Eddy und versuche, nicht zu sehr über diesen Blick nachzudenken.

»Eigentlich habe ich gedacht, dass wir erst morgen fahren. Oder was hast du deiner Mum gesagt?«

»Ich habe ihr gesagt, dass es noch unklar ist. Aber du weißt ja, wie sie Weihnachten ist. Sie würde sich unheimlich freuen, wenn wir morgen nach dem Aufstehen die Treppe runterkommen würden.«

Mir geht das Herz auf, wenn ich an Michelle denke. Für sie sind solche Tage einfach etwas ganz Besonderes.

»Du hast recht. Das können wir ihr eigentlich nicht antun. Könntest du denn noch fahren?«

»Ich hatte nur einen kleinen Schluck, das Zeug ist einfach widerlich. Keine Ahnung, wie ihr das trinken könnt.« Eddy rümpft seine Nase.

Lachend nehme ich einen Schluck und verziehe mein Gesicht. Das Zeug schmeckt echt eklig.

Ich drehe mich wieder zu Maddox. »Wir fahren also heute Abend. Wie verbringst du die Feiertage?«

»Ich fahre heute auch noch zu meiner Tante.«

Mein Blick wandert zu Adam, der mich weiter mustert. Ich kann seinen Gesichtsausdruck nicht deuten. Warum schaut er so grimmig?

Luca erzählt, dass seine Eltern dieses Jahr nach London kommen. Doch ich bin so in Gedanken an Adam, dass ich irgendwann gar nicht mehr zuhören kann.

»Es ist so schön, dass wir uns alle hier noch mal gesehen haben«, sagt Jamie und zieht mich in ihre Arme.

Ich brauche einen Moment, bis ich verstehe, dass sie sich von mir verabschiedet. »Meine Eltern kommen morgen zu mir und Granny und ich müssen noch einiges vorbereiten«, sagt sie zu Mila, bevor sie auch diese in eine Umarmung zieht.

Mittlerweile ist es schon später Abend und die anderen machen sich auch langsam auf den Weg.

»Wollen wir auch los?«, frage ich Eddy.

Er nickt und hakt sich bei mir unter.

»Fröhliche Weihnachten! Wir sehen uns dann zur Silvesterparty wieder«, sage ich zu Charles und Adam, die noch an dem kleinen Tisch stehen.

»Frohe Weihnachten«, antwortet Adam kühl und wendet sich wieder von mir ab.

Kapitel 17

Was war da oben zwischen euch los? Du hast irgendwie bedrückt gewirkt, als ihr zurückgekommen seid«, fragt Eddy und legt seinen Arm um mich. Ich zucke mit den Schultern. »Keine Ahnung.«

»Du weißt, dass ich dich erst in Ruhe lasse, wenn ich weiß, was los ist.«

»Er wollte nur wissen, was zwischen uns läuft.« Während meiner Worte deute ich von Eddy zu mir und wieder zurück.

Eddy schnaubt amüsiert. Die Vorstellung von uns beiden als Paar ist so absurd, dass auch ich kurz schmunzeln muss.

»Naja, jedenfalls haben wir uns dann geküsst und standen Arm in Arm am Geländer und haben uns London angeschaut. Als wir dann wieder unten waren, hat er mich ein letztes Mal in der Gondel geküsst und ist gegangen.«

»Und wo ist das Problem?«

»Es hat mir nicht gepasst, dass er einfach gegangen ist und … ach, keine Ahnung.«

»Scheiße, Kehy, ich wusste, dass er es dir angetan hat. Normalerweise kannst du Händchen halten doch nicht ausstehen.« Er schaut mich mit gehobenen Augenbrauen an. Winkend tue ich das Thema ab, weil ich Eddy innerlich viel zu sehr zustimme.

»Es liegt bestimmt an Weihnachten. Die nächsten Tage stressen mich jetzt schon. Deswegen bin ich vermutlich ein bisschen drüber.«

Ich weiß selbst, dass dieser Wunsch nach Nähe untypisch für mich ist. Ich will kein Händchenhalten. Der Einzige, mit dem ich sowas mache, ist Eddy. Ich vergnüge mich gerne mit Typen, aber das war's dann.

Zuhause holen wir unsere fertig gepackten Rucksäcke und verlassen die WG, um zum Bahnhof zu fahren und unseren Mietwagen abzuholen. Sonst fahren wir meistens mit dem Zug, aber vor den Feiertagen sind die meistens ausgebucht.

Ich schlafe während der Fahrt ein und werde erst von Eddy geweckt, als wir vor dem Haus seiner Eltern stehen.

»Wie spät ist es?«, frage ich und strecke meine Arme über dem Kopf aus.

»Es ist schon ein Uhr. Meine Mum wird Augen machen, wenn wir morgen die Treppe runterkommen.«

Ich kann Michelles breites Grinsen und ihre funkelnden Augen förmlich vor mir sehen. Wahrscheinlich wird sie vor Freude anfangen zu weinen. Leise betreten wir das Haus und gehen direkt hoch in Eddys Zimmer.

Kapitel 18

Am nächsten Morgen ziehe ich mir eine Jogginghose über und rüttle Eddy wach. »Los Ed, ich hab deine Eltern schon gehört. Steh endlich auf.«

Widerwillig kriecht er aus dem Bett und reibt sich mit den Händen über sein zerknirschtes Gesicht. Ich schiebe ihn Richtung Zimmertür und schnappe mir noch seine Jogginghose, die auf dem Stuhl liegt.

Eddy schlüpft hinein und bevor wir gemeinsam die Treppe runter schleichen, verschwindet er noch schnell ins Bad. Wir betreten das Wohnzimmer und rufen im Chor: »Frohe Weihnachten!«

Richard und Michelle zucken zusammen und drehen sich zu uns um. Letzterer bleibt der Mund offenstehen, als sie uns sieht. »Was macht ihr denn schon hier?«, fragt sie und wischt sich die ersten Freudentränen aus den Augen, während sie mit schnellen Schritten auf uns zukommt. Gleichzeitig zieht sie uns in eine herzliche Umarmung.

»Wir konnten doch nicht erst heute Mittag zum Essen kommen«, sagt Eddy.

»Das ist das schönste Weihnachtsgeschenk, was ihr mir hättet machen können.«

Mir geht das Herz auf bei so viel mütterlicher Liebe. Vielleicht ist es selbstverständlich, dass sie so für ihren Sohn empfindet, doch nicht, dass sie mir die gleichen Gefühle entgegenbringt.

Das Weihnachtsessen bei meinem Vater verläuft entspannter als erwartet. Dad ist besser drauf als sonst und trotzdem fühlt sich mein Brustkorb wie zugeschnürt an, wenn ich meinen Dad vor dem Baum sitzen sehe. Ein altes Fotoalbum, mit Bildern von meiner Mum auf seinem Schoß. Obwohl ich die meiste Zeit bei Familie Miller bin und nicht bei meiner eigenen, werde ich dieses Gefühl nicht los.

»Bist du sicher, dass du morgen schon wieder fahren willst?«, fragt mich Eddy, als wir abends mit seinen Eltern im Wohnzimmer sitzen.

»Ja, ich will zurück nach London.«

Ich habe das Gefühl, nicht richtig atmen zu können, wenn ich hier bin. Alles fühlt sich so bedrückend an. Ich weiß, dass es an den Feiertagen liegt und der Stimmung. Ich brauche den Londoner Trubel, um mich wieder wohlzufühlen. Ich will dieses Leben hier in Cottingham einfach vergessen. Vergessen, dass mein trauernder Vater hier sitzt. Es fällt mir so viel leichter, mich auf mich und meine Bedürfnisse zu konzentrieren, wenn ich fort bin.

»Ist es für dich okay, wenn ich noch bleibe?«, fragt Eddy und ich weiß, dass ich nur ein Wort sagen müsste, und er würde mit mir fahren.

»Natürlich, bleib ruhig hier bei deinen Eltern. Aber Silvester kommst du ins Cookies, oder?«

»Natürlich, das lass ich mir doch nicht entgehen!«, verspricht er.

Kapitel 19

Ed, willst du direkt mitkommen oder bist du noch nicht so weit?«

»Ich bin bereit und außerdem will ich nichts verpassen, immerhin ist heute Silvester.« Ich freue mich, dass er mit mir zusammen zum Club fährt. Nervosität macht sich in mir breit, weil ich weiß, dass ich Adam heute wiedersehe.

»Los, setz dich hin«, sagt Eddy streng und deutet auf meinen Stuhl. »Das kann ich mir nicht länger mitansehen, wie du dir die Haare machst.« Kaum sitze ich auf meinem Stuhl, schiebt mich Eddy schon vor meinen Schminktisch. Ich verdrehe die Augen und verschränke die Arme vor der Brust. Es ist so typisch für ihn, dass er sich einmischen muss. Es gefällt mir, wenn Eddy mir die Haare macht, er ist darin deutlich besser als ich. Aber so schlecht, wie er es immer darstellt, stelle ich mich auch nicht an.

Er bindet die obere Hälfte meiner Dreadlocks zu einem ordentlichen Zopf zusammen und der untere Teil bleibt offen. Danach ziehe ich mir ein weißes, geripptes Kleid mit langen Ärmeln an. Dazu meine Boots und den dicken Mantel, damit ich nicht friere, wenn wir nachher um Mitternacht raus gehen.

Eddy trägt ebenfalls schwarze Boots, eine lockere, beige Stoffhose und ein weißes T-Shirt. Er sieht unglaublich gut aus und es gefällt mir, dass wir optisch so gut zusammenpassen.

Ein junges Mädchen, die ich auf achtzehn Jahre schätzen würde, beschallt unseren Wagon in der U-Bahn mit dem Coachella-Konzert von Beyoncé. »Single Ladys« läuft an und damit kann Eddy sich nicht mehr zurückhalten. Er springt von seinem Platz auf und fängt an, die Choreographie zu dem Lied nachzutanzen. Ich beobachte meinen besten Freund bei den routinierten Bewegungen und muss mich dann vor Lachen krümmen.

Eddy greift nach meiner Hand und zieht mich zu sich. Ich steige bei dem nächsten Refrain mit ein, ebenso wie das Mädchen und ihre Freundinnen. Wir tanzen auch noch das nächste

Lied durch und wenn wir nicht aussteigen müssten, würden wir Silvester wahrscheinlich in dieser U-Bahn verbringen.

Eddy liebt Silvester und seine Stimmung ist ansteckend. Selbst wenn ich nicht wollte, könnte ich mit Eddy an meiner Seite nicht ruhig bleiben. Als wir im Club ankommen, sind die anderen bereits da und das, obwohl wir heute sogar überpünktlich sind.

»Super, dass du mitgekommen bist, Ed. Komm mit«, ruft Charles ihm entgegen, als er uns sieht. Eddy folgt ihm ins Lager und ich geselle mich zu Maddox und Luca hinter die Theke. »Was soll ich machen?«

»Die hier müssten noch aufgeblasen und aufgehängt werden«, sagt Luca und schiebt mir eine Tüte mit Ballons zu. Ich trage sie zu einer der Sitzecken und in dem Moment kommt Eddy mit einer großen Heliumflasche auf mich zu.

»Na, wir haben wohl die gleiche Aufgabe gekriegt«, lache ich und schmeiße eine Handvoll Ballons auf den Tisch vor mich.

Plötzlich höre ich Adams raue Stimme hinter mir: »Die hier müssten auch noch aufgeblasen werden.« Ich höre, wie ein weiterer Karton über den Fußboden rutscht und direkt neben mir stoppt. Ich drehe mich um und stehe Adam direkt gegenüber. Er ist mir so nah, dass ich sofort von seinem Geruch eingehüllt werde und nur meine Hand ausstrecken müsste, um ihn zu berühren.

»Hier«, raunt er und reicht mir eines der beiden vollen Whiskygläsern, die er in der Hand hält. »Es gefällt mir, von dir bedient zu werden«, sage ich und greife nach dem Glas. Doch er lässt es nicht direkt los. Meine Mundwinkel wandern nach oben und ich blicke in seine schwarzen Augen.

Adam zieht seine Unterlippe zwischen seine Zähne. Etwas in meinem Inneren zieht sich genüsslich zusammen. Wie kann er nur so eine Wirkung auf mich haben?

»Cool, danke«, lacht Eddy und nimmt Adam das andere Glas ab. Er hebt es an seinen Mund und trinkt es mit einem großen Schluck leer.

»Das war zwar eigentlich mein Drink«, sagt er und schaut in Eddys belustigtes Gesicht. »Aber dann werde ich mir wohl einen neuen holen. Willst du noch einen?«

»Klar, danke.«

Adam geht zurück zur Theke und ich schaue ihm hinterher, betrachte seinen knackigen Arsch.

Ich werde unsanft gegen die Schulter geboxt und Eddy lacht. »Ich würde ihn auch nicht aus meinem Bett schmeißen. Aber pass auf, dass du nicht anfängst zu sabbern.«

»Idiot«, lache ich und fange an die Ballons aufzupusten.

Als wir fertig sind, sieht das Cookies aus wie verwandelt. Die hellen Ballons unter der Decke sehen durch die dahinterliegenden Lichter aus wie Wolken. Es hat etwas Mystisches und ich bin richtig zufrieden mit dem Ergebnis. Ich besorge Eddy noch etwas zu trinken und helfe Mila mit den Vorbereitungen für die Cocktails.

Die ersten Gäste stehen bestimmt schon vor der Tür und warten darauf, reingelassen zu werden. Die Musik im Club wird mit der Zeit immer lauter und ich spüre die ausgelassene Silvesterenergie in meinem ganzen Körper.

Gutgelaunt gehe ich die paar Stufen zum DJ-Pult hoch. »Ich weiß nicht, wie oft ich heute bei dir vorbeischauen kann. Gib mir am besten ein Zeichen, wenn du Nachschub brauchst.« Dann stelle ich Adams Getränke an ihren gewohnten Platz.

Adam schaut zu mir und nickt mir knapp zu. Bevor ich gehen kann, greift er nach meiner Hand. Meine Haut fängt unter seinen warmen Fingern an zu kribbeln. Adam leckt sich verführerisch über die Lippe, zieht mich zu sich und küsst mich. Ich bin kurz etwas überrumpelt, habe nicht damit gerechnet.

Doch dann schmiege ich mich an ihn und spüre, wie das Verlangen in mir wächst. Seine Hände streicheln kaum spürbar über meinen Rücken und ich bekomme eine Gänsehaut. Ich schmecke ihn, beiße zärtlich in seine Unterlippe und würde ihn am liebsten wieder in unseren Mitarbeiterraum zerren. Ich will unbedingt mit ihm allein sein.

Doch dafür habe ich jetzt keine Zeit.

Widerwillig löse ich mich von ihm, eine Hand auf seiner Brust liegend. So kann ich das Pochen seines Herzens spüren.

»Ich muss wieder an die Arbeit«, hauche ich.

»Ich werde heute nicht schlafen können, wenn ich dich nicht für mich alleine hatte.« Er zieht mich an sich und küsst mich erneut. Ich spüre das Drängen in seinem Kuss und auch wenn ich es vor ihm niemals zugeben würde, liebe ich diese Art.

»Kehya!«, ruft Charles.

Langsam lasse ich von Adam ab und drehe mich um. Ich sehe, wie angepisst mein Chef ist und ich kann es verstehen. Es ist viel zu tun und ich knutsche mit dem DJ rum.

Ich will gerade etwas sagen, als Adam sich einmischt.

»Chuck, beruhig dich wieder. Sie kommt ja schon.«

Ich laufe die Stufen hinunter und blicke ein letztes Mal zu Adam, er greift in sein T-Shirt, als wenn er sich Luft zufächern würde. Ich lächle ihn an, bevor ich zu Jamie und Mila eile.

Kapitel 20

Ich will meine Stimmung nicht von einem Typen abhängig machen. Allein ich bin dafür verantwortlich, wie es mir geht, das weiß ich. Aber Adam ist wie eine aufputschende Droge, durch ihn fühle ich mich wie beflügelt und so strahle ich Eddy an, der an der Bar sitzt. Ich stehe hinter der Theke und kümmere mich um die letzten Vorbereitungen, bevor die Gäste reingelassen werden.

»Oh Gott, du bist schrecklich, wenn du so verknallt bist!«, ruft er mir über die Musik entgegen.

Ich sehe ihn mit großen Augen an und boxe gegen seine Schulter. »Du spinnst! Spürst du nicht auch diese Energie? Es wird eine richtig geile Party heute, das merkst du doch auch!«

Ich und verknallt, Eddy kennt mich zwar besser als jeder andere, aber da irrt er sich gewaltig. Ich bin doch nicht verknallt. Vielleicht habe ich mich noch nie so von einem Mann angezogen gefühlt, aber das ist rein körperlich.

Lachend verdreht Eddy die Augen. Ich will nicht weiter mit ihm darüber reden, vor allem nicht hier.

»Willst du noch was trinken?«, frage ich also.

»Ja, stell mir ruhig noch mal so einen hin.« Dabei deutet er auf das leere Glas vor sich.

Ich greife danach und mache ihm einen weiteren Caipirinha fertig.

»Hey Ed, kannst du kurz mitkommen? Ich brauche deine Hilfe.« Dabei legt Steven ihm eine Hand auf die Schulter.

»Klar.« Eddy springt auf und folgt ihm.

Noch bevor die beiden zurück sind, strömen die ersten Feierwütigen in den Club. Die Musik vibriert durch den ganzen Raum und von einer auf die andere Sekunde ist die Party in vollem Gange. Eine Gruppe junger Frauen läuft direkt auf die Tanzfläche und gibt sich der Musik hin.

Ich könnte meine Nächte nur damit verbringen, die Menschen hier zu beobachten.

Doch statt sie nur zu betrachten, schnappe ich mir mein Tablett und mische mich unter die Leute, um die ersten Bestellungen aufzunehmen. Die ersten Stunden vergehen wie im Flug. Ich kann nicht sagen, was es ist, doch plötzlich ändert sich etwas im Club. Noch ehe ich dieses Gefühl richtig greifen kann, sehe ich sie: Coco, ein berühmtes Model aus London und It-Girl, kommt zusammen mit ihrer noch berühmteren Freundin Robyn in den Club.

Ich bleibe wie angewurzelt stehen und beobachte die beiden. Keine Ahnung, ob es daran liegt, dass ich weiß, wer sie sind - oder daran, dass sie unglaublich schön sind. Sie wirken, als würden sie von innen heraus strahlen.

Hand in Hand laufen sie durch den Club, als wären sie ganz normale Gäste. Keine Bodyguards, kein Aufsehen. Genau das bewundere ich. Ich weiß nicht mal, ob Charles weiß, dass sie heute hier sind. Ich freue mich einfach. Am liebsten würde ich zu Eddy laufen und es ihm erzählen, aber ich kann mich nicht von ihnen abwenden.

Doch dann schlägt meine Stimmung um: Sie steuern direkt auf den Mann zu, den ich heute Nacht eigentlich für mich beanspruchen wollte. Das kann ich mir wohl jetzt abschminken. Ich gehe zu Jamie und reiche ihr meinen Zettel mit den Bestellungen.

»Hast du sie schon gesehen?«, fragt sie ganz aufgeregt.

»Japp«, antworte ich knapp und drehe mich zu Eddy, der wieder an der Theke sitzt.

»Was ist?«, fragt er.

Ich zucke mit den Schultern. »Keine Ahnung, ich dachte … Ach, was weiß ich denn schon.«

Eddy folgt meinem Blick und sieht die beiden Schönheiten bei Adam stehen. Er schmunzelt und stupst mich mit dem Ellenbogen an. »Kehy, du bist eifersüchtig!«

»Überhaupt nicht. Höchstens weil sie schön, reich und berühmt sind.«

»Bullshit.«

»Nein, es ist nicht so, wie du denkst. Ich habe einfach gehofft, dass er … heute nur Augen für mich hat«, gebe ich zu.

»Wenn er dich wegen den beiden nicht mehr beachtet, ist er dumm. Aber du bist mindestens genauso dumm, wenn du dir dadurch die Stimmung versauen lässt, ohne zu wissen, wie der Abend verläuft.«

Ich lehne mich bei Eddy an. »Du hast recht.« Dann gebe ich ihm einen Kuss auf die Wange und mache mich wieder auf den Weg.

Ich liefere meine Bestellungen ab und lasse mir von Jamie drei Wodka und drei Whisky auf Eis geben. Damit gehe ich zu Adam und seinen zwei neuen Freundinnen. Natürlich nur weil Charles durchdrehen würde, wenn er mitbekäme, dass ich sie nicht bediene. Nicht, weil ich mich davon überzeugen will, ob etwas zwischen ihnen läuft.

Kapitel 21

Als ich ankomme unterhalten sich die drei gerade und bemerken mich zuerst gar nicht.

Ich räuspere mich. Coco dreht sich zu mir um und fixiert mich mit ihren unglaublichen Augen. »Hi, ich hab euch etwas zu trinken mitgebracht. Lasst es mich wissen, wenn ihr etwas anderes wollt«, sage ich und stelle die Gläser ab, bevor ich das leere von Adam auf mein Tablett stelle.

Dann schaue ich in Cocos Augen und bleibe stehen, habe das Gefühl mich nicht mehr bewegen zu können. Ich werde unfassbar nervös und kann gar nicht glauben, dass ich Coco und Robyn gerade vor mir stehen habe.

Erstere kommt ein paar Schritte auf mich zu, ihr Blick wandert über mein Gesicht, zu meinen Lippen und wieder zurück zu meinen Augen. »Hey, ich bin Coco.« Ihre Hand wandert an meinem Arm entlang und plötzlich steht sie so dicht vor mir, dass ich ihr blumiges Parfüm riechen kann.

Bevor ich antworten kann, erklingt Adams tiefe Stimme direkt hinter ihr: »Coco, Robyn, das ist Kehya, meine Kollegin.«Cocos Finger hinterlassen eine kribbelnde Spur auf meiner Haut.

»Danke für die Drinks«, sagt Robyn mit ihrer unverwechselbaren Stimme. Ich sehe zu ihr und ein Schauer überläuft mich. Ich stehe ihnen wirklich gegenüber. Ich versuche mich wieder zusammenzureißen und die beiden nicht so anzustarren.

»Wenn ich euch etwas anderes bringen soll, sagt Bescheid«, sage ich strahlend zu den beiden. Ich kann verstehen, wenn Adam heute die Nacht mit ihnen verbringt und er voll und ganz von ihnen eingenommen ist. Es geht mir schließlich nicht anders.

»Whisky ist super, vielleicht kannst du dir nächstes Mal auch direkt einen mitbringen?« Robyn schiebt ihre dunklen Haare zur Seite. »Doch bevor du gehst, kannst du uns mit deinem Insiderwissen helfen.« Coco und Robyn legen jeweils einen Arm um mich und so stehe ich zwischen ihnen. Ich schaue sie abwechselnd mit großen Augen an, kann nicht glauben, dass das gerade passiert.

»Klar, was wollt ihr wissen?«

»Unser Adam hier will uns weiß machen, dass er in London noch keine Frau am Start hat. Obwohl wir ihn dafür zu gut kennen. Also muss es einen Grund geben, warum er sie vor uns geheim halten will«, sagt Coco und kommt noch etwas näher.

Ich kichere nervös, löse mich von den beiden und greife wieder nach dem Tablett. »Und da fragt ihr ausgerechnet mich?« Meine Augen schnellen kurz zu Adam, unsere Blicke treffen sich und seine Mundwinkel zucken, als würde er sich ein Grinsen verkneifen.

»Ihr arbeitet zusammen, also wird sie hier regelmäßig auftauchen«, meint Robyn. »Vielleicht jemand, den du hier vorher noch nie gesehen hast?« Sie stellt sich hinter Adam und pikst ihn in die Seiten, doch anstatt zu lachen, dreht er sich, ohne eine Miene zu verziehen, zu ihr um. Mit einem vernichtenden Ausdruck schaut er sie an und hält ihre Handgelenke fest.

»Gott, du bist so ein Spielverderber«, stöhnt sie und kommt lachend zu uns zurück. Adam schnappt sie und kitzelt sie, wobei er selbst lachen muss. Es ist so ansteckend, dass ich mit in das Gelächter einsteige. Robyn befreit sich aus seinem Griff und stellt sich hinter mich. Doch bevor sie mir weitere Fragen stellen können, höre ich Maddox meinen Namen rufen.

»Ich bringe euch gleich noch eine Runde.« Ich werfe einen kurzen Blick zu Adam, bevor ich wieder die Stufen hinunterlaufe.Okay, Eddy hatte Recht. Der Abend könnte einer der besten meines Lebens werden. Coco und Robyn haben auf mich bereits vorher in den Magazinen und auf Social Media locker und entspannt gewirkt, aber dass der Abend so verläuft, hätte ich nicht gedacht.

Ich mache meine übliche Runde und entdecke Eddy auf der Tanzfläche. Nachdem ich die Gäste versorgt habe, bringe ich mein Tablett mit den leeren Gläsern zur Theke und geselle mich für einen Moment zu ihm. Als er mich sieht schlingt er seine Arme um meine Taille und wir fangen an, uns zu der Musik zu bewegen. Ich spüre ein Kribbeln in meinem Nacken und werde das Gefühl nicht los, beobachtet zu werden. In Eddys Armen drehe ich mich um und schaue hinauf zum DJ-Pult. Adam, Robyn und Coco haben ihre Blicke auf mich gerichtet. Meine Lippen verziehen sich zu einem breiten Lächeln und ich freue mich richtig, dass sie hier sind.

Doch es ist Adam, an dem mein Blick hängen bleibt.

Seine Miene ist undurchdringlich, seine Kiefer sind aufeinandergepresst. Er unterbricht den Blickkontakt und wendet sich wieder seinem Pult zu. Ich habe meinen Spaß, fühle mich ausgelassen und fröhlich, ganz egal ob mit ihm oder ohne ihn. Ich schaue zurück zu Coco und Robyn, die gerade ebenfalls anfangen zu tanzen. Als das Lied sich dem Ende neigt, mache ich mich wieder auf den Weg zu Jamie.

Als ich einige Zeit später zurück zu Adam und seinen Begleiterinnen gehe, ist sein Blick genauso ernst wie zuvor. Ich versuche nicht zu viel hineinzuinterpretieren.

»Sorry, dass ich nicht eher bei euch sein konnte!«, rufe ich.

Coco nimmt mir strahlend eines der Gläser ab und reicht es weiter an Robyn. Ich stelle Adam sein Glas hin, und gehe. Doch bevor ich die Stufen erreiche, greift Coco nach meinem Handgelenk und zieht mich an sich ran.

»Wir wurden vorhin unterbrochen.«

Ich sehe sie stirnrunzelnd an, doch dann macht es Klick.

»Ihr seid immer noch auf der Suche nach Adams neuer Geliebten?!«

»Ja, aber vorher musst du mir verraten, wer der heiße Typ eben war, mit dem du auf der Tanzfläche warst«, ertönt Robyn neben mir.

Ich schmunzle, und sehe im Augenwinkel wie Adam die Augen verdreht.

»Du meinst Eddy?«, frage ich.

»Ihr schwuler Mitbewohner«, erklingt Adams raue Stimme.

»Oh schade, ihr saht so heiß zusammen aus«, raunt Robyn.

Ich schaue zu Adam und unsere Blicke treffen sich. Doch in dem Moment dreht sich Coco ebenfalls zu ihm um und schaut zwischen uns hin und her. »Wollt ihr uns verarschen?«, ruft sie und schlägt Robyn gegen den Arm. »Die zwei haben was am Laufen!«

Robyn schaut kurz zwischen uns hin und her und ich kann förmlich hören, wie es in ihrem Kopf rattert. »Nein! Wieso sagt ihr das denn nicht gleich?«

Coco kommt einen Schritt auf mich zu. »Und ich habe gehofft, dass du heute Nacht mit mir feierst«, haucht sie.

Adam springt auf. »Vergiss es, C, Kehya gehört mir und ich teile sie nicht mit dir.« Dann schiebt er Coco ein Stück zur Seite, greift nach meiner Hand und zieht mich zu sich. Ich spüre das Kribbeln in meinem Bauch, kaum, dass wir uns berühren. Adam schlingt von hinten einen Arm um meine Taille und Coco und Robyn grinsen sich an.

Ich schaue auf in Adams grimmiges Gesicht. Die kleine Falte zwischen seinen Augenbrauen ist immer noch zu sehen.

Plötzlich wird es laut im Club und die Gäste fangen an, laut den Countdown runterzuzählen. Ich habe gar nicht mitbekommen, dass es schon so spät ist. Adam geht schnell zum Pult, dreht die Musik etwas runter und noch bevor wir Mitternacht haben, presst er seine Lippen auf meine. Ich höre Coco und Robyn hinter uns jubeln und lächle gegen Adams Mund. Spüre seine warmen Finger, die sich an meinen Armen entlang schieben und seine warme Zunge, die über meine Lippen fährt.

Kapitel 22

Es ist Anfang Februar. Adam ist unser neuer Stamm-DJ und Charles bucht nur noch andere DJs, wenn Adam absagt. Seit der Silvesternacht können Adam und ich die Finger nicht mehr voneinander lassen. Alle im Club wissen, dass wir zusammengehören. Auch wenn keiner von uns je ausgesprochen hat, dass wir ein Paar sind - was wir auch nicht sind. Das zwischen uns ist locker. Es fühlt sich so natürlich und normal an mit ihm zusammen zu sein. Nicht nur auf körperlicher Ebene, ich verbringe auch gerne Zeit mit ihm, ohne dass wir im Bett landen. Ich liebe es, wie unbeschwert ich mich in seiner Anwesenheit fühle.

Eddy ist mein bester Freund, mein Bruder, den ich nie hatte. Der einzige Mensch, der mich in- und auswendig kennt und mich blind versteht. Wir haben eine besondere Beziehung zueinander. Es ist etwas zwischen uns, das es kein zweites Mal geben wird.

Ähnlich ist es zwischen Adam und mir. Nur anders. Bei uns ist es wild, leidenschaftlich und intensiv. Er weckt Gefühle in mir, von denen ich nicht einmal wusste, dass ich sie fühlen kann.

In einer Stunde öffnet das Cookies. Wir sind alle mit unseren Aufgaben beschäftigt, eine von Adams Playlists läuft und seine Musik sorgt dafür, dass wir in die richtige Stimmung kommen.

Ich räume gerade die leeren Kisten weg, als Adam auf mich zukommt. Sanft streichelt er mir über den Arm, küsst meine Schulter.

»Kehy, ich werde nächstes Wochenende nach Barcelona fliegen«, sagt er. Es ist das erste Mal, dass er zurückfliegt, seitdem wir uns kennen.

»Okay, weißt du schon, wann du zurückkommst?«

»Ich habe noch kein Rückflugticket gebucht, aber ich denke es werden nicht mehr als fünf Tage.« Er verschränkt seine Finger mit meinen. »Ich will meine Mutter besuchen, die

Übergabe von meiner alten Wohnung ist am Dienstag und ich habe zwei Auftritte.«

»Ich werde hier sein, wenn du zurückkommst.« Ich stelle mich auf Zehnspitzen und hauche ihm einen kurzen Kuss auf seinen Mund.

»Kehya, wenn ich nicht hier bin, kann ich nicht auf dich aufpassen. Also versprich mir, dass du auf dich achtgibst und dich nicht von irgendwelchen Typen um den Finger wickeln lässt«, sagt er rau. Ich lache und gebe ihm noch einen Kuss. Doch das scheint ihm nicht zu reichen.

»Kehya, ich meine es ernst«, sagt er und schaut mich an. Seine Augenbrauen sind zusammengezogen und sein Kiefer ist angespannt.

»Ist ja gut. Ich verspreche es dir. Ich passe auf mich auf und lasse mich von niemandem verführen. Und das gleiche gilt natürlich auch für dich«, sage ich grinsend und zwinkere ihm zu. Ich will mich umdrehen und mit meiner Arbeit weiter machen, aber Adam scheint noch nicht fertig zu sein.

»Ich kann dir das nicht versprechen, aber ich werde auf mich aufpassen.«

Ich schaue ihn verwirrt an. »Wie meinst du das?«

»Ich will nur ehrlich zu dir sein. Ich habe einige Groupies in Barcelona«, sagt er, als wäre es das Natürlichste auf der Welt.

»Ist das gerade dein Ernst? Du willst, dass ich dir Treue schwöre, während du dich in Barcelona durch die Gegend vögelst?«, frage ich ungläubig. »Ich weiß, dass das zwischen uns nichts Festes ist, aber wenn, dann gelten für uns beide die gleichen Spielregeln!«

»Ich sage nicht, dass ich das will. Ich sage nur, dass es sein kann, dass es zu einer Situation kommen kann, die ich nicht im Griff habe. Was glaubst du, soll ich machen, wenn die mir unbedingt einen blasen wollen?«

Ich lache laut auf, weil ich nicht glaube, was er da gerade sagt. »Na wenn das so ist. Was kann ich denn dafür, wenn der Typ mich unbedingt lecken will? Da kann ich ja schlecht Nein sagen, oder?«

In was für einer Traumwelt lebt er eigentlich? Was denkt er, wer er ist? Ich bin fassungslos! Da hat er die Falsche mit mir erwischt. Ich weiß, ich habe oft nicht widersprochen, wenn er besitzergreifend war oder etwas gesagt hat, das mir nicht gepasst hat. Aber das hier geht zu weit.

»Vergiss es, Adam. Für dich gelten die gleichen Regeln wie für mich. Überleg dir, was du willst. Aber ich lasse mich nicht verarschen.«

Ich sehe Adam erwartungsvoll an, warte auf eine Reaktion von ihm, doch er erwidert einfach meinen Blick und regt sich nicht. Ein wütendes Stöhnen kommt aus meiner Kehle. »Ich gehe zurück an die Arbeit.« Dann gehe ich, ohne seine Antwort abzuwarten.

Der kann mich mal!

Ich laufe zu Jamie hinter die Bar. »Können wir heute die Schicht tauschen? Ich übernehme deinen Part hinter der Theke und du bist für mich auf der Fläche unterwegs? Wir wechseln natürlich wieder, wenn du eine Pause brauchst.« Bittend schaue sie an.

»Klar, können wir gerne machen.« Sie mustert mich besorgt, als wüsste sie, dass ich nur wegen Adam tauschen will. »Alles okay?«, fragt sie und berührt mich kurz am Arm.

»Ja … Nein eigentlich nicht. Ich hab mich mit Adam gestritten und brauche eine Pause von ihm.«

»Das tut mir leid. Ich bin hier, falls du reden möchtest.«

»Danke«, hauche ich und ziehe sie in eine kurze Umarmung.

Adam gehe ich den restlichen Abend aus dem Weg und verschwinde ins Lager, wenn ich sehe, dass er hinter seinem Pult Richtung Theke kommt. Nach Feierabend warte ich einen günstigen Moment ab und mache mich auf den Weg nach Hause. In letzter Zeit hat Adam mich immer nach Hause gefahren. Das kann er sich heute aber sparen. Ich will keine Erklärungen oder Ausreden von ihm hören.

Also laufe ich rüber zur U-Bahn-Station und fahre mit der Tube. Ich fasse es einfach nicht, was Adam heute zu mir gesagt hat. Was bildet der sich ein?

Ich öffne die Wohnungstür zu unserer WG und gehe direkt in Eddys Zimmer. Ich brauche jetzt jemanden, mit dem ich darüber reden kann.

Ohne anzuklopfen mache ich die Tür auf.

»Ed, du glaubst nicht, was Adam heute im Club abgezogen hat. Ich bin so wütend, ich platze gleich!« Schnaubend lasse ich mich auf Eddys Bett fallen.

Er sieht mich erst schockiert, dann entschuldigend an. »Kehy, Adam sitzt in deinem Zimmer und wartet auf dich.«

Kapitel 23

Er macht was?«, frage ich entsetzt.

»Es tut mir leid, hätte ich gewusst, dass ihr Streit habt, hätte ich ihn niemals reingelassen.«

Ich lasse meinen Kopf in die Hände fallen.

»Soll ich dich aus der Wohnung schleusen oder willst du mit ihm reden? Ich kann auch versuchen ihn weg zu schicken.« Unwillkürlich fangen wir beide an überdreht zu lachen. Wir wissen, dass Eddy Adam nie rausschmeißen könnte. Adam ist stur, holt sich, was er will, und lässt sich von niemandem aufhalten.

Ich rutsche zu Eddy rüber, nehme ihn in den Arm und gebe ihm einen Kuss auf die Wange. Ich kann ihm ansehen, wie schlecht er sich fühlt, dass er Adam reingelassen hat.

»Danke, ich werde mit ihm reden«, sage ich seufzend. Auch wenn mir das Gespräch mit Adam noch bevorsteht, fühle ich mich etwas besser als vor ein paar Minuten. Ich weiß, dass Eddy für mich da ist, und ich nicht allein bin. Langsam durchquere ich den Flur und gehe in mein Zimmer.

Adam sitzt auf meinem Bett und wirkt völlig fehl am Platz. Als ich die Tür hinter mir schließe, blickt er auf und guckt mir direkt in die Augen. Die Gedanken daran, ihn mit einer anderen Frau zu sehen, ertrage ich nicht. Ich will ihn für mich alleine, genauso, wie er mich für sich beansprucht.

Erschöpft atme ich tief aus und merke, dass ich keine Kraft habe, um mit ihm zu streiten. Die ganze Schicht lang habe ich mich wegen seiner Worte herumgequält. Auch wenn ich mich gut ablenken konnte, schwirrten seine Worte die ganze Zeit in meinem Kopf umher.

»Adam, was willst du hier?« Ich lehne mich gegen die geschlossene Zimmertür und verschränke die Arme vor der Brust. Ich will ihm nicht zu nah sein in diesem kleinen Raum, denn ich weiß, welche Wirkung er auf mich hat. Eine Berührung könnte reichen, damit ich schwach werde. Er soll nicht denken, dass ich mich durch Sex umstimmen lasse. Seine dunklen Augen beobachten mich immer noch, aber er sagt nichts. Ich kann nicht sagen, was er damit bezwecken will.

Es sieht fast so aus, als wäre er traurig. Ich merke, wie mein Herz weich wird, die Wut langsam schwindet. Doch davor muss ich mich schützen.

Ich will mein Leben nicht für einen Mann opfern und mich selbst dabei verlieren. Das Bild von meiner Mutter taucht vor meinem inneren Auge auf. Sie hat alles für meinen Vater aufgegeben. Alles, was sie hatte, alles, was sie war. Sie ist der beste Grund für mich, nicht so zu werden.

»Adam, verschwinde, wenn du nichts zu sagen hast«, schnauze ich ihn an.

»Kehy«, sagt er, steht auf und kommt auf mich zu.

»Nein, stopp! Komm mir nicht zu nah. Was willst du?«, presse ich hervor.

Ich spüre, wie Panik in mir aufkommt. Nicht davor, dass er mir etwas antun würde, aber davor, dass ich zu schnell nachgebe. Jetzt muss ich mein Herz schützen.

Adam bleibt stehen, seine Schultern sacken nach unten. »Können wir kurz reden? Ich glaube, das im Club ist irgendwie falsch rüber gekommen«, sagt er und klingt dabei genauso erschöpft, wie ich mich fühle.

Ich nicke. »Okay, lass uns reden.« Ich verschränke mein Arme wieder vor der Brust und warte auf eine Erklärung.

»Kehya, ich will nur dich. Du weißt, wie verrückt ich nach dir bin.« Er kommt einen Schritt auf mich zu.

»Oh nein, Adam. Es ist ein Unterschied, ob du nur mich oder ob du mich für dich alleine haben willst. Und es macht gerade eher den Eindruck, dass du mich einfach nicht teilen willst, du aber gleichzeitig tun und lassen möchtest, was du willst.«

»Nein, so ist es nicht. Ich will nur mit offenen Karten spielen. Es gibt bei so einem Gig einfach Situationen, die ich nicht steuern kann. Auf einmal stecke ich irgendwo drin und frage mich, wie ich da gelandet bin.«

Ich schnaube. »Ist das dein Ernst? Du steckst plötzlich irgendwo drin? Was passiert da, übernimmt dein Schwanz auf einmal die Kontrolle und du kannst dich nicht dagegen wehren?« Ich schüttle verständnislos den Kopf und habe echt keine Ahnung, welche Frau so dumm ist und ihm diesen Scheiß abkaufen soll. »Sorry. Das lasse ich nicht mit mir machen.«

Plötzlich spüre ich einen Kloß im Hals. Ich darf jetzt nicht weinen. Adam kommt weiter auf mich zu und hebt hilflos die Arme. Mein Magen zieht sich zusammen und mir steigen Tränen in die Augen. »Fuck, Fuck, Fuck!«, schreie ich innerlich.

Ich muss stark sein und darf wegen so etwas jetzt nicht heulen. Es gibt tausende Typen. Ich bin nicht auf Adam angewiesen. Und doch ist das zwischen Adam und mir etwas Außergewöhnliches, was ich nicht aufgeben will. Es ist keine Liebe auf den ersten Blick, aber uns verbindet etwas, das ich noch nie zuvor gespürt habe.

Adam steht jetzt direkt vor mir, schiebt seine Finger unter mein Kinn und hebt es an. Scheint all meine Gefühle von meinen Augen ablesen zu können. Ich versuche meine Tränen zurückzuhalten, will nicht vor ihm weinen, will nicht, dass er sieht, wie viel er mir bedeutet. Nicht jetzt.Er weiß, wie sehr ich ihn begehre. Aber er weiß nicht, wie sehr ich ihn in mein Herz geschlossen habe. Das wird mir selbst erst jetzt richtig bewusst. Keiner von uns sagt etwas, wir schauen uns einfach an. Ich habe Angst davor, was er als nächstes sagen könnte, oder davor, dass er geht oder ich ihn rausschmeiße. Mein Herz rast und ich spüre die Wärme seines Körpers. Ich will ihn anfassen, will ihm nah sein. Er hat so eine Anziehungskraft auf mich, dass ich ihm selbst jetzt kaum widerstehen kann.

Adam räuspert sich. »Kehy, du bist die Einzige für mich.«

Mir laufen die Tränen über die Wangen. Ich kann sie nicht mehr zurückhalten. Er schaut mich traurig an, beugt sich vor, küsst eine Träne nach der nächsten weg und legt seine Stirn an meine. Weitere laufen ununterbrochen über meine Wangen. So stehen wir einfach da. Ich schließe meine Augen, genieße die Stille und seine Nähe. Aber ich kann das so nicht stehen lassen. Das reicht mir nicht.

»Adam, du kannst mich nur für dich allein haben, wenn ich dich auch für mich alleine habe. Ich will genauso wenig teilen wie du.« Scheiße, ich bin so müde. Ich wünsche mir einfach nur, dass er zustimmt.

»Kehya«, haucht er, legt seine Hände an mein Gesicht und küsst mich. Wenn ich könnte, würde ich ihn wegschieben, ihn so nicht davonkommen lassen. Doch ich habe keine Kraft mehr. Ich erwidere seinen Kuss, schmiege mich an ihn, genieße seine Berührungen und merke, dass ich mich so sehr nach ihm sehne, dass ich alles andere vergesse. Ich brauche ihn einfach. Er fährt mit seinen Händen langsam über meinen Körper, als wenn er sich jeden Zentimeter einprägen will, und ich genieße jede einzelne Berührung.

Wir liegen nackt im Bett. Der Sex war intensiv, leidenschaftlich und wild, aber das Thema ist für mich noch nicht geregelt. Weder kann ich, noch will ich es so auf sich beruhen lassen. Ich würde durchdrehen, wenn er nächste Woche in Barcelona ist.

Seufzend wende ich mich zu ihm.

»Adam, ich will, dass wir Klartext sprechen. Willst du andere Frauen ficken, ja oder nein?«, frage ich direkt.

»Nein, will ich nicht. Ich meine es ernst, dass ich nur dich will. Aber ich kann dir nicht versprechen, dass nicht irgendwas mit einer anderen passiert, wenn ich unterwegs bin.« Er schaut mich entschuldigend an.

Auch wenn ich die Vorstellung von ihm und einer anderen hasse, ist er immerhin ehrlich.

»Okay, das akzeptiere ich. Aber ich werde es dir genauso wenig versprechen.«

»Das heißt, du willst dich von einem anderen Typen vögeln lassen? Sorry, das läuft nicht.« Er sieht mich finster an und seine Stimme klingt verärgert, aber davon lasse ich mich nicht einschüchtern.

»Ich weiß nicht, ob du es merkst, aber du entscheidest hier nicht alleine über die Spielregeln. Du willst keinen Kompromiss eingehen und willst mir nichts versprechen, was du nicht halten kannst. Also werde ich es dir genauso wenig versprechen.«

Adam sieht mich verblüfft an. Muss er gerade etwa zum ersten Mal so ein Gespräch führen?

Vielleicht war es ihm bei den anderen Frauen einfach egal, was sie gemacht haben. Oder er wusste, dass sie sich eh nicht auf jemand anderes einlassen würden. Ich kann es förmlich hinter seiner Stirn arbeiten sehen. Er wischt sich mit den Händen übers Gesicht.

»Okay«, sagt er nach einem Moment widerstrebend.

Ich weiß, dass ihn die Vorstellung von mir mit jemand anderem genauso verrückt macht wie mich. Mit dem Unterschied, dass ich mit keinem anderen etwas anfangen würde.

Kapitel 24

Es ist heute… Ende März

Ich lass mich auf den Beifahrersitz fallen und knete meine Finger. Gleich machen wir uns auf den Weg zum See. Eddy packt gerade den bis zum Rand gefüllten Picknickkorb in den Kofferraum, den das Hotel uns fertig gemacht hat. Sogar zwei kleine Teller und Gläser sind dabei. Er ist mit allen möglichen Gerichten gefüllt, die wir die letzten beiden Tage zum Frühstück bekommen haben. Die letzten Jahre hatten wir uns ein paar belegte Brötchen, etwas zu trinken und die alte Decke von meinem Dad, die wir aus London mitgenommen haben. Heute fühlt es sich nach einem richtigen Vorzeigepicknick an.

»Ich freue mich auf das Picknick, wir werden uns richtig den Bauch vollschlagen und das Wetter spielt heute auch mit«, sage ich und lächle Eddy an, als er neben mir auf den Fahrersitz rutscht. Er sieht mich prüfend an, das tut er heute schon den ganzen Tag. Doch mir geht es wirklich gut. Ich habe zwar dieses nervöse Flattern im Magen, aber ich freue mich auf die Zeit.

Ich war schon so oft oben am See, auch nach Mums Tod, aber an ihrem Todestag fühlt sich alles einfach nochmal intensiver an. Vielleicht liegt es an dem Anspruch, dass dieser Tag besonders schön werden soll. Sie hat es verdient, dass jemand im Guten an sie denkt und daran, was sie für ein wundervoller Mensch gewesen ist.

Am See kann ich über sie sprechen und an sie denken. Ich darf um sie trauern, aber ich muss es nicht. Ich darf auch fröhlich sein, wenn ich das möchte. Diese Stunden sind für mich heilig und ich will so an sie denken, wie sie es verdient hat.

Eddy und ich schweigen während der Fahrt. Ich bin mit meinen Gedanken bei meiner Mum, meinem Dad und Adam. Ich frage mich manchmal, was meine Mutter zu mir und Adam sagen würde. Was würde sie mir wohl raten?

Meine Gedanken kreisen ununterbrochen in meinem Kopf umher, dass ich gar nicht mitbekomme, wie wir auf den kleinen Parkplatz am Waldrand fahren. Eddy hält, steigt aus dem Auto und holt den Korb aus dem Kofferraum. Meine Lungen füllen sich mit Sauerstoff, ich atme tief durch und genieße diesen kleinen Moment der Stille. Eine Erinnerung an ihr wunderschönes Gesicht taucht vor meinem geistigen Auge auf. Eddy macht die Beifahrertür auf und hält mir seine Hand hin. »Bereit?«, fragt er.

Nickend greife ich nach seiner Hand und steige aus.

Händchenhaltend gehen wir durch das kleine Waldstück. Genau wie Mum und ich damals. Ich war an diesem Tag wie betäubt, hatte weder ein Zeitgefühl noch konnte ich das Ganze richtig einordnen, obwohl ich wusste, was passieren würde. Ich bin meiner Mutter einfach gefolgt, habe ihre Hand gehalten und abgewartet, was als nächstes passiert.

Eine Gänsehaut überzieht meine Arme und ein Schauer läuft mir den Rücken hinunter. Es sind so viele Gedanken, die mir durch den Kopf gehen. Ich würde meine Mutter gerne noch so vieles fragen. Ich weiß, dass es für sie die scheinbar beste Option gewesen ist, trotzdem fehlt mir meine Mum oft unheimlich. Ich hatte nie die Chance, sie richtig kennenzulernen und ich würde zu gerne Geschichten von ihr hören, wie sie als junges Mädchen gewesen ist. Und hätte mir ihre Geschichten aus ihrer Kindheit in ihrer Heimat anhören wollen.

»Alles okay, Kehy?« Eddy schaut mich besorgt von der Seite an. Der Boden ist mit Laubblättern bedeckt und es raschelt bei jedem Schritt unter unseren Füßen.

»Ich musste nur gerade daran denken, wie ich mit Mum hier langgelaufen bin.«

Ich werde nie vergessen, wie sie mich angegrinst hat. Wie glücklich sie aussah. Auch damals war es ein wunderschöner Frühlingstag, genau wie heute schien die Sonne durch die lichten Bäume. Die Vögel zwitschern und man kann erahnen, wie schön der kommende Sommer werden könnte.

Meine Mutter war eine wunderschöne Frau, sie hatte lange schwarze Haare, einen vollen Mund, tief dunkelbraune Augen, mit kleinen hellen Sprenkeln. Meine Mum kam aus Jamaika und hatte keine Geschwister. Sie hat ihre Familie dort zurückgelassen und ist mit meinem Vater hierhergekommen.

Ich war leider noch nie in ihrer Heimat, möchte diese aber besuchen. Ich würde gerne sehen, wo meine Mum aufgewachsen ist. Vielleicht auch Verwandte besuchen, falls ich noch welche habe. Ich bin Engländerin im Herzen, aber ich will wissen, wo meine Wurzeln liegen. Ich frage mich oft, warum sie ausgewandert ist. Warum sie nicht zurückgegangen ist. Oder warum mein Dad nicht mit ihr zusammen zurück nach Jamaika gegangen ist. Sie hat es dort geliebt und sich in England nie zuhause gefühlt. Sollte man sich aus Liebe zu einem Mann so aufopfern?

Eddy streicht immer wieder mit seinem Daumen über meinen Handrücken. Er lässt mich wissen, dass ich nicht alleine bin und er für mich da ist, wenn ich ihn brauche. Gemächlich gehen wir durch den Wald, ich in meine Gedanken versunken und Eddy neben mir. Wir kommen oben an der Brücke an, die Sonne funkelt auf dem Wasser und der Anblick ist wunderschön. Ich verstehe, warum sie hier von uns gegangen ist. Was gibt es Schöneres, als so einen wundervollen Anblick als letztes in diesem Leben zu haben?

Ich hätte es furchtbar gefunden, wenn sie einsam in einem kalten Krankenhaus gestorben wäre. Sie hat diesen Ort für sich ausgesucht und ich bin froh, dass sie wählen konnte. Gemeinsam gehen wir über die Brücke und bleiben an der Stelle stehen, an der meine Mutter gesprungen ist.

»Hi Mum«, sage ich und blicke in den blauen Himmel. Ich schließe die Augen und halte mein Gesicht in die Sonne, genau wie vor vielen Jahren.

Ich weiß nicht, ob es Engel gibt, aber an diesem Ort kann ich die Anwesenheit von meiner Mum ganz deutlich fühlen. Immer wenn ich ihr nah sein will, komme ich hier her. Ich stehe vorne am Geländer und sehe ihr Grinsen vor meinem inneren Auge. Ein wunderschönes und seltenes Lächeln. Meine Kehle fühlt sich eng an und ich habe das Gefühl, nicht genügend Luft zu kriegen. Ich hole tief Luft, um dieses Gefühl loszuwerden.

Als ich bereit bin, weiterzugehen, drehe ich mich zu Eddy um und lächle ihn an. Eddy schlingt seine langen Arme um mich und hält mich fest. Ich schmiege mich an seine Brust und der Klang seines Herzens löst ein wohliges Gefühl in mir aus. Der Geruch des Waldes und Eddys Parfüm vermischen sich, und ich werde davon eingehüllt. Ich schließe die Augen, genieße dieses Gefühl von zuhause, das ich nur bei Eddy spüre. Langsam löse ich mich aus seiner Umarmung und nicke ihm zu. Eddy schenkt mir ein Lächeln, verschränkt seine Finger mit meinen und wir gehen weiter bis zum Ende der Brücke. Wie jedes Jahr, steuern wir auch heute auf unseren Stammplatz auf der Wiese zu. Von hier aus können wir die Brücke und den See gut sehen. Ich breite die Decke aus und fühle, wie still mein Inneres wird, so wie immer, wenn ich hier bin.

Es fühlt sich an, als würde meine Seele hier zur Ruhe kommen. Und das liegt nicht nur an der Schönheit der Umgebung. Dieser Ort strahlt irgendwie eine besondere Energie aus, es ist so friedlich hier. Meine Gedanken verstummen und ein Gefühl von Frieden breitet sich in meinem ganzen Körper aus. Ob meine Mutter deshalb diesen Ort gewählt hat? Eine weitere Frage, die ich ihr gerne stellen würde. Ich ziehe meine Schuhe aus, während Eddy unser Frühstücksbuffet auspackt. Schweigend sitzen wir nebeneinander und genießen das Essen. Eddy und ich müssen nicht reden, wir wissen auch so, wie es dem anderen gerade geht. Dankbarkeit erfüllt mich, weil Eddy jedes Jahr mit mir hierher kommt. Seine liebevollen Blicke ruhen immer wieder auf mir und ich bin einfach froh, nicht allein zu sein.

Nachdenklich schaue ich auf die Brücke und denke an den Tag zurück, der mein Leben verändert hat. Tränen laufen mir über die Wangen, Tränen der Freude und der Trauer. Ich weiß, dass es ihr jetzt gut geht. Ich habe keine Ahnung, warum sie sich dazu entschieden hat, ihre kleine Tochter mitzunehmen, statt allein zu gehen. Und fast jeder verurteilt sie dafür, ich aber nicht. Ich weiß nicht, wie es mir jetzt gehen würde, wäre ich nicht dabei gewesen. Hätte ich den gleichen Frieden mit ihrer Entscheidung gefunden, wenn ich ihr glückliches Gesicht nicht gesehen hätte?

Egal warum sie sich dafür entschieden hat mich mitzunehmen, ich bin froh darüber.

Kapitel 25

Eddy ist der Einzige, der meine Faszination für diesen Ort versteht. Vielleicht weil er der Einzige ist, der mit mir herkommt. Ich wüsste nicht, dass mein Dad jemals hier rauf gekommen ist, jedenfalls nicht, nachdem Mum gegangen ist. Es gab mal ein Familienfoto mit uns allen. Mum hatte mich auf dem Arm und Dad hat seinen um uns gelegt und strahlt zu mir herunter. Wir standen direkt vorne am See. Ich habe es seit Jahren nicht mehr gesehen. Ich denke über die Beziehung meiner Eltern nach. Wie sehr ihr Leben vom jeweils anderen abhängig war – es immer noch ist. Keiner von ihnen hat es geschafft, glücklich zu sein. Nicht jetzt, aber auch nicht, als sie noch zusammen waren. Manchmal merke ich, wie abhängig ich mich von Adam fühle, wie sehr er für meine Gefühlswelt verantwortlich ist. Wie sehr er beeinflussen kann, ob es mir gut oder schlecht geht. Eine Situation, die ich so nie wollte. Genau aus diesem Grund hatte ich nie eine ernsthafte Beziehung. Ich wollte mich nie richtig auf jemanden einlassen. Nie jemanden in mein Herz lassen. Aber mit Adam war es von Anfang an anders, obwohl er so furchtbar besitzergreifend ist. Adam, der stur nur seinen eigenen Weg gehen will. Adam, der meine Gefühle verrücktspielen lässt. Adam, der mich Dinge fühlen lässt, die ich vorher noch nie gespürt habe. Selbst wenn ich gewollt hätte, vor ihm hätte ich mich gar nicht schützen können.

Ich nehme mir noch etwas zu essen und verdränge die Gedanken an ihn. Nach unserem Frühstück bleiben wir noch eine ganze Weile auf der Wiese liegen und genießen die Ruhe vor dem Sturm. Würde es nach mir gehen, würde ich gar nicht erst zu meinem Dad fahren. Es wird langsam Nachmittag und wir sollten weiterfahren. Mein Dad erwartet uns. Trotzdem will er mich jedes Jahr sehen. Vielleicht um sicherzugehen, dass es mir besser geht als ihr.Eddy streicht mir über den Rücken und holt mich aus meinen Gedanken. »Bist du bereit oder brauchst du noch einen Moment?«

»Wir können los«, antworte ich.

Bevor wir zu meinem Dad fahren, halten wir an dem Café im Ort.

»Ich beeil mich«, sage ich zu Eddy und steige aus. Die kleine Glocke über der Tür läutet, als ich sie aufdrücke. Der Duft von warmen Brötchen und Kaffee umhüllt mich. Für einen Moment fühle ich mich in die Zeit zurückversetzt, in der ich hier noch gearbeitet habe. Dieser Geruch hatte immer eine beruhigende Wirkung auf mich. Es war mein kleiner Zufluchtsort, vor allem, nachdem Eddy nach London gegangen ist und ich hier zurückgeblieben bin. Ich habe mich so einsam gefühlt und war gelangweilt von der Monotonie meines Lebens. Nichts im Vergleich zu meinem jetzigen Leben.

»Kehya, wie schön dich zu sehen.« Martha, die Besitzerin des Cafés strahlt mich an.

»Hallo Martha, wie geht es dir?«

»Sehr gut, willst du den Kuchen abholen, den Cecilia bestellt hat?«

»Ja, genau.« Sie schiebt mir den Pappkarton mit der Erdbeertorte über den Tresen. Meine Mum ist früher regelmäßig hier gewesen, weil sie nicht genug von diesem Kuchen bekommen hat. Nach ihrem Tod wurde es zu unserer Tradition ihn an ihrem Todestag zu essen.

»Er ist schon bezahlt«, sagt Martha. »Es war schön, dich mal wieder gesehen zu haben.« Sie geht zur Tür und hält sie mir auf.

»Danke, Martha.« Damit verlasse ich das Café.

Vor der Tür kommen mir zwei ältere Damen entgegen, die mich mit zusammengeschobenen Augenbrauen mustern, aber schnell wegsehen, als sie bemerken, dass ich sie auch anschaue.

»Ihnen auch einen schönen Tag«, sage ich übertrieben freundlich. Ich habe mich längst an die urteilenden Blicke gewöhnt, nicht zuletzt wegen Eddy, der genauso wenig ins Bild passt wie ich. Jedenfalls in den Augen mancher dieser Menschen hier. Ich steige wieder zu Eddy ins Auto und wir fahren die letzten Minuten bis zu meinem ehemaligen Zuhause. Bis wir schließlich vor dem Haus meines Vaters stehen.

-Jack, Taya & Kehya Wilson-

steht noch immer auf dem Klingelschild.

Eddy nimmt meine Hand und schaut zu mir. »Bereit?«, fragt er sanft. Ich weiß, dass er genauso wenig da rein gehen will wie ich.

»Eigentlich nicht, aber wir haben wohl keine Wahl«, sage ich und atme noch einmal tief durch, dann drücke ich auf die Klingel.

Kapitel 26

Dad öffnet die Tür. Er sieht fürchterlich aus. Sein ganzes Gesicht ist aufgequollen und so bleich, als hätte er ewig kein Tageslicht mehr gesehen. Doch ich versuche, mich davon nicht runterziehen zu lassen.

Ich grinse ihn an. »Hi Dad«, sage ich und schlinge meine Arme um ihn.

»Ach, Kleines.« Fest drückt er mich an sich und schluchzt leise. Unwohl löse ich mich aus der Umarmung. Ich ertrage es einfach nicht, kann diese Trauer nicht an mich heranlassen. Ich greife nach Eddys Hand, ziehe ihn hinter mir her Richtung Wohnzimmer. Da sitzen Cecilila und ihre drei Jungs, die mittlerweile Männer sind. Ben, Theo und Henry. Alle ziehen ein Gesicht wie drei Tage Regen und schauen bedrückt in unsere Richtung, als wir das Wohnzimmer betreten.

Cecilia kommt zu mir, legt ihre Hände auf meine Schultern und mustert mich forschend. »Wie geht es dir, Kehya?«

»Es geht mir gut, Tantchen«, sage ich und lächle sie an. Sie ist die Mutter, die ich nie wirklich hatte. Ich nehme sie ebenfalls in den Arm.

»Oh, ihr habt an die Torte gedacht.« Sie löst sich von mir und geht zu Eddy. »Würdest du ihn mir in die Küche bringen? Dann schneide ich ihn gleich«, sagt sie und Eddy folgt ihr.

Mein Dad setzt sich schweigend an den Tisch und starrt ins Leere.

Ich wende mich an meine Cousins. »Ey, was ist los mit euch? Wollt ihr nicht aufstehen und mich anständig begrüßen?« Ich lache leise. Meine Cousins tauschen unsichere Blicke aus, doch Theo ist schließlich der Erste, der in mein Grinsen einsteigt und aufsteht. Er zieht mich an sich und hebt mich ein Stückchen hoch. Ben und Henry folgen ihm und machen es ihm nach.

»Schön, dass du hier bist«, sagt Ben und endlich ist sein typisches Lächeln zurück.

»Ich freue mich auch, euch zu sehen. Es fühlt sich wie eine Ewigkeit an. Ich habe euch vermisst«, sage ich zu den dreien.

»Ich habe euch auch vermisst«, erklingt Eddys Stimme, der gerade aus der anliegenden Küche kommt. Henry fängt an zu lachen und klopft ihm brüderlich auf den Rücken, als er ihn begrüßt. Die anderen machen es ihm gleich und wir setzen uns an den Esstisch. Ich gieße mir und den anderen Tee ein und Cecilia verteilt den Kuchen auf unseren Tellern.

»Was gibt es Neues bei euch? Theo, bist du noch mit deiner Freundin zusammen?«

Der fängt an zu lachen. »Gott Kehy, du kannst dir nicht vorstellen, was die abgezogen hat. Nein, wir sind nicht mehr zusammen.«

»Was ist passiert?«

»Also wir waren auf dieser Party …«

»Wir sind hier zum Trauern zusammengekommen, nicht für ein Kaffeekränzchen«, unterbricht ihn mein Vater.

Ich stöhne, spüre dieses dumpfe Gefühl in meiner Brust und wie sich alles in meinem Körper verengt. »Dad, ich bin nicht zum Trauern hier. Ich bin hier, weil ich meine Familie sehen will. In meinen Augen gibt es keinen Grund zu trauern.«

Ich wollte wirklich nicht in den ersten fünf Minuten für Streit sorgen, aber er versteht es sonst nicht. Ich habe meine Familie seit Monaten nicht gesehen und da werden wir uns ja wohl freuen dürfen, beisammen zu sein.

»Kehya, du weißt genau, dass deine Mutter heute vor zwölf Jahren von uns gegangen ist«, sagt er und Tränen steigen in seinen Augen auf.

»Dad, sie ist zwar von uns gegangen, aber sie ist jetzt wieder zuhause. Sie ist glücklich und es geht ihr gut. Das sollte doch das sein, was zählt, oder?« Ich würde ihm so gerne etwas von dem Gefühl geben, das ich in mir trage, doch entweder kommt es nicht an oder er kann es nicht akzeptieren.

»Nicht schon wieder diese Nummer. Du redest dir das nur ein und verdrängst, was passiert ist. Mach endlich die Augen auf und versteh, dass deine Mutter Selbstmord begangen hat.« Ich habe immer das Gefühl meine Mutter verteidigen zu müssen, um ihm die Augen zu öffnen.

»Ich weiß Dad, ich war dabei. Ich war bei ihr, trotzdem habe ich sie noch nie so frei gesehen wie an diesem Tag. Sie hat sich entschieden, an einen für sie besseren Ort zu gehen. Und das solltest du akzeptieren. Du sitzt hier seit Jahren und bemitleidest dich selbst, weil du deine Frau verloren hast. Willst du bis zu deinem Lebensende so weitermachen? Du weißt genau, dass Mum das nicht gewollt hätte.« Wahrscheinlich wäre es besser gewesen, wenn sie ihn mitgekommen hätte und nicht mich.

»Junges Fräulein, nicht in diesem Ton. Ich bin dein Vater.«

Ich muss bitter auflachen. »Ja genau, weil ich das kleine Kind bin, habe ich keine Ahnung vom Leben. Dad, ich bin eine erwachsene Frau. Schätz doch, was du hast, und trauere nicht dem hinterher, was du eh nicht zurückkriegen kannst.« Ich bin so wütend und traurig, denn so habe ich irgendwie beide an diesem Tag verloren. Eddy greift nach meiner Hand, die auf meinem Oberschenkel liegt und zu einer Faust geballt ist. Langsam lockere ich meine Finger und verschränke sie mit seinen. Schweigend sehen die anderen auf ihre Teller. Jeder hier will nur das Beste für meinen Vater und ich weiß, dass Cecilia sich große Mühe gibt, ihn aus seinem Schneckenhaus herauszuholen. Ich wünsche mir einfach so sehr, dass er wieder mehr Freude in seinem Leben hat. Es macht mich so traurig zu sehen, wie sehr er leidet. Dad sagt nichts mehr, er blickt an mir vorbei und scheint wie weggetreten. Als hätten seine Gedanken ihn an einen anderen Ort gebracht. Schweigend essen wir unseren Kuchen. Ich kriege kaum einen Bissen herunter. Mein Dad fängt immer wieder an, lautlos zu weinen. Nach einer knappen Stunde drücke ich Eddys Hand. Er schaut mich fragend an, ich nicke ihm zu und wir stehen gleichzeitig auf. Mein Dad hebt den Kopf und sieht mich mit seinen traurigen Augen an.

»Wir gehen rüber zu Michelle und Richard, ich komme zum Abendessen zurück«, sage ich und schiebe Eddy Richtung Haustür.

»Du willst gehen?«, fragt er entsetzt und steht aus seinem Sessel auf.

»Dad, ich bin die Straße runter, keine zwei Minuten entfernt. Und ich kann mir das hier echt nicht länger antun. Sorry, aber ich brauche eine Pause.« Ich gehe zu ihm und gebe ihm einen Kuss auf die Wange. Wir verlassen das Haus meines Vaters und dieses beklemmende Gefühl fällt augenblicklich von mir ab.

Kapitel 27

Boah, das war hart«, stöhnt Eddy, als wir den Bordstein entlang gehen. »Bist du dir sicher, dass du nicht mit uns zu Abend essen willst? Du weißt, meine Mum hat eh wieder zu viel gemacht.«

Ich zucke mit den Schultern. »Er würde er es nicht ertragen, wenn ich nicht noch mal zurückkomme.«

»Ich weiß.«

Schweigend gehen wir die paar Meter zum Haus von Familie Miller. Bei Eddys Eltern werden wir so herzlich begrüßt, dass ich mich sofort entspanne. Michelle ist eine kleine rundliche Frau mit einem dunklen Lockenkopf. Die gleichen Haare, die auch Eddy hat. Seine Großmutter kam aus Indien, Michelle ist hier in England geboren und aufgewachsen. Sie ist einer der Menschen, die immer in allem etwas Gutes sehen. Ich habe noch nie gehört, dass sie sich über irgendetwas beschwert hat. Ich glaube, sie ist überall glücklich, solange Richard bei ihr ist und sie weiß, dass es Eddy gut geht. Richard kommt aus Schottland und hat rote Haare und die identische Augenfarbe wie Eddy. Wir betreten das kleine gemütliche Wohnzimmer und ein Gefühl von Zuhause macht sich in mir breit. Bei Familie Miller kann man sich einfach nur wohl fühlen. Ich bin dankbar diese zweite Familie zu haben. Eddy und ich kichern vergnügt, als wir den gedeckten Esstisch sehen. In der Mitte des Tisches stehen drei Torten. Dabei sind wir vier Erwachsene, da müsste jeder fast eine ganze Torte essen.Wir setzen uns zusammen an den Tisch, essen die unglaublich leckeren Torten und berichten von unserem Leben in London.

»Edward, Liebling, wie läuft denn dein Studium?«, fragt Michelle und blickt Eddy dabei liebevoll in die Augen.

Ich muss mir das Lachen verkneifen. *»Edward«.*

Eddy hat den Mund voll Torte, was ihn aber nicht davon abhält, ihr zu antworten: »Super Mum, das neue Semester hat zwar erst angefangen, aber ich komme gut zurecht.«

Eddy studiert Modedesign und ist wirklich gut darin. Glaube ich zumindest. Ich kann das zwar nicht richtig beurteilen, aber das, was ich bis jetzt von ihm gesehen habe, gefällt mir unglaublich gut. Nebenbei arbeitet er in einem kleinen, aber aufstrebenden Londoner Atelier, worauf Eddy besonders stolz ist. Nicht viele Studierenden haben die Möglichkeit, so eng mit einem guten Designer zusammenzuarbeiten. Eddy steht auf, holt die Mappe mit den neuesten Entwürfen und zeigt sie seinen Eltern. Einmal hat er seine Mappe in London vergessen, danach war Michelle richtig traurig. Sie will immer sehen, woran ihr Sohn gerade arbeitet. Gerade ist sie ganz fasziniert von einem Entwurf eines Kleides mit passendem Hut.

Eddy lacht. »Mum, wenn es soweit ist, werde ich so ein Kostüm extra für dich entwerfen und es dir schneidern lassen«, sagt er grinsend und zeigt ihr die kleinen Details die er eingearbeitet hat. Liebe und Freude funkeln in ihren Augen und mir wird selbst ganz warm ums Herz.

»Und ich kriege vielleicht ein passendes Einstecktuch«, sagt Richard.

Eddy grinst übers ganze Gesicht und schaut zu seinem Vater. »Das kriegst du, Dad.« Er und sein Vater hatten eine schwierige Zeit, nachdem Eddy sich geoutet hat. Der Wunsch nach einem Studium als Modedesigner war auch nicht unbedingt das, was Richard sich für seinen Sohn vorgestellt hat. Michelle hätte es zwar nie zugelassen, dass die zwei sich so zerstreiten, dass die Familie zerbricht. Aber Eddy hat die Abneigung seines Vaters oft zu spüren bekommen. Nicht nur weil er schwul ist, sondern auch, weil sie überhaupt keine gemeinsamen Interessen haben. Eddy führt ein Leben, mit dem Richard sich nicht identifizieren kann. Ich erzähle den Millers von meinem Job im Cookies und meinem Praktikum als Journalistin in dem kleinen Verlag. Dass ich nicht studieren will, verstehen weder die Millers, noch mein Dad.

»Ach, weißt du, Michelle, mir geht es ums Schreiben. Ich muss kreativ sein, nach neuen Geschichten Ausschau halten und sie in meinem Kopf richtig zusammensetzen. Dafür brauche ich kein überteuertes Studium. Ich habe das Gefühl, dass Übung das Einzige ist, was mich besser macht. Ich schreibe kleinere Artikel und zwei davon wurden auch schon veröffentlicht. Wenn es so weitergeht, schreibe ich vielleicht bald einen Artikel für die Vouge.«

Michelle strahlt mich an. »Oh ja, den werde ich mir dann ausschneiden und an den Kühlschrank zu Eddys erstem Entwurf hängen«, sagt sie und bei ihren Worten geht mir das Herz auf. Mein Blick fällt auf die Wanduhr. Das Abendessen mit meiner Familie rückt näher und ich muss mich langsam auf den Weg machen. Am liebsten würde ich hierbleiben und vergessen, dass ich ein paar Häuser weiter eine andere Familie sitzen habe, die auf mich wartet.

»Vielen Dank für alles, aber ich muss mich langsam auf den Weg machen«, sage ich und stehe auf.

»Soll ich mitkommen?«, fragt Eddy.

»Isst du etwa nicht mit uns?«, wirft Michelle ein und ich sehe Sorge in ihrem Blick. Sie weiß, wie die Stimmung an diesem Tag zu Hause ist. Und sie weiß auch, wie ungern ich mit meinem Vater zusammen bin, wenn er so ist wie heute.

Ich zwinge mich zu einem Lächeln. »Ich muss zu meinem Dad, aber Eddy bleibt bei euch.« Mit dem Kinn deute ich nach oben. »Ich komme zum Schlafen nachher rüber.«

»Ich weiß.« Er zwinkert mir zu, zieht mich zu sich und gibt mir einen Kuss auf die Wange.

Auf dem Weg zur Tür höre ich Michelle sagen: »Soll ich noch schnell das Gästezimmer für Kehya herrichten?«

Eddy lacht. »Nein Mum, Kehy schläft bei mir.«

Ich muss darüber grinsen. Manche Dinge ändern sich einfach nie.

Kapitel 28

Ich sitze neben meinem Vater am Tisch. Sein Gesichtsausdruck ist unverändert. Die Schultern sind nach vorne gezogen und er lässt den Kopf nach vorne fallen. Als wenn er keine Kraft mehr hat, seinen eigenen Körper zu halten. Er sieht aus wie der traurigste Mensch auf Erden. Cecilia stellt einen dampfenden und köstlich duftenden Nudelauflauf auf den Tisch. Allein bei dem Geruch läuft mir das Wasser im Mund zusammen, obwohl ich mir eben erst mit Torte den Bauch vollgeschlagen habe.

Bevor wir anfangen zu essen, will mein Dad noch etwas sagen. Wir nehmen uns alle an den Händen.

»Heiliger Vater im Himmel, ich danke dir für jeden einzelnen Menschen hier am Tisch. Ich danke dir für meine Familie und dass wir alle gesund sind. Ich danke dir für diese Mahlzeit. Pass gut auf meine geliebte Taya auf. Amen.«

Ihm kommen schon wieder die Tränen. Mein Vater ist eigentlich kein religiöser Mensch, trotzdem hat er manchmal das Bedürfnis vor dem Essen zu beten. Solange er sich dadurch besser fühlt, finde ich das okay. Nur leider ändert es nichts an der Stimmung in diesem Haus. Die Luft fühlt sich so zäh an, dass mir das bloße Atmen schwerfällt. Stumm sitzen wir am Tisch und die einzigen Geräusche sind die, die unser Besteck auf den Tellern macht. Ich wünschte, wir wären wieder kleine Kinder. Früher haben wir die Stimmung entweder nicht wahrgenommen oder unsere Eltern haben sich mehr zusammengerissen. Jetzt tut keiner mehr so, als wäre alles okay. Stattdessen vergräbt mein Dad sich in seiner Trauer. Wenn er wenigstens für einen Tag nur so tun würde, als hätte er ein schönes Leben, könnte es ihm aus seiner Niedergeschlagenheit heraushelfen. Er könnte sehen, dass es doch noch etwas Schönes in seinem Leben gibt. Ich bin fast fertig mit meinem Essen, da fängt Dad wieder an zu schluchzen, doch ich schaue nicht mal auf. Stattdessen konzentriere ich mich auf Henry, der sich gerade zum dritten Mal etwas auftut. Es gibt Menschen, die in so einer Situation kaum einen Bissen runter kriegen. Und es gibt Menschen wie Henry, die doppelt so viel essen, wie sonst. Cecilia stochert auch nur auf ihrem Teller herum und hat kaum einen Bissen herunterbekommen. Sie blickt immer wieder besorgt zwischen Dad und mir hin und her.

Als alle fertig sind, atme ich erleichtert auf. Mein Stuhl quietscht unangenehm auf dem Boden, als ich nach hinten rutsche und aufstehe. Ich staple die Teller aufeinander, bringe das Geschirr in unsere kleine Küche und fülle das Waschbecken mit warmem Wasser. Ich hasse abwaschen, aber alles ist mir lieber, als dort am Tisch zu sitzen. Von unserem Küchenfenster aus kann ich in den kleinen Garten hinter dem Haus schauen. Es sieht alles aus wie immer. Mein Blick bleibt an dem Sandkasten hängen. Mein Vater bringt es einfach nicht übers Herz ihn abzubauen. Ich vermute, er hat das Gefühl, die Zeit loszulassen, bedeutet, Mum zu vergessen. Das stimmt aber nicht. Ich denke so oft an meine Mutter, nur eben im Guten. An die seltenen Momente in denen sie glücklich war. Die letzten Jahre war sie kaum ansprechbar durch die unzähligen Medikamente, die sie bekommen hat. Mein Dad wollte sie in keine Klinik bringen. Er hatte das Gefühl, sie dann abzuschieben. Und so vegetierte sie in unserem kleinen Haus vor sich hin. Ähnlich wie mein Dad jetzt. Er hat sich jeden Tag Sorgen um sie gemacht, es drehte sich schon damals alles nur um meine Mum. Trotz allem hatte ich eine schöne Kindheit. Natürlich war die erste Zeit nach Mums Tod furchtbar, aber irgendwann habe ich ihre neue Freiheit und den Frieden gespürt. Was nicht heißt, dass es nicht auch heute Tage gibt, an denen ich unendlich traurig bin, dass sie nicht mehr da ist. Wenn Dad sich nicht so sehr an seine Trauer klammern würde, dann könnte er diesen Frieden bestimmt auch sehen. Am Anfang habe ich ein paar Mal versucht, ihn dazu zu überreden, mit mir zur Brücke zu kommen. Aber anstatt es zu versuchen, verurteilt er mich dafür, dort eine schöne Zeit zu haben. Wenn es nach ihm gehen würde, müsste man die Brücke abreißen und den See trockenlegen.

»Liebes, alles okay?«

Ich zucke zusammen, habe gar nicht gehört, wie Cecilia in die Küche gekommen ist.

Mit einem gezwungenen Lächeln drehe ich mich zu ihr um. »Ja alles bestens, ich würde nur Dad gerne irgendwie helfen«, sage ich traurig.

»Das wollen wir alle, aber er kann sie nicht gehen lassen. Und solange er das nicht kann, wird ihm keiner von uns helfen können.« Sie streicht mir über den Arm.

»Ich weiß.« Ich seufze. »Wie läuft es sonst so mit ihm? Ich meine, seit ich weg bin. Kommt ihr zurecht?«

»Ach Kehy, du weißt doch, wie er ist. Zerbrich dir nicht den Kopf, wir kommen klar. Es ist ein komisches Gefühl, jetzt wo alle Kinder aus dem Haus sind. Aber ich konnte ihn sogar letztens überreden mit mir ins Café zu gehen.«

Ich schaue sie überrascht an und muss schmunzeln. »Ehrlich? Wie hast du das gemacht?«

»Ich hab ihn ausgetrickst, er dachte, ich brauche was aus dem Baumarkt.« Sie grinst triumphierend.

Ich stoße sie mit dem Ellenbogen an. »Danke, dass du dich um ihn kümmerst. Ich weiß nicht, was er ohne dich machen würde.«

»Mach dir keine Sorgen, ich kümmere mich um ihn. Er wird nie wieder der Alte sein, aber ich gebe mein Bestes, um ihn aus seinem Schneckenhaus zu holen.«

Ich drücke sie fest an mich. Ein dicker Kloß bildet sich in meinem Hals und ich atme tief ein, um das beklemmende Gefühl in meiner Brust loszuwerden. Mir läuft eine Träne über die Wange. Ich löse mich von meiner Tante und Cecilia streicht mir mütterlich über den Arm.

»Ich guck mal, was die anderen machen«, murmle ich.

»Okay.« Cecilia nickt und ich gehe zurück ins Wohnzimmer.

»Also, was liegt heute noch an?«, frage ich die anderen.

Mein Dad sieht mich nur aus seinen traurigen Augen an. Meine Cousins zucken mit den Schultern.

»Na gut, dann vielleicht eine Runde Karten?« Erwartungsvoll sehe ich in die Runde.

Mein Dad steht auf. »Ich geh ins Bett«, sagt er und kommt auf mich zu.

Ich gebe ihm einen Kuss auf die Wange. »Gute Nacht, Dad, ich hab dich lieb.«

Meine Cousins verabschieden sich auch und gehen in ihre alten Kinderzimmer.

»Alles klar, dann geh ich zu Eddy rüber. Wir kommen morgen zum Frühstück vorbei, bevor wir uns auf den Rückweg machen«, sage ich zu Cecilia, schlinge meine Arme noch mal um sie und verlasse das Haus.

Kapitel 29

Ich wollte eigentlich länger bleiben und erst Donnerstag zurückfahren. Aber es ist noch belastender, als ich es in Erinnerung habe. Jetzt, wo ich in London lebe und Abstand zu all dem habe, zieht mich die Situation mit meinem Dad mehr runter als früher. Bereits vor Jahren haben Michelle und Richard mir einen Haustürschlüssel gegeben und mittlerweile würde es sich komisch anfühlen zu klingeln. Als ich reinkomme, sitzt Eddy mit seinen Eltern zusammen im Wohnzimmer und sie schauen sich einen Superhelden-Film an.

»Hey«, sage ich und die drei drehen sich zu mir um.

»Komm, setz dich zu uns.« Michelle rutscht näher an Richard heran und klopft neben sich auf das Sofa.

»Ich denke, ich gehe direkt hoch ins Bett«, sage ich entschuldigend.

»Willst du reden?«, fragt Eddy und steht auf.

Ich winke ab. »Nein, guck in Ruhe den Film zu Ende. Ich werde mich direkt hinlegen.«

»Okay, aber sag Bescheid, wenn du nicht schlafen kannst oder du mich brauchst.«

»Danke, mach ich.« Ich zwinge mich zu einem kleinen lächeln und gehe die Treppen hoch in Eddys Zimmer. Ich setze mich auf den Sessel vor dem Fenster und hole mein Handy raus. Ich betrachte einen Moment das schwarze Display, bevor ich es kurzerhand anschalte. Ich frage mich, was Adam gerade macht. Ich habe keine Anrufe oder Nachrichten mehr von ihm bekommen. Unser Streit im Club fühlt sich wie eine Ewigkeit an. Und nach dem Telefonat im Hotel habe ich nichts mehr von ihm gehört. Zum gefühlt hundertsten Mal heute muss ich schwer schlucken. Nur dass es dieses Mal nichts mit meiner Mum oder meinem Dad zu tun hat. Ich merke, wie enttäuscht ich bin. Mein Inneres fühlt sich leer an und meine Schultern sinken nach unten. Ich habe irgendwie gehofft, dass er sich meldet. Das Handy schalte ich wieder aus und schüttle über mich selbst den Kopf.

Ich blicke mich in Eddys Zimmer um und muss lächeln, wenn ich daran denke, wie viele Stunden wir hier oben verbracht haben. Früher war der Dachboden ein Lagerraum, jetzt ist es sein Zimmer. Als er älter wurde, wollte er mehr Platz. Und ich glaube auch, mehr Abstand zum Schlafzimmer seiner Eltern, das früher direkt neben seinem Zimmer lag. Unter den großen Dachfenstern steht das Bett, perfekt um die Sterne zu beobachten.Der Fußboden ist mit einem weichen hellen Teppichboden ausgelegt. An den Wänden hängen Polaroidbilder von heißen Frauen und Männern, Zeichnungen von Eddy und Fotos von Modenshows. Ich ziehe mich bis auf die Unterwäsche aus, streife mir ein großes T-Shirt aus Eddys Schrank über und krieche ins Bett. Kuschle mich unter die dicke Decke und blicke hinaus in den Nachthimmel. Meine Arme und Beine fühlen sich tonnenschwer an und ich kann mich kaum bewegen, so erschöpft bin ich von diesem Tag. Obwohl ich so müde bin, wälze ich mich ewig von einer Seite auf die andere. Ich lege mich auf den Rücken und ziehe mir die Decke über den Kopf. Irgendwann höre ich die Zimmertür aufgehen und wie sie leise wieder geschlossen wird. Wenig später bewegt sich die Matratze neben mir und Eddy schiebt sich unter die Bettdecke. Er schlingt seinen Arm um meine Taille und zieht mich an sich. Ich kuschle mich noch näher an ihn und schlafe endlich ein.

Als ich am nächsten Morgen aufwache, schläft Eddy neben mir. Ich hole meinen Laptop aus meiner Tasche und setze mich damit ans Fußende. Dort recherchiere ich für eine Aufgabe, die mir David gegeben hat. Ich soll zwar keinen eigenen Artikel schreiben, aber zumindest darf ich die Informationen zusammentragen und mit Rob zusammen an dem Artikel arbeiten. Ich bin so in die Arbeit vertieft, dass ich die Uhrzeit ganz aus den Augen verliere. Wenn wir pünktlich bei meinem Dad sein wollen, sollten wir uns langsam fertig machen. Ich klappe meinen Laptop wieder zu und stelle ihn an die Seite. Heute noch ein letztes Frühstück und dann fahren wir endlich zurück nach London. Zurück zu meinem Leben.

»Hey Ed, steh auf.« Sanft rüttle ich an seiner Schulter, doch er stöhnt nur genervt und dreht sich von mir weg. Ich ziehe ihm sein Kissen unter dem Kopf weg und haue es ihm ins Gesicht.

»Kehya!«, ruft er und zieht sich dann die Decke über den Kopf. Ich steige aus dem Bett, ziehe ihm die Decke vom Körper und schmeiße ein weiteres Kissen auf ihn.

Ed wirft mir einen vernichtenden Blick zu. »Das kriegst du zurück.« Ich lache, dann schnappt er sich das Kissen, das ich auf ihn geschmissen habe, schleudert es in meine Richtung und es fliegt genau gegen meinen Kopf. Ich springe zu Eddy ins Bett und die Kissen fliegen durch das ganze Zimmer. Vor lauter Lachen kriege ich kaum noch Luft, lasse mich aufs Bett fallen und ergebe mich. Eddy kommt prustend auf mich zu und zieht mich hoch. Liebevoll schlingt er seine Arme um mich und schenkt mir ein breites Lächeln. Ich liebe diese Unbeschwertheit zwischen uns, mit Eddy kann ich einfach immer alles vergessen. Wir lösen uns voneinander, ziehen uns an und gehen runter in die Küche, wo Michelle gerade backt.

»Guten Morgen«, sagen wir im Chor.

»Guten Morgen ihr zwei, habt ihr gut geschlafen?«, fragt sie und schenkt uns ein warmes Grinsen.

»Ja.« Dabei nicke ich mit dem Kopf und Eddy stimmt mir zu. Eddy geht zu seiner Mum und gibt ihr einen Kuss auf die Wange.

»Wann fahrt ihr wieder zurück?«, fragt Michelle und blickt zwischen uns hin und her.

»Ich würde mich da nach dir richten.« Dabei schaut Eddy zu mir.

»Gegen Mittag?«

»Klar.« Eddy grinst und steckt einen Finger in die Teigschüssel, die vor seiner Mutter auf dem Tisch steht. Er steckt ihn sich genüsslich in den Mund und ich kichere, als Michelle ihn empört anschaut und ihre Hände in die Hüften stemmt.

»Ich würde zum Frühstück gleich rüber gehen, kommst du mit?«, frage ich und blicke Eddy flehend an.

»Na klar. Oder stört dich das sehr, Mum? Wir können hier ja zusammen Mittag essen und dann machen wir uns auf den Rückweg«, fragt er und schaut zwischen seiner Mutter und mir hin und her.

»Natürlich ist das für mich in Ordnung. Sei für Kehya da, wenn sie dich braucht«, sagt Michelle. Ihre Augen leuchten voller Stolz und Liebe, als sie ihren Sohn anschaut.

Ich lächle sie an. »Danke.«

Das Frühstück, etwas später bei meinem Dad verläuft unspektakulär – vor allem, weil kaum einer spricht und wir uns deswegen nicht streiten können. Nach dem Essen bleiben meine Cousins, Eddy und ich noch am Tisch sitzen. Eddy und ich erzählen von unserem Leben in London. Allerdings erwähne ich Adam nicht, ich erzähle von meinem Praktikum und den zwei veröffentlichten Artikeln. Meine Cousins arbeiten alle hier in der Nähe und können sich auch nicht vorstellen, das Landleben hinter sich zu lassen. Der restliche Tag bei Eddys Eltern verläuft entspannt und wir verabschieden uns nach dem Mittagessen von Michelle und Richard.

»Wartet nicht zu lange mit eurem nächsten Besuch«, verlangt Michelle und zieht Eddy und mich nacheinander in eine feste Umarmung.

»Machen wir nicht, Mum«, verspricht Eddy und gibt seiner Mum einen Kuss. Ich werfe meine Tasche auf die Rückbank und setze mich auf den Beifahrersitz. Eddy steigt neben mir ein und wir fahren los. Wir strecken unsere Arme aus den Fenstern und winken zum Abschied. Michelle und Richard bleiben vor der Tür stehen und winken uns, bis wir sie nicht mehr sehen können. Das haben sie schon früher gemacht und jetzt ist es eine Art Ritual von uns geworden.

Wir stehen gerade an der Ampel Richtung Bahnhof und Mietwagenstation, als Eddy kurz auf sein Handy sieht und dann wieder zu mir. »Kehya, lass uns den Mietwagen erst in London abgeben, okay? Ich habe keine Lust, mit dem Zug zu fahren.« Er ist zwar normalerweise nicht der Typ, der gerne lange Strecken fährt, aber wenn es ihm lieber ist, habe ich nichts dagegen.

»Klar«, erwidere ich nur und lehne mich in meinen Sitz zurück. Je weiter wir uns von Cottingham und meinem Dad entfernen, desto mehr kann ich mich entspannen. Der Druck von meiner Brust wird immer weniger und das Atmen fällt mir leichter. Ich mache mir Sorgen um meinen Vater und frage mich, wie ich ihm helfen könnte. Vielleicht sollte ich ihn mal für ein Wochenende zu mir nach London einladen, eventuell hilft ihm die Stadt ja genauso wie mir. Während der Fahrt döse ich ein und kriege gar nicht mit, wie die Zeit vergeht. Irgendwann mache ich meine Augen auf, muss laut gähnen und strecke meine Arme aus. Wir fahren gerade in unsere Straße ein.

»Oh sorry, ich hab die ganze Fahrt verschlafen.«

»Kein Thema.« Eddy parkt vor der WG und blickt zu mir. Irgendetwas ist anders an seinem Gesichtsausdruck.

»Ich bringe das Auto nachher weg, wenn ich zum Atelier fahre. Ich muss mich erst noch mal aufs Ohr hauen«, sagt er und steigt aus dem Auto. Ich schaue ihm irritiert hinterher, weil ich seinen Blick nicht deuten kann. Ich will gerade nach dem Griff greifen, da öffnet sich meine Tür und eine tätowierte Hand taucht vor mir auf. Mein Herz fängt augenblicklich an zu rasen, noch ehe ich richtig begreife, dass er hier ist. Ich dachte wir würden uns erst in ein paar Tagen im Cookies wiedersehen. Eddy hätte mich ruhig vorwarnen können – ich weiß, dass er mit Adam unter einer Decke steckt, woher hätte er sonst wissen sollen, wann wir zurück sind?

Kapitel 30

Ich ergreife Adams Hand und mein Körper fängt augenblicklich an zu kribbeln. Egal wie wütend ich noch auf ihn bin, allein diese kleine Berührung beruhigt mich. Ich lasse mir von ihm aus dem Auto helfen und blicke in sein wunderschönes Gesicht. Adam steht vor mir, sieht aus wie aus einem Modekatalog. Er trägt eine schwarze Jeans, Boots und ein graues Shirt. Seine schwarze Lederjacke trägt er offen und er hat eine graue Wollmütze auf. Ich betrachte sein Gesicht, die schmale, gepiercte Nase, die großen fast schwarzen Augen, die vollen Lippen. Seine weichen Finger streichen sanft über meinen Handrücken. Die Schmetterlinge in meinem Bauch fliegen wild umher. Ohne darüber nachzudenken, berühre ich sein Gesicht, fahre mit den Fingern über seine Bartstoppeln, die sich rau an meiner Haut anfühlen. Adam sieht in meine Augen, betrachtet meinen Mund, schaut zurück zu meinen Augen und beugt sich langsam zu mir herunter. Kurz bevor sich unsere Lippen berühren, höre ich, wie sich Eddy auf der anderen Straßenseite räuspert. Stockend lasse ich von Adam ab und drehe mich zu meinem besten Freund.

»Kehy, ich nehme deine Tasche mit hoch, bei euch dauert es bestimmt länger.« Er grinst mich blöd an, dann verschwindet er im Hauseingang.

Adam tritt einen kleinen Schritt zurück und nimmt meine Hände zwischen seine. Auch wenn es nur wenige Zentimeter sind, die er sich von mir entfernt hat, würde ich am liebsten einen Schritt auf ihn zu machen, um ihm wieder näher zu sein. Ich schaue von unseren verwobenen Fingern zu ihm auf.

»Kehya«, haucht er.

Nur von diesem einen Wort bekomme ich am ganzen Körper eine Gänsehaut. Adam zieht mich von einer Sekunde auf die nächste in eine Umarmung, hält mich fest. Ich spüre seinen warmen Körper an meinem, schiebe die Hände unter seine Jacke und umschlinge seine Taille. Ich atme seinen typischen Geruch ein und schließe für einen Moment meine Augen, genieße das Gefühl von Geborgenheit, das sich in mir breit macht. Ich könnte ewig so mit ihm stehen bleiben. Egal was war, egal was kommt.

»Ich habe dich vermisst«, flüstert er in mein Haar.

Mir steigen Tränen in die Augen. Ich habe Adam auch vermisst und bin unglaublich froh, dass er hier ist. Adam löst die Umarmung, lehnt sich ein Stückchen nach hinten und nimmt mein Gesicht in die Hände. Er schaut mir in die Augen, kommt näher. Ich sehne mich so sehr nach ihm. Ich spüre, wie emotional ich werde, wie sehr ich seine Zuneigung und Liebe gerade brauche. Bestimmt wegen der letzten Tage bei meiner Familie. Adam überbrückt die letzten Zentimeter und küsst mich auf die Stirn. Ich schließe die Augen, genieße seine Nähe, seine weichen Lippen auf meiner Haut, und dass er wieder bei mir ist. Er küsst meine Nasenspitze, dann stelle ich mich auf die Zehnspitzen und küsse ihn. Seine Lippen sind weich und sanft auf meinen. Ich brauche ihn, ich brauche seine Nähe, doch mein Kopf spielt da nicht mit. Bilder von unserem letzten Abend im Cookies tauchen vor meinem inneren Auge auf. Bevor unser Kuss intensiver wird, weiche ich ein Stück zurück. Ich schaue zu ihm auf und blicke in seine dunklen Augen.

»Adam«, beginne ich, doch bevor ich weitersprechen kann, unterbricht er mich.

»Kehya, es tut mir leid. Mir ist eine Sicherung durchgebrannt, als ich dich mit dieser Frau gesehen habe. Ich will dich weder mit anderen Männern noch mit anderen Frauen teilen. Ich bin einfach durchgedreht, als ich euch gesehen habe. Du weißt, dass ich nie ernsthaft mit dieser Blondine rumgemacht hätte, oder?« Er schaut mir in die Augen und ich sehe ihm an, wie leid es ihm tut. »Aber irgendwie ist es dann eskaliert und du bist verschwunden. Ich wollte dir nicht weh tun. Ich habe einen Fehler gemacht, es tut mir leid.«

»Ich hatte zwei sehr harte Tage. Ich kann da jetzt nicht mit dir darüber reden.« Auch wenn ich weiß, dass wir darüber reden sollten. Aber ich kann jetzt kein Drama oder Streit gebrauchen.

»Komm her, bitte«, sagt er und zieht mich an sich, ich schmiege mein Gesicht an seine Brust, spüre seinen Herzschlag. Er schlingt die Arme um meinen Körper und so stehen wir einen Moment einfach da. Ich lasse mich von ihm halten und genieße seine Nähe, die beruhigende Wirkung, die er auf mich hat. Bis ich mich wieder von ihm löse. Adam schiebt seine warmen Hände in meinen Nacken.

»Adam, ich brauche Zeit für mich und muss mich ausruhen.«

»Okay, meld dich, wenn du etwas brauchst, ja?« Dann lächelt er mich an. »Ich musste dich einfach kurz sehen und musste sichergehen, dass zwischen uns alles okay ist«, sagt er und küsst mich. Doch bevor ich protestieren kann, ihm sagen kann, dass zwischen uns noch nicht alles »okay« ist, spricht er schon weiter: »Ich hole dich heute Abend um neun Uhr ab. Ich habe eine Überraschung für dich.«

Er gibt mir einen letzten flüchtigen Kuss, dreht sich um und verschwindet, bevor ich antworten kann. Ich schaue ihm nach und gehe etwas perplex hoch in unsere WG.

Kapitel 31

Eddy steht in meinem Zimmer vor dem Fenster und dreht sich gerade zu mir um, als ich die Tür öffne.

»Na komm, spuck's aus«, verlange ich.

»Du liebst ihn also nicht, ja?« Er grinst und kommt auf mich zu.

»Was ist schon Liebe? Seine Heimat zu verlassen und dadurch noch unglücklicher zu werden? Abhängig voneinander zu sein? Sich blind zu vertrauen?«

»Nenn es wie du willst, aber ich kenne dich besser als du dich selbst.«

»Na, du musst es ja wissen«, murre ich.

Dann schubst er mich aufs Bett.

Wütend blinzle ich ihn an, als er sich neben mich setzt. »Ed, woher wusste Adam, wann wir ankommen? Hast du mich verraten?«

Ein zufriedenes Grinsen taucht auf seinen Lippen auf. »Ich habe dich nicht direkt verraten. Er hat mich gefragt, wann *ich* wieder in London ankomme. Du hättest ja auch noch bei deinem Dad bleiben können«, sagt er.

»Ah ja … okay.« Ich verschränke die Arme vor der Brust. »Beim nächsten Mal kannst du mich wenigstens vorwarnen.«

»Es kommt nicht wieder vor. Versprochen - verzeihst du mir?«, fragt er und wirft mir seinen Dackelblick zu.

Ich verdrehe lachend die Augen. »Ausnahmsweise.« Theatralisch atme ich aus. »Adam will mich in zwei Stunden abholen, keine Ahnung, was wir vorhaben. Ich muss mich vorher aber noch mal schlafen legen. Also entweder legst du dich mit mir hin oder verschwindest aus meinem Zimmer.«

»Na gut, dann verschwinde ich.«

Eddy steht auf, gibt mir einen Kuss auf den Scheitel und geht. Als die Tür aufgeht und Eddy reinkommt, bin ich geduscht und stehe vor meinem Schrank.

»Oh Ed, du kommst wie gerufen. Was soll ich anziehen?« Verzweifelt sehe ich meine Klamotten an.

Er seufzt dramatisch. »Lass mich mal sehen. Los, geh zur Seite und setz dich irgendwohin, wo du nicht im Weg stehst.«

Ich lache und boxe ihm freundschaftlich gegen die Schulter, bevor ich mich an meinen Schminktisch setze und mein Gesicht betrachte. Meine Dreads habe ich zu einem halben Zopf zusammengebunden. Mit meinen grünen Augen, meinen vollen Lippen und der kleinen leicht knubbeligen Nase, sehe ich meiner Mutter wirklich sehr ähnlich. Ein warmes Gefühl breitet sich in meinem Körper aus, ich bin stolz darauf, so viel von ihr zu haben und sie auf diese Weise bei mir zu haben. Ich schminke mich nur leicht, ziehe meinen Lippenstift noch mal nach und wende mich zu Eddy. Ich werde von ihm mit einem skeptischen Blick gemustert. Er hat seinen Designer-Blick aufgesetzt, bei dem er die Augenbrauen eng zusammenschiebt und die Lippen schürzt.

»Stell dich hin, Handtuch weg. Wie soll ich sonst wissen, was dir steht?«

Ich lache los. »Vielleicht weil du weißt, wie ich aussehe?«

Er wirft mir einen strengen Blick zu und ich tue so, als würde ich meinen Mund verschließen. Eddy kichert kurz, wird dann aber wieder ernst. Er wirft mir ein paar Kleidungsstücke zu und stellt mir Schuhe hin.

»Die Schuhe ziehe ich nicht an«, sage ich sofort und sehe ihn böse an.

»Kehya, du kannst ruhig auch mal hohe Schuhe tragen.«

»Kann ich, mach ich aber nicht. Ich ziehe Boots oder Turnschuhe an, die passen zu allem.« Da lasse ich auch nicht mit mir diskutieren. Natürlich will ich Adam gefallen, aber ich werde mich nicht für ihn verbiegen.

»Meinetwegen«, sagt Eddy gespielt entnervt, grinst mich dann aber wieder an. »Einen Versuch war es wert.«

Wenig später trage ich ein dunkelblaues, enges Oberteil, das kurz unter meinen Brüsten endet. Dazu einen gleichfarbigen Rock, der mir bis zur Wade reicht. Das Outfit betont meine schmale Taille und schmiegt sich eng an meine Hüften an. Auf der einen Seite hat der Rock einen Schlitz, der bis kurz über mein Knie reicht. Das ist nicht nur unglaublich sexy, sondern vor allem praktisch, da ich so besser laufen kann. Ich ziehe meine schwarzen Docs an und setze meinen kleinen Rucksack auf. Ich sehe schick und trotzdem cool aus. Durch meine geliebten Dreads tanze ich immer ein bisschen aus der Reihe.

»Danke, Ed. Ich muss los.« Ich gebe ihm noch einen schnellen Kuss auf die Wange. Ich hoffe, dass wir den Abend nicht draußen verbringen werden, denn dann werde ich mir den Arsch abfrieren. Ich schnappe mir noch einen langen dünnen Mantel und verlasse mein Zimmer.

»Halt!«, ruft mir Eddy hinterher.

»Was?« Ich drehe mich zu ihm um.

»Den Mantel habe ich noch nicht abgesegnet, zieh ihn über und zeig dich.«

Ich verdrehe meine Augen, setze meinen Rucksack schnell ab und ziehe den Mantel an. Er geht mir bis zu meinen Schuhen, hat einen kräftigen Grünton und liegt an der Taille schön an, auch wenn ich ihn offen trage.

Ich setze den Rucksack wieder auf, drehe mich einmal im Kreis und sehe Eddy an. »Zufrieden?«

»Du siehst umwerfend aus, Kehy. Bei meiner ersten Modenshow will ich dich als mein Model.«

Ich lache. »Aber nur, wenn ich Docs anziehen darf.«

Eddy stöhnt genervt. »Verschwinde endlich!«

Ich werfe ihm eine Kusshand zu und gehe nach unten.

Kapitel 32

Immer, wenn Adam mich abholt oder wir verabredet sind, bleibt er unten vor der Tür stehen und wartet auf mich. So wie jetzt auch. Als ich ihn gefragt habe, warum er nicht hoch kommt oder klingelt, hat er gesagt, dass er hier zuhause gerne auf mich wartet. Ich solle mich davon nicht gestresst fühlen, nur weil er zu früh kommt. Pünktlichkeit ist superwichtig für Adam. Er hasst es, wenn ich zu spät komme, wenn wir irgendwo außerhalb verabredet sind, wie auch beim Cookies. Wenn er mich allerdings abholt, ist es okay, wenn ich zehn Minuten länger brauche. Dann weiß er, wo ich bin und dass mir nichts zugestoßen ist. Er hat einen richtigen Kontrollwahn, was das angeht. Adam hat sein graues Shirt gegen ein weißes in oversized Größe ausgetauscht, mit ziemlich weitem Ausschnitt. Ich kann den Ansatz seiner tätowierten Brust sehen. Dazu trägt er eine helle zerrissene Jeans, weiße Sneakers und seine Lederjacke. Adam ist einer der Menschen, die auch im Winter mit T-Shirt rumlaufen können, weil ihm einfach nie zu kalt ist.

Er schaut von seinem Handy auf zu mir. Der Zug um seinen Mund wird etwas weicher. Seine sonst nach unten gezogenen Augenbrauen heben sich leicht an. Er wirkt weniger misstrauisch, ein bisschen weniger arrogant. Sogar ein leichtes Lächeln umspielt seine Lippen. Er kommt auf mich zu, hält aber ein paar Schritte vor mir an. Ich bleibe auch schweigend stehen. Ich merke, wie aufgeregt ich bin und dass sich das Kribbeln in meinem Bauch unaufhaltsam ausbreitet. Ich habe keine Ahnung, was für eine Art Beziehung Adam und ich führen. Wir sind ein Paar, aber irgendwie auch nicht. Wir haben keine Regeln, jeder kann machen, was er will. Auch wenn ich mir wünsche, dass es anders wäre. Ich schaue ihm weiter in die Augen und gehe langsam auf ihn zu. Sein Blick wandert über meinen Körper. Er zieht mich mit seinen Blicken aus und ich hoffe, dass wir heute Abend auch etwas Zeit für uns haben.

Ich habe ihn zu lange nicht gesehen, nicht berührt. Er streckt eine Hand nach mir aus und ich ergreife sie, sobald ich ihn erreicht habe.

»Hi«, hauche ich.

Er zieht mich an sich. Seine Hände streichen über meinen Hintern und ich spüre seinen heißen Atem an meinem Hals. »Kehya, ich könnte dich direkt auf der Motorhaube vögeln. Du siehst unglaublich heiß aus. Wie soll ich das den ganzen Abend aushalten?«, raunt er.

»Und dann trage ich auch noch keine Unterwäsche.« Dabei lächle ich.

Ich warte seine Reaktion nicht ab und wende mich von ihm ab. Mit schwingenden Hüften gehe ich ums Auto zur Beifahrertür und schaue ihn verführerisch an. Bevor ich die Tür öffnen kann, ist Adam schon bei mir, packt mich am Arm und wirbelt mich zu sich herum. Kurz sieht er mir in die Augen, dann küsst er mich, hart und wild. Ich merke, dass er mich genauso dringend braucht wie ich ihn. Er drückt sich an mich und ich spüre seine Erektion an meinem Unterleib.

Seine Hände gleiten an meinem Körper nach unten, erreichen meinen Hintern. Er packt ihn und drückt mich noch näher an sich. »Fuck Kehya, wir haben keine Zeit.« Widerwillig lässt er von mir ab. Seine Pupillen sind riesig und wandern immer wieder zu meinen Lippen. Die Muskeln seiner Oberarme sind vor Anspannung ganz hart, während ich mit meinen Händen drüber gleite. Ich liebe es, wenn er so verrückt nach mir ist.

»Du willst, dass ich den Verstand verliere, oder?«, flüstert er.

Ich lache leise. »Hast du das nicht schon längst?«

Um seine Lippen kann ich ein Grinsen erkennen. Er hält mir die Beifahrertür auf und ich steige ein.

»Wo wollen wir hin?«, frage ich, als wir losfahren.

»Wir sind zu einer Party eingeladen«, sagt er.

»Wer schmeißt denn mittwochs eine Party?«

»Ein Produzent aus der Clubszene.«

Ich bin gespannt, was mich heute erwartet. Es ist das erste Mal, dass Adam mich zu einer Party mitnimmt.

Gleichzeitig bin ich froh, dass ich Eddy wegen meines Outfits gefragt habe. Ich sehe heiß aus und fühle mich wohl. Während der Fahrt schweigen wir, sodass ich Adam die ganze Zeit über ansehen kann. Er schaut konzentriert auf die Straße und zieht seine Augenbrauen tief nach unten. Adam legt seine tätowierte Hand auf mein Knie. Er streicht mit dem Daumen drüber, wandert langsam meinen Oberschenkel nach oben – dann wieder herunter. An der Art, wie angespannt seine Arme sind merke ich, wie sehr er sich zurückhalten muss, nicht rechts ranzufahren und uns beiden das zu geben, was wir dringend nötig haben.

Adam wirft mir einen flüchtigen Blick zu. »Lass deinen Mantel und deinen Rucksack am besten im Auto, das wirst du nicht brauchen.«

Ich ziehe meine Jacke aus und werfe sie zusammen mit meinem Rucksack auf den Rücksitz. Wir halten vor einem großen Gebäude in der Londoner Innenstadt, vor dem ein Page steht. Die Fassade ist aus fast weißen, massiven Steinen. Große goldene Buchstaben hängen über dem gläsernen Eingang. Es sieht unglaublich edel aus, und bewusst ist mir dieses Gebäude noch nie aufgefallen. Adam steigt aus und der Page öffnet mir die Tür. Adam schiebt sich an ihm vorbei und reicht mir die Hand. Ich lache laut los, es ist so typisch Adam.

»Sehr zuvorkommend, der Herr«, sage ich gespielt vornehm und grinse ihn an.

Auf Adams Lippen erscheint ein kleines Schmunzeln. Er verschränkt seine Finger mit meinen und geht mit mir zu der großen Glastür. Wir laufen durch eine helle Eingangshalle, vorbei an einem großen Empfangsbereich mit einer Rezeptionistin.

Sie hat ein schwarzes Kostüm an und ihre blonden Haare sind zu einem strengen Dutt geknotet. »Kann ich Ihnen helfen?«, fragt sie und kann den Blick dabei nicht von Adam abwenden. Ich weiß genau, was in ihrem Kopf vor sich geht. Doch das kann sie vergessen. Adam gehört mir, jedenfalls heute Nacht.

»Nein«, ist das Einzige, was Adam sagt, er nickt ihr knapp zu und wir laufen an ihr vorbei.

Ich muss mir ein Lachen verkneifen und stupse Adam an. Wir bleiben vor zwei Aufzügen stehen, Adam drückt einen der Knöpfe.Wir stehen Hand in Hand da und warten. Adam schaut immer wieder zu mir herunter, lässt seinen Blick über mein Gesicht und meinen Körper wandern. Meine Finger streichen unruhig über seinen Handrücken, dann macht es *Ping*. Adam zieht mich hinter sich in den Aufzug, die Türen schließen sich und wir sind allein in dem kleinen Raum.

Kapitel 33

Ich spüre die elektrisierende Stimmung zwischen uns. Mein ganzer Körper ist angespannt und meine Haut kribbelt. Adam drückt den Knopf für die unterste Etage. Der Aufzug ist wohl etwas älter, denn er bewegt sich nicht besonders schnell und super sicher wirkt er auch nicht. Adam schaut mich an, sein Blick schweift über meinen Körper.

»Fuck«, keucht er durch zusammengebissene Zähne und dreht sich von mir weg. Ich grinse darüber, dass er sich so quält. Ich durchleide die gleiche Folter wie er auch, aber offensichtlich müssen wir uns noch etwas gedulden. Plötzlich geht ein Ruck durch den Aufzug. Ich gebe einen kleinen Schrei von mir, während wir abrupt stehen bleiben. Entsetzt sehe ich Adam an. In meinem Körper zieht sich alles zusammen und die Panik breitet sich in mir aus.

Adam kommt auf mich zu, stutzt als er meinen Gesichtsausdruck sieht, und bricht in lautes Gelächter aus. Ich schaue ihn finster an, ist das sein Ernst? Adam lacht selten und es ist noch seltener, dass er richtig laut loslacht, aber diese Situation ist nun wirklich alles andere als witzig. Er kommt ganz dicht zu mir, greift nach meiner Hand und zieht mich in seine Arme.

»Ich habe den Knopf gedrückt, damit der Fahrstuhl stehen bleibt, wir sind nicht stecken geblieben. Kehya, ich halte das nicht den ganzen Abend aus.«

Seine Stimme ist rau und ich spüre seinen Atem an meinem Hals. Die Angst fällt augenblicklich von mir ab und mein Körper fängt vor Vorfreude an zu kribbeln. Bevor ich etwas antworten kann, hat Adam mich schon gepackt und presst mich mit seinem Körper an die Fahrstuhlwand. Seine Lippen streifen meine, bevor er seinen warmen Mund auf meinen presst. Mein Verlangen nach ihm wächst mit jeder Sekunde, mein Inneres pulsiert. Ich bin so erleichtert, dass wir nicht wirklich stecken geblieben sind. Meine Hände schieben sich unter sein T-Shirt und ich stöhne, als ich endlich seine nackte Haut unter meinen Fingern spüre. Adam schiebt meinen Rock hoch, sieht, dass ich tatsächlich keinen Slip trage und schaut mich mit geweiteten Augen an.

»Du machst mich verrückt.«

Er zieht seine Hose runter, reißt ein Kondom auf und gibt mir einen harten Kuss, bevor er mich umdreht und an den Spiegel drückt. Zärtlich gibt er mir einen Klaps auf den Hintern und dringt in mich ein. Es ist eine harte schnelle Nummer. Wir kommen beide zum Höhepunkt. Es ist genau das, was wir jetzt beide gebraucht haben. Ich hätte eine langsame Folter von ihm nicht ausgehalten. Nicht nach den letzten Tagen und allem, was zwischen uns war. Ein warmes Gefühl macht sich in mir breit, ich bin froh, dass wir zu unserem alten Wir zurückgefunden haben. Er küsst mich zärtlich auf die Schulter, zieht sich aus mir zurück und ich spüre sofort die Leere in mir. Für den Moment ist es genug, aber definitiv nicht für heute. Ich will ihn richtig spüren, seinen warmen Körper auf mir - oder er unter mir. Aber erstmal muss ich mich hiermit zufriedengeben.

Wir richten unsere Kleidung und bevor er den Fahrstuhl wieder zum Fahren bringt, überprüft er noch mal, ob ich wirklich bedeckt bin. Die restliche Fahrt nutze ich, um meine Atmung wieder unter Kontrolle zu kriegen. Kurz bevor wir ankommen, nimmt Adam mein Gesicht in seine Hände, schaut mir tief in die Augen und gibt mir einen atemberaubenden Kuss.

»Schön, dass du wieder da bist«, flüstert er mir ins Ohr. Ich kriege eine Gänsehaut am ganzen Körper und die Schmetterlinge tanzen wie wild in meinem Bauch.

Kapitel 34

Der Fahrstuhl öffnet sich und wir betreten Hand in Hand einen dunklen Gang. Durch kleine Lampen an den Fußleisten ist der Raum nur minimal beleuchtet. Zum Glück habe ich mich für meine bequemen Docs entschieden, so gehe ich trotzdem relativ sicher. Ich bin total angespannt, kann es kaum abwarten endlich zu sehen, wo wir hier sind und was für eine Party das wird. Eine gefühlte Ewigkeit laufen wir weiter und folgen dem Weg ins Innere des Clubs. Mit jedem Schritt werde ich ungeduldiger und das Kribbeln in mir wird noch intensiver.

Ich spüre den Bass immer deutlicher durch die Wände pulsieren, obwohl ich noch keine Musik hören kann. Es fühlt sich an, als würde mein gesamter Körper vibrieren und selbst meine Zellen in die richtige Stimmung bringen. Immer wieder biegen wir ab, gelangen in weitere Gänge, die irgendwie alle gleich aussehen. Wenn Adam jetzt plötzlich verschwinden würde, wäre ich mir nicht sicher, ob ich wieder zurück zum Ausgang fände. Ab und zu tauchen andere Menschen auf, verschwinden dann aber wieder in der Dunkelheit.

Vor Vorfreude zieht sich alles in mir zusammen. Eine Gänsehaut überzieht meine Haut und ich werde schon im Gehen zappeliger und unruhiger. Die Energie, die sich in mir aufbaut, will raus. Ich klammere mich an Adams Hand fest, laufe so dicht neben ihm, dass ich seinen Körper an meinem spüre. Wenn ich eben im Aufzug keine Befriedigung bekommen hätte, würde ich ihn jetzt hier gegen die Wand pressen.

Ich kann es kaum erwarten, die Party im vollen Gange zu sehen und mich endlich zu bewegen. Ich spüre bereits die vibrierende Energie. Langsam dringt die Musik zu uns durch und ich kriege ganz feuchte Hände und grinse ununterbrochen. Dieser Abend wird besonders. Er wird anders als jede andere Party, bei der ich bisher war. Plötzlich bleibt Adam mitten im Gang stehen und schaut zu mir. Durch das minimale Licht kann ich seinen Gesichtsausdruck kaum deuten. Er beugt sich zu mir herunter.

»Du kannst es wohl kaum erwarten, was?« Seine Stimme ist rau, sie klingt noch erotischer als sonst. Er kommt mit seinem Gesicht so nah, dass unsere Lippen sich streifen, er mich aber nicht küsst.

»Ich nehme dich heute Nacht mit in meine Welt, eine Welt, die du so schnell nicht vergessen wirst«, haucht er. Adams Stimme vibriert durch meinen Körper. Es ist so intensiv, dass ich fast explodiere. Ich will das alles rauslassen, doch ich zwinge mich, ganz still vor Adam zu stehen. Sein herbes Parfüm umhüllt mich und ich warte darauf, dass er endlich seine Lippen auf meine legt, dann küsst er mich kurz und innig. Fürs Erste muss ich mich damit zufriedengeben, auch wenn es bei weitem nicht genug ist. Adam löst sich von mir, schenkt mir ein kleines Grinsen und wir laufen weiter. Keine Ahnung, ob ich Adam je so gesehen habe. Er wirkt fast genauso aufgekratzt wie ich und zeigt damit so viel mehr Emotionen als normal.

Wir gehen weiter, biegen ein weiteres Mal ab und dann sind wir da. Ich weiß nicht, was ich sagen oder denken soll. Ich weiß nicht, wo ich zuerst hinschauen soll. Ich weiß nicht, ob ein Ort jemals solche Gefühle in mir ausgelöst hat. Ich bleibe stehen, um alles auf mich wirken zu lassen. Wir sind in einem unterirdischen Club gelandet. Es gibt keine Fenster und nur minimale Beleuchtung. Alles ist schwarz, die Decke, die Wände und der Boden, es fühlt sich an, als wären wir tief unter der Erde. Selbst die Möbel, die Gläser und die Theke rechts von uns sind tiefschwarz.

Adam leuchtet mit seinen hellen Klamotten beinahe, so groß ist der Kontrast zwischen ihm und seiner Umgebung. Es fühlt sich an, als hätten wir uns mit all diesen Fremden in der Mitte der Erde getroffen, um die beste Nacht unseres Lebens gemeinsam zu verbringen. Es gibt keine Hautfarbe, keine Haarfarbe, keine Nation, die es nicht gibt. Ich liebe es, wenn es multikulturell ist, da bin ich zu Hause. Da gehöre ich dazu. Ich habe noch nie so viele schöne Menschen an einem Ort gesehen. Alle sehen atemberaubend aus, vor uns tanzt gerade ein thailändisch aussehender Mann mit Undercut und Dutt, mit einer dunkelhäutigen Frau mit Afro. Sie berühren sich beim Tanzen, und haben einfach nur Spaß, als wäre ihnen völlig egal, dass sie beobachtet werden. Sie bewegen sich zusammen und können die Finger nicht voneinander lassen. Egal, wo ich hinsehe: Menschen tanzen, schwitzen, reiben sich aneinander.

Ich bin dankbar dafür, dass mir Adam im Aufzug Erleichterung verschafft hat, sonst müsste ich ihn spätestens jetzt in irgendeine Ecke ziehen. Die Luft ist so elektrisiert, die sexuelle Anziehungskraft kann ich überall spüren. Es wundert mich, dass die Menschen sich hier zurückhalten können und sich nicht die Kleider vom Leib reißen. Ich glaube, ich war noch nie an einem so erotischen Ort. Selbst hier an der Seite bewege ich mich zur Musik, ohne dass ich es merke oder steuern könnte. Mein Körper hat die Kontrolle übernommen. Ich grinse übers ganze Gesicht, fühle mich wie im Himmel.

Genau so will ich mein Leben leben: wild, frei, sexy. Voller Genuss und jeden Moment so nehmen, wie er kommt. Ich liebe diesen Ort und selbst wenn ich jetzt nach Hause müsste, wäre es eine unglaubliche Erfahrung gewesen. Adam steht neben mir, schaut mich an und lacht. Er lacht, wie ich ihn noch nie lachen gesehen habe. Es sieht umwerfend aus. Seine weißen Zähne strahlen mir entgegen und ich bin fasziniert von diesem Mann, der meine Welt auf den Kopf stellt.

Er beugt sich zu mir herunter. »Und wie gefällt es dir?«, fragt er, obwohl er genau weiß, wie überwältig ich von all dem hier bin.

»Ich bin sprachlos«, sage ich, ziehe ihn zu mir und küsse ihn. Schmecke ihn und will mehr, mehr von ihm und von allem um uns herum.

»Komm mit, ich will dir ein paar Leute vorstellen.«

Er nimmt meine Hand und ich folge ihm. Nervosität macht sich in meinem Bauch breit. Bis jetzt kenne ich nur die Leute, die auch bei uns im Club sind. Adam hat mir noch nie irgendwelche Freunde vorgestellt. Langsam schieben wir uns durch den Saal, vorbei an den tanzenden Menschen. Adam hält meine Hand und schaut immer wieder zu mir rüber. Strahlt mich an und ich kann die Vorfreude in seinen Augen leuchten sehen. Dann biegen wir wieder in einen kleinen Gang. Überall höre ich spanische Musik, heiße Beats und ich will die ganze Zeit nur tanzen und meine Hüften bewegen, das tun, wozu mein Körper hier ist. Wir kommen durch zwei weitere kleine Räume. Ich bleibe dicht hinter ihm, brauche direkten Körperkontakt. Die Musik, die hier gespielt wird, ist schneller. Es kommen uns immer mehr Menschen entgegen. Wir kommen in einen riesigen Raum, der größte, wie ich vermute. Hier gibt es keine Stühle, Sofas oder sonstige Sitzgelegenheiten. Links und rechts sind zwei lange schwarze Bars, um die Leute mit Getränken zu versorgen. Der Rest ist eine riesige Tanzfläche.

Beim ersten Raum war ich sprachlos, aber das hier übersteigt alles. Ich kenne wirklich einige Orte zum Feiern. Ich war auf unzähligen Festivals mit Eddy und der Crew aus dem Cookies. Ich arbeite selbst in einem Club, in dem es die krassesten Partys gibt. Ich hab gesehen, wie die Schönen und Reichen feiern, wenn sie sich keine Gedanken mehr machen müssen. Aber das hier ist unbeschreiblich. Ich bleibe kurz stehen, bin wie gebannt, nehme alles in mich auf, die Musik, die Leute, die Bewegungen. Alle tanzen, singen und haben Spaß. Ich bin im Paradies. Ich habe Adams Hand losgelassen und es gar nicht gemerkt, er steht einige Schritte vor mir. Beobachtet mich, seine Augen funkeln und er kommt auf mich zu.

»Ich wusste, dass du es hier lieben wirst. Falls du mich irgendwann verlierst, geh zu diesem Kellner da drüben. Der, mit dem tätowierten Gesicht. Er findet mich dann und bringt mich zu dir.«

Er soll sich keine Sorgen machen, nicht heute, nicht hier, also nicke ich und greife nach seiner Hand, um ihm zu verstehen zu geben, dass ich bei ihm bleibe. Dann lasse ich mich von ihm durch die Menge führen. Wir steuern auf die Mitte der Tanzfläche zu. Die Leute rasten förmlich aus, als sie Adam sehen. Sie schmeißen sich ihm an den Hals, schlagen mit ihm ein und fangen laut an zu jubeln. Als hätten sie sich nur aufgewärmt, um endlich richtig loszulegen, sobald ihr Star ankommt. Ich stimme in ihr Gelächter mit ein. Adam schreit laut meinen Namen und zeigt dann auf mich. Es könnte mir unangenehm sein, so im Mittelpunkt zu stehen, aber solche Gefühle gibt es hier nicht - ich fühle mich so leicht, schwerelos und vollkommen.

Ich lache über Adams überschwängliche Art und freue mich darauf, die anderen später kennenlernen zu können. Seine Freunde um uns herum rufen meinen Namen, kommen auf mich zu, nehmen mich in den Arm, küssen mich auf die Wange oder meinen Handrücken. Keiner sieht mich schräg an oder begutachtet mich. Ich habe mich bei wildfremden Menschen noch nie so willkommen gefühlt. Sie geben mir das Gefühl, als wäre ich schon immer ein Teil dieser Gruppe.

Adam kommt zu mir, zieht mich an sich und wir fangen endlich an, zusammen zu tanzen und all unsere Energie rauszulassen. Wir schmiegen uns aneinander, er lässt seine Hände über meinen Körper wandern. Über meine Brüste, meine Taille, meine Oberschenkel. Ich verliere jegliches Zeitgefühl. Keine Ahnung, ob wir seit ein paar Minuten oder Stunden hier sind. Die Musik und die Stimmung puschen mich so sehr auf, dass ich das Gefühl habe, endlos Energie zu haben. Wir tanzen ununterbrochen und ich kann nicht aufhören, mich zu bewegen, kann nicht aufhören zu grinsen und immer wieder meinen wundervollen Adam zu beobachten. Die Musik wird wilder, schneller, ich verstehe zwar nichts, aber die Worte klingen wunderschön und ich fühle sie einfach, würde laut mitsingen, wenn ich den Text kennen würde.

Kapitel 35

Alle tanzen um mich herum. Ich drehe mich zu Adam. Wie schon den ganzen Abend tanzt er, doch jetzt singt er laut mit und strahlt dabei. Meine Bewegungen werden immer langsamer, bis ich mich gar nicht mehr bewege. Er fasziniert mich einfach. Seine Stimme ist schon erotisch, wenn er einfach nur spricht. Eine Stimme bei der ich jedes Mal eine Gänsehaut bekomme. Aber als er jetzt lacht und singt, und das auch noch auf Spanisch, ist es um mich geschehen. Ich habe ihn noch nie eine andere Sprache sprechen hören und es verzaubert mich. Er singt weiter, sieht mich an und grinst breit. Ich habe das Gefühl, als wären wir plötzlich allein. Ich blende alles um mich herum aus. Es gibt nur Adam und mich. Singend kommt er auf mich zu, zieht mich an sich. Er küsst mich leidenschaftlich, wandert mit seinen Lippen zu meinem Ohr und flüstert etwas auf Spanisch.

Ein heißer Schauer durchläuft mich. Wenn ich nicht schon so verknallt in ihn wäre, wäre es spätestens jetzt um mich geschehen. Adam küsst die Stelle unter meinem Ohrläppchen und wir tanzen weiter. Die Welt dreht sich weiter. Die Menschen um uns herum, die Musik, alles ist wieder präsenter. Adam und ein paar andere schauen sich kurz an und nicken sich zu, dann dreht er sich zu mir. »Wir gehen was trinken und eine kleine Pause machen. Kommst du mit oder möchtest du hierbleiben?«

»Ich komme mit.«

Er nickt mir zu und nimmt meine Hand.

Wir laufen durch die tanzende Menge und kommen zu einem dunklen Gang. Ich glaube, es ist ein anderer als der, durch den wir gekommen sind. Der Raum, in dem wir ankommen ist relativ klein, es gibt nur ein paar kleinere Sitzecken und eine Theke. Außer unserer Gruppe sind nur wenig andere Menschen hier. Wir verteilen uns um einen Tisch. Adam schmeißt sich in die Ecke eines der Sofas. Leyla, eine schwarzhaarige Schönheit, die sich eben bei mir vorgestellt hat, kommt zu mir und hakt sich bei mir unter.

»Hilfst du mir die Getränke zu besorgen?«, fragt sie und schenkt mir ein breites Grinsen.

»Na klar«, sage ich und folge ihr zu der kleinen Bar.

Leyla gibt eine Bestellung auf und ich setze mich auf einen Barhocker, der vor mir steht.

»Der Club ist unglaublich«, sage ich voller Staunen.

»Oh ja, es ist mein absoluter Lieblingsclub. Mit Abstand die besten Partys in ganz London, wenn nicht sogar in ganz England«, lacht sie und ich stimme mit ein.

Ich lasse meinen Blick kurz zu Adam wandern und treffe auf seinen. Ein warmes Gefühl durchflutet mich. Nach einem kurzen Moment wende ich mich von ihm ab und konzentriere mich wieder auf Leyla. »Wie oft warst du schon hier?«

»Puh ...« Sie blickt nachdenklich an die Decke. »Ich glaube, ich kann es nicht mehr zählen. Ist es dein erstes Mal?«

Ich nicke. »Ja, mein erstes und hoffentlich nicht letztes Mal. Ich fühle mich wie im Himmel.«

»Es ist wie eine Sucht, wenn das Underground dich einmal hat, lässt es dich nicht mehr los.«

Der Kellner kommt zu uns und schiebt uns drei volle Tabletts auf die Theke. »Danke«, sagen wir im Chor.

Ich nehme in jede Hand ein Tablett, Leyla das übrig gebliebene und wir gehen zusammen zurück zu der Sofaecke.

Adam lässt mich nicht eine Sekunde aus den Augen, verfolgt jede meiner Bewegungen. Ich genieße die Aufmerksamkeit, die er mir schenkt und strahle ihm entgegen. Wir verteilen die Getränke auf dem Tisch und alle bedienen sich, als wären sie kurz vor dem Verdursten. Ich nehme zwei Gläser, gehe zu Adam und setze mich auf seinen Schoß. Er küsst mich auf die Schulter und trinkt einen großen Schluck aus seinem Glas. Ich merke erst jetzt, wie sehr mir die Füße vom Tanzen weh tun und wie gut es tut zu sitzen. Ich schmiege mich an Adam und genieße die Ruhe. Die anderen stehen bald wieder auf. Sie können es wohl nicht erwarten, weiter zu tanzen.

»Wollen wir? Oder wollen wir noch ein bisschen hier sitzen bleiben?« Seine Hände wandern über meine Oberschenkel und meine Taille.

»Lass uns tanzen«, lache ich und rutsche von seinem Schoß.

Er greift nach meiner Hand und will mit mir den anderen folgen, doch ich bleibe stehen. »Ich geh erst noch schnell auf die Toilette und komme dann nach.«

Er sieht mich zögernd an. »Du findest auch sicher wieder zurück?«

»Wer weiß das schon?«, lache ich, drehe mich um und gehe in die andere Richtung.

Bevor ich die Tür aufdrücke, blicke ich noch mal über meine Schulter und Adam steht immer noch an derselben Stelle und schaut mir hinterher. Die Toiletten sind direkt neben dem kleinen Raum und von da aus finde ich auf jeden Fall zurück. An der Tür steht nur WC, ich drücke sie auf und als ich drinnen bin, merke ich auch warum: hier wird nicht zwischen Männern und Frauen unterschieden. Alle gehen auf die gleiche Toilette. Mir gefällt das, ich werde das Charles für das Cookies mal vorschlagen. Ich mache mich schnell frisch und laufe zurück. Adam steht nicht mehr dort, wo ich ihn eben zurückgelassen habe. Als ich auf der Tanzfläche ankomme, ist unsere Gruppe ~~ist~~ nicht zu übersehen. Ich bleibe etwas abseits stehen und beobachte sie. Jeder Einzelne ist unglaublich schön, aber für mich sticht Adam trotzdem hervor. Er lacht und singt wieder. Ich könnte ihm stundenlang zusehen.

Als würde er spüren, dass ich ihn beobachte, dreht er sich zu mir um und seine Augen leuchten, als er mich entdeckt. Was ist mit dem mürrischen, schlecht gelaunten Adam passiert? Ich lache und dränge mich durch die Menge, um zu ihm zu gelangen. Wir tanzen innig und das die gesamte Nacht. Ich habe keine Ahnung, wie spät es ist, als wir den Club schließlich verlassen. Wir stehen im Fahrstuhl dicht nebeneinander, Adam hat einen Arm um mich geschlungen. Ich kann immer noch nicht glauben, was heute Nacht passiert ist. Dass Adam mich nicht nur mit in seine Welt genommen hat, sondern mir auch eine andere Version von sich gezeigt hat. Eine Version, die er offensichtlich nicht oft zeigt. Bevor wir aus dem Fahrstuhl aussteigen, setzt Adam eine Sonnenbrille auf.

Verwirrt sehe ich ihn an.

»Du wirst schon sehen«, ist das Einzige, was er zu mir sagt, und hebt dabei seine Mundwinkel zu einem breiten Grinsen. Die Türen gehen auf.

»Fuck!«, rufe ich und halte mir eine Hand vor die Augen.

Adam lacht los. »Ich hab's dir gesagt.«

Es ist zehn Uhr morgens, die Sonne scheint und durch den weißen Eingangsbereich ist alles noch viel heller. Ich halte den Kopf gesenkt, schütze meine Augen vor dem Licht und lasse mich von Adam durch die Lobby führen. Er nickt der blonden Empfangsdame kurz zu. Keine Ahnung, woher der es wusste, aber der Page reicht Adam den Autoschlüssel, sobald wir vor die Tür treten. Adam hält mir wieder die Tür auf und ich steige ein. Schweigend sitzt er neben mir, hat die Sonnenbrille wieder abgesetzt und sieht mich nachdenklich an. Bevor ich fragen kann, fahren wir los.

Die Leichtigkeit des Clubs hat er offensichtlich dort gelassen. Er zieht seine Augenbrauen wieder zusammen und bekommt diesen ernsten Gesichtsausdruck. Ich lasse mir dieses Gefühl nicht nehmen, das das Underground in mir hinterlassen hat. Ich bin immer noch völlig überwältigt von den letzten Stunden - oder besser gesagt der ganzen Nacht. Ich bin so in Gedanken und bekomme deswegen auch nicht mit, dass Adam mich nicht zurück zur WG bringt.

»Wo sind wir?«, frage ich, als wir halten.

»Ich nehme dich mit zu mir«, sagt er und alles in mir zieht sich vor Aufregung und Vorfreude zusammen. »Ich hoffe, das ist okay.«

»Ja, es ist okay.« Ich grinse ihn an. Vielleicht hat er doch nicht alles dort unten im Club gelassen.

Dann steigen wir aus. Ich ziehe meinen Mantel über, schnappe mir meinen Rucksack und folge ihm. Gemeinsam steuern wir auf ein schönes Gebäude zu, wir sind in der Nähe des Zentrums. Er schließt die Tür auf und wir gehen in den zweiten Stock. Bei jedem Schritt knarren die Treppenstufen unter meinen Füßen. Er hat eine große Altbauwohnung, die hohen Decken sind mit Stuck versehen. Die Einrichtung ist etwas spartanisch. Es stehen nur ein paar einzelne Möbel im Raum - nur das, was man wirklich braucht. Es gibt keine

Deko, oder andere Dinge, die für Gemütlichkeit sorgen. Wahrscheinlich, weil er nicht wusste, wie lange er in London bleiben würde. In der Ecke steht ein großes Ledersofa, an der gegenüberliegenden Wand hängt ein Fernseher. In der anderen Ecke hat er ein DJ-Pult aufgebaut. Hier scheint er seine Musik zu machen.

»Komm mit«, bittet er und hält mir die Hand hin.

Ich ergreife sie und folge ihm ins Badezimmer.

»Ich brauche dich«, haucht er, stellt sich ganz dicht vor mich und zieht mich langsam aus. Als ich nackt vor ihm stehe, betrachtet er meinen Körper und streicht mir sanft über die Wange, bevor er mir einen federleichten Kuss auf die Lippen haucht. Er zieht sein Shirt aus und schmeißt es achtlos auf den Boden zu meiner Kleidung. Dann zieht er die Hose samt Boxershorts aus, verschränkt seine Finger mit meinen und führt mich zur Dusche. Er dreht das Wasser an und schiebt mich unter den Strahl, als es warm genug ist. Die Dusche fühlt sich wunderbar auf meiner Haut an. Ich beobachte Adam und warte einfach ab, was als nächstes passiert. Erst jetzt merke ich, wie fertig ich von dieser Nacht bin. Wie erschöpft mein Körper ist, jetzt, wo alle Energie verschwunden ist. Adam steigt zu mir, macht sich Duschgel auf die Hand und fängt an, mich einzuseifen. Seine Berührungen sind unglaublich sanft, ich schließe die Augen und gebe mich den Empfindungen voll hin. Er ist so liebevoll und zärtlich, lässt sich mit jeder Bewegung Zeit. Gibt mir das Gefühl, das Kostbarste auf dieser Welt zu sein. Ich genieße seine Berührungen, reibe meinen schaumigen Körper an ihm, spüre wie die Energie Stück für Stück zurück in meinen Körper kommt und wie sehr ich ihn will. Mit den Armen umschlinge ich ihn und er hebt mich vorsichtig so hoch, dass ich an der kühlen Duschwand lehne. Mit der einen Hand hält er mich fest, mit der andern streichelt er über meine Arme, mein Dekolleté und meine Brüste.

»Adam«, flüstere ich.

Er beugt sich zu mir, küsst sich an meinem Hals entlang und dringt dann ganz langsam in mich ein. Wir finden unseren Rhythmus, reiben uns aneinander und ich verliere mich in ihm. Wir lieben uns unter der Dusche. Das erste Mal, dass ich sagen würde, dass wir Liebe gemacht haben. Ich bin völlig überwältig. Von all der Zärtlichkeit und Liebe, die er mir geschenkt hat. Wie passen diese unterschiedlichen Versionen zusammen?

Meine Gedanken drehen sich im Kreis und alles, was ich will, ist, meinen Kopf abstellen und diesen Moment mit Adam genießen. Ich konzentriere mich auf den schönen Mann vor mir. Mein Kopf liegt auf seiner Brust und wir lassen uns noch einen Moment von dem warmen Wasser einhüllen. Adam löst sich von mir und schaltet die Dusche ab. Legt seine Hände auf meine Wangen und streift mit seinen Lippen über meine. »Warte kurz«, flüstert er und ich nicke.

Er steigt aus der Dusche und bindet sich ein Handtuch um die Hüften. Seine tätowierte Haut ist immer noch feucht, seine Augen sind weich und voller Zuneigung. Er kommt auf mich zu, wickelt mich in ein großes weißes Handtuch und hebt mich auf seinen Arm. Ich betrachte kurz das Bild von uns im Spiegel. Wir beide mit unserer dunklen Haut, den weißen Handtüchern, Adams Blick auf mich gerichtet. Seine starken Arme tragen mich in sein Bett. Wir kriechen nackt unter die große Bettdecke. Ich merke, wie mir die Augen zufallen und in einigen Stunden muss ich wieder im Cookies stehen. Ich spüre im Halbschlaf, wie Adam mich an sich zieht und wir Arm in Arm einschlafen.

Kapitel 36

Adams Wärme ist überall um mich herum. Er hat seine Arme um mich geschlungen und hält mich fest an sich gedrückt. An seinen tiefen und regelmäßigen Atemzügen erkenne ich, dass er noch schläft. Ich bin eingehüllt von seinem Geruch. Genieße das Gefühl, ihm so nah zu sein und mich ihm so tief verbunden zu fühlen. Dieser Moment fühlt sich intimer an als alles Bisherige. Nicht nur, weil ich hier bei ihm im Bett liege und er mich mit in seine Wohnung genommen hat, sondern wegen der Art, wie er mich hält. Denn das hier hat nichts mit körperlicher Anziehungskraft zu tun. Das hier hat mehr zu bedeuten, mehr als jedes einzelne Mal Sex, auch wenn der unglaublich ist. Ich bin normalerweise nicht der Typ, der stundenlang kuscheln will. Mit einer Ausnahme natürlich. Eddy und ich schlafen ständig zusammen in einem Bett, liegen Arm in Arm und kuscheln. Aber nicht so wie jetzt. Vielleicht bilde ich mir das auch nur ein, aber es fühlt sich nach so viel mehr an. Er hält mich fest in seinen Armen, will selbst im Schlaf sicher gehen, dass ich nicht verschwinde. Ich schließe die Augen und schmiege mich noch näher an ihn, obwohl auch so kein Blatt zwischen uns passt.

Nach einer Weile öffne ich wieder die Augen und sehe mich in seinem Schlafzimmer um. Es ist ein schlichter Raum, weiße Wände, weiße Bettwäsche und ein alter Holzschrank, der wahrscheinlich schon in der Wohnung stand, bevor Adam eingezogen ist. Es ist bereits dunkel draußen. Ich weiß, dass wir heute Abend noch ins Cookies müssen und will wissen, wie spät es ist. Aber ich kann mich einfach nicht dazu bringen, mich zu bewegen. Ich will Adam nicht wecken, will den Moment zwischen uns nicht kaputt machen und seine Nähe noch etwas länger genießen. Auch wenn ich gestern Eddys Frage bezüglich Adam etwas abgetan habe, muss ich mir eingestehen, dass ich mich tatsächlich und vollkommen in Adam verliebt habe. Noch nie habe ich jemanden wie ihn gekannt. Und nach gestern habe ich das Gefühl, ihm nähergekommen zu sein. Er hat mich das erste Mal richtig an sich herangelassen.

Ich will Teil seines Lebens sein, nicht nur im Cookies. All seine Seiten und Facetten kennenlernen und mit ihm dieses wilde und aufregende Leben führen.

Adams Arme spannen sich an, umklammern mich noch fester und dann streckt er sich lang neben mir aus. Ich drehe mich zu ihm um und er schaut mich mit verschlafenen Augen an. Betrachtet mich einen Moment und scheint einen Augenblick zu brauchen, um sich daran zu erinnern, warum ich hier neben ihm liege.

»Na? Gut geschlafen?«, frage ich und strahle ihn an. Ich kann einfach nicht anders, als zu grinsen.

»Hey, wie spät ist es?«, fragt er und schaut sich in dem dunklen Zimmer um.

Ich rolle mich zur Seite und sehe auf mein Handy. »Gleich acht Uhr«, stöhne ich.

Abrupt schmeißt Adam die Bettdecke zur Seite und steigt nackt aus dem Bett. Er zieht sich schnell eine Boxershorts und eine Jeans über und schaut zu mir herunter. Ich liege auf dem Bauch und stütze mich mit den Ellenbogen ab. Die Decke bedeckt lediglich meinen Hintern. Ich wünschte, er würde zu mir zurück ins Bett kommen. Doch er schaut mich ernst an und zwischen seinen Augenbrauen hat sich wieder diese kleine Falte gebildet.

»Komm, ich bring dich jetzt nach Hause dann kannst du dich vor der Schicht noch umziehen. Und ich fahre direkt weiter in den Club«, sagt er kühl und verlässt dann das Schlafzimmer.

Ich bin wie vor den Kopf gestoßen. Ich kenne ihn so, er war schon deutlich unfreundlicher zu mir als eben gerade. Aber nach den vergangenen Stunden, dachte ich, es wäre jetzt … anders. Mir fehlt seine Nähe. Die elektrisierende Stimmung von gestern ist wie ausgelöscht. Der Adam von gestern ist einfach verschwunden, stattdessen hat er seine Mauern wieder aufgebaut, die mir vorher nie so bewusst waren, wie jetzt. Ein beklemmendes Gefühl macht sich in meiner Brust breit und ich werde plötzlich traurig. Ich will den Adam von gestern nicht so schnell wieder verlieren.

Er kommt mit Schuhen und Jacke zurück ins Schlafzimmer. Ich war so in Gedanken, dass ich mich nicht ein Stück bewegt habe. Plötzlich fühle ich mich wie ein Eindringling, den er nicht in seiner Wohnung haben will. Ich fühle mich nackt und verletzlich. Kann so keinen Schutz um mich aufbauen. Normalerweise fühle ich mich wohl in meiner Haut und habe kein Problem damit, mich zu zeigen. Doch jetzt ist es unangenehm und beklemmend. Ich will mir meine Selbstsicherheit nicht von ihm nehmen lassen, nicht mal für eine winzige Sekunde. Ich bin kein zerbrechliches Mädchen, das sich durch einen Mann verunsichern lässt, und ich will mich auch nicht so fühlen. Entschlossen schiebe ich die Decke zur Seite und stehe auf, stelle mich nackt vor ihn und schaue ihn an.

Adam betrachtet mich kurz. Die kleine Falte zwischen seinen Augenbrauen verschwindet und ich kann so etwas wie Zuneigung in seinen Augen erkennen als er meinen Blick auffängt. Kaum dass ich es registriert habe, spannt er seinen Kiefer an und blickt mich ernst an.

Adam wirft mir ein T-Shirt und eine Jogginghose von sich zu »Ich warte im Flur.« Dann lässt er mich wieder allein.

Ich schlüpfe in die Kleidung und werde von seinem Geruch umhüllt. Ein dicker Kloß bildet sich in meinem Hals. Seine Sachen sind mir viel zu groß, aber es fühlt sich irritierend gut an, ihm wenigstens so etwas näher zu sein, als er gerade zulassen kann. Ich steige in meine Docs, stopfe mein Outfit von letzter Nacht in meinen Rucksack und versuche meinen Kopf abzustellen. Ich kann dieses Gedankenkarussell gerade nicht gebrauchen. Meine eigenen Gefühle machen mir Angst und ich weiß nicht, wie ich mit ihnen umgehen soll. Unter keinen Umständen will ich ihm jetzt eine Szene machen. Ich will keine hysterische Frau sein, die gleich zu viel erwartet, nur weil wir diese unvergessliche Nacht zusammen hatten. Das kann ich nicht gebrauchen und Adam genauso wenig. Vielleicht fühlt es sich gerade einfach viel schlimmer an, weil der Kontrast zu letzter Nacht so extrem ist.

Ich verlasse das Schlafzimmer. Adam steht in der offenen Haustür und trommelt ungeduldig mit seinen Fingern auf der Türklinke herum. Normalerweise bin ich nicht auf den Mund gefallen, aber in diesem Moment fehlen mir die Worte, genauso wie auf der Fahrt zur WG. Adam schaut konzentriert auf die Straße, scheint noch angespannter als sonst zu sein. Mit beiden Händen umgreift er das Lenkrad, beinahe als würde er sich daran festhalten wollen. Wir saßen noch nie zusammen im Auto, ohne dass er seine Hand auf meinen Oberschenkel gelegt hat. Ich bilde es mir nicht nur ein, irgendwas stimmt nicht mit ihm.

Ich versuche zu verstehen, was los ist. Ich lasse den Abend und die Nacht Revue passieren - aber ich erinnere mich an keine einzige Situation, die dafür gesorgt haben könnte, dass er sich so verhält. Vielleicht war die Nacht für Adam einfach genauso intensiv wie für mich und er muss selbst erstmal für sich herausfinden, was das alles zu bedeuten hat. Das ist jedenfalls insgeheim meine Hoffnung. Und wenn wir uns nachher im Club wiedersehen, ist alles wieder normal. Es muss nicht sein wie letzte Nacht, aber wenigstens so, wie vor diesem Abend.

Adam hält vor meiner Haustür, dreht sich kurz zu mir um und schaut mich nachdenklich an. Dann gibt er mir einen schnellen Kuss und schaut wieder auf die Straße. Ich steige aus und fühle mich noch verlorener als in seinem Auto. Er fühlt sich gerade unerreichbar für mich an und dieses Gefühl halte ich kaum aus. Ich muss einfach darauf vertrauen, dass nachher alles wieder wie sonst ist. Ich versuche dieses Gefühl zu verdrängen, denke an die Stunden im Club letzte Nacht und augenblicklich bessert sich meine Stimmung. Ich mache es wie immer in meinem Leben, ich sehe nur das Positive. Ich schiebe all meine Zweifel und die Traurigkeit, die sich in meinem Körper breit gemacht haben zur Seite. Schiebe all diese Gefühle in eine Ecke, tief in meinem Inneren. Das hat mir schon immer geholfen und wird mir auch jetzt helfen. Egal wie schwer sich das gerade anfühlt.

Kapitel 37

Als ich nach Hause komme, hat Eddy sich mal wieder zum Arbeiten in meinem Zimmer breit gemacht.

»Na, was sehe ich denn da? Hat da jemand das Outfit gewechselt?«, sagt er und grinst breit.

Ich würde mich gerade am liebsten in meinem Bett verkriechen, aber ich muss mich fertig machen. Und Eddy würde es nie akzeptieren, wenn ich ihm nichts von letzter Nacht erzähle. Er wüsste sofort, dass wieder etwas vorgefallen ist. Dabei weiß ich das nicht einmal selbst. Also beschließe ich, ihm von dem Club zu erzählen.

»Ed, ich schwöre dir, das war die krasseste Nacht meines Lebens. Wir waren auf einer so abgefahrenen Party in der Londoner Innenstadt. In einem Club, der unter einem riesigen, superedlen Wolkenkratzer liegt. Wir haben getanzt und gefeiert bis heute früh um zehn. Ich habe Adam noch nie so gesehen. Er war fröhlich, hat den ganzen Abend gelacht und oh mein Gott, er hat gesungen! Du kannst dir nicht vorstellen, wie wunderschön er singen kann.« Ich fasse mir an die Brust und falle theatralisch aufs Bett.

Eddy fängt an zu lachen und ich stimme mit ein, obwohl mir nicht danach ist. Er verstummt von einer Sekunde auf die andere, stützt sich mit seinen Ellbogen ab und mustert mich kritisch. »Was ist los?«, fragt er ernst.

»Nichts«, weiche ich aus.

Er schnaubt. »Glaubst du ehrlich, dass ich nicht weiß, wie du dich anhörst, wenn du wirklich lachst? Verkauf mich nicht für dumm, was ist passiert?« Sorge tritt in sein Gesicht. Keine Ahnung, wieso ich dachte, ich könnte ihm etwas vormachen. Ich atme tief ein und erzähle ihm die ganze Geschichte.

»Wir haben die Nacht zusammen verbracht, er war so liebevoll und zärtlich, ich habe einen ganz neuen Adam kennengelernt. Es war unglaublich. Der Club, Adam, einfach alles.« Ich seufze. »Es war perfekt, bis er aufgewacht ist. Er hat mich mehr oder weniger rausgeschmissen. Wir haben kaum ein Wort miteinander gesprochen. Es war, als wenn er mit meiner

Anwesenheit nicht klarkommt und mich nicht bei sich haben will«, sage ich traurig und merke wie sich ein dicker Kloß in meinem Hals bildet.

Eddy zieht mich in seine Arme und ich verdränge die aufsteigenden Tränen.

»Ich weiß nicht, ob es wirklich so schlimm ist, wie ich es jetzt darstelle oder ob ich nach diesen Stunden einfach dünnhäutiger bin. Vielleicht ist auch einfach alles so wie zuvor und es ist nur der Kontrast, der sich so extrem anfühlt.«

Eddy streicht mir beruhigend über den Rücken. »Ich weiß, wie verschossen du in ihn bist. Aber du hast jemanden verdient, der dich auch zu schätzen weiß. Und ich kenne dich gut genug, du bist nicht überempfindlich, vor allem nicht bei Männern. Es liegt an Adam.« Eddy atmet einen Stoß Luft aus, als hätte er beim Sprechen die Luft angehalten. Ich schaue meinen besten Freund nachdenklich an und schlucke schwer.

»Ich weiß«, flüstere ich und es fühlt sich komisch an, es zuzugeben. »Eddy, ich wünschte einfach, dass dieser Abend sich für den Rest meines Lebens immer wiederholen würde. Wenn Adam immer so wäre wie in diesen Stunden.«

Ich löse mich vollends von Eddy und rutsche vom Bett. Doch bevor ich aufstehen kann, hält er mich fest.

»Kehy, lass es mich wissen, wenn ich irgendetwas tun kann, damit es dir besser geht.« Ich sehe, wie besorgt er ist, und mir würde es nicht anders gehen, wenn es andersherum wäre. Ich gebe ihm einen Kuss auf die Wange und stehe auf.

»Versprochen. Und danke, für alles«, sage ich und stelle mich vor meinen Kleiderschrank. »Was liegt bei dir noch so an?«, frage ich Eddy, um das Thema zu wechseln.

»Ich hab ein Date, mit einem richtig heißen Typen.«

»Uuuh, kenn ich ihn?«, frage ich grinsend und schaue kurz über die Schulter zu ihm.

»Nein, ich hab ihn letztens in der Uni kennengelernt.«

»Was habt ihr vor?«

»Wir gehen zu dem kleinen Italiener in der Nähe vom London Eye, der bei dem wir auch schon waren. Und danach vielleicht noch was trinken. Wenn er sich gut macht, schauen wir im Cookies vorbei«, sagt er und wackelt mit den Augenbrauen. Eddy hat ständig irgendwelche Dates. Aber nur die, mit denen er sich länger etwas vorstellen kann, nimmt er mit ins Cookies und stellt sie mir vor. Ich bin immer superneugierig, aber sie mir ganz offiziell bei einem Treffen vorzustellen, ist Eddy meistens zu viel. Deswegen ist das Cookies der perfekte Ort dafür.

»Oh ja! Das klingt super.«

Ich ziehe mich schnell um und schmeiße Adams Sachen auf mein Bett. Schon jetzt vermisse ich seinen Geruch, der mich bis eben eingehüllt hat. Heute ziehe ich nichts Besonderes an, eine helle lockere ripped Jeans und dazu ein beigefarbener enger Body mit V-Ausschnitt. Ausnahmsweise ziehe ich sogar weiße Turnschuhe an. Ich fühle mich nicht danach, mich richtig fertig zu machen und habe auch keine Zeit dafür. Ich tusche mir schnell die Wimpern, ziehe einen grauen Wollmantel an und lege mir meinen grünen Lieblingsschal um. Meine Dreads binde ich zu einem großen Dutt mitten auf dem Kopf zusammen. Ich gebe Eddy einen Kuss auf die Wange und wünsche ihm viel Spaß für heute Abend.

»Sicher, dass alles okay ist?«, fragt er, als ich meine Hand auf die Türklinke lege.

Ich schaue zu ihm. »Na klar.« Ich zwinge mich zu einem Lächeln und weiß, dass ich damit weder mich noch Eddy überzeugen kann. »Meld dich, wenn du was brauchst, oder irgendwas ist.«

»Das mach ich.« Dann verlasse ich mein Zimmer und unsere Wohnung.

Um kurz nach neun komme ich im Cookies an. Adam kann ich nirgends sehen, wahrscheinlich ist er bei Charles im Büro. Ich werfe mich zu Maddox und Luca auf die Couch und quatsche mit den beiden über die anstehende Schicht. Auch wenn ich mich eigentlich nicht danach fühle, ich will, dass dieser Abend gut wird, dass sich alles wieder normal anfühlt. Und das geht nicht, wenn ich schlechte Laune habe.

Adam kommt rein, läuft aber direkt an mir vorbei und hinter sein DJ-Pult. Egal, wie hart seine abweisende Art sich gerade anfühlt, ich werde mich nicht davon runterziehen lassen. Ich mache mich an die Arbeit und wir bereiten alles vor.

Ich konzentriere mich auf meinen Job und denke an letzte Nacht und das Gefühl, das sich in mir breit gemacht hat, als wir in den Club gekommen sind. Es funktioniert. Die Erinnerung in Verbindung zu Adams Musik sorgen dafür, dass ich bald hinter der Theke und durch den Clubbereich tanze.

Jamie kommt lächelnd auf mich zu und beim Gehen wippen ihre Locken im Takt. In der Hand trägt sie einen Korb.

»Oh nein, war Granny hier und ich habe sie verpasst?«, frage ich und schiebe schmollend meine Unterlippe nach vorne.

»Ja, sie wollte noch kurz zu Charles rein und dann wieder nach Hause gehen«, sagt Jamie grinsend und verdreht dabei ihre Augen. Sie stellt den Korb auf die Theke und wir werfen einen Blick hinein. Sie hat uns eine große Dose mit Keksen vorbeigebracht und für jeden von uns ein belegtes Brot gemacht.

»Wie geht es ihr?«, frage ich, während ich mein Sandwich aufesse.

Jamies Augen fangen an zu leuchten. »Sehr gut, sie hat sich nach ihrem Sturz superschnell erholt.«

»Das freut mich.« Ich öffne die Dose und schiebe mir einen Schokoladenkeks in den Mund. »Mmmhmm«, stöhne ich, als sich der Geschmack in meinem Mund ausbreitet.

Jamie wohnt bei ihrer Großmutter wie in einer WG. So kann Jamie ihr unter die Arme greifen und im Haushalt helfen und keine von beiden muss alleine leben. Jamie erzählt mir von dem missglückten Kuchen, den ihre Gran gestern gemacht hat, weil sie Salz und Zucker verwechselt hat.

»Na zum Glück ist ihr das nicht bei den Keksen passiert.«

Wir fangen beide an zu kichern. Ich nehme mir noch einen mit Nusssplittern. Jamie stellt die Dose hinter die Theke ins Regal und wir beenden die Vorbereitungen. Ich bin dankbar für die kleine Ablenkung. Es ist nicht mein Problem, wenn Adam schlechte Laune hat, ich werde mich davon nicht beeinflussen lassen. Ich hatte letzte Nacht eine unvergessliche Zeit und das ist alles, was zählt. Zumindest sage ich mir das, während ich mir mit schweißfeuchten Fingern eine große Flasche Wasser und ein Glas Rum schnappe, um zu Adam zu gehen.

Kapitel 38

Adam hat seine Kopfhörer auf, ich stelle ihm die Getränke hin. Er sieht kurz auf und nickt mir zum Dank zu.

»Alles okay?«, frage ich, als ich dieses ungute Gefühl in meinem Bauch nicht weiter ignorieren kann.

Aber er tippt nur mit den Fingern auf seine Kopfhörer, um mir zu verstehen zu geben, dass er mich nicht hören kann.

Ich trete einen Schritt auf ihn zu und ziehe ihm die Kopfhörer vom Kopf. »Ist das dein Scheißernst?«, schnauze ich ihn an. »Rede einfach mit mir. Und sag mir, wo dein verdammtes Problem ist.«

»Lass gut sein, Kehya. Nicht jetzt.« Dann setzt er wieder seine Kopfhörer auf und wendet sich seinem Laptop zu.

Ich ziehe ihm wieder die Kopfhörer vom Kopf. »Willst du mich verarschen?« Meine Hände sind zu Fäusten geballt und ich spüre den Schmerz, den meine Fingernägel in meiner Haut verursachen. Adams Muskeln an seinem Kiefer treten hervor, so doll beißt er die Zähne zusammen. Sein Brustkorb hebt und senkt sich, sein Blick ist auf mich gerichtet, doch er sagt nichts. Ich starre ihn an und warte darauf, dass er etwas sagt - doch er bleibt stumm.

»Fick dich, Adam!« Dann zeige ich ihm den Mittelfinger und gehe. Ich kapier es nicht. Die letzte Nacht war unglaublich, er war so süß und ausgelassen. So zärtlich und einfach umwerfend. Und jetzt ist er schlimmer als je zuvor. Wir haben den ganzen Tag Arm in Arm in seinem Bett geschlafen! Es wäre so viel einfacher, wenn er mit mir sprechen würde. Ich atme tief ein und wieder aus und versuche meine Nerven zu beruhigen, denn wir sind bei der Arbeit. Ich muss mich auf meine Aufgaben konzentrieren. Der Club wird langsam voll, wir haben eine Menge zu tun und immerhin ist bei den Gästen wieder eine super Stimmung. Ich lenke mich mit der Arbeit ab. Bis auf Adam scheinen alle einen guten Abend zu haben, er dagegen hat immer noch kein weiteres Wort mit mir gewechselt.

Die Stunden vergehen und ich laufe wie wild hin und her. Jedes Mal, wenn ich Adam etwas zu trinken bringe, ignoriert er mich. Ich nehme also einfach seine leeren Gläser mit und stelle kommentarlos die vollen hin. Es bringt nichts, wenn ich ihn jetzt nochmal frage. Ich habe es versucht. Er ist der, der ein Problem hat, also soll er auch sagen, was los ist. Plötzlich taucht Eddy hinter mir auf und hebt mich hoch. Ich quietsche auf und lache unwillkürlich. Langsam stellt er mich wieder auf die Füße und zieht mich in eine kurze Umarmung.

»Wo ist dein Date?«, frage ich ihn aufgeregt, weil ich niemanden bei ihm sehen kann.

»War eine Pfeife, also werde ich hier jemanden aufreißen.«

Wir lachen beide und er schaut sich im Club um, ob ihm jemand ins Auge fällt. Dann wandert sein Blick allerdings zurück zu meinem Gesicht - ich weiß, dass er mich durchschaut. Schnell dirigiere ich ihn zur Theke und besorge ihm etwas zu trinken.

»Spuck's aus - was hat er gemacht?«, fragt er, bevor ich es verhindern kann. Eddy kennt mich eindeutig zu gut.

»Adam ignoriert mich schon den ganzen Abend«, sage ich bedrückt.

»Also ist er wieder der Alte?«, fragt er und schaut mit wütendem Blick Richtung DJ-Pult.

»Nein, schlimmer. Keine Ahnung, was passiert ist. Er war in diesem Club gestern ein anderer Mensch, und jetzt kriegt er den Mund nicht auf und sagt mir nicht, wo sein Scheißproblem ist.« Traurig sehe ich zu Eddy.

»Ach Süße, dann machen wir zwei uns heute einen schönen Abend. Lass den Kopf nicht hängen, du bist sowieso zu gut für ihn, wenn er sich aufführt wie ein Arschloch.«

Es tut gut, Eddy hier zu haben. Ich merke, wie traurig ich werde, wenn ich meine Gedanken an Adam zulasse. Ich gehe zu Eddy auf die andere Seite der Theke, gebe ihm einen Kuss auf die Wange. »Ich muss erstmal wieder weiter. Danke, für alles und vor allem, dass du hier bist«, sage ich, bevor ich mein volles Tablett nehme und mich wieder unter die Gäste mische. Eddy ist einer dieser Typen, die alleine in einen Club gehen und nach ein paar Minuten die Hälfte der Leute kennen und sofort dazugehören. Gedanken darüber, ob er sich hier langweilen wird, muss ich mir also nicht machen. Ich drehe meine Runde und lass mir danach von Jamie fünfzehn Shots fertig machen. Ich laufe zu Eddy und seinen neuen Freunden und stelle das Tablett in die Mitte des Tisches, es ertönt ein begeistertes Grölen. Wir trinken einen Shot zusammen und Eddy berichtet mir, wen er heute alles flachlegen will.

Ich lache. »Na, dann hast du ja einiges zu tun heute.«

»Hab ja sonst nichts vor«, sagt er schulterzuckend und zwinkert mir zu.

»Dann viel Erfolg. Ich muss wieder.« Ich deute zur Theke und greife nach dem leeren Tablett. Auf dem Weg zur Bar kommt Adam mir entgegen und steuert direkt auf mich zu.

»Hast du einen Moment?«, fragt er und deutet mit dem Kopf zu seinem Pult.

Ich nicke und folge ihm.

»Was ist?«, frage ich und greife nach den zwei leeren Gläsern, damit meine Hände etwas zu tun haben.

»Läuft da eigentlich echt nichts zwischen dir und Eddy?«, fragt er ernst und wirkt dabei fast bedrohlich, seine Kiefermuskeln sind angespannt und die Augenbrauen runtergezogen.

»Spinnst du jetzt völlig?«, schnauze ich ihn an. »Du ignorierst mich den ganzen Abend und jetzt kriegst du einen Eifersuchtsanfall wegen Eddy? Ist das dein Ernst?« Ich schnaufe ungläubig.

»Er ist mein bester Freund! Wir kennen uns, seit wir klein sind und dass weißt du!«

»Und warum warst du mit ihm bei deinem Dad?«

»Meine Mutter hatte ihren Todestag und mein Dad wollte mich sehen.« Ich verschränke die Arme vor der Brust. »Für mich ist dieses Gespräch jetzt allerdings beendet, es sei denn du willst mir verraten, wo dein Problem gerade ist!?«

»Ich muss weitermachen«, antwortet er nur.

»Du kannst mich mal!« Kopfschüttelnd gehe ich.

Ich will ein freies, unkompliziertes Leben – und nicht so einen Scheiß.

Kapitel 39

Am liebsten würde ich ihn in den Wind schießen. Aber allein bei dem Gedanken zieht sich alles in mir zusammen. Ich drehe mich um und gehe zurück zur Bar, gebe Jamie die Bestellungen, die ich vorhin gesammelt habe. Ich atme kurz durch und versuche, mich zu konzentrieren, solange ich arbeite. Doch Eddy kommt auf mich zu und ich zwinge mich zu einem Lächeln. Merke jedoch selbst, wie kläglich ich daran scheitere.

Er stellt sich dicht vor mich und guckt mir sorgenvoll ins Gesicht. »Was ist los?«

»Adam. Er hat mir gerade eine Szene gemacht, wegen dir oder besser gesagt uns.«

Eddy sieht genauso verwirrt aus wie ich. »Er weiß, dass ich schwul bin, oder?«

»Ja, natürlich weiß er das.« Ich atme durch und hoffe, dass die aufkommenden Gefühle wieder verschwinden. »Ich verstehe es einfach nicht.« Traurig schaue ich meinen besten Freund an.

»Komm her.« Er zieht mich in eine Umarmung und ich muss mich zusammenreißen, nicht zu heulen. Ich hasse es, wenn ich mich so fühle. Als würde ich nicht genügend Luft kriegen, dieses Druckgefühl auf meiner Brust ist unerträglich.

Langsam löse ich mich aus der Umarmung.

»Scheiß drauf«, sage ich entschlossen, nehme zwei Shots von meinem Tablett und halte Eddy einen davon hin.

Er grinst mich breit an. »Das ist mein Mädchen«, sagt er und wir stoßen an, kippen den Alkohol runter. Wir reden kurz und ich versichere ihm, dass ich zurechtkomme, bevor ich weiter arbeite. Ich gehe Adam den restlichen Abend aus dem Weg und habe Spaß mit Eddy. Ich bin wirklich froh, dass er ausgerechnet heute im Cookies aufgetaucht ist. Ich bin auf dem Weg zurück zu Jamie, als Eddy mich am Handgelenk packt und mit auf die Tanzfläche zerrt. Ich lache über seine überschwängliche Art und lasse mich von ihm durch die Gegend wirbeln. Wir tanzen zusammen, bis ich wieder weiter machen muss.

Ich wische gerade einen der Tische ab, als Eddy in die leere Bank rutscht. »Soll ich warten, bis du fertig bist?«

»Nein, brauchst du nicht. Ich will noch mal mit Adam reden. Ich hoffe, dass er sich wieder eingekriegt hat.«

»Okay, aber meld dich, falls irgendwas ist«, sagt er und mustert mich besorgt.

Ich nicke und schenke ihm ein kleines Lächeln. »Los, hau ab. Ich komme klar.«

Er steht auf, zieht mich an sich und gibt mir einen Kuss auf die Wange.

»Ich hab dich lieb«, sage ich und lasse ihn gehen. Der Abend neigt sich dem Ende zu, ich bin so erschöpft, wie selten nach einer Schicht, und will nur noch in mein Bett.

Wir räumen noch auf und bevor ich gehe, mache ich mich auf die Suche nach Adam. Doch ich kann ihn nirgends finden. Frustriert verlasse ich das Cookies und mache mich auf den Weg nach Hause. Adam ist einfach verschwunden, ohne ein einziges Wort zu mir zu sagen. Der Gedanke tut weh, es fühlt sich an, als wäre das zwischen uns vorbei. Aber gut, ich brauche ihn nicht um nach Hause zu kommen. Ich setze meine Kopfhörer auf und laufe durch die Straßen. Heute ist mir nicht nach tanzen. Der Himmel ist dauergrau, es fängt mal wieder an zu regnen und ausnahmsweise passt das Wetter zu meiner Stimmung. Meine Gedanken kreisen ununterbrochen um Adam und die letzten achtundvierzig Stunden. Ich muss schmunzeln bei dem Gedanken, dass es vielleicht sein gut gelaunter Zwilling war, mit dem ich die Nacht verbracht habe.

Als ich zu Hause ankomme, gehe ich direkt zu Eddy ins Zimmer. Wahrscheinlich schläft er schon, aber das ist mir egal. Ich will jetzt nicht alleine sein. Ich reiße die Tür auf und sehe, wie Eddy sich gerade mit einer schönen Brünetten vergnügt. Die Frau schreckt zusammen und zieht sich die Decke über ihren nackten Körper.

Entsetzt rufe ich: »Und mich willst du nicht, weil mir das gewisse Etwas fehlt?«

Eddy sieht mich finster an und ich lache.

»Alles klar, viel Spaß euch noch«, sage ich und schließe die Tür. Ich höre, wie Eddys Eroberung verwirrt fragt, was ich damit meine.

Eddy ist zwar schwul, aber ab und zu tut es ihm auch eine schöne Frau an. Er würde nie etwas Ernstes mit ihr anfangen, da bleibt er den Männern treu. Aber zwischendurch ist er dem anderen Geschlecht nicht abgeneigt. Das ist nichts, was ich Adam erzählen würde, dann wäre er noch eifersüchtiger als eh schon. Ich gehe in die Küche und schaufle eine riesige Portion Cornflakes in mich rein. Ich habe gestern den ganzen Tag nichts gegessen außer die zwei Kekse und das Sandwich von Gran im Cookies und merke, wie hungrig ich bin. Als ich pappsatt bin, gehe ich ins Bett und schlafe den ganzen Tag. Ich werde wach und Eddy liegt neben mir. Ich drehe mich zu ihm um.

»Süße, Mary macht Spinat-Lasagne, das solltest du echt nicht verpassen«, sagt er und ich sehe ihm an, dass er eigentlich nur schauen will, ob alles okay mit mir ist. Allein bei dem Gedanken an Marys Essen, läuft mir das Wasser im Mund zusammen. »Wie lange hab ich noch?«, frage ich verschlafen

»Es ist gleich sechs, in einer halben Stunde ist es fertig.«

»Okay, dann habe ich ja noch genug Zeit, bevor ich wieder zur Arbeit muss. Danke, Eddy.« Ich lehne mich gegen ihn.

Er mustert mich. »Wie geht es dir?«

Ich brauche es ihm nicht zu sagen. Niemand kennt mich so gut wie Eddy und er kann mich lesen, als wäre ich ein offenes Buch.

»Ehrlich gesagt … scheiße.« Ich zucke mit den Schultern. »Er ist gestern einfach abgehauen. Wir haben uns nicht noch mal gesehen.«

»Er hat dich nicht nach Hause gebracht?«, fragt Eddy verwundert.

Ich schüttle den Kopf. »Ich kapier es einfach nicht. Übersehe ich irgendwas? Du bist ein Mann. Verstehst du es?«

Eddy schnaubt. »Sorry, aber aus dem werde selbst ich nicht schlau. Und ich bin nicht nur selber ein Mann, sondern date sie auch.«

»Ich werde ihn nachher im Club zur Rede stellen. Entweder spricht er endlich mit mir oder er kann mir gestohlen bleiben.« Ich rutsche vom Bett, stehe auf und halte Eddy meine Hand hin. »Lass uns in die Küche gehen, die Lasagne will ich echt nicht verpassen.« Außerdem brauche ich ein bisschen Ablenkung. Eddy lächelt mich sorgenvoll an und wir gehen in die Küche.

Auch dieses Mal hat sich Mary wieder selbst übertroffen. Ich schlinge richtig, weil ich so einen Hunger habe und esse zwei große Portionen.

»Kehya, ich mach den Abwasch, dann kannst du dich in Ruhe fertig machen«, bietet Eddy an.

»Danke.« Ich lächle ihm entgegen. Auch wenn ich ihm nichts vormachen kann, will ich ihm trotzdem das Gefühl geben, dass es mir besser geht. Ich springe auf, gebe allen am Tisch einen Kuss auf die Wange und laufe in mein Zimmer. Unter der Dusche lasse ich das Wasser auf mich prasseln. Ich muss an Adam denken und an die Nacht bei ihm zuhause. Wo kam diese Seite von ihm her? Und wo ist sie hin? Warum kann er nicht immer so sein?

Ich bleibe noch einen Moment stehen und merke, wie gut mir das warme Wasser tut. Ich mache mich in Ruhe fertig, ziehe eine dunkle Netzstrumpfhose, eine kurze Jeans-Shorts und ein oversized T-Shirt an. Beim Schminken lasse ich mir Zeit. Ich mache mir einen Dutt und greife nach meinem schwarzen Mantel. Ich bin immer noch erschöpft und hoffe, dass die heutige Nacht besser läuft als die letzte. Vielleicht hat Adam sich beruhigt und wir können wieder wir sein.

Ich verabschiede mich von den anderen und bin auf dem Weg zur Wohnungstür, als ich Eddy rufen höre: »Kehya, du wirst den Männern heute den Kopf verdrehen.«

Ich lache und schließe die Tür hinter mir.

Kapitel 40

Ich komme im Club an, bringe meine Kleidung weg und fange direkt mit meiner Arbeit an. Als erstes mache ich eine Flasche Wasser und ein Glas Rum für Adam fertig. Nicht, weil ich will, sondern weil es zu meinen Aufgaben gehört. Und weil ich die Gewissheit haben will, woran ich heute bin. Ich gehe die Stufen zum DJ-Pult hoch und bleibe abrupt stehen. Ich frage mich, ob mein Gehirn mir einen Streich spielen will. Verwirrt drehe ich mich zurück zur Bar und sehe dort Jamie, wie sie sich gerade mit Luca unterhält. Ich bin ganz sicher im Cookies.

Ich schüttle meinen Kopf und blicke wieder nach vorne. Schaue mit großen Augen den Mann vor mir an, ein Mann, den ich nicht kenne. Er lächelt freundlich und nimmt mir die Getränke ab, die ich ihm hinhalte. Ich öffne den Mund, will etwas sagen, aber es kommt kein Wort heraus.

»Ich bin Jeff, danke für die Getränke.«

Ich schaffe es nicht zu antworten, starre ihn immer noch an und weiß einfach nicht, was hier los ist.

»Kann ich noch etwas für dich tun?«, fragt er, als ich mich immer noch nicht rege.

Ich schüttle nur kaum merklich den Kopf und gehe die Stufen wieder hinunter. Wo ist Adam? Ist alles okay mit ihm? Auf dem Weg zur Theke kommt mir Charles entgegen.

»Hey Charles, wo ist Adam?«, frage ich ihn und bete, dass es ihm gut geht. Ich merke, wie mein Herz rast und meine Hände feucht werden.

Entschuldigend sieht er mich an. »Weißt du es nicht?«

»Ich dachte, er hätte es dir erzählt. Er ist heute Morgen nach der Schicht nach Barcelona geflogen. Er ist nächste Woche zurück«, sagt er und legt mir mitfühlend eine Hand auf die Schulter. »Tut mir leid, dass du es von mir erfährst. Ich muss leider ins Büro, da wartet ein dringendes Telefonat auf mich.« Damit lässt er mich allein.

Ich bin so geschockt, dass ich nicht weiß, was ich sagen soll.

»Okay«, antworte ich, als Charles schon längst weg ist.

Motorisch gehe ich zu meinem Spind und hole mein Handy heraus. Versuche Adam anzurufen, aber er geht nicht dran. Ich schreibe ihm eine Nachricht.

Kehya 9:47 pm:
Adam wieso bist du in Barcelona?
Und wieso, weiß ich nichts davon?
Was ist los?

Ich blicke einen Moment auf mein Handy, hoffe, dass er zurückruft oder antwortet. Doch es passiert nichts, ich kapier es nicht.

Ich rufe Eddy an.

Nach dem ersten Klingeln hebt er ab. »Hey Kehya, was gibt's?«

»Er ist weg, er ist nach Barcelona geflogen«, murmle ich und kann es immer noch nicht begreifen.

»*Was?*«

»Charles hat es mir eben gesagt.« Und das ist fast noch schlimmer als die Tatsache, dass er einfach gegangen ist.

»Er hat dir nicht Bescheid gesagt?« Eddy scheint genauso verwirrt zu sein wie ich.

»Ja, Eddy, was ist passiert?«, frage ich ihn und unterdrücke die aufsteigenden Tränen.

»Ich hab keine Ahnung. Weißt du, wann er wieder kommt?«

»Nächste Woche, meinte Charles.« Ich schüttle den Kopf über mich selbst, über diese Situation und dass Adam jetzt genauso verschwunden ist, wie ich letzte Woche.

»Aber ich muss weiter machen. Ich wollte nur kurz mit dir reden.«

»Okay, soll ich vorbeikommen?«, fragt er.

»Nein, schon in Ordnung, ich stürze mich in die Arbeit und dann reden wir morgen«, sage ich.

»Falls du es dir anders überlegst, meld dich«, sagt er und ich lege auf.

Ich werfe noch einen letzten Blick auf mein Handy, lege es zurück in den Spind. Ist das sein Ernst? Ich fasse es immer noch nicht. Er ist einfach weggeflogen und hat das Land verlassen.

Wie können wir diese Nacht gemeinsam verbringen und danach verwandelt er sich zu diesem riesigen Arschloch und verpisst sich nach Barcelona? Ich bin so traurig, wie sich alles entwickelt hat, aber auch immer wütender, dass er mich einfach so stehen lässt.

Ich verlasse den Mitarbeiterraum und gehe zurück an die Bar. Die ersten Gäste sind bereits im Club und der neue DJ ist ganz okay. Ich laufe heute beinahe doppelt so viel wie sonst, hoffe, dass die Zeit so schneller vergeht und ich so nicht über Adam nachdenke. Mein Plan geht leider nicht auf, ich gehe immer wieder zu meinem Spind und checke mein Handy. Aber Adam antwortet nicht.

Kehya 3:17 am:
Adam was ist los?

Der Abend im Cookies zieht sich und obwohl ich mich zwischendurch ganz gut ablenken kann, wird meine Stimmung immer schlechter. Ich bin froh, als die letzten Gäste endlich gehen und ich Feierabend habe. Ich hole meine Sachen aus dem Spind und mache mich auf den Weg nach Hause.

Adam hat immer noch nicht geantwortet. Klar, er hat vielleicht auch aufgelegt oder war irgendwo feiern. Es kotzt mich trotzdem an. Als ich zu meinem Dad abgehauen bin, hatten wir vorher einen riesigen Streit. Da habe ich mich zwar auch nicht gemeldet, aber das war etwas anderes. Auf dem Heimweg checke ich unzählige Male meine Nachrichten - doch es kommt keine einzige. Zuhause schmeiße ich meine Anziehsachen in die Ecke und schicke ihm noch eine Nachricht.

Kehya 7:53 am:
Dein Ernst?

Ich gehe sofort ins Bett und brauche eine Weile, bis ich einschlafe. Als ich wieder aufwache, ist es bereits fünf Uhr nachmittags. Mein erster Blick geht direkt auf mein Handy, doch immer noch keine Antwort von Adam. Einen Moment lang blicke ich auf mein Display mit seinem Namen, bevor ich daraufklicke und ihn noch mal versuche anzurufen. Es klingelt, aber keiner antwortet. Frustriert lasse ich mein Handy auf dem Bett liegen und gehe zu Eddy. Ich bin so wütend auf Adam, ich will ihn am liebsten anschreien und fragen, was er sich bei dem Scheiß denkt. Aber nicht mal das kann ich!

Als ich Eddys Zimmertür öffne liegt er gerade auf dem Fußboden und zeichnet.

»Ich bin kurz davor durchzudrehen!«, rufe ich und knalle die Tür hinter mir zu.

Eddy zuckt zusammen und schaut mich mitfühlend an.

»Sorry, stör ich?«

»Was für eine Frage! Komm rein«, sagt er und klopft neben sich auf den Boden.

»Er hat sich immer noch nicht gemeldet. Er reagiert nicht auf meine Anrufe und auch nicht auf meine Nachrichten«, sage ich und lasse mich neben ihn sinken.

»Arschloch! Das geht gar nicht.«

»Ich weiß, aber gleichzeitig ist die Vorstellung, es zu beenden, kaum auszuhalten«, gestehe ich und mein Inneres zieht sich zusammen. Ich atme tief durch. »Erzähl mir von deinem Abend. Ich brauche Ablenkung«, bitte ich und so erzählt Eddy mir von seinem geplatzten Date, weil der Typ nicht aufgetaucht ist. Gegen acht Uhr gehe ich wieder in mein Zimmer und mache mich für die Arbeit fertig. Ich habe eine Nachricht von Adam - ich starre auf mein Telefon. Er hat sich gemeldet, eine Mischung aus Erleichterung und Ungewissheit macht sich in mir breit. Ich drücke auf den Messenger und öffne seine Nachricht.

Adam 7:17 pm:
Sorry

Das ist seine Antwort? Nach seinem »Ich verpiss mich nach Barcelona, bin ein Arschloch und sage nicht, wo mein Problem ist«? Ein einfaches und nichts sagendes »*Sorry*«?!

Samstag

Kehya 8:10 pm:
Weißt du was Adam, fick dich!
Du kannst mich mal!
Ich habe keinen Bock mehr auf den Scheiß.

Kehya 8:10 pm:
Benimm dich entweder wie ein erwachsener Mann und sag mir, wo dein Problem ist oder such dir eine Andere.

Kehya 8:11 pm:
Wir verbringen am Mittwoch eine unvergessliche Nacht und am nächsten Tag bist du ein noch größeres Arschloch als sonst.

Ich will mich mit ihm streiten. Ich will ihn anschreien. Ich will, dass wir das Problem aus der Welt schaffen und dann übereinander herfallen. Ich will alles, nur nicht das hier.

Kapitel 41

Ich schmeiße mein Handy in meine Handtasche und gehe ins Cookies. Meine Schicht zieht sich, so wie das gesamte Wochenende, und ich bin froh, als es vorbei ist. Wenn ich nicht im Cookies bin, fällt es mir leichter, mich mit anderen Dingen abzulenken – und damit Adam für mehr als fünf Minuten aus meinem Kopf zu verbannen. Ich habe das ganze Wochenende nichts von ihm gehört – er hat nicht einmal auf meine letzte Nachricht geantwortet.

Es ist Montagmorgen und ich mache mich für mein Praktikum bei der Agentur fertig. Ich bin dankbar für diesen Job, ich brauche dringend eine Ablenkung vom Club. Ich laufe auf das Gebäude aus roten Backsteinen und großen Fenstern zu. Der Eingangsbereich ist freundlich gestaltet und ich gehe die Stufen bis zur ersten Etage hoch. In der Agentur angekommen ruft mich mein Chef direkt zu sich ins Büro. »Kehya, ich möchte, dass du einen Artikel zum nächsten Festival im Hyde-Park schreibst.«

Ich strahle. »Wirklich?« Ich kann es gar nicht glauben. Das ist ein richtiger Auftrag und mir fällt wenig ein, worüber ich lieber schreiben würde als über das Festival im Hyde-Park.

Mein Chef deutet auf den Stuhl vor seinem Schreibtisch. Schnell setze ich mich und klappe mein Notizheft auf, damit ich mitschreiben kann. Ich schaue zu David und warte auf seine Anweisungen.

Doch anstatt mir Anweisungen zu geben, wartet er offenbar darauf, dass ich etwas sage.

»Worauf soll ein besonderes Augenmerkmal gerichtet sein?«, frage ich.

»Welcher Showact da sein wird, womit die Besucher so rechnen können«, antwortet er knapp und ich nicke.

»Alles klar, wie lang soll der Artikel werden?«

»Eine halbe Seite. Und wenn du das gut machst, können wir über weitere Aufträge sprechen«, sagt er und grinst.

Ich weiß das sehr zu schätzen und kann mein Glück gar nicht richtig fassen. Dankbarkeit für diese Chance durchstürmt mich. Die meisten Verlagshäuser stellen nicht mal Praktikanten ohne Studium ein und hier werde ich zusätzlich noch so gefördert.

»Vielen, vielen Dank, David. Du wirst es nicht bereuen, mir diesen Auftrag gegeben zu haben.

Ich eile davon und setze mich direkt an den Laptop. Mein Chef hat mir eine Liste mit einer Übersicht aller DJs zugemailt. Ich verschaffe mir einen kurzen Überblick und natürlich steht Adam auch darauf.

Bevor ich mir einen genauen Plan mache, wie ich vorgehen will, gehe ich zu Rob. Einer meiner absoluten Lieblingskollegen hier. Er schaut gerade konzentriert auf seinen Bildschirm und geht sich mit der Hand immer wieder durch den Vollbart. Ich räuspere mich kurz, um ihn auf mich aufmerksam zu machen.

»Oh sorry Kehya, ich hab dich gar nicht kommen gehört. Wie geht es dir?«, fragt er mich und grinst mich an.

»Bestens. Ich war gerade bei David und … ich kann es gar nicht glauben«, sage ich aufgeregt und hüpfe einmal. »Ich habe einen Auftrag bekommen - einen richtigen Auftrag. Ich soll einen Artikel über das Hyde-Park-Festival schreiben!«

»Wow. Herzlichen Glückwunsch. Du weißt ja, bei mir lief es genauso - ich bin mir sicher, dass es nicht mehr lange dauert, bis du einen richtigen Vertrag von David bekommst.«

»Meinst du wirklich?« Ich unterdrücke gerade so ein Quietschen. Das wäre der absolute Wahnsinn.

»Ganz sicher. Und du weißt, wenn du Hilfe brauchst, oder ich noch mal drüberschauen soll, sag Bescheid.« Er schenkt mir ein warmes Lächeln und deutet dann wieder auf seinen Laptop.

»Danke Rob, du bist ein Schatz. Ich lass dich wieder in Ruhe arbeiten, ich wollte es dir nur schnell erzählen.« Ich strahle übers ganze Gesicht und gehe zurück zu meinem Platz. Ich fange erstmal mit der Recherche zu den DJs an, die ich nicht kenne. Einschließlich Adam sind es insgesamt fünfzehn, die an vier Tagen auflegen werden. Ich habe bis Mittwoch Zeit, den Artikel fertigzuschreiben.

Normalerweise arbeite ich zwar nur einen Tag pro Woche, aber dafür mache ich gerne Überstunden. Ich erstelle zu jedem eine eigene Seite, mit allen Infos, die ich so finden kann. So kann ich dann am Ende filtern, was wirklich relevant ist.

Ich schaue, wo die jeweiligen Künstler gerade unterwegs sind, mit welchen Promis sie abhängen und wo sie noch auftreten. Die DJs auf so einem Festival sind eine Sache, aber viele hoffen, auf die berühmten Freunde zu treffen.

Ich bin mit meiner Liste fast durch, es sind noch drei übrig und ich werde langsam hungrig. Es ist vier Uhr nachmittags und ich entscheide mich, für heute erstmal Schluss zu machen. Wenn ich heute Abend noch Lust habe, kann ich mich auch zuhause noch an den Laptop setzen.

In der WG angekommen wärme ich mir zuerst die Reste von gestern auf, die Mary für mich in den Kühlschrank gestellt hat. Jeanine kommt rein, aber ich beschäftige mich mit meinem Essen und beachte sie nicht.

»Kehya, kannst du vielleicht mal Platz machen? Du bist nicht die Einzige, die hier die Küche benutzen will«, murrt sie.

»Ich hab hinten keine Augen. Sag einfach, wo du dran willst, und ich gehe zur Seite«, sage ich genervt.

»Na, an den Herd oder was glaubst du, wie man Essen kocht?«

Meine Hand ballt sich zu einer Faust und dieses unangenehme Ziehen macht sich in meinem Bauch breit. Es brodelt innerlich in mir, ich könnte ihr für solche Kommentare eine klatschen. Ich nehme mein halbaufgewärmtes Essen und verschwinde in meinem Zimmer. Dort checke ich meine Nachrichten. Immer noch keine von Adam.

Kehya 6:32 pm:
Das ist Antwort genug.
Entweder redest du endlich mit mir
oder das wars mit uns!!

Ich will nicht, dass es vorbei ist. Ich will Adam nicht verlieren. Ich will nicht, dass es so zu Ende geht. Aber ich werde mich auch nicht von ihm verarschen lassen. Wenn er nicht mal antworten kann, scheint er wohl anderweitig beschäftigt zu sein. Mit etwas oder jemandem, der wichtiger ist als ich.

Ich habe einen dicken Kloß im Hals bei dem Gedanken und versuche, schnell die aufkommenden Bilder aus meinem Kopf zu vertreiben. In meinem Zimmer hocken und über Adam grübeln, bringt mich nicht weiter. Meine Gedanken drehen sich im Kreis und irgendwann verliere ich den Verstand, wenn es so weitergeht. Mein Essen ist mittlerweile kalt und ich habe noch nicht einen einzigen Bissen herunterbekommen.

Ich stehe auf und gehe rüber zu Eddy, öffne seine Tür und lasse mich auf sein Bett fallen. »Ich soll ein Artikel schreiben«, erzähle ich ihm und bei den Worten kommt endlich das freudige Kribbeln zurück.

»Wow, wie cool ist das denn? Zu welchem Thema?«

»Über das nächste Hyde-Park-Festival. Ich habe bis Mittwoch Zeit und wenn ich es gut mache, habe ich die Chance auf weitere Aufträge.« Ich grinse übers ganze Gesicht und Eddy führt einen kleinen Freudentanz auf.

Dann erzählt er mir von der Brünetten aus dem Cookies und dass sie ihm jetzt ständig schreibt.

Ich lache ihn aus. »Das ist so typisch für dich. Und was willst du jetzt machen?«

Er zuckt mit den Schultern. »Ich werde ihr sagen, dass ich schwul bin. Die meisten Frauen melden sich danach nicht mehr.« Dabei sieht er mich verschwörerisch an. Doch dann wird sein Ausdruck wieder ernster und er setzt sich neben mich aufs Bett. »Hat Adam sich gemeldet?«

Ich schüttle den Kopf und versuche den Schmerz in meiner Brust zu ignorieren.

»Komm her«, haucht Eddy und zieht mich an sich. Ich schmiege mich an ihn und lasse mich von ihm halten. So bleiben wir eine ganze Weile sitzen und keiner von uns sagt etwas.

»Wollen wir einen Film sehen?«, fragt Eddy irgendwann.

Ich nicke wieder und schlüpfe unter die Decke. Wir haben die Regel, dass derjenige entscheidet, in dessen Zimmer wir sind. Eddy macht irgendeinen Actionfilm an, bei dem ich einschlafe. Als ich wieder aufwache, liegt Eddy schnarchend neben mir. Ich hab keine Ahnung, wie spät es ist, aber es fühlt sich an, als hätte ich kaum geschlafen. Meine Augenlider sind schwer und sie brennen. Trotzdem kann ich nicht wieder einschlafen.

Was Adam wohl gerade macht? Der Gedanke kommt so schnell und unerwartet, alles in mir zieht sich zusammen. Ich versuche ihn schnell wieder beiseitezuschieben. Aber es klappt nicht. Eddy liegt so friedlich neben mir, ich will ihn nicht wecken, nur weil ich nicht still liegen bleiben kann. Vorsichtig krieche ich aus dem Bett und gehe leise rüber zur Tür. In meinem Zimmer lasse ich mich in meine Kissen fallen, mache den Fernseher an und merke, wie erschöpft ich mich fühle. Das mit Adam macht mir mehr zu schaffen, als ich zugeben will. Ich gehe es immer und immer wieder durch. Aber da ist nichts, überhaupt gar nichts, was die Situation erklären würde. Und jetzt ist er einfach in einem anderen Land und ich muss irgendwie damit klarkommen.

Fuck, es hat mich wirklich erwischt, ich ertrage diese Ungewissheit nicht mehr. Wird er Donnerstag wieder im Cookies sein? Meine Augen fangen wieder an zu brennen. Aber ich habe keine Kraft mehr, meine Tränen zurückzuhalten, also lass ich sie einfach laufen. Es ist nicht nur Trauer über die Situation - ich bin vor allem wütend und frustriert. Es macht mich wahnsinnig, dass ich nichts machen kann. Dass ich nicht weiß, was los ist. Irgendwann schlafe ich vor Erschöpfung ein.

Als ich das nächste Mal aufwache, ist es draußen bereits wieder hell und ich habe eine Nachricht von Adam. Frustriert öffne ich unseren Verlauf.

Adam 4:02 am:
Nein

Kehya 6:45 am:
Nein?

Kehya 8:00 am:
Adam, sprich einfach mit mir
Was ist los?

Adam 9:27 am:
Ach, keine Ahnung.

Kehya 10:02 am:
Du solltest doch wissen,
was los ist.

Adam 10:12 am:
Na dann.

Was sind das für Antworten?

Die Wut ist zurück. Was zur Hölle stimmt nicht mit ihm? Ist er betrunken?Die Antworten lesen sich, als wären sie nicht mal an mich gerichtet, so wenig wie sie zu dem passen, was ich ihm schreibe. Adam scheint nicht nur in einem anderen Land, sondern auch in einer anderen Welt zu sein. Ich muss mich ablenken, also hole ich meinen Laptop ins Bett und mache mit meiner Recherche weiter. Vielleicht lenkt mich das ja ein bisschen ab. Ich weiß, es wäre besser, erst die anderen beiden DJs zu recherchieren, aber ich kann nicht anders und gebe zum ersten Mal »Adam Aguado« in die Suchmaschine ein. Ich versuche es neutral anzugehen und ihn genauso zu behandeln wie die anderen. Ich werde die gleichen Internetseiten anschauen und die gleichen Suchbegriffe eingeben. Sowas wie Adam Aguado aktuell; Adam Aguado Frauen; Adam Aguado Skandal …

Ich finde einen Artikel über ihn, bei dem es darum geht, dass er gerade in Barcelona ist und in einigen Clubs auflegt.

Er mischt die Clubszene wohl ganz gut auf und die Spanier lieben ihn. Jeder Club, in dem er auftritt, ist brechend voll. Ich klicke mich weiter durch die Suchergebnisse, die meisten sind auf Spanisch. Für meine Recherche konzentriere ich mich erstmal auf die englischen Artikel, trotzdem speichere ich mir die anderen ab. Falls ich sie später noch lesen will, kann ich sie mir online übersetzen lassen.

Ich gehe auf Bilder. Die Seite lädt und es erscheinen hunderte Fotos von Adam. Es sind immer irgendwelche Frauen bei ihm, wie er zusammen mit ihnen Clubs verlässt oder betritt. Es fühlt sich komisch an, Adam auf all diesen Bildern zu sehen. Mit jedem weiteren, das ich mir anschaue, wird der Kloß in meinem Hals größer.

Ein Foto taucht immer wieder auf: Adam mit einer wunderschönen Spanierin. Sie ist sehr schlank und groß, hat glattes langes Haar, das ihr bis zur Taille reicht. Sie könnte ein Model sein. Zusammen betreten Adam und sie einen Club, er hat einen Arm um ihre Hüfte gelegt. Wer ist das? Ich scrolle mich weiter durch die Seite. Das Atmen fällt mir immer schwerer, als würde mir jemand die Luft abschnüren. Und trotzdem kann ich nicht aufhören, auf meinen Bildschirm zu schauen. Weiter unten finde ich noch eins von den beiden, wo sie einen anderen Club verlassen.

Ich klicke auf das letzte Bild, es füllt mein ganzes Display aus und am Datum erkenne ich, dass es von letzter Nacht ist. Mein Herz hämmert wild gegen meinen Brustkorb.

Mir kommen seine Worte wieder in den Kopf:

»Ich kann dir nicht versprechen, dass nichts passiert, wenn ich unterwegs bin.«

Meine Finger krallen sich in den Laptop.

»Fick dich, Adam!«, schreie ich.

Mein Herz rast und mein Magen verkrampft sich. Ich schluchze, die Tränen laufen mir über die Wangen.

Sie ist der Grund, warum er nicht antwortet, sie ist seine Ablenkung in Barcelona. Fuck, das ist das allerletzte, was ich will. Ich will Freude in meinem Leben und nicht heulend im Bett sitzen, weil der Mann, den ich liebe, eine andere fickt.

Ich atme tief durch, versuche mich zu beruhigen. Schaffe es aber nicht. Vor meinem geistigen Auge tauchen immer wieder Bilder auf, wie er sie anfasst, wie er sie berührt und Sachen mit ihr macht, die er eigentlich nur mit mir machen sollte.

Warum macht er das? Warum tut er mir das an?

Ich habe mich noch nie so zu einem Mann hingezogen gefühlt wie zu Adam. Er verzaubert mich, macht so viele Momente unvergesslich. Und jetzt bricht er mir das Herz auf so miese Art. Warum? Warum kann es nicht einfacher zwischen uns sein? Oder er zumindest ehrlich zu mir sein?

Ich versuche, mich zu beruhigen, und mich wieder auf meine Arbeit zu konzentrieren. Immer wieder bleibe ich bei dem Bild von Adam und dieser Frau hängen. Ich habe echt keine Komplexe bezüglich meines Aussehens, aber diese Frau sieht so vollkommen anders aus als ich. Sie ist groß, hat Haare, die aussehen wie aus Seide, und ist super dünn. Und natürlich ist sie wunderschön.

Wie kann das sein? Wieso lässt er mich auf einmal links liegen? Hat er sich für sie entschieden? Wie viele Frauen hat er noch? Meine Gedanken überschlagen sich. Bevor ich den Verstand verliere, macht Eddy die Tür auf und kommt rein.

Kapitel 42

Er sieht mich voller Mitgefühl an und kommt zu mir aufs Bett. Erst jetzt merke ich, dass ich immer noch weine, aus Traurigkeit und aus Wut. Auf Adam und auf mich, dafür, dass ich ihm so schnell mein Herz geschenkt habe.

Ich drehe den Laptop um und zeige Eddy die Bilder.

»Er verpisst sich einfach nach Barcelona und sucht sich eine andere«, schluchze ich und wische mir übers Gesicht.

»Süße, du weißt, ich bin immer auf deiner Seite, aber wenn man uns fotografieren würde, wie wir in oder aus einem Club kommen, würde das ganz ähnlich aussehen.«

Ich schnaube. »Ist das dein Ernst? Du bist schwul und er würde sie definitiv ficken.«

Ich weiß, dass er recht hat. Aber der Vergleich zwischen Eddy und mir und *den beiden* ist trotzdem beschissen.

»Okay, was wollen wir jetzt machen?«, fragt er mich und legt seinen Arm um meine Schultern.

»Ich reiß mich wieder zusammen, sehe meine Chance für den Artikel und konzentriere mich *nicht* auf einen Typen, der mich nicht verdient hat.«

Eddy zögert einen Moment, nickt dann aber. »Gut, dann lass uns mal deinen Artikel schreiben. Wie kann ich dir helfen?«

Ich wische mir übers Gesicht, setze mich aufrecht hin und halte Eddy meine Notizen hin. »Würdest du dir die Notizen durchlesen und mir sagen, was du interessant findest und was überflüssig ist?«

Wir gehen meine Notizen durch und Eddy hilft mir, die relevantesten Details rauszuschreiben. Bei Adam beschäftigen wir uns erstmal nur mit dem Wesentlichen. Also Musikrichtung, wo er gerade ist, und wo er sonst auflegt. Adam scheint in den Ländern, in denen spanisch gesprochen wird, ein richtiger Star zu sein. Dabei sagen alle Artikel mehr oder weniger das gleiche: er ist ein Frauenheld und legt sich nie auf eine fest.

Das werde ich so für meinen Artikel einfach übernehmen. Ich schreibe alle Details zusammen, die Eddy interessant findet. Ich erstelle für jeden Künstler eine Art kleinen Steckbrief und schreibe dann meinen Artikel. Während ich schreibe, sitzt Eddy mir die ganze Zeit gegenüber und behält mich im Blick. Ich bin zum Glück so auf meine Arbeit konzentriert, dass ich gut vorankomme und am Ende sogar richtig zufrieden bin. Ich lese ihn noch mal durch und ergänze noch ein paar Kleinigkeiten.

»Okay, ich glaube, wir sind fertig. Schaust du noch mal drüber?« Ich schiebe Eddy meinen Laptop hin und spüre ein nervöses Kribbeln in meinem Bauch. Ich hoffe, dass es ihm gefällt. Gebannt beobachte ich ihn und warte auf seine Reaktion.

Seine Lippen verziehen sich schließlich zu einem Grinsen und er nickt zufrieden. »Ich finde ihn super«, sagt er stolz.

»Bereit, um ihn Rob zu schicken?«

»Definitiv.«

»Okay ... ich bin aufgeregt.« Eddy gibt mir den Laptop zurück und rutscht ganz dicht an mich heran, während ich die Mail fertig mache und sie an meinen Kollegen schicke.

Ich greife nach meinem Handy und wähle seine Nummer. Es klingelt einige Male, bevor er dran geht. »Hallo Kehya«, begrüßt er mich direkt.

»Hi Rob, hast du einen Moment Zeit für mich?«

»Na klar, was kann ich für dich tun? Ah, sehe schon, ich hab eine Mail von dir.« Sein tiefes Lachen erklingt durch den Hörer und ich entspanne mich ein wenig.

»Ich habe den Artikel über das Festival im Hyde-Park fertig. Ich würde heute Nachmittag gerne ins Büro kommen und mit David darüber sprechen. Hättest du eventuell Zeit ihn dir kurz durchzulesen und mir zu sagen, was du davon hältst?« Ich pule nervös an meiner Nagelhaut. Eddy schiebt seine Finger dazwischen und verschränkt sie mit meinen.

»Gerne. Ich muss hier allerdings erst noch was fertig machen. Reicht es dir, wenn ich mich in einer Stunde bei dir melde?«

»Natürlich. Ich bin so froh, dass du mich unterstützt, du bist ein Schatz. Dann will ich dich nicht weiter aufhalten. Vielen Dank nochmal.«

»Sehr gerne, Kehya«, sagt er und verabschiedet sich von mir. Ich lege mein Handy zur Seite und ich schaue zu Eddy.

»Danke, dass du mir geholfen hast. Und die ganze Zeit hier warst.« Ich lehne mich zu ihm rüber und gebe ihm einen Kuss auf die Wange.

»Das mache ich doch gerne und das ist selbstverständlich, das weißt du.«

»Ja, trotzdem. Wollen wir noch was zusammen essen, bevor ich in die Agentur fahre?«

»Ja gerne, ich muss auch noch ins Atelier«, sagt Eddy. Im Gehen werfe ich noch einen Blick auf mein Handy.

Adam 12:37 pm:
Keine Ahnung.

Ich schmeiße es zurück auf mein Bett und gehe rüber in die Küche. Wenn ich gleich zu meinem Chef gehe, kann ich mich jetzt nicht damit beschäftigen. Eddy erzählt mir von seinem Studium und dem neuen Semester, während wir eine Kleinigkeit essen. Dann mache ich mich auf den Weg. Falls David noch Änderungswünsche hat, kann ich die heute oder morgen früh einbauen und bleibe innerhalb der Abgabefrist.

Als ich in die Agentur komme, führt mein Weg direkt zu Rob. Ich habe unterwegs schon seine Antwort gelesen und will gleich seine Vorschläge einarbeiten, bevor ich zu David gehe. Rob kommt mir gerade mit seiner Tasche unterm Arm entgegen. »Hi Rob, zum Glück erwische ich dich noch. Ich hab deine Mail eben schon in der Tram gelesen. Tausend Dank für deine Zeit und die Anmerkungen. Ich werde mich gleich noch mal dransetzen.« Rob lässt sich von mir in eine kurze Umarmung ziehen. Ich bin wirklich froh jemanden wie ihn als meinen Kollegen zu haben. Rob lacht und tätschelt mir den Rücken, bevor er sich aus meiner Umarmung löst. »Du weißt doch, ich helfe dir immer gerne. Meld dich, wenn du bei David warst, ich bin gespannt, was er sagt. Das war wirklich eine gute Arbeit von dir.«

Ich lächle breit. »Danke.«

»Ich muss leider los. Bis später, Kehya.« Er hebt seine Hand zum Abschied und verlässt das Büro. Ich lese den Artikel noch einmal durch, um Robs Vorschläge einzuarbeiten, dann gehe ich zu David. Er ist überrascht, dass ich schon fertig bin, und liest den Artikel direkt durch. Zum Glück findet er den Artikel gut, auch wenn er nicht ganz so aus dem Häuschen ist wie ich es bin, aber das ist auch okay. David hat kleine Anmerkungen und Änderungswünsche, die ich direkt umsetze. Als ich fertig bin, bin ich richtig zufrieden mit meiner Arbeit und hoffe, dass es den Lesenden auch so gut gefällt.

Ich rufe Eddy an und wir verabreden uns zum Abendessen in einem kleinen Restaurant zwischen Agentur und Atelier. Während wir auf unser Essen warten, zeigt er mir seine neuesten Entwürfe. Der Designer, für den er arbeitet, will einen Entwurf von Eddy für seine nächste Show verwenden. Das ist unglaublich gut, immerhin ist er erst in einem halben Jahr mit dem Studium fertig. In Eddys Designs steckt so viel Liebe und Leidenschaft, ich weiß, er wird irgendwann berühmt. Und ich werde dann live von seinen Modenshows berichten und Details von hinter den Kulissen veröffentlichen, die er nur mir verrät.

Wir essen und sprechen über seine Zeichnungen. Ich sage ihm, was mir gefällt und wo ich etwas ändern würde. Er verdreht die Augen und sagt: »Kehy, du hast einfach keine Ahnung.«

»Hey.« Ich will protestieren, aber er hat recht. Ich kann mich gut kleiden und verstehe etwas von Mode, aber das, was Eddy da tut, ist etwas ganz anderes.

Ich sehe auf mein Handy und habe eine neue Nachricht bekommen.

Adam, steht da.

Mein Handy stecke ich zurück in meine Tasche. Am liebsten würde ich die Nachricht sofort lesen, aber ich will mich damit jetzt nicht beschäftigen.

Ich will mich auf Eddy konzentrieren. Auf das Hier und Jetzt. Und vor allem will ich mir diesen Abend und unseren Erfolg nicht von einer seiner Nachrichten kaputt machen lassen. Ich erzähle von den Änderungswünschen, die mein Chef hatte, wie überrascht er war, dass ich bereits fertig bin, und dass der Artikel tatsächlich veröffentlicht wird.

Es wird bald einen großen Artikel von mir geben. Und ich bin richtig stolz darauf. Er soll in der Samstagsausgabe erscheinen. Ich werde ihn mir definitiv ausschneiden und aufhängen. Das ist mein erster richtiger Durchbruch! Doch trotz dieses Erfolges, will mir Adam und diese Nachricht auf meinem Handy nicht aus dem Kopf gehen. Es ist, als wenn sie mich aus meiner Tasche heraus anschreien würde, dass ich sie endlich öffnen soll.

»Kehy, hast du gehört, was ich gesagt habe?«

»Ähm …« Ratlos sehe ich meinen besten Freund an.

»Was ist los?«

»Adam hat mir geschrieben. Ich wollte es eigentlich ignorieren – aber meine Gedanken machen nicht das, was ich will«, seufze ich.

»Es zu ignorieren, klappt wohl nicht so ganz.«

»Ja, leider.« Ich ziehe mein Handy wieder aus der Tasche und öffne seine Nachricht.

Adam 7:57 pm:
Hole dich morgen um 8 pm ab.

Ist das sein Ernst? Was denkt er, wer er ist? Ich springe bestimmt nicht, wenn er ruft. Der spinnt wohl.

Ich halte Eddy mein Handy vor die Nase. Die Wut in mir wird immer größer und ich frage mich, ob er wirklich denkt, dass ich so abhängig von ihm bin. Dass er denkt, dass er mit mir machen kann, was er will. Eddy hält mein Smartphone in seiner Hand und liest den Verlauf der letzten Tage. Dann schüttelt er den Kopf. »Er denkt wirklich, dass er damit einfach so durchkommt, oder?«

»Ich hab keine Ahnung. Was würdest du denn an meiner Stelle machen?«

»Puh Süße, das ist eine gute Frage. Ich glaube, ich war noch nie so verknallt in einen Typen wie du in Adam. Aber das, was er die letzten Tage abgezogen hat, geht gar nicht. Keine Ahnung, ob ihm bewusst ist, wie sehr du leidest.« Eddy schaut zu mir und legt die Stirn in Falten.

Ich will nicht, dass Eddy sich Sorgen um mich macht, also lache ich. »Ich bin traurig und genervt, ja, aber er wird mich nicht kaputt machen.«

Eddy greift nach meiner Hand. »Egal was ist, wir haben immer uns.«

»Danke, dass du zu meinem Leben gehörst.«

Er grinst mich an und ich lächle zurück.

Schnell tippe ich eine Antwort an Adam.

Kehya 9:51 pm:
Keine Zeit.
Lass mich bitte in Ruhe.

Dann verlassen wir das Restaurant und ich hake mich draußen bei Eddy unter. Wir laufen durch die dunklen Straßen von London zurück zu unserer WG. Adam ist es nicht gewohnt, eine Abfuhr zu bekommen. Und meistens akzeptiert er sie auch nicht. Es würde zu ihm passen, dass er trotz meiner Nachricht einfach bei mir zu Hause auftaucht. Deswegen werde ich morgen Abend auch bestimmt nicht in meinem Zimmer hocken und mich vor ihm verstecken. Ich werde ausgehen.

»Ich hab Adam gesagt, dass ich keine Zeit habe. Gehen wir morgen zusammen aus?«

»Klar! Wir machen uns einen wilden Abend. Allerdings weiß ich noch nicht, wie lange ich im Atelier sitze«, sagt er entschuldigend.

»Das macht nichts. Ich kann ja schon mal ohne dich in die Bar unten an der Ecke vom Atelier gehen, und du kommst dann einfach nach, wenn du fertig bist?«

»Das klingt nach einem guten Plan.«

Als wir zu Hause ankommen, gehe ich direkt ins Bett und bin froh über meinen freien Tag morgen. Der Artikel ist fertig und alles, was ich vorhabe, ist abends mit Eddy auszugehen und das Leben zu genießen. Bestimmt werde ich morgen kein Trübsal blasen. Und definitiv nicht an Adam denken.

Kapitel 43

Am nächsten Morgen kümmere ich mich erstmal ausgiebig um meine Dreads. Das habe ich schon viel zu lange vor mir hergeschoben. Wenn ich will, dass sie ordentlich und gepflegt aussehen, muss ich mich regelmäßig darum kümmern. Den restlichen Tag verbringe ich im Bett und schaue mir die neue Staffel meiner Lieblingsserie auf Netflix an. Meine Gedanken schweifen immer wieder zu Adam. Es fällt mir schwer mich auf die Handlung im Fernsehen zu konzentrieren. Abends stehe ich schließlich auf, mache mich fertig und gehe schon mal in die Bar, in der ich mich mit Eddy treffen werde. Ich habe vor, dort noch eine Kleinigkeit zu essen und mir so die Zeit zu vertreiben. Zuhause fällt mir sonst die Decke auf den Kopf und bei jedem Geräusch, das ich im Flur höre, zucke ich zusammen, weil ich befürchte, dass Adam doch hier auftaucht.

Ich habe meine Docs an und ein beiges, hautenges geripptes Kleid, das mir bis zu den Waden reicht. Es hat einen runden Ausschnitt und macht tolle Brüste. Es schmiegt sich um meine Hüften und betont meinen Hintern. Dazu einen cremefarbenen langen Mantel. Den oberen Teil meiner Haare habe ich wie üblich zu einem Zopf zusammengebunden. Ich setze meinen Rucksack auf und verlasse die Wohnung. Auch wenn ich Adam nicht aus meinem Kopf kriege, wird mich das nicht davon abhalten, heute Abend mit Eddy Spaß zu haben.

Das Wetter ist so schön, dass ich zu Fuß zur Bar gehe. Es sind noch einige Plätze direkt vor den großen Fenstern frei, ich rutsche auf einen der Barhocker und blicke hinaus. Ich liebe es, das Londoner Stadtleben zu beobachten, die vielen unterschiedlichen Menschen und das wilde Getümmel.

»Hey, wieso sitzt so eine schöne Frau allein in einer Bar?«, erklingt eine fremde Stimme, mit französischem Akzent neben mir. Ich schaue zur Seite, als der Fremde sich gerade auf den Barhocker neben mich schiebt.

»Ich warte auf einen Freund. Und warum bist du alleine hier?« Dabei grinse ich ihn an.

Er fährt sich durch seine dunklen Haare und hat ein charmantes Lächeln. »Ich bin zu faul zum Kochen, und hab gehört, hier soll die Pasta ganz gut sein.«

»Ja, das Essen hier ist wirklich sehr lecker«, bestätige ich. »Was machst du in London?«

Er erzählt mir von seinem Wirtschaftsstudium, was ziemlich langweilig klingt, dann unterhalten wir uns über Paris. Eine Stadt, die ich unbedingt bereisen möchte, es bis jetzt aber noch nicht geschafft habe. Mein Essen wird serviert und er verabschiedet sich von mir. Eddy kommt gegen zehn. Ich sitze also eine Weile allein hier, aber damit hatte ich noch nie ein Problem. Ich kann mich gut amüsieren, indem ich die Menschen um mich herum beobachte. Als Eddy auftaucht, entscheiden wir uns dazu, noch einen Cocktail hier zu trinken. Wir beobachten die Leute, die an uns vorbeilaufen und er erzählt mir, wie es heute mit seinem Chef lief. Der Designer, für den er arbeitet, findet seinen neuen Entwurf richtig gut. Er hat noch zwei Kleinigkeiten angepasst, aber so wird es jetzt mit in die nächste Show aufgenommen. Eddy ist unglaublich aufgeregt deswegen und ich freue mich für ihn.

»Kehya, ich kriege zwei Karten für die erste Reihe. Dir ist klar, dass du mit mir dahin gehst, oder?«

»Ich wäre richtig sauer, wenn du jemand anderen mitnehmen würdest!«

»Niemals«, ruft er und rutscht vor Freude auf seinem Barhocker herum.

Wir trinken aus und ziehen dann weiter. Wir sind beide nicht in der Stimmung für Clubs, aber es gibt unzählige Bars, die auch unter der Woche bis spät in die Nacht geöffnet haben. Mittlerweile haben wir einige Bars hinter uns und den einen oder anderen Cocktail intus. Im letzten Pub, in den wir gehen, ist heute Karaoke-Abend. Ich liebe die englischen Pubs, vor allem hier in London. Das Leben findet nicht nur hinter verschlossenen Türen statt, sondern meistens auch mitten auf der Straße. Die Leute auf dem Bürgersteig singen lauthals mit und tanzen mit ihren Biergläsern in der Hand.

Es dauert nicht lange, bis Eddy und ich zusammen auf der Bühne stehen und aus voller Seele *Listen* von Beyoncé singen.

Als wir fertig sind, bin ich völlig außer Atem und mir tut der Hals weh. Lachend verlassen wir die Bühne und bekommen einen riesigen Applaus. Wahrscheinlich eher dafür, dass wir endlich fertig sind, als für unsere Performance.

Es ist mittlerweile vier Uhr morgens und wir entscheiden uns, nach Hause zu gehen. Wir haben auf dem gesamten Rückweg superviel Spaß. Ein Mann schreit aus seinem Fenster, dass wir endlich ruhig sein sollen. Als wir weiter singen und lachen, schmeißt der Mann einen Blumentopf nach uns. Er hat uns zum Glück verfehlt. Als Dankeschön stimmen wir noch mal das Lied *Listen* aus der Karaoke-Bar an. Zuhause angekommen falle ich mit Klamotten ins Bett und schlafe direkt ein. Morgen muss ich wieder ins Cookies, da kann ich Adam dann nicht mehr aus dem Weg gehen.

Ich habe keine Ahnung, wie ich diesen Mann je verstehen soll – oder ob ich ihn überhaupt verstehen will. Sicher ist, dass er sich für seine Spielchen die Falsche ausgesucht hat.

Kapitel 44

Ich mache mich auf den Weg zur Arbeit. Mein Handy ist seit gestern Abend ausgeschaltet und ich komme zu spät, geplant dieses Mal. Ich bin extra später los, damit ich erst gegen viertel vor zehn da bin. So kann ich den anderen noch kurz bei den Vorbereitungen helfen, habe aber so wenig Zeit, dass ich mich auf keinen Fall mit Adam auseinandersetzen muss. Heute ist ein kalter Abend, es steht niemand vor der Tür. Das ist mein Glück. Ich habe Angst vor der Begegnung mit ihm, ich habe keine Ahnung, wie er reagieren wird - oder ich, wenn ich ihn sehe. Das unwohle Gefühl wird schlimmer, als ich den Club betrete. Heute trage ich eine zerrissene enge Jeans und einen oversized Pullover. Ich bringe gerade meine Sachen zum Spind, als Maddox wie gerufen dazu stößt.

»Hey Maddox, sorry, dass ich zu spät bin und euch jetzt erst helfen kann.«

»Kein Problem.« Dabei verzieht er seine Lippen zu einem Lächeln, als wüsste er genau, dass es kein Zufall war.

»Sag mal, wäre es für dich okay, wenn wir heute die Bereiche tauschen?« Dabei grinse ich ihn an und klimpere mit den Wimpern, als ich zu ihm schaue.

Er lacht kurz, wird dann aber wieder ernster. »Du meinst, ob es für mich okay wäre, wenn ich dir helfe, Adam aus dem Weg zu gehen?«

Meine Stimmung letztes Wochenende muss mich verraten haben.

Ich lache, auch wenn mir nicht danach ist. »Ja genau. Kannst du mir helfen, Adam aus dem Weg zu gehen?«

Allein, dass ich jemanden um so etwas bitten muss, macht mich traurig.

»Natürlich, Kehy«, sagt Maddox, mustert mich mit einem Mal mitfühlend und berührt sanft meine Schulter.

»Danke.« Erleichtert atme ich aus. »Brauchst du noch Hilfe bei irgendwas?«

»Ich nicht, ich muss nur ein paar Fässer aus dem Lager holen, aber ich glaube, Jamie könnte noch Hilfe hinter der Theke gebrauchen.«

»Okay, dann gehe ich mal zu ihr.« Maddox hält mir die Tür im Mitarbeiterraum auf. »Danke nochmal.«

»Gerne, und sag Bescheid, wenn wir etwas für dich tun können.« Ich nicke und gehe zur Theke. Das nervöse Flattern in meinem Bauch wird mit jedem Schritt größer und meine Hände fangen an zu schwitzen.

»Hey Jamie, sorry, dass ich zu spät bin.«

»Hey, gar kein Problem, Hauptsache, du bist jetzt da«, sagt sie und wir grinsen uns an.

»Was soll ich machen?«, frage ich und stelle mich zu ihr hinter die Bar. Ich werde von ihrem fruchtigen Parfüm eingehüllt. Irgendwie haben dieser Duft und ihre Anwesenheit eine beruhigende Wirkung auf mich. Meine Schultern lockern sich und ich fühle mich weniger verkrampft.

»Könntest du Obst aus dem Lager holen?«

Ich nicke und mache mich auf den Weg. Ich werfe schnell einen Blick zum DJ-Pult und checke, ob Adam da ist.

Er ist mit seiner Musik beschäftigt, sein Blick ist nach unten gerichtet und er sieht mal wieder unglaublich gut aus. Er trägt eine dunkle Wollmütze und ein schwarzes oversized T-Shirt. Er hat zwei silberne Ketten um und eine neue Uhr am Handgelenk. Ich könnte ihn stundenlang beobachten, ganz egal, was für ein Arsch er ist. Er ist einfach verdammt heiß.

Maddox kommt mir entgegen und sieht mich fragend an.

»Jamie braucht noch Obst«, beantworte ich seine ungestellte Frage.

Im Lager packe ich schnell Trauben, Erdbeeren, Bananen, Kiwis und Orangen zusammen. Ich klemme mir die Kiste unter den Arm und will gerade zurück gehen, als Adam plötzlich in der Tür steht. Ich zucke zusammen und lasse vor Schreck das Obst fallen. »Fuck!«, stöhne ich.

Mein Herz schlägt wie wild. Ich will nicht mit ihm hier allein sein. Mit ihm habe ich hier im Lager nicht gerechnet. Ich fange an zu schwitzen und sammle mit unruhigen Händen das Obst auf.

Er kommt einen Schritt auf mich zu und hockt sich zu mir. »Soll ich mit anpacken?«, fragt er und greift nach einer Orange, die zwischen seinen Füßen liegt.

Ich spüre, wie sich alles in meinem Körper anspannt. Ich ertrage seine Nähe gerade nicht.

»Nein!«, sage ich und reiße ihm die Orange aus der Hand.

Adam kniet vor mir und beobachtet, wie ich den Rest einsammle.

»Gib her, ich trage sie für dich rüber. Zu Jamie?« Seine raue Stimme verursacht eine Gänsehaut auf meinem Körper und ich schaue in sein schönes Gesicht. Ich will wegsehen, brauche aber einen Moment. Ich lasse so einen Scheiß nicht mit mir machen. Ja, er sieht zum Anbeißen aus, aber allein sein Äußeres reicht nicht, um das wieder gut zu machen, was er verbockt hat.

»Das kriege ich schon alleine hin.« Meine Stimme lässt mich nicht im Stich. Sie ist ernst und lässt keinen Widerspruch zu.

Ich schiebe mich mit meiner Kiste an ihm vorbei und versuche, ihn dabei nicht zu berühren. Dann lasse ich ihn im Lager alleine zurück. Das Bild von Adam und dieser Frau taucht vor meinem inneren Auge wieder auf. Was denkt er sich nur? Er verbringt die schönste, wildeste und aufregendste Nacht mit mir, zeigt mir diese neue Seite von sich. Entführt mich in seine Welt. Er zeigt mir, wie unser Leben aussehen könnte, wenn er es zulassen würde. Aber nein, er lässt mich zurück in London und verschwindet nach Barcelona und verbringt seine Nächte mit einer anderen. Ich kapier es einfach nicht. Aber für dieses Hin und Her bin ich mir zu schade. Auch wenn es weh tut, ich werde darüber hinwegkommen.

Mir kommen Eddys Worte in den Kopf. *»Wenn wir in einen Club gehen, würden wir ähnlich aussehen.«* Ja, wir nehmen uns bei jeder Gelegenheit in den Arm, schlafen in einem Bett und küssen uns ständig auf die Wange. Aber Eddy ist mein bester Freund und wir kennen uns, seit wir Kinder sind. Adam kennt ihn, ich dagegen habe noch nie etwas von ihr gehört. Ich stelle Jamie die Kiste mit dem Obst hin, dann helfe ich Mila und Luca dabei, ein paar Stühle umzustellen.

Hier kann ich Adam besser im Blick behalten und flüchten, falls er mir zu nah kommt. Der Abend beginnt, die ersten Gäste kommen rein. Super, so habe ich etwas zu tun und kann meinen Kopf abschalten. Es fühlt sich komisch an, auf Maddox' Seite zu bedienen. Ich bin es so gewohnt, für den DJ zuständig zu sein. Maddox geht gerade mit seinem Tablett zu Adam und ich sehe, wie verwirrt letzterer ist. Maddox bleibt stehen und sie unterhalten sich. Wahrscheinlich erklärt Maddox ihm, warum er ihn heute mit Getränken versorgt.

Eine Gruppe attraktiver Männer kommt rein. Ich schätze sie auf Ende zwanzig. Sie steuern auf meinen Bereich zu und setzen sich in eine der großen Sitzecken. Und damit kommt mir eine Idee. Warum sollte Adam nicht fühlen, was ich gefühlt habe? Warum sollte ich die Einzige sein, die verzweifelt zusehen musste, wie er mit jemand anderem etwas hat? Ich will, dass sich Adam genauso machtlos fühlt, wie ich mich die letzten Tage. Auch wenn ich heute zwar nicht sexy gekleidet bin, sehe ich trotzdem gut aus. Ich gehe rüber zu der Gruppe und lächle zu einem der Typen. »Was kann ich euch Gutes tun?« Sie nennen mir nacheinander ihre Wünsche und dann gehe ich wieder zu Jamie.

Ein großer gutaussehender Typ mit dunklen Haaren und blauen Augen folgt mir vom Tisch zur Theke.

»Hey, hab ich dich vergessen?«, frage ich.

»Nein, du hast meine Bestellung, aber ich brauche noch deine Nummer.« Dabei grinst er mich an und legt eine Hand auf meine Taille.

»Sorry Süßer, wenn ich jedem während der Arbeit meine Nummer geben würde, hätte ich eine Menge zu tun.«

Er lächelt. »Okay, aber auf einen Shot kann ich dich trotzdem einladen, oder? Und vielleicht überlegst du es dir im Laufe des Abends ja noch anders.« Dann zwinkert er mir zu und ruft in Jamies Richtung. »Zwei Tequila, bitte.«

Ich lache und schüttle mich innerlich. »Tequila, ja?«

Wir fangen beide an zu lachen. Jamie stellt uns nur Momente später die Gläser hin und macht sich an meine Bestellungen. Wir trinken die Shots, ich verziehe mein Gesicht.

»Das hat Spaß gemacht. Das war heute definitiv nicht der letzte Shot«, sagt er und mustert mich, bevor er sich umdreht und zurück zu seinem Tisch geht.

Ich sehe aus dem Augenwinkel, wie Adam mit wütendem Gesichtsausdruck in meine Richtung kommt. Schnell quetsche ich mich zwischen ein paar Gästen hindurch und verschwinde auf der Fläche. Ich beobachte, wie er sich mit Jamie unterhält und dabei aufgebracht wirkt. Ich merke, wie sich meine Stimmung langsam bessert.

Kapitel 45

Es gefällt mir, Adam die kalte Schulter zu zeigen.

Er gibt sich heute wirklich Mühe mit der Musik. Ich versuche so zu tun, als wenn sie mir nicht gefällt, aber mein Körper gehorcht mir nicht. Meine Hüften wollen nicht stillhalten und so tanze ich mich doch durch den Club. Das nächste Lied spielt an und … ich kann nicht glauben, was ich da höre. Abrupt bleibe ich stehen, meine Beine fühlen sich plötzlich an wie aus Blei und ich merke, wie meine Knie weich werden. Es ist das Lied, zu dem Adam und ich an dem Abend im Underground getanzt haben. Das, wozu er so unglaublich gesungen hat. Ich schaue in seine Richtung und unsere Blicke treffen sich. Was will er damit bezwecken? Warum macht er das? Dieses Lied hat er noch nie hier gespielt. Ich habe es nur in dieser Nacht gehört und jetzt macht er es hier an?

Er lässt mich nicht aus den Augen, wartet wie ich reagiere. Mein Herz rast und ich fühle mich wie betäubt. Ich kann meinen Blick nicht von ihm lösen, er zieht mich förmlich an. Die Erinnerungen an diese Nacht sind wunderschön, tun aber auch so weh. Meine Gefühle spielen verrückt und wechseln von einem Extrem ins andere. Ich atme tief durch und muss all meine Kraft aufbringen, Adams Anziehungskraft zu widerstehen und nicht zu ihm rüberzugehen.

Es dauert einen Moment, bis ich mich gesammelt habe. Dann unterbreche ich unseren Blickkontakt und gehe. Das Lied hat so eine große Bedeutung für mich. Ich weiß nicht, ob ihm das bewusst ist. Diese Nacht, die Menschen und das Gefühl, das mir dieser Club gegeben hat. Wir hatten nicht nur unglaublich viel Spaß dort, Adam hat mir auch eine ganz neue Seite von sich gezeigt. Mir steigen Tränen in die Augen. Ich habe Angst, diesen Adam nie wiederzusehen und ich weiß nicht, ob mir der alte Adam noch reicht.

Krampfhaft versuche ich mich wieder zu beruhigen, aber es ist hoffnungslos, solange dieses Lied läuft. Ich hasse ihn dafür, dass er dieses Lied angemacht hat. In einer ruhigen Ecke, in der er mich ganz sicher nicht sehen kann, verstecke ich mich. Für einen Moment schließe ich die Augen. Es fühlt sich an, als hätte jemand die Zeit zurückgedreht. Wir sind wieder im Underground und Adam ist frei und glücklich mit mir zusammen. Ich kann seine Hände förmlich auf meinem Körper spüren. Seinen warmen Körper an meinem, die Worte hören, die er auf Spanisch in mein Ohr geflüstert hat.

Doch dann hören die Schmetterlinge in meinem Bauch auf zu flattern und zurück bleibt ein unerträgliches Druckgefühl in meinem Magen. Das Lied geht zu Ende und ich komme wieder im Cookies an. Ich wische mir die Tränen von den Wangen, gehe zu Jamie und hole meine Bestellung für die Gruppe Männer in der großen Sitzecke.

Ich muss auf andere Gedanken kommen, mich ablenken. »Jamie machst du mir noch ein zusätzliches Tablett mit Shots fertig?«

»Tequila?«

»Bloß nicht.« Dabei zwinge ich mich zu einem Grinsen.

Wir finden beide Tequila unglaublich eklig, auch wenn die meisten Männer wohl vom Gegenteil überzeugt sind, wenn sie uns einen ausgeben.

»Der neue Waldmeister ist super«, sagt sie und zieht eine grüne Flasche aus dem Regal unter der Theke. Sie schiebt mir das Tablett rüber und greift nach meiner Hand, die auf dem Tresen liegt. »Kehy, du weißt, dass ich da bin, wenn du mich brauchst, oder?« Sie streicht kurz mit ihren Fingern über meinen Handrücken.

»Danke Jamie, ich weiß.« Ich lächle sie an und bin unglaublich dankbar, diese Menschen hier in meinem Leben zu haben.

»Ich geh wieder«, sage ich und deute dabei auf die beiden Tabletts vor mir. Ich bin mir sicher, dass ich wieder anfangen würde zu weinen, wenn ich ihr erzähle, wie es mir geht. Und das ist das Letzte, was ich will.

Also gehe ich mit beiden Tabletts rüber zum Tisch und stelle die Shots in die Mitte. »Die gehen auf mich!«

Die Männer grölen, kommen auf mich zu und werfen mich kurz in die Luft und ich lache auf. Sie stellen mich wieder hin und wir trinken alle zusammen einen Shot. Ich kann es nicht sein lassen, immer wieder zu Adam zu schauen. Und jedes Mal, wenn ich kurz zu ihm sehe, treffen sich unsere Blicke. Ich drehe mich um und da steht James vor mir, ich kenne ihn von Eddy. Die beiden hatten vor einer ganzen Zeit ein Date und wir haben ihn kurz danach zufällig in der Stadt getroffen.

»James, richtig?«, frage ich ihn.

Er ist ein großer, blonder und sehr hübscher Mann, mit dunklen Augen und einer schönen Bräune. Er könnte ein blonder Südländer sein. Optisch passen er und Eddy super zusammen.

»Ja, du bist die Freundin von Eddy, stimmt's? Ist er zufällig auch hier?«, fragt er mich mit leuchtenden Augen.

»Nein, heute leider nicht. Soll ich ihm etwas ausrichten?«

»Wir versuchen schon ewig uns zu treffen, doch irgendwie kommt immer was dazwischen. Ich habe echt gehofft, dass er hier ist.« Traurig sieht er mich an.

Na, da hat es wohl beide ziemlich erwischt, denke ich mir. Denn Eddy steht total auf James, das weiß ich.

»Ich sage ihm auf jeden Fall, dass du nach ihm gesucht hast.« Tröstend streichle ich ihm über den Arm und besorge ihm etwas zu trinken.

Der Abend neigt sich langsam dem Ende und es sind nur noch wenig Gäste da. Adam konnte ich den restlichen Abend zum Glück aus dem Weg gehen. An einem vereinzelten Tisch in der Ecke sehe ich James. Ich gehe zu ihm und setze mich neben ihn.

»Hey, du bist ja immer noch hier.«

Er zuckt mit den Schultern. »Vielleicht habe ich gehofft, dass Eddy doch noch kommt.« Dabei grinst er schüchtern und schaut auf seine verschränkten Finger.

»Was hältst du davon, wenn ich dich mit zu uns nehme? Der Club macht gleich zu und ich gehe dann eh nach Hause.«

Er sieht ruckartig auf, grinst übers ganze Gesicht und drückt mich an sich. »Du bist ein Engel, tausend Dank!«

Ich lache und löse mich aus seiner Umarmung.

Schon bald räumen wir auf und eine halbe Stunde später können wir uns auf den Weg machen. James kommt auf mich zu und strahlt mich an, er sieht richtig verliebt aus und ich freue mich für Eddy.

Kapitel 46

Wir verlassen den Club, doch vor der Tür treffen wir auf Adam. Mein Magen zieht sich zusammen. Er sieht mich an, die kleine Falte zwischen seinen Augenbrauen hat sich geglättet und er wirkt genauso geschafft, wie ich mich fühle. Er scheint James erst nicht zu bemerken, denn sein Ausdruck verfinstert sich, als er den gutaussehenden Mann neben mir sieht. Mit schnellen Schritten kommt er auf mich zu und packt mich am Arm. »Kehya, was zur Hölle soll das?«

Ich blicke ihn herausfordernd an. »Wir gehen zu mir! Ich wüsste nicht, was dich das angeht.« Dann reiße ich mich von ihm los. »Komm James, ich muss hier weg.« Ich hake mich bei ihm unter und wir gehen Richtung U-Bahn-Station. Dass Adam jetzt wahrscheinlich durchdrehen wird, gibt mir eine gewisse Art von Genugtuung. Er hat ja keine Ahnung, dass ich hier mit Eddys Date nach Hause gehe. Wir laufen die Treppen zur Station hinunter, die Bahn fährt gerade ein und wir beschleunigen unsere Schritte. Plötzlich kriegt James einen kräftigen Schubs von hinten und fällt gegen die haltende U-Bahn. Vor Schreck schreie ich auf.

»Verpiss dich von Kehya und rühr sie nie wieder an!«, brüllt Adam von hinten.

Er will sich gerade auf James stürzen, aber ich schaffe es, mich dazwischen zu stellen. So kräftig ich kann schubse ich Adam weg. Mit genügend Abstand bleibe ich vor ihm stehen, sehe ihn wutverzerrt an. Mein Herz pumpt so kräftig, dass ich es hören kann.

Adams Gesichtsausdruck wird weicher, aber sein Brustkorb hebt und senkt sich in kräftigen Stößen. »Ich ertrage es nicht, wenn er dich anrührt«, keucht er verzweifelt und kommt einen Schritt auf mich zu.

Ich hole aus und knalle ihm eine. Meine Hand fängt augenblicklich an zu brennen, doch das ist mir egal. »Du verdammter Idiot, James will zu Eddy!«, schreie ich ihn an und gehe nach kurzem Zögern zu James.

»Alles okay?« Ich schaue ihn besorgt an.

»Ja, nichts passiert.«

Sicherheitshalber hake ich mich wieder bei ihm unter, dieses Mal als Stütze, und wir steigen ein. Ich höre Adam meinen Namen sagen, reagiere aber nicht. Auf der Fahrt entschuldige ich mich unzählige Male bei James. Es tut mir so leid, dass er wegen mir angegriffen wurde. Aber er winkt nur ab und sagt, er nimmt das in Kauf, wenn ich ihn dafür zu Eddy bringe. Ich schmunzle und bin dankbar, dass es ihm gut geht und er es mir nicht übelnimmt. Wenn aus ihm und Eddy etwas werden sollte, wäre es wirklich schlecht, wenn er mich jetzt schon nicht ausstehen kann. Wir steigen aus und gehen die paar Meter zur WG. An der Ecke sehe ich Adams Auto. Er sitzt noch hinterm Steuer.

Die Tatsache, dass er hier ist, macht mich noch wütender, als ich eh bin. Die letzten Tage hat er es nicht mal geschafft, mir eine anständige Nachricht zu schicken und jetzt lässt er mich nicht in Ruhe? Gezwungenermaßen laufen wir an seinem Auto vorbei und ich bin froh, dass er nicht aussteigt. Wir gehen durch unseren Hauseingang, dann hoch in die Wohnung. So früh am Morgen ist Eddy meistens der Einzige in unserer WG, der noch schläft. Drinnen rufe ich grinsend direkt nach meinem besten Freund:

»Eddy? Ich hab dir jemanden mitgebracht.«

James pult nervös an seinen Händen herum und schaut sich unruhig um.

»Warte kurz hier, ich bin gleich zurück«, sage ich und gehe zu Eddy ins Zimmer. Ich will James nicht direkt mit reinnehmen, nicht dass Eddy ausgerechnet heute jemand anderen im Bett liegen hat.

Eddy guckt mich verschlafen an und zum Glück ist außer ihm niemand in seinem Zimmer. »Was ist los, Kehy?«

»Ich weiß, es ist noch früh, aber ich habe dir jemanden mitgebracht«, sage ich grinsend.

Verwirrt sieht er mich an.

Ich setze mich auf sein Bett. »Weißt du, wir hatten heute Besuch von jemandem im Club, der die ganze Nacht auf dich gewartet hat, weil er dich unbedingt wiedersehen wollte. Also habe ich ihn kurzerhand mit nach Hause genommen.« Ich zwinkere ihm zu.

»Du verarscht mich, oder?« Er sieht mich ernst an.

»Nein, James steht im Flur.«

Ich kann die Herzen förmlich in seinen Augen sehen. Er grinst übers ganze Gesicht. »Im Ernst?«

»Ja, entweder du kommst raus und ihr geht in die Küche oder ich schicke ihn zu dir rein.«

Er sieht mich an, beißt sich auf die Lippe. »Schick ihn rein.«

Ich lache und gehe raus. »James?«

»Ja?« Ich sehe ihm an, wie nervös er ist. Als wenn er sich plötzlich unsicher ist, ob es eine gute Entscheidung war.

»Du kannst ruhig reinkommen, er freut sich sehr, dass du da bist.«

James zögert kurz, geht dann aber mit schnellen Schritten an mir vorbei und verschwindet hinter Eddys Tür. Ich lache vor mich hin und gehe in mein Zimmer. Ich freue mich für die zwei. Egal, ob sie nur ein paar schöne Stunden zusammen verbringen oder aus den beiden etwas Ernstes wird. Sie werden die Zeit zusammen genießen. Ich ziehe mir etwas Bequemes an und lasse mich ins Bett fallen. Bevor ich jedoch einschlafe, ziehe ich mein Handy aus der Tasche, um mir einen Wecker zu stellen. Mein Display leuchtet mir entgegen und ich traue meinen Augen nicht.

Ich habe fünfzehn Nachrichten von Adam. Ich öffne unseren Verlauf und frage mich, ob ich gerade träume. So viel hat er mir noch nie geschrieben.

Adam 10:17 pm:
Ich habe dich vermisst, Kehy. Und jetzt muss ich den Abend mit Maddox verbringen

Adam 00:10 am:
Du trinkst also Shots mit diesen Typen

Adam 00:15 am:
Keine Sorge, ich behalte dich im Auge und sorge dafür das, dir nichts passiert

Adam 00:16 am:
Süßes Tequila-Gesicht

Adam 1:47 am:
Kehy, du bist wunderschön.

Adam 2:02 am:
Ich habe noch nie einen Menschen mit so unglaublichen Augen gesehen

Adam 3:12 am:
Du zeigst mir die kalte Schulter. Und ich weiß, dass ich es verdient habe.

Adam 3:34 am:
Soll ich unser Lied spielen?

Adam 3:35 am:
Das deute ich als Zustimmung

Adam 3:42 am:
Es fällt mir schwer, nicht zu dir zu gehen. Dich in meine Arme zu ziehen, mit dir zu tanzen, dich zu küssen

Adam 3:44 am:
Diese Augen

Adam 4:02 am:
Wer ist dieser Typ bei dir?
Reicht es nicht, dass du mit den Typen am Tisch flirtest und ihnen Shots ausgibst?

Adam 5:36 am:
Nach deiner Schicht werde ich dich nach Hause bringen und ich will dich endlich wieder küssen

Adam 7:04 am:
Fuck, Kehya es tut mir leid!
Ich habe einfach rot gesehen, als du mit dem Typen abgehauen bist.

Adam 7:34 am:
Ich stehe vor deiner Tür

Ich bin … keine Ahnung, sprachlos, verwirrt, wütend?

Er hat mich fast sechs Tage ignoriert. Mir nie richtig auf meine Nachrichten geantwortet. Und jetzt ist er hier und schreibt mir all diese Nachrichten? Ich bin zu müde, um jetzt einen klaren Gedanken fassen zu können. Ich mache mein Handy aus und gehe ins Badezimmer. Es ist kurz nach acht. Ich schaue aus dem Fenster, Adam steht immer noch an der Ecke. Mein Blick ist auf sein Auto gerichtet und ich versuche, meine Gedanken zu sortieren. Es ist krass, was alles in der letzten Woche passiert ist. Meine Gefühle fahren Achterbahn und ich weiß nicht, was ich denken soll. Adam hat mir diese andere Version von sich gezeigt. Einen fröhlichen und gut gelaunten Mann, der liebevoll und leidenschaftlich ist. Wenn ich an die Nacht im Underground denke, schmelze ich dahin. Und dann verschwindet er plötzlich und benimmt sich wie das größte Arschloch.

Und jetzt ist er zurück und schreibt mir all diese Nachrichten, tut so, als wäre nichts passiert? Als wäre es normal, wie er sich die letzten Tage benommen hat?

Ich bin so erschöpft, mir kommen schon wieder die Tränen. Frustriert wische ich mir übers Gesicht. *Reiß dich zusammen,* sage ich mir. Ich habe genug davon, ständig zu weinen. Ich schüttle meine Gedanken ab, ziehe mich aus und steige unter die Dusche. Das warme Wasser tut mir sicherlich gut. Ich spüre, wie ich mich etwas entspanne und meine Gedanken ruhiger werden. Dann packe ich mich in einen dicken Bademantel und lege mich so ins Bett

Kapitel 47

Ich schlafe fast den ganzen Tag. Als ich aufwache, hole ich meinen Laptop ins Bett und recherchiere etwas für Rob, bevor ich mir etwas Bequemes anziehe und zu Eddy gehe. Mal sehen, ob er wieder allein ist. Dieses Mal klopfe ich vorsichtshalber sogar an. Ich höre Eddy und warte einen Moment, er kommt zur Tür und öffnet sie. Er strahlt und zeigt kurz auf sein Bett, in dem ich den schlafenden James sehe. Zu zweit gehen wir in die Küche. Ich muss dringend etwas essen. Ich mache mir ein Brot und Eddy setzt sich an den Tisch.

»Kehy, was ist passiert? James hat mir erzählt, dass ein Typ ihn verprügeln wollte, weil er mit dir mitgegangen ist.«

»Adam«, sage ich nur.

»Warum habe ich mir das schon gedacht?«, sagt er und ich erzähle ihm alles von letzter Nacht. Dann halte ich ihm mein Handy unter die Nase. »Und die habe ich gesehen, als ich in mein Zimmer gegangen bin, nachdem ich James bei dir abgegeben habe.«

Eddy schnappt sich mein Handy. »Und die sind alle von letzter Nacht?«

»Ja, ich kapier es nicht.«

Eddy lacht, es klingt irgendwie bitter. »Süße, ich glaube nicht, dass je jemand schlau aus deinem Adam wird.«

Ich verdrehe die Augen und setze mich zu ihm.

»Aber dass er dich nicht mit einem Typen davonziehen lässt, war dir aber schon klar, oder?«

»Ja natürlich, ich habe ihn ja auch absichtlich provoziert. Aber ich hätte nicht gedacht, dass er gleich handgreiflich wird. Es tut mir so leid, dass er James angegriffen hat.« Bei dem Gedanken an das, was Adam gemacht hat, verzieht sich mein Gesicht vor Wut.

»Was willst du jetzt machen?«

»Keine Ahnung, ich kann ihm nicht ewig aus dem Weg gehen. Immerhin arbeiten wir zusammen. Aber so kann es nicht weitergehen. Das macht mich kaputt, und das will und werde ich nicht zulassen.«

»Definitiv, wenn er sich so benimmt wie die letzten Tage, solltest du es beenden, egal wie weh es vielleicht tut. Besonders das mit James geht gar nicht.« Eddy greift über den Tisch und verschränkt seine Finger mit meinen.

»Ich weiß.« Meine Brust zieht sich zusammen und mir ist bewusst, dass es so nicht weitergehen kann, aber der Gedanke, ihn zu verlieren, schmerzt trotzdem.

»Können wir das Thema wechseln?«, frage ich Eddy, weil ich das Gefühl habe, sonst in Tränen auszubrechen. Es ist einfach alles etwas viel gerade.

Eddy nickt und streicht sanft über meinen Handrücken.

»Erzähl mir von eurem Tag«, fordere ich ihn auf und zwinge mich zu einem kleinen Lächeln.

»Kehy, ich glaube, ich bin verliebt. Wir schreiben schon so lange und wollten uns immer sehen, aber es hat nie geklappt. Wir verstehen uns so gut, haben Spaß zusammen und alles ist perfekt.« Er strahlt mich an. »Danke, dass du ihn mitgebracht hast.«

Mir geht es zwar wegen dieser ganzen Geschichte mit Adam nicht gut, aber es geht mir so viel besser, wenn ich sehe, wie glücklich Eddy ist. Wenn man selbst traurig ist, kann das Glück einer geliebten Person einem helfen.

Ich wünschte mein Dad würde das verstehen.

»Aber denk nicht, dass ich dir jeden Tag was Leckeres von der Arbeit mitbringe.« Ich zwinkere ihm zu und wir fangen an zu kichern.

Die Tür geht auf und James steckt seinen Kopf herein. Er schaut sich unsicher in der Küche um und zieht fragend eine Augenbraue nach oben, während er in unsere Richtung schaut.

»Komm rein«, sagen Eddy und ich im Chor. Seine Augen leuchten als er zu Eddy schaut und neben ihm Platz nimmt.

Ich mag James und er scheint genauso verknallt zu sein wie mein bester Freund. Ich verabschiede mich von den beiden und mache mich für das Cookies fertig. Ich lasse meine Dreads heute offen, schminke mich schnell und ziehe mich an. Ich trage eine zerrissene Jeans, die etwas lockerer sitzt und Löcher an den Knien und den Oberschenkeln hat. Dazu ein weißes bauchfreies Shirt. Jeansjacke drüber, Turnschuhe an, fertig. Ich schnappe mir meine gelbe Tasche und rufe Eddy und James noch viel Spaß zu. Ich bin heute früh dran, aber ich habe keine Lust, meine Kollegen wieder wegen Adam hängen zu lassen.

Im Club kann ich zum Glück niemanden sehen, doch ich höre Stimmen aus Charles' Büro kommen. Ich laufe in den Mitarbeiterraum und bin froh, dass ich einen Moment meine Ruhe habe. Ich lege gerade meine Sachen in meinen Spind, als die Tür aufgeht. Ich schaue zur Tür und sehe, wie Adam sie gerade hinter sich schließt. Mein Herz hämmert sofort wie wild gegen meinen Brustkorb. Ich will echt nicht mit ihm allein sein. Am liebsten würde ich sofort den Raum verlassen und weglaufen.

Er sieht mich verzweifelt an. »Kehya«, fleht er und kommt mit schnellen Schritten auf mich zu.

Ich bin wie versteinert und kann mich kaum rühren. Mein ganzer Körper überzieht sich bei seinem Flehen mit Gänsehaut und mein Mund wird trocken. Er bleibt vor mir stehen, schiebt seine Hände in meinen Nacken.

Ich schaue in seine dunklen Augen.

»Ich habe dich so sehr vermisst«, haucht er. Sein Blick wandert zu meinen Lippen, er atmet hörbar aus. »Kehy, ich will dich küssen. Aber ich werde es nicht gegen deinen Willen tun.« Ich spüre nur seine warmen Hände auf meiner Haut, seine vibrierende Stimme in meinem Körper. Ich will wütend sein, doch ich kann nicht, wenn er mir so nah ist und ich mich trotz allem nach ihm sehne.

»Darf ich?«, flüstert er und ich kann nicht anders - ich nicke kaum merklich. Dann küsst er mich, umschließt meine Lippen mit seinen und ich bekomme ganz weiche Knie.

In seinem Kuss liegen so viel Liebe und Verzweiflung. Mir laufen Tränen übers Gesicht und er fängt sie mit seinen Daumen auf, streichelt sanft über meine Wangen. Aber ich muss die Kontrolle zurückgewinnen. Ich brauche meine ganze Kraft, um mich von ihm zu lösen und ihm in die Augen zu schauen.

»Wer ist Sofia Fernandez?«

Seine Augen weiten sich, er blickt mich entsetzt an. Er tritt einen halben Schritt zurück. Ich glaube, das ist das erste Mal, dass ich ihn sprachlos sehe. Auch wenn mir seine Reaktion nicht gefällt, bin ich froh, dass ich die Kraft aufbringen konnte, mich von ihm zu lösen. Ich sage nichts weiter, rühre mich nicht. Adam steht immer noch vor mir, seine Hände sind von meinem Gesicht zu meinen Händen gewandert, halten sie fest. Ich weiß nicht, ob er mich festhält oder sich selbst. Wir sehen uns immer noch in die Augen und ich sehe die Panik darin. Ich bleibe weiter regungslos stehen.

»Ich kann dir das erklären.«

Kapitel 48

Mein Herz hämmert wie wild in meiner Brust, während Adam tief ausatmet.

»Okay, was willst du von mir wissen?« Hilflos schaut er mich an.

»Die Wahrheit«, sage ich monoton. Die Angst macht sich in meinem Körper breit. Will ich wirklich die Wahrheit hören? Aber die Unruhe macht mich verrückt, ich muss es wissen.

»Okay … Können wir uns setzen?«, fragt er und deutet rüber zu den Schminktischen. Ich folge ihm und bleibe vor den Stühlen stehen. Alles in mir zieht sich zusammen und ich will am liebsten weglaufen, doch dann setze ich mich doch hin. Adam zieht seinen Stuhl zu meinem und lässt mich dabei nicht aus den Augen. Als befürchtete er, dass ich jetzt schon weglaufen könnte.

Er schiebt meinen Stuhl so vor sich, dass meine Knie zwischen seinen Oberschenkeln sind. Meine Hände umschließt er mit seinen und schaut mir wieder in die Augen. »Kehy, ich wollte dir nie weh tun oder so, das musst du mir glauben, ja?«

Mein Magen verkrampft sich und ich weiß nicht, was mich jetzt erwartet. Wenn er so anfängt, kann das gar nicht gut ausgehen.

»Bevor ich nach London gekommen bin, habe ich viel in Barcelona aufgelegt, bin aber auch immer wieder durch Europa getourt. Hatte zwei, drei Wohnungen in unterschiedlichen Städten und unterschiedlichen Ländern. Sofia habe ich irgendwann mal auf einer Party kennengelernt, sie war einer der Gäste und wir sind den Abend zu mir. Das war vor ungefähr einem Jahr. Also lange bevor wir uns kennengelernt haben.«

Mein Körper bewegt sich zwar nicht, aber innerlich bebe ich, weiß nicht, ob ich es ertrage, diese Geschichte zu hören.

Er schaut mich an und als er merkt, dass er mit keiner Reaktion von mir rechnen kann, spricht er weiter. »Es hat sich irgendwie so ergeben, dass immer, wenn ich in Barcelona war, wir im Bett gelandet sind. Sie hat mir mal gesagt, dass sie sich mehr wünscht, aber das war mir egal. In anderen Städten hatte ich etwas mit anderen Frauen. Manchmal auch in Barcelona. Sofia hat das so hingenommen, war aber trotzdem sehr anhänglich, wenn ich da war. Sie ist immer auf allen Partys aufgetaucht oder kam ungefragt in die Hotels, in denen ich war.« Er schluckt, sieht auf unsere verschränkten Hände.

Ich habe keine Ahnung, ob ich wirklich hören will, was er zu sagen hat. Aber selbst wenn ich wollte, könnte ich nicht aufstehen und gehen. Es fühlt sich an, als klebe ich am Stuhl. Adam schaut mir wieder in die Augen. Ich sehe ihm an, wie schwer es ihm fällt, mir all das zu erzählen. »Ich bin letzte Woche einfach abgehauen. Ich weiß, das war eine richtige Arschlochnummer von mir. Es war irgendwie einfacher für mich, meine Sachen zu packen und zu gehen, als hier zu bleiben.« Dabei streicht er ununterbrochen mit seinen Fingern über meine Hände.

»Ich kann es dir nicht richtig erklären, aber ich fühle mich nie einer Frau gegenüber verpflichtet. Ich habe nicht das Gefühl, mich rechtfertigen zu müssen, und habe auch kein schlechtes Gewissen, wenn ich mit anderen in der Kiste lande.« Er blickt mir in die Augen.

»Ich bin ein Arschloch, egal ob eine in mich verliebt ist oder nicht. Ich mache teilweise auch vor ihren Augen mit anderen Frauen rum«, sagt er gleichgültig.

»Aber das mache ich immer von Anfang an klar. Ich spiele mit offenen Karten und mache keine falschen Versprechungen. Gleichzeitig ist es mir egal, was sie machen oder mit wem. Wenn sie sich darauf einlassen und am Ende mit gebrochenem Herzen dasitzen, ist es deren Problem und nicht meins.«

Ich muss schwer schlucken und merke, dass der Kloß in meinem Hals immer größer wird. Ich weiß, dass er recht hat. Er hat es mir gesagt: *Keine Kompromisse.* Er hat mir gesagt, dass er nicht versprechen kann, dass er im Ausland nichts mit anderen anfängt. Das weiß ich, aber habe ich es wirklich begriffen, als er es mir gesagt hat? Ich kann ihm keine Vorwürfe machen, trotzdem fühlt es sich an wie ein Schlag ins Gesicht.

»Ich musste einfach sicher gehen, dass sich daran nichts geändert hat. Ich bin also nach Barcelona geflogen, hab mich um ein paar Auftritte gekümmert und es hat nicht lange gedauert, bis Sofia aufgetaucht ist.« Seine Stimme klingt rau und ich merke, dass es auch für ihn nicht leicht ist.

»Ich habe … ich habe viel getrunken und Drogen genommen. Kehya, ich habe sie gefickt. Ich weiß, das macht nichts besser, aber ich hab mich deswegen beschissen gefühlt. Ich habe sie direkt danach aus meinem Hotelzimmer geschmissen.«

Das Atmen fällt mir schwer und ich weiß nicht, wie lange ich seine Worte noch ertrage. Wie lange mein Herz das noch mitmacht. Während er redet, beobachtet er, ob ich irgendeine Reaktion zeige, hält unsere Finger miteinander verschränkt und streicht wieder mit den Fingern über meine Handrücken. Aber ich ziehe meine Hände zurück, brauche mehr Abstand, gerade ist selbst diese kleine Berührung zu viel. Tränen laufen mir die Wangen herunter, ich kann sie nicht stoppen, nicht kontrollieren. Die Tränen sind mir egal, denn ich spüre, wie mit jedem Wort mein Herz ein Stückchen mehr bricht. Wenn ich könnte, würde ich ihn gerne anschreien, ihn beleidigen, schubsen, aber ich fühle mich wie erschlagen. Ich bin völlig erschöpft und habe keine Kraft für irgendeine Reaktion.

»Du musst wissen, ich bin nicht der Typ, der danach kuschelnd im Bett liegen bleibt. Außer bei dir, Kehy, mit uns ist es etwas anderes.« Er sieht mich hoffnungsvoll an, wartet, dass ich etwas sage, aber ich schweige weiter.

»Du hast dich in meine Welt geschlichen und ich habe es nicht mal gemerkt. Bis zu dem Moment, als ich mit dir in meinen Armen aufgewacht bin.« Er sieht mich traurig an und ich glaube ihm, dass ihn dieser Moment überrumpelt hat. Ich weiß, wie viel er mir bedeutet hat, wie sehr ich es genossen habe. Und das kann einem Angst machen. Mir macht es Angst, wie sehr ich ihn in mein Herz geschlossen habe. Ich würde alles dafür tun, die Zeit zu diesem Moment zurückdrehen zu können.

Trotzdem ändert es nichts daran, wie ich mich jetzt fühle.

Es klopft an der Tür, Maddox öffnet sie einen Spalt.

»Sorry, aber es ist kurz nach halb zehn und die ersten Gäste kommen bald.« Dann macht er sie wieder hinter sich zu.

Ich merke, dass ich langsam aus meiner Starre erwache. Meine Zähne klappern aufeinander, weil ich so friere.

Adam schaut mich besorgt an.

Mit meinen Fingern wische ich mir unter den Augen entlang, um die Reste meiner Wimperntusche zu entfernen, dann stehe ich auf. »Ich komme in zwei Minuten raus, lässt du mich bitte allein?«

»Kehy«, flüstert Adam und kommt auf mich zu, will nach meiner Hand greifen.

Aber ich weiche ihm aus. »Nicht«, ist das Einzige, was ich sage.

Er lässt seinen ausgestreckten Arm auf halbem Weg zu mir fallen, schaut mir noch mal in die Augen und dreht sich dann um. Er verschwindet durch die Tür und ich fühle mich so verloren.

Kapitel 49

Ich halte mir die Hände vor den Mund, um ein Schluchzen zu ersticken. Eigentlich ist es mir egal was andere über mich denken, aber ich will nicht, dass mich jemand von den anderen hört. Ich fühle mich so verloren, meine Knie geben unter mir nach, ich sinke zu Boden und lehne mich gegen das kühle Metall unserer Spinde. Ich schlinge meine Arme um meine Knie und ziehe sie an mich. Schließe meine Augen und beruhige meine Atmung.

Mühsam rapple ich mich auf, wische mir über die Wangen und hole aus meinem Spind meinen Notfall-Pullover. Mir ist immer noch so kalt. Ich ziehe ihn mir über, stelle mich vor den Spiegel und versuche mein Gesicht zu retten. Es soll nicht jeder sofort sehen, dass ich geweint habe. Zum Glück haben wir alles an Make-up hier, was ich brauche. Danach binde ich mir mit zitternden Fingern die Haare zu einem großen Dutt und gehe zu den anderen.

Maddox kommt im Gang auf mich zu. »Alles okay?«, fragt er besorgt.

»Geht schon, danke.«

Er mustert mich prüfend und streicht mir über den Arm. »Sollen wir wieder tauschen?«

»Danke, brauchen wir nicht, aber es wäre cool, wenn du die überwiegend männlichen Tische übernimmst.«

Maddox nickt nur.

Ich habe einfach keine Kraft zum Flirten heute und die Frauen lassen mich meistens in Ruhe. Gerade frage ich mich, wie ich diese Nacht durchhalten soll, so erschöpft fühle ich mich. Hoffentlich helfen mir die Stimmung und die Musik dabei, meine Gedanken zu beruhigen. Adam und Sofia gehen mir nicht aus dem Kopf, meine schlimmsten Befürchtungen sind wahr geworden. An der Theke bereite ich die Getränke für Adam vor und schnappe mir mein Tablett. Gehe zu ihm und stelle seine Getränke an den gewohnten Platz. Bevor er etwas sagen kann, bin ich auch schon wieder weg. Ich nehme die ersten Bestellungen auf und versuche, mich auf die Musik zu konzentrieren. Als ich bei Jamie an der Theke stehe und auf mein volles Tablett warte, schließe ich für einen Moment die Augen. Ich versuche krampfhaft alle Gedanken aus meinem Kopf zu verbannen und mich nur auf die Musik zu konzentrieren. Spüre, dass ich nicht loslassen kann. Scheiße, ich muss die Vorstellung von Adam und Sofia aus meinem Kopf kriegen.

Ich drehe mich zu Jamie um.

»Gibst du mir zwei Shots?«

Sie stellt mir zwei Wodka auf den Tresen und ich schütte sie hintereinander herunter.

Mein Gesicht verzieht sich kurz, aber es wird für den Moment besser. Der Alkohol brennt in meinem Hals und in meinem Bauch, dieses Gefühl hilft mir, mich auf das hier und jetzt zu konzentrieren.

»Nochmal zwei, bitte.«

Skeptisch sieht sie mich an und füllt meine Gläser.

Ich schütte sie direkt wieder runter. Besser, viel besser.

Erleichtert lächle ich Jamie an. »Du musst dir keine Sorgen machen. Ich hab nur etwas gebraucht, um ein bisschen lockerer zu werden.«

Sie zieht eine Augenbraue hoch. »Genau das bereitet mir Sorgen. Ich kenne niemanden, der so locker ist wie du.«

Ich grinse sie an und nehme mein Tablett mit den Getränken. Sie hat recht, ich brauche normalerweise nichts, um in Stimmung zu kommen. Aber das hier ist eine Ausnahmesituation und ich muss mein Gehirn ein bisschen in Watte packen. Damit es die Situation etwas leichter macht. Die Musik wird schneller und ich bin dankbar, dass sie mir durch diese Nacht hilft. Der Club ist angenehm voll und die Stimmung ist ausgelassen. Ich bleibe kurz auf der Tanzfläche stehen. Ich merke den Wodka in meinem Bauch, meine Gedanken sind hier in diesem Moment, bei den Leuten und der Musik. Ich lasse meine Hüften kreisen und bewege mich zu den spanischen Beats. Ich tanze Richtung Theke und blicke zu Adam rauf, er hält mir sein leeres Glas hin. Und allein sein Anblick reicht, um mein Inneres schmerzhaft zusammenziehen zu lassen.

Ich gehe zur Theke, gebe meine Bestellungen ab und hole ein großes Glas Rum, klemme mir eine Wasserflasche unter den Arm und gehe zu ihm. Ich laufe die paar Stufen zu ihm hoch, und mein Magen ist schmerzhaft verkrampft. Dann stelle ich ihm seine neuen Getränke hin und greife nach der leeren Wasserflasche und dem Glas.

»Warte, bitte«, hält er mich auf, bevor ich wieder verschwinden kann.

Ich schaue ihn an, blicke in seine schönen dunklen Augen. »Was ist?«, frage ich kühl.

Adam blickt mich an. »Wie geht es dir?«

»Alles bestens, Adam, du hast recht«, sage ich resigniert und jedes einzelne Wort tut in meinem Herzen weh. »Ich wusste, worauf ich mich einlasse, keine Verpflichtungen. Für keinen von uns.«

Ich habe keine Ahnung, woher das plötzlich kommt, aber er hat recht, ich wusste vorher, worauf ich mich eingelassen habe - er hat es mir gesagt. Ich wusste es, auch wenn mir die Bedeutung erst jetzt richtig bewusst wird.

Er sieht mich verwirrt an. »Kehya«, sagt er ernst.

»Gleiches Recht für alle, oder?« Ein Kloß bildet sich in meinem Hals und bevor mir wieder Tränen in die Augen steigen, drehe ich mich um und gehe zurück zu Jamie. Ich trinke noch einen Wodka und mische mich unter die Leute.

Der Abend ist bald zu Ende und ich will nur noch nach Hause. Ich tanze mich durch den Club und bin erleichtert, als es endlich ruhiger wird und die Leute langsam verschwinden. Ich helfe Jamie und Steven schon mal hinter der Theke sauberzumachen, Maddox kümmert sich mit den anderen beiden um die paar Leute, die noch da sind. Den ganzen Abend ist Adam kein einziges Mal hinter seinem DJ-Pult vorgekommen und ich bin froh darüber, dass er mich im Club in Ruhe gelassen hat. Meine Füße fühlen sich schwer und verspannt an, ich bin so erschöpft von dieser Schicht und will einfach nur noch in mein Bett, die Augen schließen und alles vergessen.

Als wir endlich Feierabend machen können, hole ich schnell meine Sachen aus dem Spind. Ich eile durch den Club, drücke die schwere Eingangstür auf und atme die frische

Morgenluft ein, als ich auf die Straße trete. Ich hoffe, dass die Anspannung und der Druck jetzt von mir abfallen, aber es passiert nicht.

Vor allem, als ich Adam an der Tür stehen sehe.

»Kehya, ich bring dich nach Hause, okay?« Ich höre den flehenden Ton aus seiner Stimme.

Ich habe keine Kraft mehr, um Nein zu sagen, also nicke ich und setze mich in Bewegung. Auf dem Weg zum Auto legt er mir seine Hand auf den Rücken. Sofort taucht das Bild von Adam und Sofia vor mir auf. Ich ertrage es nicht, dass er mich jetzt wie sie berührt. Ich schüttle seine Hand ab, er lässt sie stumm sinken. Wir unterhalten uns auf der Fahrt zur WG nicht, ich habe nichts zu sagen und Adam scheinbar auch nicht. Wir halten vor meiner Haustür.

»Danke fürs Fahren«, sage ich.

Er mustert mich, zieht seine Augenbrauen zusammen. »Kehya, wie meintest du das im Club?«

»So wie wir es abgemacht haben: keine Verpflichtungen. So weiß jeder, woran er ist. Und wenn es am Ende gebrochene Herzen gibt, muss jeder selbst damit klarkommen.« Ich zucke gespielt locker mit den Schultern und öffne die Tür, will aussteigen.

»Kehya«, flüstert er. Ich halte in der Bewegung inne, lasse meine Hand vom Türgriff rutschen und drehe mich wieder zu ihm um.

Unsicher schaut er mich an, sagt aber nichts weiter. Ich warte, die Luft im Auto ist zum Zerreißen gespannt. Das Blut in meinen Ohren rauscht viel zu laut und meine Lungen kriegen nicht genügend Sauerstoff. Ich schließe meine Augen für einen Moment und atme tief durch. Als ich sie wieder öffne, wischt er sich verzweifelt übers Gesicht.

»Ich gehe jetzt«, sage ich entschlossen.

»Kehya, ich will das so nicht. Ich will nur dich, ich will und werde keine andere Frau mehr anfassen. Du bist die Eine für mich.« Er spricht so schnell, dass ich mir erst nicht sicher bin, ob ich ihn richtig verstanden habe.

Ich blinzle ihn verwirrt an. Ich bin sprachlos und habe keine Ahnung, was ich darauf antworten soll.

»Ich brauche Abstand und eine Pause … von dir«, sage ich und steige aus.

Kapitel 50

Auf dem Weg in die Wohnung rufe ich Charles an. Frage ihn, ob ich heute Abend spontan Urlaub bekommen kann. Ich glaube, er hört mir an, wie fertig ich bin. Er gibt mir frei und ich bin erleichtert, dass ich Adam vorerst nicht sehen muss. Sofort lege ich mich ins Bett, bin unglaublich müde und erschöpft von dieser Nacht. Ich habe das Gefühl, dass ich vierundzwanzig Stunden durchschlafen könnte, aber stattdessen wälze ich mich wie so oft in letzter Zeit von einer Seite zur anderen.

Meine Gedanken kreisen um Adam und Sofia. Wir hatten diese unglaubliche Nacht und die Stunden danach bei ihm waren einfach wunderschön. Er musste nicht weg, weil er einen Auftritt hatte, er hat sich einen Auftritt besorgt, um sie wiederzusehen. Er wusste, dass sie kommt und hat die Nacht mit ihr verbracht. Er wollte weg, weg von mir. Der Gedanke schmerzt so sehr, dass er körperlich weh tut. Ich schluchze, bis ich keine Luft mehr kriege. Habe ich jemals wegen einem Mann so geweint?

Wie kann diese Nacht für mich so wundervoll und einzigartig gewesen sein und er flüchtet danach in ein anderes Land zu einer anderen Frau? Und dann kommt er wieder und alles soll sein wie vorher? Das kann ich nicht und will ich auch nicht. Ich sehe ihn vor mir sitzen, wie er meine Hände in seinen hält. Mir tief in die Augen schaut und alles sagt, was ich wissen will. Ich flirte gerne, aber ich könnte mir nie vorstellen, jetzt mit einem anderen Mann ins Bett zu gehen. Aber er hat es getan. Egal wie schlecht er sich danach angeblich gefühlt hat, er hat es getan. Ich kann nicht aufhören zu weinen, wie konnte es nur so weit kommen?

Die Tür geht auf und Eddy betritt mein Zimmer. Er sagt nichts, legt nur seinen Arm um meine Schultern und zieht mich an sich. »Möchtest du darüber reden?«

»Er hat sie gefickt«, schluchze ich.

Egal was Eddy jetzt sagt, er kann die Situation nicht besser machen und das weiß er, deswegen sagt er nichts. Er kuschelt sich an mich und hält mich. So liegen wir eine ganze Zeit schweigend da. Ich konzentriere mich auf Eddys regelmäßigen Herzschlag und es beruhigt mich tatsächlich. Gleichzeitig streichelt Eddy mir über meinen Rücken. Am Rande nehme ich wahr, dass er den Fernseher einschaltet. Doch ich kriege nicht mit, was er angemacht hat. Meine Gedanken drehen sich im Kreis um Adam und Sofia. Meine Augen brennen und ich kann sie kaum noch aufhalten. Ich muss irgendwann eingeschlafen sein, denn ich werde von Eddys Stimme sanft geweckt: »Süße, es ist gleich acht Uhr.«

»Ich hab frei«, sage ich verschlafen und ziehe mir die Decke über den Kopf.

Am liebsten würde ich mich für immer vor der Welt verstecken.

Ich schlafe wieder ein und als ich das nächste Mal aufwache, ist es sechs Uhr morgens und ich bin allein. Eddy scheint irgendwann gegangen zu sein. Neben meinem Kopfkissen finde ich einen Zettel von ihm: *»Ich bin in meinem Zimmer. Ich musste noch etwas für die Uni erledigen und wollte dich nicht wecken. I love u«*

Normale Menschen schlafen ja auch nicht zwanzig Stunden am Stück. Noch immer trage ich den Pullover von letzter Nacht. Ich rolle mich aus dem Bett, ziehe mich aus, gehe unter die Dusche und mache das Wasser an. Es ist so heiß, dass es fast weh tut. Meine Haut brennt und wird rot unter dem warmen Wasser, aber genau diese Hitze brauche ich. Eine ganze Weile stehe ich nur da und lasse das Wasser an meinem Körper hinunterlaufen. Bevor ich aussteige, drehe ich den Regler in die entgegengesetzte Richtung. Mit einem Mal prasselt eiskaltes Wasser auf meine Haut. Es versetzt mich ins Hier und Jetzt zurück, holt mich aus meinem Trancezustand und meine Gedanken werden klarer.

Als ich es nicht mehr aushalte, schalte ich die Dusche aus, wickle mich in mein Handtuch und bleibe einen Moment im Bad vor dem beschlagenen Spiegel stehen. Mit der Hand wische ich einmal drüber und betrachte mich, wie aufgequollen ich vom vielen Weinen aussehe. Ich mache den Wasserhahn an, fülle meine Hände mit kaltem Wasser und stecke mein Gesicht hinein.

»Kehy?«, ruft Eddy nach mir. Achtlos lasse ich mein Handtuch im Bad auf dem Boden liegen und gehe nackt in mein Zimmer zu ihm. Erschrocken zucke ich zusammen, denn es ist nicht nur Eddy der in diesem kleinen Raum steht, Adam ist direkt hinter ihm.

Mit großen Augen gucke ich ihn an.

Eddy kommt auf mich zu, schiebt mich zurück ins Bad. »Sorry Kehy, ich wollte dich gerade fragen, ob du ihn sehen willst.« Eddy streicht sich durch seine zerzausten Locken. »Ich weiß, was er für ein Dickkopf ist, aber ich schmeiße ihn hier raus, wenn du das möchtest.«

»Ähm … keine Ahnung. Weißt du, was er will?«

»Nein … er wollte nicht mit mir reden und eigentlich habe ich ihm auch gesagt, dass er im Flur warten soll«, sagt Eddy entschuldigend.

»Schon okay, ich rede mit ihm.« Dann hebe ich mein Handtuch vom Boden auf und wickle es um mich. Gemeinsam verlassen wir das Badezimmer.

Adam sitzt auf meinem Bett. Ohne ihn groß zu beachten, gehe ich an ihm vorbei und zu meinem Schrank. Adam verfolgt mich mit seinen Blicken, als ob er sichergehen will, dass ich nicht aus dem Zimmer renne.

»Ich bin hier, falls du mich brauchst«, sagt Eddy und schließt die Tür hinter sich.

Ich ziehe mir eine Jogginghose und einen Pullover an. Im Schrank sehe ich seine Kleidung liegen, die er mir nach dem Abend im Underground gegeben hat. Ich greife danach und lege sie ihm kommentarlos hin. Ich setze mich gegenüber vom Bett auf den Fußboden und lehne mich gegen die Wand.

»Was machst du hier?«, frage ich.

»Du warst nicht bei der Arbeit. Charles konnte mir nicht sagen, wo du bist, und ich habe mir Sorgen um dich gemacht. Ich wollte nach dir sehen. Und … keine Ahnung, kann ich irgendwas machen, damit es dir besser geht?«

»Nein, ich glaube nicht.« Ich schlinge meine Arme um meine Knie und warte ab, doch er sagt nichts weiter.

Kapitel 51

Okay«, sage ich. »Du weißt jetzt, dass ich hier bin und dass du nichts an meiner Situation ändern kannst. Willst du noch etwas wissen oder kannst du mich jetzt wieder alleine lassen?« Ich bin überrascht, wie ruhig und beherrscht ich mich anhöre. Denn ich fühle mich nicht viel besser als gestern, trotzdem zieht mein Herz sich zusammen, wenn er so vor mir sitzt.

Er blickt mich einfach an, sagt nichts weiter.

»Was willst du?«, frage ich ernst.

Sein Gesichtsausdruck wird etwas weicher. »Ich wollte einfach nur sehen, ob es dir gut geht.«

»Wie du siehst, bin ich körperlich unversehrt.« Wie zum Beweis strecke ich meine Arme zu den Seiten aus.

Adam schaut mich prüfend an, rutscht vom Bett und setzt sich davor auf den Boden.

Ich merke, wie schwer es mir fällt, meine Gefühle zu unterdrücken, wenn er mir so nah ist. Jeder Zentimeter ist ein Zentimeter zu viel.

»Es tut mir leid, dass ich nach Barcelona gegangen bin. Ich habe mir letzte Nacht solche Sorgen um dich gemacht. Als du nicht bei der Arbeit warst … Ich wusste nicht, ob du zuhause bist oder ob dir etwas zugestoßen ist. Und ich hatte Angst, dass du einfach verschwinden würdest und ich dich nie wieder sehe.« Kleine rote Adern verlaufen um Adams Augen und seine Mundwinkel sind nach unten gezogen.

Ich weiß nicht, was er denkt. Glaubt er wirklich, dass er aus Barcelona zurückkommt, mich mit seinem Charme und seiner Anziehungskraft um den Finger wickelt und alles so ist wie früher?

»Ich bin nicht diejenige, die abgehauen ist, Adam, ich brauchte einfach Schlaf.«

Er nickt nachdenklich und hält mir seine Hand hin. Überlässt es mir, ob ich sie ergreife oder nicht. Mein Körper reagiert auf ihn, ohne dass ich darüber nachdenken kann: Ich strecke meinen Arm aus und lege meine Hand in seine. Eine Gänsehaut überzieht meine Haut, nur von der Wärme an meinen Fingern. Obwohl er bei Sofia war, sehne ich mich immer noch nach seiner Nähe. Gleichzeitig unterdrücke ich meine Tränen. Ich fühle gerade alles gleichzeitig, Verlangen, Liebe, Wut, Trauer.

Ich habe das Gefühl, dass Adam all das in meinen Augen ablesen kann. »Komm her«, flüstert er mit rauer Stimme und zieht mich vorsichtig näher zu sich. Ich rutsche zu ihm rüber und sitze jetzt direkt zwischen seinen Beinen, er umschlingt mich mit seinen Armen. Ich bin den Tränen nahe und muss all meine Kraft aufbringen, nicht loszuweinen. Meinen Kopf lege ich an seine Brust, spüre seinen warmen Körper an meinem, höre sein pochendes Herz.

Mit einem leisen Knarren geht meine Zimmertür auf.

»Kehya, alles okay?«, erklingt Eddys Stimme. Ich weiß, er wird nicht gehen, bevor er nicht mein Gesicht gesehen hat.

Ich hebe meinen Kopf von Adams Brust und schaue zu ihm. »Ja«, sage ich und nicke.

Er mustert mich, scheint aber fürs Erste zufrieden zu sein. »Okay, ich bin hier, falls du mich brauchst. Ruf einfach.«

Ich nicke noch einmal, worauf Eddy sich umdreht, und das Zimmer verlässt.

Mich würde es nicht wundern, wenn er direkt vor der Tür sitzt, um sicherzugehen, dass es mir gut geht.

Ich atme tief ein und schaue Adam an. »Adam, ich möchte, dass du gehst.«

Seine Augen weiten sich, dann fängt er sich aber wieder. »Okay, aber ich komme wieder. Es sei denn, du sagst mir, dass du mich nie wieder sehen willst. Dann respektiere ich das und werde aus London verschwinden«, sagt er und ich sehe ihm an, wie ernst er es meint.

Auch wenn es unvernünftig ist, will ich nicht, dass er geht. Ich kann ihn nicht einfach aus meinem Leben verbannen. »Okay«, sage ich nur.

Dann legt er seine Hände in meinen Nacken, schließt die Lücke zwischen uns und küsst mich federleicht, seine warmen weichen Lippen nur kurz auf meinen. Ich merke, wie schwer es ihm fällt, sich von mir zu lösen. Widerstrebend entfernt er sich von mir, blickt mir dann tief in die Augen. »Ich meinte das ernst, was ich im Auto gesagt habe. Ich will dich und zwar nur dich. Ich habe vielleicht zu lange gebraucht, um das zu verstehen. Viel zu lange. Und die Art und Weise, wie ich es herausgefunden habe, war … furchtbar von mir. Aber es gibt keine andere für mich.« Er atmet schwer, streicht sich über die kurzen Haare und scheint sich selbst damit zu quälen, was er getan hat. Unschlüssig blickt er mich an, bevor er weiterspricht.

»Kann ich dich heute Abend abholen?«, bittet er mich.

»Nein. Adam, gib mir Zeit, okay?«

Er nickt und ich mache ihm mehr Platz, damit er aufstehen kann.

»Meld dich, wenn du etwas brauchst. Oder wenn ich etwas für dich tun kann«, sagt er, dann verlässt er mein Zimmer.

Kapitel 52

Kaum hat er die Tür hinter sich geschlossen, geht sie auch wieder auf und Eddy kommt rein.

Ich zwinge mich zu einem Lächeln. »Hast du vor der Tür Wache geschoben?«

Er schmunzelt und zuckt mit den Schultern. »Ja, wenn ich ihn rein lasse, muss ich auch dafür sorgen, dass er dir nicht weiter weh tut.« Er sieht mich entschuldigend an.

»Schon okay, dass du ihn reingelassen hast, es war gut, dass wir geredet haben.« Er soll kein schlechtes Gewissen haben und ich weiß, dass Eddy immer nur das Beste für mich möchte. Ich erzähle ihm den Rest von Freitagnacht und was Adam im Auto zu mir gesagt hat.

»Und was willst du jetzt machen?«, fragt er.

»Ich weiß es nicht. Ich gehe auf jeden Fall keine Beziehung mit Adam ein, nur weil er Angst hat, dass ich das Gleiche machen könnte wie er.« Ich schaue nachdenklich zu Eddy. »Ich liebe mein Leben und es ist mir zu schade, meine Zeit damit zu verbringen, einem Mann hinterher zu heulen.« Ich stehe auf und gehe zu meinem Schrank. »Es tut weh, ja, aber davon lasse ich mich nicht runterziehen. Ich werde heute in die Stadt gehen und all die Dinge machen, die mir Spaß machen. Du kannst mitkommen oder ich geh allein.« Ich hebe meine Mundwinkel und binde meine Haare zu einem Dutt.

»Ich würde dich begleiten, aber ich bin eigentlich mit James verabredet. Ich kann ihm aber auch absagen und wir machen uns einen schönen Tag zusammen.«

»Nein, ihr sollt meinetwegen nicht eure Pläne über den Haufen werfen. Ich gehe alleine.«

»Okay, aber dann treffen wir uns später zum Essen.«

»Gerne«, sage ich und hole etwas zum Anziehen aus dem Schrank.

Ich werde mich ablenken, statt den ganzen Tag hier in diesem Zimmer zu sitzen und traurig zu sein. So will ich nicht sein. Heute ist ein warmer Frühlingstag, ich ziehe ein schwarzes wadenlanges Kleid mit bunten Vögeln darauf an. Es fällt locker und schmeichelt meiner Figur. Das Kleid hat lange Ärmel und ist somit perfekt für das Wetter, dazu meine Docs, Rucksack und fertig. Eddy und ich vereinbaren, nachher zu telefonieren, um uns dann in der Stadt irgendwo zu treffen. Ich mache mir einen Dutt und verlasse die Wohnung. Es ist erst zehn Uhr morgens, ich habe den ganzen Tag für mich. Lächelnd fahre ich mit dem Bus in die Innenstadt und steige in der Nähe vom Hyde-Park aus.

Ich liebe es im Frühling hier zu sein.

Alle Menschen kommen aus ihren Wohnungen gekrochen, genießen das Wetter, machen Sport. Es ist ein Ort, in den die Leute vor der Innenstadt flüchten und die Natur genießen. Ich hole mir an der Ecke einen Latte Macchiato und ein Croissant, gehe in den Park und setze mich auf eine Bank. Ich beobachte die Leute und halte Ausschau nach interessanten Menschen. Der kleine Ausflug in den Park tut mir gut, es erinnert mich daran, wie mein Leben eigentlich aussieht. Manchmal bin ich so von Adam eingenommen, dass ich das Gefühl habe, zu vergessen, wer ich ohne ihn bin. Ich will nie so abhängig von jemandem sein, dass ich ohne ihn nicht mehr existieren kann. So wie mein Dad.

Nach einer Weile verlasse ich den Park und gehe in die Stadt. Eine meiner Lieblingsbeschäftigungen ist es, durch die Geschäfte zu bummeln, egal ob ich etwas kaufe oder nicht. Ich stelle mir manchmal vor, wie es wäre, wenn Eddys Klamotten hier in irgendeinem dieser teuren Läden zum Verkauf stehen würden. Ich weiß, dass er diese Gedanken auch oft hat. Es gab genug Tage, an denen wir gemeinsam durch die Stadt gelaufen sind, in die Schaufenster der Designer geschaut und uns vorgestellt haben, dass sein Name dort stehen würde.

Da Frühling ist, sind die Geschäfte voller neuer Mode, wunderschöne leichte Mäntel, Kleider mit bunten Mustern, Stoffhosen, Shorts und Bodys. Natürlich kann ich nicht widerstehen. Ich finde ein süßes Paar Sneaker, zwei leichte Mäntel, einen Rock, zwei Kleider, drei Bodys, zwei Shorts und zwei Bikinis. Ich laufe mit meinen Tüten durch die Straßen und Musik auf meinen Ohren. Ich bin richtig verliebt in diese Stadt, London ist für mich eine der schönsten Großstädte, die es gibt. Außerdem ist sie mein Zufluchtsort, sie hilft mir zu vergessen. Ich konzentriere mich auf die Stadt, ihre Geräusche und die Menschen, die hier umherirren. Es gibt sowohl große moderne Hochhäuser als auch wunderschöne Altbauten. Schlösser, Big Ben, London Eye, die Brücken.

Seit meinem ersten Tag habe ich mich hier zuhause gefühlt. London ist meine Stadt und ich kann mir nicht vorstellen, dass ich je woanders leben wollen würde. Es ist mittlerweile Nachmittag und ich bekomme wieder Hunger. Ich rufe Eddy an und wir verabreden uns in einer kleinen Pizzeria. Ich freue mich darauf, den Nachmittag mit den beiden zu verbringen. Eddy hatte noch nie eine ernste Beziehung und ich bin gespannt, wie das Essen mit uns dreien ablaufen wird.

Ich gehe zu Fuß zum Restaurant, genieße das Wetter und die frische Luft. Auch wenn sich mein Herz immer noch etwas schwerer anfühlt, ist meine Lebensfreude zurück. Als ich an dem Restaurant ankomme, sehe ich Eddy und James draußen an einem kleinen Tisch sitzen.

»Hey, schöne Frau, da war wohl jemand erfolgreich. Ich erwarte eine Modenschau, wenn wir zuhause sind.«

»Die kriegst du.« Ich zwinkere ihm zu und gehe zu ihm. Ich gebe Eddy einen Kuss auf die Wange und stelle meine Tüten zur Seite, dann gebe ich auch James einen Kuss. »Ich habe riesigen Hunger, habt ihr schon in die Karte geguckt?«

»Ja, haben wir«, sagt James und reicht mir die Karte. Wir bestellen uns Pizza und die beiden erzählen mir von ihren Plänen für heute Abend. Sie wollen auf eine Party von einem Kumpel von James.

»Komm doch mit, Kehya«, sagt James.

Ich grinse ihn an. »Das ist lieb von dir, aber geht ihr ruhig allein.«

Ich will nicht das dritte Rad am Wagen sein, die zwei sollen ihren Abend genießen. Eddy soll nicht das Gefühl haben auf mich aufpassen zu müssen. Ich brauche keine Babysitter. Eddy schaut mich prüfend an und ich boxe ihm freundschaftlich gegen den Arm.

»Mir geht es gut!«, sage ich. »Du weißt, dass ich mir mein Leben nicht von einem Mann versauen lasse.«

»Du weißt aber auch, dass man gegen Gefühle nichts tun kann.«

Ich schnaube. »Ich kann entscheiden, wie ich mich fühle. Ich kann mich in die Trauer reinsteigern oder das Schöne am Leben sehen.«

Unser Gespräch wird von der Kellnerin unterbrochen, die unsere Pizzen bringt.

»James, studierst du auch?«, frage ich ihn zwischen zwei Bissen, um das Thema von mir abzulenken.

»Ja, Geschichte.«

Ich schiebe mir noch ein weiteres Stückchen in den Mund und höre James zu, wie er von seinem Semester schwärmt.

Nach dem Essen verabschieden wir uns voneinander. James und Eddy gehen zurück in die WG und ich gehe noch zur Maniküre und Pediküre, um den Sommer willkommen zu heißen. Die Frau, die mir die Füße macht, gibt mir danach eine unglaubliche Fußmassage. Ich könnte hier Stunden verbringen. Leider ist sie schneller fertig, als mir lieb wäre. Aber es tut gut, mich etwas verwöhnen zu lassen. Ich mache mich auf den Weg zur WG und fühle mich deutlich besser als heute Morgen. Das heißt nicht, dass ich Adam vergessen habe. Vielleicht ein bisschen verdrängt, aber ich entscheide selbst, wie ich mit der Situation umgehe. Wie ich mein Leben leben will. Ich kann auch trauern, ohne mich davon fertigmachen zu lassen. Gut gelaunt komme ich in der WG an.

Kapitel 53

Ich öffne meine Zimmertür und bin geschockt von dem Anblick. Kurz mache ich die Tür wieder zu, um zu überprüfen, dass ich im richtigen Zimmer bin. Aber ich habe mich nicht geirrt. Ich gehe wieder rein. Mein Zimmer ist klein, aber überall wo Platz ist, steht eine Vase mit Rosen, in sämtlichen Pastellfarben. Auf der Fensterbank, auf meinem Schminktisch, auf dem Fußboden. Alle Sträuße bestehen nur aus Rosen, ohne etwas Grünes, oder einer anderen Blume dazwischen. Es sieht traumhaft aus. In dem Strauß auf meinem Schminktisch steckt eine Karte. Ich bin völlig überwältigt und frage mich, was hier los ist.

Es ist eine schlichte weiße Karte zwischen rosafarbenen Rosen: *»Darf ich dich morgen Abend um acht Uhr abholen? - Adam«*.

Ich blicke mich um, kann gar nicht glauben, dass er mein Zimmer in ein Meer aus Rosen verwandelt hat. Ein breites Grinsen breitet sich auf meinem Gesicht aus. Hat der grimmige und mies gelaunte Adam plötzlich eine romantische Ader?

Der Einzige, der mir beantworten kann, was hier los ist, ist Eddy. Also gehe ich rüber zu ihm und klopfe an, weil James vermutlich noch da ist.

Ich schiebe die Tür auf und sehe die zwei blöd grinsend auf dem Bett sitzen. Als sie mich sehen, springen sie gleichzeitig auf und hüpfen wie wild im Zimmer umher.

»Ist das nicht süß.« Sie kichern wie zwei kleine Schulmädchen.

Sie sind sich dabei so ähnlich, dass ich das Gefühl habe, als wäre Eddy mit einer Kopie von sich selbst zusammen. Bei der Vorstellung muss ich lachen.

»Eddy!«, rufe ich. Er bleibt stehen, kommt zu mir und sieht mich unschuldig an.

»Als wüsste ich nicht, dass ihm jemand dabei geholfen haben muss.«

Er schlingt seine Arme um mich und fängt wieder an zu hüpfen. Ich kann nicht anders, also mache ich mit und wir schaukeln uns gegenseitig immer weiter hoch. Irgendwann landen wir schwer atmend auf Eddys Bett.

Ich sehe ihn fragend an und warte auf eine Erklärung.

»Als er heute Morgen gegangen ist, hat er mich darum gebeten, ihn anzurufen, sobald du mich nicht mehr brauchst. Dann hat er mir von seinem Plan mit den Blumen erzählt und da konnte ich nicht anders, als ihm zu helfen. Du wolltest eh in die Stadt, es hat einfach gepasst.« Er grinst verschwörerisch und stupst mich an, wartet auf meine Reaktion.

»Ja, es ist wirklich süß und ich weiß gar nicht, was ich sagen soll. Ich meine, wie soll ich jemals schlau aus ihm werden?«

Eddy zuckt nur mit den Schultern und grinst. Ich ziehe die Karte von Adam aus meiner Hosentasche und halte sie Eddy hin.

»Und was mach ich damit?«, frage ich ihn stirnrunzelnd.

»Was sagt dir denn dein Gefühl? Willst du dich mit ihm treffen?«

Ich schaue auf das weiße Papier. Ich vermisse ihn, sehr sogar. Und ich würde nichts lieber tun, als all das zu vergessen und einen unglaublichen Abend mit ihm verbringen. Ich schließe die Augen und atme tief durch.

»Ich werde ihm absagen«, sage ich nach einer Weile, mehr zu mir als zu den beiden.

»Das ist die richtige Entscheidung«, sagt Eddy. »So süß ich das Rosenmeer auch finde, es ändert nichts an der Sache mit Sofia. Wenn er dich zurück will, soll er sich richtig ins Zeug legen.«

Ich nicke zustimmend, merke aber wieder diesen Stich in meiner Brust. Ich atme die angehaltene Luft aus und blicke unschlüssig zwischen den beiden hin und her.

»Na gut, ich lass euch jetzt wieder alleine.«

»Ich bin hier, wenn du mich brauchst.«

Ich schenke Eddy ein Lächeln. Dann verschwinde ich aus seinem Zimmer und gehe wieder rüber. Ich lasse mich auf mein Bett fallen, werde von dem Geruch der Rosen eingehüllt. Ich hole mein Handy raus.

Kehya 8:12 pm:
Danke für die Blumen.

Adam 8:13 pm:
Ich hoffe sie gefallen dir.

Kehya 8:14 pm:
Sie sind traumhaft.

Kehya 8:15 pm:
Und … Du darfst mich morgen
Abend nicht abholen.
Ich brauche Zeit…

Adam 8:15 pm:
Okay... Ich werde dir beweisen,
wie ernst es mir ist.
Es tut mir leid.

Ich lege mein Handy zur Seite und schalte den Fernseher an. Den restlichen Abend verbringe ich allein in meinem Blumenzimmer. Eddy kommt noch mal kurz rein, um zu gucken, ob alles okay mit mir ist, bevor die zwei sich auf den Weg zur Party machen.

Kapitel 54

2 Wochen später

Ich habe noch eine Stunde, bis Adam hier ist, also stehe ich auf und springe unter die Dusche. Als ich aus dem Bad komme, vermisse ich ein bisschen den Geruch von meinem Rosenzimmer. Ein einzelner kleiner Strauß in sämtlichen Farben steht auf der Fensterbank, die letzten paar Blumen, die bis jetzt überlebt haben. Ich bin immer noch überwältigt davon, dass Adam das gemacht hat.

Die letzten Tage hatten wir so gut wie keinen Kontakt. Ich habe mit Charles gesprochen und mir die letzten zwei Wochen Urlaub genommen. Wir haben uns also seit dem Morgen, an dem er in meinem Zimmer aufgetaucht ist, nicht mehr gesehen. Und er hat meinem Wunsch respektiert, dass ich Zeit brauche, und hat sich auch nur selten bei mir gemeldet. Auf dem Weg zum Schrank sehe ich, dass bereits Kleidung auf meinem Bett liegt. Ich verdrehe die Augen und muss darüber schmunzeln, wie schnell Eddy mir alles rausgelegt hat. Zuerst entdecke ich schwarze Spitzenunterwäsche, Strapse und dunkle Strümpfe. Ich lache laut los, bei der Vorstellung, wie Eddy und James in meinem Zimmer stehen und überlegen, was für Unterwäsche ich tragen soll. Daneben liegt eines meiner neuen Kleider, ein dunkelblauer langer Mantel und auf dem Boden stehen High Heels. Als ob ich wirklich hohe Schuhe anziehen würde. Ich schminke mich, mache meine Haare und ziehe mich an. Als ich das Zimmer verlasse, stehen die beiden vor der Tür.

Eddy sieht enttäuscht aus. »Das sind die falschen Schuhe.«

»Du wusstest doch, dass ich die nicht anziehe.« Ich gehe auf ihn zu und gebe ihm einen Kuss auf die Wange. »Danke für deinen guten Geschmack, besonders was die Unterwäsche angeht.«

Eddy lacht. »Dafür war James verantwortlich. Das war die einzige Aufgabe, die ich ihm zugetraut habe.« Wir lachen alle drei los und ich verabschiede mich.

Adam steht vor der Tür, er trägt eine dunkle Jeans, ein schwarzes Shirt und eine karierte, weite Jacke. Ich bin total nervös, das hier fühlt sich irgendwie anders an, nicht so wie sonst. Wir haben uns so lange nicht gesehen und ich weiß nicht, ob ich jemals vor einem unserer Treffen so aufgeregt war. Vorher haben wir uns einfach zum Essen getroffen oder haben etwas unternommen, das sich unverbindlicher angefühlt hat. Das hier ist wie ein richtiges Date, ein umwerben, wie aus einem Film. Ich bin mir nur noch nicht sicher, wie lange er das durchzieht. Wird er wieder grimmig und abweisend, sobald ich ihm verziehen habe?

Ich bin misstrauisch, auch wenn ich den Moment eigentlich genießen will.

»Hi«, hauche ich und spüre das Kribbeln in meinem ganzen Körper, als Adam auf mich zukommt.

»Du bist wunderschön.« Er betrachtet mein hellblaues Kleid, streckt die Hand nach mir aus, und ich ergreife sie. Genieße das warme und vertraute Gefühl auf meiner Haut. Gemeinsam gehen wir zu seinem Auto. Adam hält mir die Tür auf und ich steige ein.

Ich bin so aufgeregt und habe unzählige Schmetterlinge in meinem Bauch. Ich fühle mich, als wären wir zwei Fremde die ihr erstes Date haben. Als müssten wir uns noch kennenlernen. Wir fahren durch die Stadt, nehmen die Brücke über die Themse. London sieht wunderschön im Dunkeln aus, die Häuser und die Lichter ziehen an uns vorbei und wir verlassen die Stadt.

»Wo fahren wir hin?« Ich schaue rüber zu Adam.

»Auf ein Date«, ist das Einzige, was er sagt, und zwinkert mir dabei grinsend zu.

Heute wirkt er weniger ernst, ich kann ein bisschen die Version von ihm aus dem Underground-Club erkennen. Ich beobachte ihn, bevor ich wieder aus dem Fenster schaue. Wo bringt er uns wohl hin? Wir fahren auf ein dunkles Gelände zu, in der Mitte steht ein beleuchtetes Gebäude mit einer riesigen Kuppel auf dem Dach. Verwirrt sehe ich Adam an, doch er grinst nur und sagt nichts. Wir halten auf einem kleinen Parkplatz. Ich steige aus und schaue mich um, kann nicht erkennen, wo wir hier sind oder was sich in dem Gebäude verstecken könnte.

Als Adam auf meine Seite des Autos kommt, greift er nach meiner Hand und gemeinsam gehen wir auf die große Eingangstür zu. Sie ist aus Stahl und sieht sehr schwer aus. Ist das hier überhaupt erlaubt oder ist das gerade Hausfriedensbruch? Wir werden von einer angenehmen Wärme empfangen, als wir in das Gebäude gehen. Überall sind Bilder aus dem Weltall, Modelle von Planeten und Erklärungen an den Wänden. Es sieht aus wie in einem Museum. Wir laufen den Gang weiter entlang bis zu einem großen Raum, in dessen Mitte ein Picknick aufgebaut ist und ringsherum Kerzen stehen. Wir scheinen jetzt unter der Kuppel zu sein, die ich vom Parkplatz aus gesehen habe. Sie ist aus Glas, das alles sieht wunderschön aus. Wir gehen zur Decke, die auf dem Boden liegt, und setzen uns. Ich kann gar nicht glauben, dass Adam das alles allein organisiert hat. Nicht nur mein Zimmer vor zwei Wochen, auch das hier. Er muss sich extrem viel Mühe gegeben und sich wirklich Gedanken gemacht haben.

Kapitel 55

Ich sehe Adam an. Warte darauf, dass er mir sagt, was wir hier genau machen.

Er räuspert sich. »Also, das hier ist ein Planetarium, wie du dir vielleicht schon denken konntest. Die Glaskuppel über uns kann man zum einen dazu nutzen, in den Himmel zu schauen, oder man verwandelt sie in einen Bildschirm.« Er wirkt etwas nervös. So habe ich ihn noch nie gesehen.

Ich lächle ihn an und schaue dann hoch in den Himmel.

»Komm, ich zeige es dir.« Adam legt sich auf die Decke und klopft neben sich, um mir zu signalisieren, es ihm gleichzutun.

Wir schauen zusammen nach oben. Keine einzige Wolke ist am Himmel zu erkennen und hier außerhalb der Stadt kann man bestimmt unheimlich viele Sterne sehen.

Adam schaut zu mir. »Bereit?«, fragt er.

Ich nicke, auch wenn ich keine Ahnung habe, was jetzt passiert.

Wir liegen so dicht beieinander, dass ich die Wärme seines Körpers spüren kann. Adam bedient die Fernbedienung und der Glashimmel verdunkelt sich erst und leuchtet dann hell auf, sodass wir die Sterne nicht mehr sehen können. Dann drückt Adam einen weiteren Knopf und der Bildschirm verdunkelt sich wieder, bis in der Mitte ein riesiger Planet auftaucht.

»Das ist der Mond, jetzt gerade. Hinter uns steht ein riesiges Teleskop. Mit dieser Fernbedienung können wir es bewegen und uns den Himmel anschauen. So können wir die Sterne und die Planeten sehen. Alles wird auf diesen Bildschirm übertragen.« Er mustert mich von der Seite. In seiner Stimme liegt ein Hauch von Unsicherheit. Es ist wahrscheinlich das erste Date seines Lebens und wir haben noch nie über solche Dinge gesprochen. Das hier hat nichts mit seinem Leben als DJ zu tun, ich hatte keine Ahnung, dass er sich für so etwas interessiert.

»Es ist wirklich wunderschön«, hauche ich und schaue in den Himmel, zu dem riesigen Mond über uns. Noch nie habe ich einen Planeten so nah gesehen. Ich strahle und schaue zu Adam, der von dem Mond über uns angestrahlt wird. Es betont seine gerade Nase und sein markantes Kinn.

»Danke«, flüstere ich und bin überwältigt, wie süß Adam sein kann. Er rollt sich auf die Seite und lässt seinen Blick über mein Gesicht wandern. Ich beuge mich zu ihm und küsse ihn.

Sanft und zärtlich, als wäre dies unser erster Kuss.

Ich habe am ganzen Körper Gänsehaut und mein Inneres zieht sich genüsslich zusammen.

Ich löse mich wieder von ihm und ein leichtes Lächeln umspielt seine Lippen.

»Hast du Hunger?«, fragt er und ich nicke.

Er setzt sich hin und deutet auf den Korb neben sich. »Komm, lass uns im Mondschein etwas essen.« Plötzlich lacht er auf. »Ich glaube selbst nicht, dass ich das gerade gesagt habe.«

Ich steige mit ein und setze mich ihm gegenüber.

Er packt den Picknickkorb aus, das Essen riecht so unglaublich gut, dass ich kurz ins Stutzen komme.

»Woher hast du das?«

Er schaut mich unschuldig an.

»Das riecht verdächtig nach Marys Spinatlasagne«, sage ich und nehme ihm die Dose mit dem Essen aus der Hand.

»Eddy hat das Essen besorgt.« Entschuldigend zuckt er mit den Schultern.

Ich lache. »Okay, dann ist es definitiv Marys Spinatlasagne.«

»Und die magst du nicht? Wenn Eddy extra etwas eingepackt hat, was du nicht magst, kriegt er echt was von mir zu hören.«

Ich verdrehe die Augen, grinse dann aber. »Ich liebe Marys Essen. Aber schön, dass du meine WG mittlerweile von dir überzeugen konntest.«

»Du weißt doch, wie charmant ich sein kann«, sagt er und tut uns etwas zu Essen auf.

»Du meinst wohl eher ›wie angsteinflößend‹.«

»Bin ich wirklich so schlimm?«

»Manchmal, ja.«

Adam reicht mir einen Teller und Besteck. »Vielleicht sollte ich in Zukunft etwas netter zu deinen Mitbewohnern sein.« Adam schiebt sich eine Gabel in den Mund. »Mmmhmm«, stöhnt er.

»Gut?«

Er nickt und steckt sich direkt eine weitere in den Mund.

Ich schmunzle. Ich kenne niemanden, der nicht verrückt nach Marys Essen ist.

Adam holt tief Luft, mustert mich nachdenklich. »Kehya, ich … würde gerne etwas über deine Mutter erfahren.«

Ich nicke und verstehe sein Zögern. »Okay«, sage ich gedehnt. »Was genau willst du wissen?«

»Wie war sie so? Bist du ihr ähnlich?«

Ich erzähle ihm das bisschen, das ich über sie weiß. Wo sie herkommt, warum sie nach England gekommen ist und dass sie hier nie glücklich war.

»Dann hattest du bestimmt eine schwere Kindheit«, sagt er und ich sehe das Bedauern in seinen Augen.

»Ich war immer ein glückliches Kind, also klar war das oft nicht leicht mit einer depressiven Mutter. Aber mein Dad hat alles getan, damit ich so frei und unbeschwert aufwachse, wie es möglich war. Und ich hatte immer Eddy und seine Familie.«

Ich erzähle ihm von meinem Zufluchtsort bei Michelle und Richard und wie viel Zeit ich dort verbracht habe. Dass Eddy und ich so unzertrennlich sind, weil wir wie Geschwister aufgewachsen sind. Als ich zu Adam sehe, habe ich das Gefühl, dass er unsere Verbindung jetzt besser versteht.

»Und wie kommst du damit zurecht, dass sie nicht mehr da ist?«

Ich merke, dass es ihm nicht leichtfällt, diese Fragen zu stellen. Für die meisten ist es ein schwieriges und sehr emotionales Thema, wenn ein Elternteil früh gestorben ist.

»Meine Mutter hat Selbstmord begangen. Das ist jetzt über zehn Jahre her. Ich habe meine Mutter nie so glücklich gesehen, wie in dem Moment, kurz bevor sie gesprungen ist. Aber natürlich vermisse ich sie oft.«

Er sieht mich entsetzt an. »Du warst dabei?«

»Ja«, sage ich und erzähle ihm, wie sie gestorben ist.

Adams Augen werden noch größer.

»Es war nie ein schlimmer Tag für mich, aber meinem Dad hat es den Boden unter den Füßen weggerissen. Er ist bis heute nicht darüber hinweggekommen. Seit über zehn Jahren hatte er keinen guten Tag mehr. Das ist für mich das Schlimmste an dieser Geschichte. Ich bin ihr dankbar, dass sie mich mitgenommen hat, sonst hätte mein Dad mich vielleicht mit in seine traurige Welt gezogen.«

»Ich bewundere dich dafür.« Er beugt sich vor, verschränkt meine Finger mit seinen, hebt sie an seine Lippen und haucht mir einen Kuss auf den Handrücken. Meine Haut kribbelt unter seiner Berührung und ich genieße dieses Gefühl.

»Eddy und ich fahren jedes Jahr zu der Brücke und picknicken dort, das ist unsere Art, an sie zu denken und diesen Tag zu verbringen. Mein Vater hasst es.«

Nachdenklich mustert Adam mich, nickt aber. Er erzählt mir von seiner Familie, er hat einen Bruder, ist ohne Vater aufgewachsen und vergöttert seine Mutter. Er hatte eine schöne und unbeschwerte Kindheit. Auch wenn sein Vater einfach abgehauen ist.

»Seid ihr euch ähnlich? Also du und dein Bruder?«

Adam schmunzelt leicht. »Dac und ich könnten nicht unterschiedlicher sein.«

Ich würde seine Familie zu gerne kennenlernen und sehen, welche Version er ist, wenn er mit ihnen zusammen ist.

»Nicht mal die Leidenschaft für Musik teilen wir. Ich habe schon als kleiner Junge angefangen zu singen und Dac hat sich immer nur für Computerkram interessiert.«

»Warum habe ich dich bis jetzt nur einmal singen gehört?«, frage ich.

»Wenn ich in spanisch sprechenden Ländern unterwegs bin, singe ich öfter. Aber hier in England ist irgendwie eine andere Stimmung, schwierig zu beschreiben. Ich nehme dich nächstes Mal einfach mit nach Hause, dann kannst du dir selbst ein Bild davon machen.« Er sagt es, als wäre es das Normalste auf der Welt. Aber seine Körpersprache sagt etwas anderes. Er schaut kurz nach unten und zupft an einem unsichtbaren Faden an seiner Hose. Dann blickt er wieder in meine Augen und ich sehe die Entschlossenheit darin.

»Ich würde mich freuen, sie irgendwann kennenzulernen.« Ich grinse ihn an. Dieses Date und dieses Gespräch fühlen sich so besonders an.

Der Abend ist wunderschön und wir liegen noch ewig auf dem Boden, unterhalten uns und schauen zum Mond. Mein Kopf liegt in der Kuhle an seiner Brust und seine Hand streicht langsam über meinen Arm. Ich genieße es, ihm auf diese Weise nahe zu sein, gerade nachdem wir uns so lange nicht gesehen haben und all das passiert ist, was passiert ist. Ich atme seinen vertrauten Geruch ein und könnte die ganze Nacht mit ihm hier liegen bleiben.

Adam lehnt seinen Kopf an meinen und als er anfängt zu sprechen, spüre ich die Vibration durch seinen Brustkorb. »Wollen wir langsam zusammenpacken?«, fragt er, ich nicke und stehe auf.

Zusammen falten wir die Decke und packen alles wieder ein. Adam greift nach dem Korb und gemeinsam verlassen wir das Planetarium. Ich bin überwältigt und plötzlich kommen mir wieder die Rosen in den Kopf. Abrupt bleibe ich auf dem Parkplatz stehen und Adam schaut mich überrascht an.

»Adam, danke. Danke nochmal für ein Zimmer voller wunderschöner Rosen und danke für diesen wundervollen Abend.« Ich gehe auf ihn zu, lege meine Arme um seine Taille und schmiege meinen Körper an ihn, spüre seinen warmen Körper durch den dünnen Stoff meines Kleides.

Adam lässt den Korb achtlos neben sich fallen, schlingt seine Arme um mich und hält mich fest an sich gedrückt. Mein Mund wird ganz trocken und ich stelle mich auf Zehnspitzen, lege meine Hände in seinen Nacken und ziehe ihn zu mir. Ich presse meine Lippen auf seine und eine Welle aus verschiedensten Glücksgefühlen überschwappt mich. Sanft lasse ich meine Zunge in seinen Mund gleiten, schmecke Adam, habe den holzigen Geruch von seinem Parfüm in der

Nase. Ich habe ihn und diese Nähe so sehr vermisst. Widerwillig löse ich mich wieder von ihm, gebe ihm noch einen letzten Kuss und stelle mich dann wieder richtig auf meine Füße. Seine Augen funkeln in dem leichten Licht hier draußen, als ich ihn anschaue. Er beugt sich noch einmal zu mir, doch anstatt mich zu küssen, flüstert er: »Das mit den Blumen habe ich sehr gerne gemacht und auch das heute war mir ein Vergnügen. Kehy, ich will dir nicht nur sagen, dass ich das mit uns ernst meine, sondern ich will es dir beweisen.« Dabei schaut er mir liebevoll in die Augen und ich frage mich, wo der alte Adam hin ist. Das hier, dieses Date und mein Zimmer, ist so viel mehr, als mir einfach zu zeigen, dass er nur mich will. Hier geht es um mich als Menschen und nicht um Sex oder eine wilde Affäre. Ich frage mich, wie viele Seiten er noch in sich hat, die ich noch nicht kennengelernt habe. Ich muss an seinen geheimen Zwilling denken und muss schmunzeln.

Adam sieht mich fragend an.

»Weißt du, als wir im Underground waren, habe ich mich gefragt, ob du vielleicht gar nicht du bist, sondern es einen geheimen Zwilling gibt, von dem niemand weiß. Einer ist witzig, gut gelaunt und liebevoll und der andere ist schlecht gelaunt, ernst und wild. Und der gleiche Gedanke ist mir jetzt auch wieder gekommen.« Ich grinse ihn an und Adam lacht.

»Es kriegt halt nicht jeder all meine Seiten zu sehen«, sagt er und zwinkert mir zu.

Sein Gesichtsausdruck wird wieder etwas ernster, er schiebt seine Hände in meinen Nacken und streicht sanft über meine Haut. »Ich meine es wirklich ernst. Das mit Sofia war der größte Fehler, den ich hätte machen können.« Ein Kloß bildet sich in meinem Hals und die Bilder von den beiden tauchen wieder vor meinem geistigen Auge auf. »Ich wollte dir nie weh tun. Ich weiß, es rechtfertig nichts, aber ich wusste zu dem Zeitpunkt einfach nicht weiter.« Seine Stimme ist rau und sein Blick wandert über mein Gesicht.

Ich schlucke schwer und nicke. Kann nichts sagen, weiß nicht was ich darauf erwidern soll. Er küsst meine Stirn. »Komm, ich bring dich nach Hause.« Dann greift er nach meiner Hand und führt mich zum Auto. Wir steigen ein und er fährt mich zurück zur WG.

Ich bin dankbar dafür, dass er mich direkt nach Hause bringt und dieses Date so endet und wir nicht zu ihm fahren. Ich weiß nicht, ob er es spürt oder einfach nichts überstürzen möchte, aber ich bin noch nicht bereit, ihn wieder ganz an mich ranzulassen. Vor allem körperlich. Vor unserer Haustür bleiben wir einen Moment im Auto sitzen, er nimmt meine Hand, küsst meinen Handrücken und schaut mir in die Augen. Immer, wenn er das tut, muss ich an das Festival denken, als ich ihn das erste Mal getroffen habe. Ich beuge mich zu ihm rüber und küsse ihn. Seine Lippen sind weich und streichen zart über meine.

»Gute Nacht, meine Schöne«, haucht er und ein wohliger Schauer rieselt durch mich hindurch.

»Gute Nacht«, sage ich lächelnd an seinem Mund, bevor ich mich von ihm löse und aussteige.

Kapitel 56

Ich liege im Bett und in meinem Kopf ist das reinste Chaos. Unser Date war unglaublich und er ganz anders als sonst. Er hat sich so viel Mühe gegeben und es war so schön, ihn besser kennenzulernen. Wir haben uns zum ersten Mal einen ganzen Abend lang unterhalten. Er hat mir gezeigt, wie ernst es ihm mit mir ist. Er will eine Beziehung mit mir, aber will ich das auch? Nachts im Underground mit Adam, romantische Abende und unglaublichen Sex, so könnte unser Leben aussehen. Natürlich will ich das, aber kann ich die Sache mit Sofia einfach vergessen und ignorieren? Ich sehe, wie sehr er sich bemüht, aber würde er das auch machen, wenn er keine Scheiße gebaut hätte?

Die Bilder von Adam und Sofia tauchen wieder vor mir auf, und sie tun immer noch weh. Ich schüttle den Kopf, rutsche von meinem Bett und gehe zu Eddy. Ich muss mit ihm darüber reden. Da James ziemlich viel Zeit hier verbringt, habe ich mir angewöhnt zu klopfen. Als ich ins Zimmer trete, liegt Eddy auf dem Boden und zeichnet, James sitzt auf dem Bett und liest ein Buch, vermutlich etwas für sein Studium.

Ich setze mich zu ihm aufs Bett.

»Na Süße, wie war dein Date?« Dabei wackelt Eddy mit den Augenbrauen.

»Du steckst also mit Adam unter einer Decke, ja?«, sage ich gespielt ernst.

Eddy zuckt mit den Schultern. »Du weißt, es ist schwer, ihm etwas auszuschlagen. Und wenn ich weiß, dass er dich damit glücklich macht, kann ich wohl kaum Nein sagen.« Er grinst mich dabei an. Ich erzähle den beiden von unserem Date und habe das Gefühl, dass ich mir das auch sparen könnte, da sie eh schon alles wissen.

»Und was würdet ihr an meiner Stelle jetzt machen?«, frage ich die Turteltauben.

Eddy sieht mich nachdenklich an. »Ich kann dir nicht sagen, was du machen sollst. Aber wenn ich in deiner Situation wäre und ich genauso verliebt wäre wie du, würde ich es riskieren.« Er sieht mich nachdenklich an. »Die Situation zwischen euch ist jetzt eine andere, er will, dass es ernst wird, er will eine Beziehung. Du könntest es als Neuanfang sehen. Und wir wissen beide, dass du der Mensch bist, der Abenteuer und ein gewisses Risiko mag.«

Ich muss darüber nachdenken, was er gesagt hat. Ja, er hat recht. Aber eine Beziehung? Mit Adam? Damit könnte er mir endgültig das Herz brechen.

»Ed, ich bin ganz ehrlich, ich habe Angst. Ich habe Angst, dass er mir wieder weh tut und es mir dann geht wie meinem Dad.«

»Oh Kehy, davor musst du keine Angst haben. Aber nicht wegen Adam, sondern wegen dir. Du bist nicht wie dein Dad. Und selbst wenn er wieder Scheiße bauen sollte, ich bin immer hier, ich werde dich auffangen. Zusammen werden wir auch das schaffen, so wie wir alles andere in unserem Leben auch geschafft haben.«

Er sieht mir dabei in die Augen und er meint jedes einzelne Wort genau so, wie er es sagt. Ich bin nicht wie mein Dad. Ich bin stark, mutig und liebe das Leben. Ich rutsche vom Bett herunter, setze mich zu Eddy und schlinge meine Arme um ihn. Ich bin so dankbar, ihn zu haben. Ich höre ein Geräusch vom Bett und spüre, wie sich zwei weitere Arme um mich schließen. Eine Wärme breitet sich in mir aus und ich fühle mich so geborgen wie sonst nirgends.

Nach einem Moment lösen wir uns aus der Umarmung.

»Sorry, ich weiß, das war euer Moment, aber ich liebe euch einfach beide«, sagt James und lächelt meinen besten Freund dabei an.

Ich sehe Eddy an, dass er damit gerade etwas überfordert ist. James ist wohl nicht bewusst, dass er ihm gerade seine Liebe gestanden hat.

»Wir lieben dich auch«, sage ich und schmunzle dabei. Ich gehe wieder rüber in mein Zimmer und schreibe Adam eine Nachricht.

Kehya 1:43 pm:
Danke für den schönen Abend.

Adam 1:50 pm:
Schön, dass es dir gefallen hat.

Adam 1:50 pm:
Ich hab Charles gefragt, ob wir beide Freitagabend freikriegen. Ich hole dich um 9 pm ab, wenn du noch so einen Abend willst.

Kehya 2:02 pm:
Gerne! Verrätst du mir, was du mit mir vorhast?

Adam 2:04 pm:
Nein!

Kehya 2:14 pm:
Woher soll ich dann wissen, was ich anziehen muss?

Adam 2:20 pm:
Eddy wird das schon machen ;)

Kapitel 57

Es ist Freitagabend. Ich springe unter die Dusche und will mich gerade fertig machen, als Eddy in mein Zimmer platzt. »Hey, was machst du da?«, ruft er.

»Mich schminken?«, frage ich verwirrt.

Er lacht, es ist ein tiefes Lachen direkt aus dem Bauch. »Vergiss es, Süße, heute bin ich für dich zuständig«, er zwinkert mir zu und dreht meinen Stuhl so, dass ich mich nicht mehr im Spiegel sehen kann.

Dann stellt er sich zwischen meine Beine und schiebt meinen Kopf in den Nacken.

»Schon eingecremt?«

Ich schüttle den Kopf.

Eddy schnaubt verachtend, nimmt meine Creme vom Tisch und schmiert mein Gesicht damit ein, dabei ist er etwas grob und lacht teuflisch. Es ist nicht das erste Mal, dass Eddy mich schminkt, und es läuft jedes Mal gleich ab. Ich darf mich nicht bewegen und optimalerweise auch nicht atmen oder schlucken. Eddy ist dann immer voll in seinem Element und dabei will er von nichts und niemandem gestört werden.

Er legt zwei Finger unter mein Kinn und bewegt meinen Kopf von links nach rechts. »Was machen wir denn heute mit dir?«

Ich habe die Augen geschlossen. Eddy redet eher mit sich selbst als mit mir. Dabei sollte ich mich nicht einmischen.

Trotzdem muss ich mir ein Lachen verkneifen.

Er fängt an, meine Haut zu bemalen. Es fühlt sich an, als würde er Unmengen an Schminke benutzen - am Ende müsste ich wie ein Clown aussehen. Als wir endlich fertig sind, tut mir der Nacken weh und ich bin froh, dass ich meinen Kopf wieder bewegen darf. Bevor er mich in den Spiegel schauen lässt, wendet er sich meinen Haaren zu. Da ich Dreads habe, ist die Wahl der Frisuren sehr begrenzt. Ausgefallene Hochsteckfrisuren oder fein geflochtene Zöpfe kann ich nicht tragen. Eddy macht mir einen Dutt und bindet meine Haare am Kopf anliegend zurück, damit es ordentlich aussieht. Als er fertig ist, dreht er mich zum Spiegel und präsentiert mir das Ergebnis. Der Dutt ist perfekt geformt und ich habe keine Dreads, die irgendwo rausgucken oder abstehen, so wie es bei mir meistens der Fall ist. Er hat meine Augenlider in verschiedenen Brauntönen geschminkt, ich trage Eyeliner und meine langen Wimpern sind getuscht. Das Grün meiner Augen kommt dadurch noch mehr zur Geltung. Ich trage einen nude Ton auf den Lippen, der die Form schön betont, aber es nicht zu viel aussehen lässt.

»Mach die Augen zu, ich zieh dich jetzt an.«

Ich verdrehe die Augen. »Ehrlich?«

Eddy schaut mich nur ernst an und seufzend schließe ich die Augen.

Er setzt mich auf den Stuhl, hebt meine Beine nacheinander hoch und zieht mir eine Hose an. Ich bin froh, dass ich mir schon Unterwäsche angezogen habe. Er stellt mich zwischendurch immer wieder hin, dreht mich von der einen zur anderen Seite. Öffnet meinen BH und ich lasse ihn zu Boden fallen. Eddy gibt keinen Ton von sich, jedenfalls keinen, der an mich gerichtet ist, oder den ich deuten könnte. Irgendwann scheint er fertig zu sein und ich habe keine Ahnung, was er mir angezogen hat.

»So, lass die Augen zu und zieh deine Schuhe an, sie stehen vor dir.«

»Denk nicht daran, dass ich hohe Schuhe anziehe.«

»Zieh sie einfach an.«

Ich bücke mich und ertaste meine geliebten Docs. Grinsend schlüpfe ich hinein. »So darf ich jetzt gucken?«

Eddy dreht mich vor den großen Spiegel an meinem Kleiderschrank. »Okay«, sagt er zufrieden. Ich mache die Augen auf und betrachte mich.

Ich habe einen schwarzen, hautengen Jumpsuit aus glattem festem Stoff an. Er sitzt wie eine zweite Haut, am Bauch, an den Beinen und Armen besteht er zum Teil aus einem transparenten Stoff. Ich kann zum Beispiel meinen Bauchnabel sehen. Und dadurch, dass Eddy meinen BH ausgezogen hat, sieht man durch die Form auch mein Piercing in der Brustwarze.

Mein ganzer Körper ist von dem schwarzen Stoff bedeckt, man sieht nur meinen Hals und meine Hände und trotzdem fühle ich mich ziemlich nackt, aber auch ziemlich sexy.

Eddy grinst und ich sehe, wie zufrieden er ist.

»Warst du für mich shoppen? Woher hast du das Teil?«, frage ich.

»Für besondere Anlässe besorge ich besondere Klamotten«, sagt er und zwinkert mir zu.

»Verrätst du mir jetzt, wo es hingeht?« Ich hasse Überraschungen, ich bin einfach zu neugierig.

»Nein!« Lachend haut er mir auf den Hintern. »So, und jetzt geh.«

»Ist es schon so spät?«, frage ich.

Eddy schaut noch mal prüfend auf seine Uhr und nickt.

Ich gebe ihm noch schnell einen Kuss und wünsche ihm viel Spaß, er und James wollen nachher ins Kino gehen. Adam wartet im Auto auf mich. Als er mich sieht, steigt er aus. Er ist wie ich komplett in schwarz gekleidet. Schwarze Jeans, schwarze Sneaker, und ein schwarzes oversized T-Shirt, das ihm bis zu den Oberschenkeln reicht. Er sagt nichts, zieht mich direkt an sich und mein Körper schmiegt sich wie von selbst an seinen. Er legt seine warmen Lippen auf meine und küsst mich.

»Du siehst umwerfend aus«, flüstert er.

»Danke. Sagst du mir jetzt, was wir machen und warum wir beide komplett in schwarz gehen?«

»Nein, steig ein.«

Dann dreht er sich um und wir steigen ins Auto.

Während der Fahrt ruht seine Hand auf meinem Knie. Er schaut immer wieder zu mir rüber und auch ich beobachte ihn die ganze Fahrt. Ich versuche irgendetwas an seinem Ausdruck abzulesen. Aber sein Gesicht verrät nichts, nicht mal seine Stimmung. Ich bin so damit beschäftigt ihn zu beobachten, dass ich gar nicht auf die Straße achte und mitbekomme, wo wir lang fahren. Plötzlich halten wir vor einem großen Gebäude an. Eins das ich kenne.

Hier ist das Underground.

Kapitel 58

Ich drehe mich zu Adam um und strahle ihn an. Fange vor Freude an, auf meinem Sitz nervös hin und her zu rutschen. Oh mein Gott, wir sind wieder hier.

Er lacht nur und steigt aus, gibt dem Pagen den Schlüssel.

Ich schaue mir das Gebäude genau an, lese die großen Goldenen Buchstaben, die an der Fassade befestigt sind:

PARADISO - LONDON

Adam greift nach meiner Hand und zieht mich hinter sich her. Es ist das gleiche Spiel wie letztes Mal. Die blonde Frau hinter der Rezeption fragt, ob sie uns helfen kann und Adam lehnt wieder ab und läuft Richtung Aufzug. Wir steigen ein und Adam drückt auf den untersten Knopf. Die Türen schließen sich hinter uns und ich schaue zu Adam auf. Ich grinse breit und kann kaum glauben, dass ich wieder hier bin. Ich meine, ja es ist nur ein Club, aber beim letzten Mal war es einfach unglaublich. Diese Energie, die Stimmung, die Menschen. Ich bin ganz kribbelig und fummle unruhig an meinen Händen herum.

Adam schaut mich belustigt an. Dann zieht er mich an sich, küsst mich leidenschaftlich und wild. Seine Hände wandern über meinen ganzen Körper und ich habe das Gefühl, durch meinen hauchdünnen Jumpsuit fühlt es sich noch intensiver an.

Er lässt von mir ab, mustert mich von oben bis unten.

»Eddy ist schuld, dass ich meine Finger nicht von dir lassen kann. Fuck, ich würde dich am liebsten wieder im Fahrstuhl nehmen wie beim letztes Mal.« Ernst mustert er mich, seine Lippen sind fest aufeinander gepresst. Mein ganzer Körper kribbelt und ich spüre, wie das Verlangen nach Adam mit jeder Sekunde größer wird. Jetzt wünschte ich, Eddy hätte mir etwas angezogen, was nicht so kompliziert auszuziehen wäre. Und ich hoffe, dass ich nicht die ganze Nacht aushalten muss, bevor ich Adam endlich wieder nah sein kann. Es ist einfach viel zu lange her. Ich will seine nackte Haut berühren und ihn wieder bei mir haben.

Das *Ping* signalisiert uns, dass wir da sind. Bereits jetzt spüre ich die Energie, die auf mich einströmt, genau wie beim letzten Mal. Der Bass vibriert durch die Wände und durch mich hindurch. Seit dem letzten Besuch habe mich öfter gefragt, ob der Club jedes Mal diese Wirkung auf mich haben wird. Oder ob ich nur von Adam verzaubert war. Es ist wohl eine Mischung aus beidem. Ich fange an, im Gehen zu tanzen und kann es kaum erwarten, endlich anzukommen. Ich greife nach Adams Hand und ziehe ihn hinter mir her.

Abrupt bleibt er stehen und wirbelt mich zu sich herum. »Na, du kannst es ja wirklich kaum erwarten«, lacht er und zieht mich zu sich und küsst mich, bevor wir gemeinsam weiterlaufen.

Wir sind in den schwarzen Gängen kaum zu sehen, unsere schwarze Kleidung, unsere dunkle Haut, die schwarzen Haare. Es fühlt sich an, als würden wir mit dem Club verschmelzen. Die Musik beherrscht unsere Körper, ich kann es nicht kontrollieren und muss mich bewegen. Ich bin so erregt von diesem Club, der Musik, von Adam. Bleibe mitten in der Bewegung stehen, ziehe Adam zu mir und küsse ihn. Im ersten Moment stutzt er, presst sich dann aber gegen mich, drückt mich gegen die Wand. Ich spüre, wie hart er ist und würde am liebsten zurück zum Fahrstuhl laufen. Seine Hände schieben sich zu meinen Brüsten, er umfasst sie, spielen mit meinem Piercing. Er arbeitet sich weiter zwischen meine Beine und ich habe das Gefühl, verrückt zu werden.

»Ich will dich«, hauche ich an seinem Hals.

»Gott, Kehy, wenn du wüsstest, was du mit mir anstellt.« Er grinst mich überglücklich an. Dann beugt er sich zu mir und saugt meine Unterlippe zwischen seine Zähne, beißt zärtlich hinein, bevor er wieder von mir ablässt. »Aber zuerst werden wir unsere Energie auf der Tanzfläche los.« Er grinst mich an. Der junge, verspielte und fröhliche Adam ist zurück. Der mürrische, schlecht gelaunte Adam ist verschwunden.

Wir joggen fast bis zum großen Raum, offensichtlich haben wir es jetzt beide eilig anzukommen. Doch als wir den Raum betreten, muss ich trotzdem kurz stehen bleiben, um alles in mich aufzunehmen. Ich betrachte die wunderschönen Menschen - heute alle komplett in schwarz gekleidet.

Der Anblick ist unglaublich, dieser schwarze Raum, die dunklen Möbel und jetzt sind auch noch alle Menschen in schwarz gekleidet. Dazu die Musik als Herzschlag. Die Leute bewegen sich unaufhaltsam. Es ist heiß, und die Energie beflügelt mich ungemein. Die Energie in mir wächst mit jeder Sekunde, ich halte es nicht mehr aus und muss unbedingt etwas davon loswerden. Adam zieht mich durch die Menge, bis zur Mitte der Tanzfläche.

Wie letztes Mal flippt die Gruppe aus, als sie uns erkennt. Sie scheinen genauso energiegeladen zu sein, wie ich mich fühle. Sie springen uns förmlich an, heben uns hoch. Ich schaue zu Adam und höre sein Lachen selbst über die Musik. Hier scheint er zu Hause zu sein. Sie lassen uns wieder runter und in dem Moment fängt das Lied an zu spielen, zu dem Adam und ich das letzte Mal getanzt haben. Er schiebt zwei Leute zur Seite, um an mich heranzukommen, zieht mich an sich und küsst mich. Als er sich wieder von mir löst, hält er meine eine Hand fest und schiebt mich mit der anderen von sich weg. Ich tanze nur für ihn, bewege meine Hüften und schaue verführerisch zu ihm auf.

Er fängt an, den Text mitzusingen und ich verliebe mich schon wieder in ihn. In meinem Bauch macht sich ein warmes Gefühl breit und ich weiß, dass ich es mit uns versuchen will, dass ich ihm und uns noch eine Chance geben werde. Er dreht mich und meine ganze Welt dreht sich mit. Es gibt nur Adam und mich, diesen Moment. Seine Arme sind um mich geschlungen und ich stehe mit dem Rücken an seinen Bauch gepresst. Ich schmiege mich an ihn und wir bewegen uns, als wären wir eins. Adam beugt sich beim Tanzen zu mir herunter, küsst meinen Hals und fängt dann an zu singen. Ich schmelze dahin, es ist so wunderschön, seine raue Stimme vibriert durch meinen ganzen Körper. Er singt nur für mich, denn ich bin die Einzige, die ihn gerade hören kann. Ich habe am ganzen Körper Gänsehaut und vergesse alles um mich herum. Wir tanzen stundenlang, bis sich die Gruppe irgendwann von der Tanzfläche herunter bewegt. Adam schaut mir in die Augen, grinst und deutet dann mit seinem Kopf in die Richtung des kleinen Raums, in dem wir auch beim letzten Mal unsere Getränke geholt haben.

Kapitel 59

Es läuft wie beim letzten Mal. Leyla und ich besorgen die Getränke und die anderen machen es sich auf den Sofas gemütlich. Ich setze mich neben Adam und verschränke meine Finger mit seinen.

»Geht es dir gut?«

»Es könnte fast nicht besser sein«, sage ich grinsend.

»Okay, dann kümmere ich mich darum, dass diese Nacht unvergesslich wird.« Bedeutsam zieht er seine Unterlippe zwischen seine Zähne und beugt sich ein Stück zu mir rüber. Sein Gesicht ist ganz nah vor meinem und ich spüre seinen Atem auf meiner Haut. Die Lust in mir wird immer größer.

Ich nicke leicht mit dem Kopf, greife nach meinem Glas und trinke es aus. Spüre die angenehme Kühle des Getränks meine Kehle runterlaufen. Ich stehe auf und tanze wieder. Ich muss mich bewegen, kann nicht länger stillsitzen. Ich will Adam so sehr, dass ich sonst nicht länger warten kann. Adam zieht mich an sich, als wüsste er genau, wie es in meinem Inneren aussieht. Ich stehe zwischen seinen Beinen und er bewegt sich mit mir zusammen zur Musik, während die anderen sich wieder auf den Weg zur Tanzfläche machen.

»Wir kommen gleich nach!«, ruft Adam der Gruppe zu und alle lachen und wünschen uns viel Spaß.

»Komm«, sagt Adam nur und zieht mich hinter sich her zur Toilette. Ich weiß, genau was jetzt passiert und die Vorfreude in mir wächst mit jedem Schritt, ich kann es kaum erwarten. Ich brauche Adam so dringend.

Er zieht mich in eine Kabine am Ende des Raums, ich blicke mich um und sehe, dass es hier keine Toilette gibt. Ich lache und Adam sieht mich fragend an.

»Es gibt nicht mal eine Toilette, die den Schein wahren könnte.«

Adam schaut sich kurz in dem kleinen Raum um und zuckt mit den Schultern. Wir lachen beide kurz, dann ziehe ich Adam zu mir. Küsse ihn, er umschlingt mich mit seinen starken Armen und fummelt am Reißverschluss an meinem

Rücken herum. Als er ihn endlich geöffnet hat, und er das erste Mal meine nackte Haut berührt, stöhne ich laut. Seine Hände schieben den Stoff langsam über meinen Körper, seine Finger streichen sanft über meine Haut. Ich erschaudere, während Adam mich so weit auszieht, wie nötig. Seine Küsse sind heiß, seine Hände bewegen sich meinen Körper rauf und runter. Ich spüre, dass er mich genauso sehr will wie ich ihn. Ich habe ihm genauso gefehlt wie er mir.

»Bitte Adam, ich brauche dich«, wimmere ich.

Er blickt mir kurz in die Augen und ich kann die Lust in ihnen erkennen. Er zieht seine Hose ein Stück runter, dreht mich um, streicht mir langsam über den Rücken und dringt in mich ein. Ich stöhne laut auf und höre Adam meinen Namen hauchen. Das Gefühl von ihm in mir ist unbeschreiblich. Wie seine Hände über meine Haut gleiten, wie er mich hält, wenn er in mich stößt. Ich fühle mich danach so viel besser. Ich bin beseelt von dem Orgasmus und fühle mich ruhiger und entspannter. Er zieht sich langsam aus mir zurück und ich drehe mich wieder zu ihm um.

Adam legt seine Stirn an meine. »Kehya, du gehörst nur mir und ich gehöre nur dir.« Dann küsst er mich. Umschließt meine Wangen mit seinen Händen und ich bin unglaublich froh hier mit ihm zu sein.

Ich löse mich von ihm und lächle ihn an. »Lass uns zurück gehen, ich will tanzen«, sage ich und ziehe mich wieder an.

Die Menschenmenge bewegt sich ununterbrochen zur Musik, als wenn alle miteinander verbunden wären. Wir kommen bei unserer Gruppe an und sofort singt und tanzt Adam. Ich bin völlig fasziniert und besessen von diesem Mann. Er ist die schlimmste Droge für mich. Ich kriege von diesem Club und Adam nicht genug, meine Kraft ist hier unerschöpflich, als würde ich mich immer wieder durch die Menschen und die Musik aufladen. Wir tanzen seit Stunden durch und ich könnte das ewig so weiter machen. Adam lässt mich die ganze Zeit über nicht aus den Augen, selbst wenn er nicht mit mir tanzt, spüre ich immer seine Blicke auf mir. Es ist eine wunderbare Nacht, sie ist mindestens genauso unvergesslich wie beim ersten Mal. Die Party geht langsam zu Ende, aber ich würde am liebsten einfach hierbleiben.

»Komm, meine Schöne«, sagt Adam, nimmt meine Hand und wir gehen gemeinsam mit den anderen zum Aufzug.

»Wie fühlst du dich?«, fragt er und mustert mich prüfend.

Ich grinse. »Ging mir noch nie besser.«

Er zieht mich zu sich, verschränkt seine Finger mit meinen und wir steigen mit drei weiteren in den Aufzug.

Adam küsst mich auf den Scheitel und schlingt beide Arme um mich. So bleiben wir stehen, bis wir oben angekommen sind. Adam setzt wieder seine Sonnenbrille auf und ich bedecke meine Augen mit der Hand.

Vor dem Gebäude auf der Straße ist viel los und ich frage mich, wie spät es wohl ist.

Wir steigen ins Auto und auf der Uhr steht 11.07 pm.

Verwirrt deute ich mit der Hand zum Armaturenbrett. »Ist deine Uhr kaputt?«

Er lächelt. »Nein, wir haben ziemlich lange gefeiert.«

»Dieser Club bringt ungeahnte Kräfte in mir zum Vorschein. Keine Ahnung, wie ich das so lange aushalte und einfach nicht genug kriege.« Ich lehne mich in den Autositz und genieße das Gefühl, das die letzten Stunden in mir hinterlassen haben.

»Oh Fuck, wir müssen heute Abend ins Cookies«, sage ich entsetzt und weiß nicht, wie ich das schaffen soll.

»Keine Sorge, darum habe ich mich gekümmert. Wir haben heute auch frei. Ich habe mir schon gedacht, dass wir ziemlich lange machen werden.«

Ich seufze zufrieden. »Kannst du unterwegs bei einem Kiosk halten?«, frage ich ihn.

»Klar.« Adam sieht mich fragend an. »Was brauchst du?«

»Vielleicht habe ich einen Artikel geschrieben, der heute veröffentlicht wird.« Ich klatsche in die Hände und ein nervöses Ziehen macht sich in meinem Bauch breit. Es laut auszusprechen, fühlt sich noch mal ganz anders an.

»Ehrlich?« Adam schenkt mir ein breites Lächeln »Wow Kehya, das ist großartig. Herzlichen Glückwunsch!« Er zieht mich zu sich und küsst mich kurz. »Na dann lass uns mal eine Ausgabe ergattern, bevor sie alle ausverkauft sind.« Wir kommen an einem kleinen Kiosk vorbei und Adam hält direkt davor.

Ich springe aus dem Auto und bevor ich die Tür schließen kann, ruft Adam: »Kehya, bring mir auch eine Ausgabe mit. Ich will deinen Artikel lesen.«

Ich nicke grinsend und laufe zu dem Zeitungsstand. Ich besorge drei Ausgaben und war noch nie so aufgeregt, eine Zeitschrift zu kaufen. Meine Hände sind ganz schwitzig und ich lasse zwei Mal das Geld fallen. Danach rutsche ich wieder auf den Beifahrersitz und schaue ganz gebannt auf die Zeitung, ohne sie aufzuschlagen. Das Cover der aktuellen Ausgabe hat einen schwarzen Hintergrund, in der Mitte ist eine Nahaufnahme von einer bekannten Schauspielerin. An den Seiten stehen in weißen Buchstaben, einige Schlagwärter zu den Inhalten. Es sieht edel und schlicht aus, es gefällt mir richtig gut. »Willst du nicht reingucken?«, fragt Adam, während er sich wieder in den Verkehr fädelt.

Ich schüttle den Kopf. »Nein, das will ich nachher in Ruhe zuhause machen. Ich bin jetzt zu aufgeregt.«

Ich drehe mich zu Adam und die Nervosität wird immer größer. »Adam, eventuell bist du Teil meines Artikels«, sage ich und die Erinnerung daran, was er getan hat, während ich diesen Artikel geschrieben habe, trifft mich unerwartet und heftig. Mein Herz zieht sich zusammen und ich muss den dicken Kloß runterschlucken.

Adam hebt skeptisch eine Augenbraue. »Wie meinst du das?«

»Ähm … Es geht um das Festival im Hyde-Park und naja, du bist halt ein Teil davon.« Mit einem Mal fühlt es sich komisch an, dass ich über ihn geschrieben habe.

»Okay, ich bin gespannt auf den Artikel. Ich freue mich richtig darauf ihn zu lesen.« Er legt seine Hand auf mein Knie und ich entspanne mich merklich. Meine Schultern sind nicht mehr so verkrampft und das Ziehen in meinem Bauch wird weniger. Adam bringt mich zur WG und ich spüre die Enttäuschung hochkommen. Ich habe gedacht, dass er mich wieder mit zu sich nimmt.

»Schlaf jetzt erstmal. Ich hole dich um acht Uhr ab und dann gehen wir essen.«

Ich nicke und gebe ihm einen Kuss, bevor ich aussteige. In der WG gehe ich direkt zu Eddy, will ihm sein Exemplar der Zeitung bringen. Doch sein Bett ist leer. Ich gehe rüber in mein Zimmer, bin immer noch völlig beflügelt von dieser Nacht, ziehe mir etwas Gemütliches an und blättere zu meinem Artikel und lese ihn. Obwohl ich jedes Wort auswendig kenne, ist es ein unbeschreibliches Gefühl ihn in meinen Händen zu halten. Ein richtig langer Artikel und darunter steht mein Name. Wow, ich kann es noch gar nicht richtig fassen. Ich lese ihn noch zwei weitere Male und lege die Zeitschrift dann zur Seite. Ich lasse mich in mein Bett fallen und die letzte Nacht noch mal Revue passieren. Es war unglaublich. Adam hat sich die Woche so viel Mühe gegeben und mir gezeigt, wie ernst es ihm ist - und jetzt ist auch noch mein Artikel erschienen.

Glücklich und verliebt schlafe ich ein.

Kapitel 60

Ich wache auf, greife nach meinem Handy und starre entsetzt auf die Uhrzeit. Mist, es ist bereits halb acht und ich habe total verschlafen. Ich springe schnell aus meinem Bett und gehe ins Bad und mache mich kurz frisch. Dann ziehe ich mir eine lockere schwarze Hose an, die bei meiner Taille startet und dazu einen grauen langärmligen Body und meine schwarze Jeansjacke. Ich schminke mich noch kurz, ziehe meine Turnschuhe an und schnappe mir meinen Rucksack. Ich verlasse die Wohnung und muss an Eddy denken. Ich habe ihn heute noch gar nicht gesehen und das fühlt sich irgendwie komisch an. Ich konnte ihm noch nicht von letzter Nacht erzählt und ich weiß nicht, was er gestern so getrieben hat. In letzter Zeit bin ich ziemlich viel mit Adam und mir beschäftigt. Die nächsten Tage werde ich mir mehr Zeit für ihn nehmen. Adam sitzt im Auto und wartet auf mich. Ein Kribbeln macht sich in meinem Bauch breit, ich rutsche auf den Beifahrersitz, ziehe ihn zu mir und küsse ihn. Ich streiche mit meinem Finger über die kleinen Falten zwischen seinen Augenbrauen und frage mich, wie er wieder so grimmig sein kann. Wie kann der Underground-Club einen so anderen Menschen zum Vorschein bringen?

Ich lasse mich in meinen Sitz sinken und schnalle mich an. Er fährt los, die Augenbrauen nach unten gezogen und sein Kiefer ist aufeinandergepresst. Er sieht umwerfend aus. Ob er weiß, wie attraktiv ihn diese abweisende Art aussehen lässt? Dadurch wirkt er oft unnahbar und ein bisschen mysteriös. Aber ich weiß, dass sein Inneres hinter dieser Fassade oft anders aussieht, als er uns glauben lässt. Und heute ist es mir egal in welcher Stimmung er gerade ist, ich hatte eine wundervolle Nacht und habe riesigen Hunger.

»Wohin gehen wir?«, frage ich.

Er dreht sich kurz zu mir um und ich kann ein winziges Grinsen um seine Mundwinkel erkennen. »Sushi?«

Ich nicke zustimmend und blicke aus dem Fenster. Wir haben heute typisches April-Wetter, es ist windig und regnerisch. Es war also ein perfekter Tag, um den ganzen Tag im Bett zu verbringen.

»Ich habe deinen Artikel gelesen«, sagt er und schaut dabei kurz zur Seite zu mir.

Ein flatteriges Gefühl breitet sich in mir aus. »Und? Wie hat er dir gefallen?« Ich fummle an meiner Nagelhaut herum. Er ist der erste, mit dem ich über meinen Artikel spreche, seitdem er erschienen ist.

»Ich bin beeindruckt. Wirklich, ich finde ihn richtig gut. Wenn ich nicht eh da wäre, hätte ich mir nach deinem Artikel Karten besorgt.« Er grinst und schiebt seine Finger zwischen meine.

»Ehrlich?«

»Ja, ganz ehrlich. Du bist eine großartige Journalistin.« Er zieht meine Hand an seine Lippen und haucht einen zarten Kuss auf meinen Handrücken.

»Danke. Das bedeutet mir wirklich viel.« Ich grinse breit.

Bald halten wir vor einem kleinen unscheinbaren Restaurant und steigen aus. Die Einrichtung drinnen ist schön und schlicht, nichts Besonderes oder Ausgefallenes. Wir setzen uns an einen kleinen Tisch am Fenster, so wie es mir am liebsten ist. Wir bestellen unser Essen und es dauert nicht lange, bis es serviert wird. Adam ist heute sehr still, wirkt nachdenklich.

»Alles klar?«, frage ich ihn.

Er nickt. »Nur etwas müde.«

Dann schaut er zu mir und ich sehe ihm an, dass er noch nicht fertig ist mit seiner Antwort. »Hattest du genug Zeit zum Nachdenken? Oder noch nicht?«, fragt er dann. »Ich kann aber auch noch warten.«

Ich grinse über diese Frage. Es ist typisch für Adam, dass er so direkt fragt. Ich stecke mir noch ein Stück Sushi in den Mund, bevor ich antworte und beobachte ihn. Adam begutachtet kurz die Stäbchen neben seinem Teller, greift dann aber doch wieder nach der Gabel. Ich muss schmunzeln. Adam kann nicht mit Stäbchen essen, was nicht nur komisch aussieht, sondern auch nicht so gut schmeckt, finde ich.

»Ja, ich hatte genügend Zeit zum Nachdenken. Du hast mir wirklich weh getan, obwohl wir uns nichts versprochen hatten. Das entschuldigt in meinen Augen nichts, aber gleichzeitig habe ich mich trotzdem darauf eingelassen. Ich will nicht, dass das mit uns jetzt schon zu Ende geht. Also ja. Ich möchte versuchen, eine richtige Beziehung mit dir zu führen«, sage ich und grinse übers ganze Gesicht. Ich werde seine Fehler nicht einfach vergessen können, aber ich will das mit Adam und mir. Ich will ihn.

Adam schaut etwas verwirrt, räuspert sich und nimmt meine Hand. »Sorry Kehya, aber du hast da, glaube ich, etwas nicht ganz richtig verstanden. Ich will keine Beziehung mit dir.«

Ich gucke ihn mit großen Augen an. Habe ich mich verhört oder will er mich gerade verarschen? Ich ziehe meine Hand weg und sehe ihn wütend an. Mein Herz rast wie wild. Hat er das gerade wirklich gesagt? Wenn er keine Beziehung mit mir will, warum hat er sich dann diese Mühe gegeben?

»Lass es mich erklären, okay?«

Ich schweige und starre ihn weiter an.

»Ich will das mit uns, ich will, dass wir Zeit zusammen verbringen und dass es für mich nur dich gibt und für dich nur mich. Es gibt keine anderen Frauen oder Männer, mit denen irgendetwas läuft. Also monogam. Aber ich will, dass der Rest bleibt wie bisher.« Er schaut mich erwartungsvoll an.

Ich bin richtig enttäuscht und wütend, auf mich und auf ihn. Er war so süß und romantisch die letzten Tage, war das alles nur, um mich wieder um den Finger zu wickeln? Bin ich so blöd, dass ich das nicht gemerkt habe? Es brodelt in mir und meine Wut wird immer größer. So habe ich mir dieses Gespräch nicht vorgestellt.

»Wo ist der Unterschied zu einer Beziehung? Alles, was du sagst, gehört zu einer Beziehung für mich dazu!«, presse ich wütend hervor.

»Ja, natürlich ist es eine Art Beziehung, die wir dann führen. Aber keine klassische Beziehung, in der wir ununterbrochen aufeinander hocken. In der ich dir sage, wann ich was mit wem mache und wann ich wieder zuhause bin. Ich will nicht um Erlaubnis fragen oder mich dafür rechtfertigen, wo ich bin oder wieso ich so lange unterwegs war. Ich will mein

Leben so führen, wie ich es für richtig halte und die Entscheidungen für mich selbst treffen. Ich würde mich sonst wie eingesperrt fühlen und da habe ich einfach keinen Bock drauf. Ich verspreche dir treu zu sein, aber das war's.«

Ich kapier nicht, wie ich ihn so falsch verstehen konnte.

Wir hatten ein wunderschönes Date, mein Zimmer war übersät mit Rosen. Das macht man doch nicht, wenn man für die andere Person nichts empfindet, außer sexuelles Verlangen, oder?

»Okay, das soll also so ein Freundschaft-Plus-Ding werden?« Ich hab keine Ahnung, was ich davon halten soll. Ich will eine Beziehung. Aber ich will auch weiterhin mein Leben, so führen wie es ist. Eine Beziehung wie Mary und John kann ich mir nicht vorstellen. Ich will nicht, dass ich mich abmelden muss, wenn ich Lust habe irgendetwas zu unternehmen oder vorher um Erlaubnis fragen. Ich will auch selbst darüber entscheiden, was ich tue und was nicht. Aber ich dachte trotzdem, dass es ernster zwischen uns ist. Ich liebe ihn und es tut weh zu wissen, dass ich offensichtlich die Einzige bin, die Gefühle mit in diese Sache bringt.

Mal wieder geht es also nur nach seinen Spielregeln.

Adam mustert mich und merkt, wie schlecht meine Stimmung ist. »Kehy, ich sehe dich nicht nur als irgendeine Freundin. Du bedeutest mir etwas, das ist dir klar, oder?«

Ich bedeute ihm etwas, ja was denn?

Selbst James hat mir schon gesagt, dass er mich liebt, und von Adam kriege ich ein »du bedeutest mir etwas«. Das hätte er sich auch sparen können.

»Klar weiß ich, dass ich dir etwas bedeute. Aber Freunde bedeuten sich auch etwas«, sage ich patzig. Ich brauche irgendwie mehr. Ich erwarte nicht, dass er mir jetzt seine Liebe gesteht, aber das ist einfach nicht genug.

Adam atmet tief aus. »Kehya, es läuft doch gut zwischen uns, warum sollten wir etwas daran ändern?«

»Ja, es läuft super. Keine Verpflichtungen, jeder macht sein Ding. Gevögelt wird nur mit dir«, sage ich sarkastisch und verschränke die Arme vor der Brust, mir ist der Appetit vergangen.

»Adam, ich bin müde. Kannst du mich nach Hause bringen?«

Er zögert. »Klar«, antwortet er knapp.

Dann winkt er die Kellnerin zu uns, bittet sie die Reste einzupacken und bezahlt die Rechnung. Auf der Fahrt zur WG sagt keiner von uns auch nur ein Wort. Ich kann nicht fassen, dass dieses Gespräch so abgelaufen ist. Als wir vor der WG halten, gebe ich Adam einen schnellen Kuss und steige aus, bevor er noch etwas sagen kann.

Kapitel 61

Ich gehe in mein Zimmer und lege mich direkt ins Bett. Dieses Hin und Her macht mich fertig. Vor ein paar Stunden war noch alles perfekt und jetzt denke ich wieder darüber nach, ob das mit Adam und mir wirklich Sinn ergibt. Mir kommen die Tränen und ich lasse ihnen einfach freien Lauf. Ich habe noch nie so viel wegen eines Mannes geweint und ich habe auch nicht vor, dass es so weiter geht. Adam macht mich krank, gleichzeitig fühle ich mich so zu ihm hingezogen, dass ich mich nicht von ihm fernhalten kann. Ich war noch nie so verliebt. Erst nach einer gefühlten Ewigkeit schlafe ich ein. Als ich am nächsten Morgen aufwache, fühle ich mich irgendwie gerädert, obwohl ich eigentlich gut geschlafen habe. Ich strecke meine Arme und Beine aus und krieche aus dem Bett. Ich binde meine Haare zu einem Dutt, schnappe mir die Ausgabe mit meinem Artikel und gehe rüber zu Eddy. Vielleicht ist er schon wach. Vorsichtig schiebe ich seine Zimmertür auf. Er liegt schlafend im Bett und ist ausnahmsweise allein. Das nutze ich aus und kuschle mich an meinen besten Freund. Ich schlafe nochmal ein und als ich wieder aufwache, liegt Eddy mit der Zeitung in der Hand neben mir und liest unseren Artikel.

»Guten Morgen«, sage ich verschlafen.

Eddy grinst breit und fängt an wild herumzuhüpfen. »Das ist der absolute Wahnsinn!«, ruft er.

Ich lache und steige in sein Gezappel ein.

»Das ist kein kleines Ding. Das ist *gigantisch*!« Eddy springt von einer Sekunde auf die andere auf und tanzt im Zimmer umher. Ich rolle mich ebenfalls heraus und mache mit. Eddy hebt mich hoch, wirbelt mich herum und lässt sich mit mir zusammen wieder in sein Bett fallen. Meine Bauchmuskeln schmerzen schon vom vielen Lachen.

»Er ist richtig gut, oder?«, frage ich und kann nicht aufhören zu grinsen.

»Richtig gut? Wenn du jetzt keinen richtigen Vertrag kriegst, ist David ein Idiot.«

»Ich bin trotzdem schon jetzt aufgeregt und nervös, weil ich morgen in die Agentur gehe. Was ist, wenn es irgendwelche Kritiken zum Artikel gibt?«

»Rob hat ihn vorher gelesen, David hat ihn gelesen, also gibt es überhaupt keinen Grund, nervös zu sein. Du wirst mit Komplimenten überhäuft werden.« Eddy zwinkert mir zu und ich wünsche mir so sehr, dass er recht hat. Eigentlich weiß ich ja, dass ich nichts zu befürchten habe. David kann nichts gegen den Artikel sagen. Er hat ihn, bevor er veröffentlicht wurde, gelesen.

Eddy dreht sich zu mir und deutet auf sein Bett. »Seit wann bist du eigentlich hier?«

»Bin heute Morgen rüber gekommen und dann nochmal eingeschlafen. Ich habe dich vermisst. Wir haben uns gestern den ganzen Tag überhaupt nicht gesehen.«

Eddy schiebt seine Unterlippe nach vorne. »Ja, da müssen wir auf jeden Fall dran arbeiten. Erzähl mir von eurer Nacht im Club und was ihr gestern so getrieben habt.«

Ich berichte ihm von der unglaublichen Nacht im Club, dass er mich zurück zur WG gebracht hat und von unserem Abendessen gestern.

Eddy sieht mich nachdenklich an. »Kehya, Süße, du hast dir da echt eine harte Nuss ausgesucht. Also ich muss sagen, ganz klar war mir auch nicht, ob er jetzt eine Beziehung möchte oder nicht. Aber so wie er sich ins Zeug gelegt hat, bin ich auch von etwas Festem ausgegangen«, sagt er. »Ich wäre an deiner Stelle auch enttäuscht. Er hätte von Anfang an klarstellen sollen, was er will und dir nicht diese falschen Signale senden.«

Frustriert lasse ich mich nach hinten aufs Bett fallen. »Hmm, und was mache ich jetzt?«

»Das kannst nur du entscheiden. Du musst entscheiden, ob du so eine Art von Beziehung willst, wie Adam sie vorgeschlagen hat. Ihr scheint ja beide das gleiche zu wollen, nur irgendwie … mit anderem Namen? Aber vor allem solltest du darauf achten, was *du* willst. Denn wenn er dir nicht das geben kann, was du willst, und sei es nur, dass ihr es ›Beziehung‹ nennt, dann ist er nicht der Richtige für dich.« Eddy verschränkt seine Finger mit meinen und sofort ist da ein Gefühl von Sicherheit und Geborgenheit in mir. »Ich weiß, es ist deine Entscheidung und dein Leben. Am Ende kann ich dich eh nicht davon abhalten, egal was es ist. Aber wenn ich merke, dass das mit euch in die falsche Richtung läuft, werde ich mich einmischen. Und wenn ich dich dafür aus London bringen muss.«

»Ich bin irgendwie total verletzt. Es hat mich richtig geschockt, als er ganz selbstverständlich meinte, er will keine Beziehung. Ich bin total verknallt in ihn und ich bedeute ihm einfach nicht das gleiche.« Heftig blinzle ich meine Tränen weg.

»Kehya, er ist ein Mann, der seine Gefühle wahrscheinlich super selten, bis nie zugibt. Geschweige denn sie sich selbst eingesteht. Ich habe gesehen, wie viel Mühe er sich die letzte Woche gemacht hat und wie wichtig es ihm war, dass es perfekt wird. Das macht man nicht, wenn es um etwas rein Sexuelles geht. Er war so verzweifelt, nachdem er dir alles gebeichtet hat. Ich weiß, dass er etwas für dich empfindet und dass du ihm unheimlich wichtig bist.«

Es lief die letzten Tage richtig gut. Er ist aufmerksam und wirklich süß. Ich werde diese Art Beziehung mit Adam wohl ausprobieren müssen. Und wenn es mir zu blöd wird, dann beende ich es. Ich will nicht, dass er mir wieder das Herz bricht.

»Okay, ich werde es jetzt erstmal so laufen lassen und schauen, wie es sich entwickelt. Und jetzt genug von mir, wie läuft es mit James?«

»Oh, er ist wunderbar. Ehrlich, Kehy, ich war noch nie so verliebt. Wir verbringen jeden Tag zusammen und ich kriege trotzdem nicht genug von ihm. Seit du ihn mitgebracht hast, hat er jede Nacht hier geschlafen, außer letzte, und meinetwegen bräuchte er gar nicht mehr zu sich nach Hause gehen.« Eddy seufzt verliebt.

»Wie kann es denn sein, dass ihr es vorher nie geschafft habt, euch zu treffen, und jetzt könnt ihr euch ununterbrochen sehen?«

Eddy zuckt mit den Schultern. »Keine Ahnung, vielleicht sollte es vorher noch nicht sein. Aber ich spüre, diesmal ist es was Ernstes. Ich habe sogar schon überlegt, ihn mit zu meinen Eltern zu nehmen.«

Ich sehe ihn mit großen Augen an. »Was?«

Eddy lacht wieder. »Ich weiß, ich habe ja noch nie jemanden mitgenommen. Aber ich habe Mum von James erzählt und sie ist total aufgeregt und will ihn unbedingt kennenlernen.«

Es versetzt mir einen kleinen Stich und ich spüre Eifersucht in mir hochkommen, ein Gefühl was ich nicht fühlen will. Ich gönne es meinem besten Freund von ganzem Herzen, dass er glücklich ist. Aber es gab immer nur uns zwei und nie jemanden, der einem von uns den Rang hätte streitig machen können.

Eddy mustert mich eindringlich. »Hör mit diesen Gedanken auf. Er wird dich nie ersetzen.«

Entschuldigend ziehe ich die Schultern hoch. »Das weiß ich eigentlich auch, aber bisher hatte keiner von uns eine richtig ernste Beziehung, das ist einfach ungewohnt.«

»Entweder sie nehmen uns beide oder keinen von uns, uns gibt es nur im Doppelpack. Das weißt du doch.«

Ich lache leise und nicke.

»Wollen wir gleich zum Frühstücken ausgehen? Wir müssen doch deinen Artikel feiern!«, fragt Eddy.

»Oh ja, gerne! Sag doch James Bescheid, dann treffen wir uns mit ihm dort.«

»Wir können aber auch zu zweit gehen.«

Ich lache. »Ich weiß aber, dass du es kaum erwarten kannst, ihn wiederzusehen.«

Lachend nimmt er sein Handy in die Hand.

Ich gehe in mein Zimmer und mache mich fertig. In einer Stunde wollen wir los. Auf meinem Handy habe ich einige neue Nachrichten von Adam, überrascht öffne ich unseren Chat.

Adam 10:47 pm:
Kehya, es tut mir leid, wenn ich mich nicht klar genug ausgedrückt habe.

Adam 10:54 pm:
Ich wollte nicht, dass der Abend so endet. Ich hoffe zwischen uns ist alles okay.

Adam 11:15 pm:
Ich freu mich, wenn wir uns wiedersehen.

Heute

Kehya 8:47 am:
Sorry, bin gestern direkt ins Bett gegangen. Alles okay, war nur kurz überrumpelt von deiner Antwort.

Kehya 8:48 am:
Gehe jetzt mit James und Eddy in das kleine Café bei uns an der Ecke.

Kehya 8:48 am:
Falls du auch Hunger hast, würde ich mich freuen, wenn du mitkommst.

Ich warte seine Antwort nicht ab, entweder er hat Lust und kommt oder nicht. Auch wenn ich natürlich hoffe, dass wir uns gleich sehen. Wenig später machen Eddy und ich uns auf den Weg. Als wir die Haustür aufmachen, steht James bereits davor. Er grinst breit und kann es wohl kaum erwarten, Eddy wieder zu sehen. James schlingt seine Arme um Eddy und gibt ihm zur Begrüßung einen Kuss. Als er sich von ihm lösen will, hält Eddy ihn auf und zieht ihn erneut in seine Arme. Beim Frühstück erzählt Eddy ununterbrochen von seinen Designs und der nahenden Modenshow, auf dem auch sein Entwurf zum ersten Mal gezeigt werden soll.

Ich sehe Eddy streng an. »Ed, ich freu mich für euch beide, aber komm nicht auf die Idee, deine zweite Karte an James zu vergeben.«

Die zwei wechseln einen Blick, bevor James seine Hand auf meine legt. »Süße, das würde ich nie tun.« Dramatisch schnipst er mit den Fingern. »Ich hab mir schon eine Karte besorgt, also werden wir zusammen in der ersten Reihe sitzen.«

Ich muss lachen. »Dann vielen Dank an den Designer, dass er mich mitnimmt«, sage ich zu Eddy. So verbringen wir eine ganze Zeit zusammen, bis James irgendwann wieder los muss. Das passt mir ganz gut, weil auch ich noch in die Agentur muss.

Adam ist nicht gekommen und auch, wenn es eine unverbindliche, kurzfristige Einladung war, bin ich irgendwie enttäuscht.

Kapitel 62

Vor dem Agenturgebäude treffe ich Rob, der auch gerade kommt.

»Hey, wie geht's dir? Bist du gerade an einer spannenden Story dran?«, frage ich.

Er schmunzelt und streicht sich über seine Glatze. »Mir geht's gut. Ich fahre nachher nach Brighton zum Foodies Festival, über das ich berichte. Das ist vielleicht nicht unbedingt spannend, aber eigentlich immer super interessant. Ich habe deinen Artikel gelesen und fand ihn wirklich gut. Du hast meine Anregungen supergut umgesetzt.«

Ich strahle ihn an. »Danke. Ich bin schon ganz aufgeregt, was David gleich dazu sagen wird und wie die Leserreaktionen waren.«

Wir gehen gemeinsam rein, Rob erzählt mir von dem Kunst Festival und wie gerne er vor Ort Recherche betreibt. Ich will gerade abbiegen, um mir einen Kaffee zu holen, als David mich zu sich ins Büro winkt.

»Guten Morgen, David«, sage ich und grinse aufgeregt.

»Kehya, setz dich bitte. Ich möchte mir dir über deinen Artikel sprechen«, sagt er und deutet auf den Stuhl vor seinem Schreibtisch.

Ich setze mich und versuche, mich zu entspannen. Er hat den Artikel vorab gelesen. Es steht nichts drin, was ihn geschockt oder verärgert haben könnte. Trotzdem will die Anspannung nicht von mir ablassen. Ich knete meine Hände, die auf meinem Schoß liegen.

David schweigt einen Moment. »Kehya, ich spioniere meinen Mitarbeitenden nicht nach oder Ähnliches, das möchte ich direkt klarstellen.«

Ich ziehe fragend eine Augenbraue nach oben. »Okay?«

»Ich habe erfahren, dass du mit Adam Aguado zusammenarbeitest und ihr eng … *befreundet* seid.«

Ich schaue ihn immer noch etwas verwirrt an. Ich weiß nicht, worauf er hinaus will, und es passt mir nicht, dass er mein Privatleben mit ins Spiel bringt.

»Ja, das ist korrekt«, antworte ich knapp, als David nicht weiterspricht.

»Mit diesem neuen Hintergrundwissen wollte ich dir mein Lob für deinen Artikel aussprechen. Du bist keine ausgebildete Journalistin und selbst erfahrenen Journalisten fällt es manchmal schwer, ihre privaten Gefühle und Präferenzen bei so einem Artikel außen vor zu lassen. Du hättest Adam hervorstechen lassen können, das hast du aber nicht. Das ist eine sehr gute Arbeit von dir gewesen und ich würde mich freuen, wenn wir in Zukunft öfter etwas von dir lesen würden.«

Ich springe vor Freude auf und setze mich ganz schnell wieder hin, als ich merke, dass David noch etwas ergänzen möchte. »Ich maile dir eine Liste mit Themen, davon kannst du dir eins aussuchen. Du hast zwei Wochen Zeit, eine Viertel Seite zu schreiben. Dann sehen wir, wie du das machst und wo wir dich in Zukunft gut einsetzen könnten.«

Ich grinse übers ganze Gesicht und klatsche in die Hände. Ich bin total aufgeregt und mir fallen spontan zwei, drei Themen ein, über die ich mich riesig freuen würde.

»Vielen, vielen Dank für diese Chance, David. Ich werde dich nicht enttäuschen.« Dann laufe ich zurück zu meinem Platz und schalte den Laptop ein. Sofort gehe ich die Liste von David durch. Ich werde erstmal ein bisschen recherchieren, bevor ich mich für ein Thema entscheide. Doch bevor ich anfange, brauche ich dringend einen Kaffee. Auf dem Weg komme ich an Robs Büro vorbei, seine Tür steht auf und ich gehe rein.

»Rob, hast du einen Moment?«, frage ich ihn.

»Klar, was kann ich für dich tun?«

»David lässt mich noch einen Artikel schreiben, eine Viertel Seite«, juble ich.

»Wow, das ist ja großartig. Bei mir lief das damals im Praktikum ganz ähnlich ab.« Er zwinkert mir verschwörerisch zu. »Ich hab dir doch von dem Festival in Brighton erzählt. Ich könnte mal mit David sprechen, vielleicht kannst du mitkommen. Dann kann ich dir ein bisschen zeigen, wie man Menschen interviewt. Oder auf was man so achten muss, um ein für viele potentiell langweiliges Thema wie ein Street Food

Festival, in eine schöne und spannende Story zu verwandeln. Ich fahre hier in einer Stunde los, hast du Lust?«

»Oh ja, das wäre super, ich würde dich megagern begleiten.«

Meine Recherche kann ich auch noch später oder morgen machen. Ich habe genug Zeit für meinen Artikel. Ich freue mich auf den kleinen Ausflug und bin gespannt, was mich so erwarten wird. Jamie hat mir im Cookies schon mehrmals davon erzählt, dass sie jedes Jahr nach Brighton zum Foodies fährt - und jedes Mal total begeistert ist. Außer London und Cottingham habe ich noch nicht so viel von der Welt gesehen, deswegen freue ich mich umso mehr, jetzt mit Rob diesen Ausflug zu machen.

Kapitel 63

Eine Stunde später sitzen wir in seinem Auto und fahren nach Brighton. Wir werden ungefähr zwei Stunden brauchen, bis wir da sind. Auf der Fahrt erzählt mir Rob eine ganze Menge über seinen Werdegang. Er hat damals auch erfahrenere Journalisten begleitet und von ihnen gelernt. Wie man am besten an die Informationen kommt und sie dann besonders gut verpackt. Ich kann ganz gut schreiben und formulieren, aber ich habe bisher nie jemanden interviewt oder versucht, irgendwie an Infos zu kommen, die nicht im Internet oder in Bibliotheken frei verfügbar sind. Rob ist wirklich ein netter Kerl und ein guter Journalist. Ich habe schon einige Artikel von ihm gelesen, auch wenn mich die Themen privat nicht interessieren. Ich freue mich, heute mit ihm zu fahren, und mal eine andere Seite des Journalismus kennenzulernen. In Brighton angekommen gehen wir direkt in einen kleinen Pub. Das Festival findet nicht nur auf einem großen Platz am Strand statt, sondern auch zum Teil in den Straßen der Stadt.

»Erster Geheimtipp, die meisten Infos kriegt man im Pub, meistens sogar, ohne dass man groß nachfragen muss. Man muss einfach nur zuhören und an der Theke rumsitzen«, sagt er grinsend. Ich muss mir nicht einmal vorstellen, dass leicht angetrunkene Menschen bereitwillig alles Mögliche erzählen, im Cookies habe ich schon einiges von anderen Menschen erfahren, ohne danach gefragt zu haben.

Es ist früher Nachmittag und die Festivalbesucher werden immer mehr. Rob hat sich im Pub mit dem Wirt unterhalten. Der hat ihm von einer Auseinandersetzung zwischen einigen Ausstellern und dem Besitzer von gegenüber erzählt. Dieser befürchtet, dass die Aussteller ihm sein Geschäft ruinieren würden, auch wenn diese Sorge unberechtigt ist, weil die meisten Gäste nach dem Essen durch die Pubs ziehen. Rob hat sich dabei keine Notizen gemacht.

»Ein gutes Gedächtnis ist absolut entscheidend. Wenn du dich mit Zettel und Stift an die Theke setzt und dir aufschreibst, was du mitkriegst, dauert es nicht lange, bis du entweder rausfliegst oder allein im Pub sitzt.« Rob lacht. »Ganz am Anfang ist mir das mal passiert, da ist sogar der Wirt gegangen.«

Wir begeben uns auf das Festivalgelände und mischen uns unter die Leute. Wir gehen zu den Ständen und geben eine Menge Geld für Essen aus. Es ist wichtig, dass man so viel wie möglich selbst ausprobiert, um einen Eindruck zu bekommen.

»Und das Gute daran, du kannst fast alles, was du hier ausgibst, über deine Reisekosten abrechnen. Jedenfalls, wenn es so ein großes Event ist wie dieses hier«, sagt Rob grinsend.

Auf dem Weg zum nächsten Stand werfe ich kurz einen Blick auf mein Handy. Ich habe seit den Nachrichten von vorgestern Abend nichts mehr von Adam gehört. Dass wir mal nichts voneinander hören, war früher normal. Aber nach den intensiven letzten Tagen fühlt es sich komisch an. Bevor ich zu viel darüber nachdenken kann, packe ich mein Handy wieder weg und konzentriere mich auf die Arbeit. Wir steuern auf eine Art Zirkuszelt zu, in dem wir uns gleich ein Showkochen anschauen wollen.

»Ich will in meinen Berichten immer so authentisch wie möglich sein. Also schreibe ich nicht nur das, was die Veranstalter gerne lesen würden, sondern was ich bei den Menschen empfunden habe.«

Ich grinse. »Mir gefällt deine Herangehensweise. Und es ist beeindruckend, was du dir alles merken kannst.«

Rob grinst. »Ja, das lernt man mit der Zeit. Je mehr man am Anfang vergisst, desto mehr wird man sich beim nächsten Mal merken.«

Wir setzen uns in die mittlere Reihe und nur wenige Minuten später fängt die Show an. Zwei Frauen stehen auf einem Ring, der von der Decke heruntergelassen wird. Sie tanzen und schweben durch die Lüfte. Ich kann meine Augen nicht von ihnen lösen. Es ist beeindruckend mit wie viel Vertrauen und Sicherheit sie sich bewegen, gegenseitig halten und eine Symbiose ergeben. Es sieht wunderschön aus. Als die Show vorbei ist, laufen wir noch eine Weile über das Gelände, schauen uns die anderen Stände an und holen uns noch etwas zu Essen. Dabei bewegen wir uns langsam in Richtung der Innenstadt.

»Kehya, wollen wir noch in ein, zwei Pubs gehen und sehen, was da so los ist, oder lieber zurück nach London?«

Das ist aber rücksichtsvoll von ihm, dass er mir die Entscheidung überlässt. Ich grinse ihn an. »Ach, es ist so cool hier und ich bin gespannt, wie es in den Pubs abgeht.«

»Lass uns erstmal zu dem da drüben gehen.« Er deutet auf das Ende der Straße. »Wenn wir die ganze Zeit im gleichen Pub rumhängen, kriegt man meistens die guten Storys nicht mit. Wir werden also zwei oder drei abklappern. Oder noch mal zu einer der Bühnen rüber gehen.«

Durch die urige und alte Einrichtung wirkt der Pup sehr gemütlich. An den Wänden hängen eingestaubte Landschaftsbilder, die wohl schon einige Jahre an ein und demselben Platz hängen. Die Leute stehen im kleinen Raum überall verteilt, oder sitzen an den Tischen. Es ist wie eine eigene Party. Manche spielen in einer Ecke Billard, einige tanzen und alle trinken ordentlich. Wir stellen uns erstmal in die Nähe der Bar und nehmen jeweils ein Bier. Wir unterhalten uns mit den Leuten und lauschen den Gesprächen. Alle scheinen begeistert von dem Festival zu sein. Ein junges Pärchen berichtet begeistert vom dem Showkochen, bei dem sie waren. Der Koch hat alles frisch über einem Lagerfeuer zubereitet. Neben uns erzählt eine ältere Frau, dass sie bei dem Stand mit den Losen über den Tisch gezogen wurde. Sie ist sich sicher, dass sie den Hauptgewinn hätte kriegen müssen. Ein jüngerer Mann schwärmt von den Fish & Chips, die er hier jedes Jahr isst.

»Lust auf 'ne Runde Billard?«, fragt mich Rob irgendwann.

»Klar, ich bin aber eine Niete«, sage ich und wir gehen rüber zu den zwei Billardtischen.

Wir gesellen uns zu zwei Typen, die uns direkt zwei Queues hinhalten, als wir auf sie zukommen. Wir wollen gerade mit unserer ersten Runde anfangen, als plötzlich einer der beiden ruft: »Für jede versenkte Kugel muss die gegnerische Mannschaft einen Shot trinken!« Dann gibt er der Kellnerin ein kleines Zeichen und ich sehe ihn mit großen Augen an. Na, das kann ja ein Abend werden, ich hoffe, Rob kann besser spielen als ich, sonst sehe ich keine Chance zu gewinnen. Die Kellnerin hat das Zeichen wohl verstanden, denn sie bringt uns ein Tablett mit Shots. Vermutlich ist es irgendein Kräuterschnaps, die Flüssigkeit in den kleinen Gläsern ist dunkelbraun.

»Oh, das kann ja was werden«, sage ich und blicke zu Rob.

Er zuckt nur mit den Schultern. »Ich kann überhaupt nicht spielen«, flüstert er.

Wir lachen beide.

Der größere von den beiden Typen ruft uns über die Lautstärke hinweg zu, das wir anfangen sollen. Wir fangen an zu spielen, die zwei sind echt gut und wir echt schlecht. Sie versenken eine Kugel nach der anderen und wir treffen nur eine von unseren Kugeln. Am Ende des Spiels merke ich den Alkohol, Rob fordert die zwei zu einer Revanche auf und ich sehe ihn entsetzt an.

Doch dann grinse ich breit. »Da will wohl jemand noch ein paar Shots trinken.«

Die Jungs aus dem Dorf lachen und bestellen noch ein Tablett. Bevor wir loslegen, sieht Rob mich ernst an und zieht mich ein Stück zur Seite.

»Also wir tun jetzt so, als hätten wir einen guten Plan, aber eigentlich wollte ich dir nur sagen, dass ich nicht mehr fahren kann. Wir könnten uns ein Taxi nehmen oder eine Nacht hierbleiben. Getrennte Zimmer versteht sich.«

Ich grinse. »Ja, ich hab mir schon gedacht, dass wohl keiner von uns mehr heute nach Hause fahren kann. Von mir aus können wir gerne die Nacht hier verbringen.«

»Okay gut. Ich wollte das nur kurz mit dir unter vier Augen besprechen … ich war mir nicht sicher, wie du das aufnimmst. Denn eigentlich ist es ja ein beruflicher Ausflug.«

»Mach dir deswegen kein Kopf, für mich ist das vollkommen okay. Ich freu mich, dass wir so viel Spaß zusammen haben.«

Rob nickt erleichtert und wir gehen zurück zum Billardtisch. Die beiden Jungs sehen uns merkwürdig an, vielleicht denken sie wirklich, dass wir einen Plan haben. Für mich ist es vollkommen okay, dass wir heute nicht zurückfahren. Ob ich die Nacht hier schlafe oder zuhause, ist mir eigentlich egal. Ich kann überall gut schlafen und so ein Arbeitsausflug hat definitiv seine Vorteile. Ob Robs Tage immer so aussehen, wenn er Recherchearbeit macht? Bei dem Gedanken muss ich kichern. Vermutlich nicht. Da wir die letzte Partie verloren haben, dürfen wir wieder den Anstoß machen. Aber es ist nicht so, dass uns das irgendeinen Vorteil verschafft. Keine einzige Kugel fällt in eins der Löcher und so liegen einige Kugeln ziemlich gut für unsere Gegner. Sie machen direkt vier Kugeln rein, das heißt für Rob und mich: jeweils zwei Shots hintereinander. Das ist hart und ich muss mich nach jedem Glas schütteln. Ich weiß nicht, wann ich das letzte Mal so viel getrunken habe. Ich gehe gerne und oft feiern und arbeite auch in einem Club, aber ich trinke meistens nur sehr wenig. Wir amüsieren uns unglaublich gut und ich habe nicht nur viel über meinen Traumberuf erfahren, sondern auch meinen Kollegen besser kennengelernt. Ich bin gespannt, wie viel er sich unter dem Einfluss von so viel Alkohol merken wird. Die Stunden vergehen und wir sind den ganzen Abend in diesem einen Pub, statt mehrere zu besuchen. Als uns das auffällt, fangen wir an zu lachen und Rob winkt nur ab.

Kapitel 64

Direkt über dem Pub gibt es ein paar kleine Zimmer. Der Wirt reicht uns die Schlüssel und erklärt uns den Weg. Ich könnte die ganze Nacht im Pub verbringen, aber wir wollen morgen nicht so spät los, deswegen gehen wir jetzt ins Bett. Ich habe ein kleines Zimmer mit Dachschrägen, einem schmalen Bett und ein süßes Bad mit Dusche und WC. Was für ein Tag. Ich bin Rob wirklich dankbar, dass er mich mitgenommen hat. Das ist genau das, was ich gebraucht habe: Einen Tag in meinem Leben, wo es nur um mich und meine berufliche Zukunft geht, unabhängig von Adam. Vielleicht ist es genau das, was Adam damit meinte, als er gesagt hat, er will keine Beziehung. Denn das Letzte, was ich heute gewollt hätte, wäre mich bei ihm abzumelden oder mit ihm besprechen zu müssen, dass ich beruflich unterwegs sein werde. Ich kann mir nicht vorstellen, dass Mary und John mal einen Tag erleben, an dem sie keine Ahnung haben, was der andere gerade treibt. Aber nicht jede Beziehung muss so sein wie die von den beiden. Es ist zwei Uhr nachts, als ich im Bett liege. Bevor ich einschlafe, hole ich noch einmal mein Handy heraus. Ich habe unzählige Nachrichten und verpasste Anrufe von Adam und eine Nachricht von Eddy.

Eddy 8:55 pm:
Er war gerade bei uns in der WG. Ich glaube er steht kurz vor einem Nervenzusammenbruch:D

Kehya 1:54 am:
Sorry, wenn er Stress gemacht hat. Bin mit Rob auf Recherche für seinen neuen Artikel.

Kehya 1:55 am:
Haben zu viel getrunken und kommen morgen früh zurück. <3

Oh man, Adam muss es auch immer gleich übertreiben. Und das, obwohl das genau die Beziehung ist, die er sich wünscht - er muss sich nicht bei mir abmelden und ich mich nicht bei ihm. Ich bin froh, dass Eddy da war, Adam hat Mary letztes Mal schon so eine Angst gemacht.

Adam 8:13 pm:
Hol dich gleich ab, Pizza?

Adam 8:37 pm:
Kehya? Wo bist du?

Adam 8:44 pm:
Ich komme hoch.

Adam 9:13 pm:
Kehya, wo bist du? Du bist nicht zuhause und Eddy weiß auch nicht, wo du bist. Meld dich!

Adam 10:33 pm:
Muss ich mir Sorgen machen? Alles okay? Wo steckst du?

Kehya 2:13 am:
Sorry, bin von der Arbeit aus unterwegs.

Adam 2:13 am:
Wo bist du?
Warum hast du nichts gesagt?

Kehya 2:14 am:
Sind in Brighton.
Komme morgen früh zurück.

Adam 2:14 pm:
Mit. wem bist. du da?

Kehya 2:15 am:
Mit einem Kollegen.
Ich gehe jetzt schlafen.
Muss morgen früh raus.
Gute Nacht :*

Adam 2:16 am:
Kehya, was für ein Kollege?
Schläfst du da? Warum kommt
ihr nicht zurück nach London?

Kehya 2:18 am:
Weil wir nicht mehr fahren
können. Gute Nacht - sehen uns
morgen im Cookies.

Ich schalte mein Handy aus, wenn ich es anlasse, werde ich ihm immer wieder antworten und ich muss echt schlafen. Jetzt weiß er, wo ich bin und dass es mir gut geht. Wohingegen ich keine Ahnung habe, was er gerade macht. Ganz offensichtlich sollen diese Regeln mal wieder nur so gelten, wie es für ihn passt. Ich merke, wie die Wut in meinem Bauch erwacht und größer wird. Was denkt er sich dabei? Er will das alles nicht machen, erwartet aber, dass ich Bescheid sage, wo ich bin? Er spinnt doch.

Mittlerweile bin ich so müde, dass meine Augen brennen und ich sie kaum noch offen halten kann. Ich werde mir nicht weiter den Kopf zerbrechen. Mit Adam kann ich mich auch noch auseinandersetzen, wenn ich zurück in London bin. Meine Augen fallen zu und ich schlafe nach wenigen Momenten ein. Ich werde von einem Klopfen an meiner Zimmertür geweckt. Draußen ist es bereits hell, trotzdem fühlt es sich noch viel zu früh an.

»Einen Moment«, rufe ich, ziehe mir schnell meine Jeans und mein T-Shirt über. Ich öffne die Tür und ein verschlafener Rob steht vor mir, der so müde irgendwie süß aussieht.

Ich lächle ihn an. »Guten Morgen.«

»Hey, hast du gut geschlafen?«

»Ja, nur etwas kurz.« Ich muss gähnen und strecke meine Arme über meinem Kopf aus.

»Die Wirtin hat uns ein kleines Frühstück fertig gemacht. Wenn wir uns danach auf den Rückweg machen, sind wir um zehn zurück in London. Passt das für dich?«, fragt er und reibt sich gähnend über die Glatze.

»Klingt nach einem guten Plan.« Ich ziehe die Tür hinter mir zu und folge Rob in den Gastraum, wo mich der Duft von Kaffee empfängt.

Kapitel 65

Rob bringt mich direkt nach Hause und wir verabreden uns für Montag zum Frühstück. Er wird mir dann seinen fertigen Artikel zeigen und wir gehen noch mal alles durch. Damit sehe ich nicht nur die Recherche, sondern auch das Endergebnis. Zuhause gehe ich direkt zu Eddy. Ich will wissen, was hier gestern los war. Ich klopfe an, und schiebe die Tür auf. Ich mag James wirklich, aber ich hoffe, dass er heute nicht da ist. Ich brauche Eddy manchmal einfach für mich. Leider geht dieser Wunsch nicht in Erfüllung. Eddy und James liegen im Bett und schlafen noch. Ich schicke Eddy eine kurze Nachricht, dass er zu mir rüberkommen soll, wenn er wach ist. Dann ziehe ich mich aus, gehe ins Bad und stelle mich erstmal unter die Dusche. Ich wasche mir die Haare so gut es geht und schäume meinen Körper ein. Als ich fast fertig bin, höre ich Eddy in mein Zimmer kommen. Ich dusche mich schnell ab und wickele mich in meinen Bademantel.

»Guten Morgen.« Ich grinse ihn an, als ich aus dem Bad komme.

Eddy hat sich in mein Bett gelegt und sieht aus, als würde er noch schlafen. »Hey«, sagt er nur.

Ich lache. »Eddy, wenn du so müde bist, warum bist du nicht im Bett geblieben?«

»Du hast gesagt, ich soll rüberkommen. Ich wusste nicht, wie wichtig es ist«, sagt er schulterzuckend.

Ich muss schmunzeln, setze mich zu ihm und greife nach seiner Hand. »Ich wollte nur wissen, was gestern mit Adam los war. Also nichts Dringendes. Geh ruhig wieder rüber, wir können nachher reden.«

Er sieht mich prüfend an. »Sicher?«

Ich nicke und in dem Moment geht meine Zimmertür auf. James steht im Türrahmen und sieht genauso müde aus wie Eddy. Er blickt einen Moment auf unsere ineinander verschränkten Hände, grinst mich an und blickt dann zu Eddy. »Kommst du wieder ins Bett oder soll ich Kaffee machen?«

Mein bester Freund blickt unschlüssig zwischen uns hin und her, als wäre er sich unsicher, ob es okay ist, wenn er mich wieder alleine lässt.

»Geh«, sage ich und nicke.

Eddy gibt mir einen Kuss auf die Wange und steht auf. James greift nach seiner Hand und zieht ihn hinter sich her. Ich bin mir sicher, dass Eddy das nicht mitkriegt in seinem verliebten Kopf, aber das war schon etwas besitzergreifend. Ich lege mich auch noch mal hin, und hole die Stunden nach, die mir von letzter Nacht fehlen. Immerhin muss ich nachher wieder ins Cookies, und da kann ich es nicht gebrauchen, müde zu sein. Ich schlafe den restlichen Nachmittag und will mich gerade für die Arbeit fertig machen, als Eddy wieder reinkommt.

»Bist du allein?«, frage ich hoffnungsvoll.

Eddy grinst. »Du willst mich wohl für dich haben.«

Ich lache. »Ja, manchmal ist es schön, wenn es einfach nur wir sind.«

Er grinst und stimmt mir zu. »Also du willst wissen, was hier gestern los war?«, fragt er und setzt sich auf mein Bett.

Ich nicke.

»Adam ist hier abends irgendwann aufgetaucht. War mal wieder völlig aufgebracht und wollte zu dir. Als ich ihm gesagt habe, dass du nicht hier bist, ist er an mir vorbei und in dein Zimmer gestürmt. Da hat er natürlich gemerkt, dass ich die Wahrheit sage.« Er macht eine kurze Pause. »Als ich ihm dann gesagt habe, dass ich auch nicht weiß, wo du bist, ist er besorgt abgehauen.«

Ich bin erleichtert, dass Eddy da war. Mary hätte wahrscheinlich wieder einen halben Herzinfarkt bekommen. »Weißt du, er will sich nicht bei mir abmelden und machen, was er will, aber wenn er mal nicht weiß, wo ich bin, dreht er gleich durch.« Ich schüttle den Kopf. »Weißt du, ich kann das mit dem Abmelden verstehen: Ich hätte auch keine Lust gehabt, irgendjemanden gestern um Erlaubnis zu fragen. Aber es kotzt mich an, dass seine Regeln immer nur für ihn gelten sollen.« Ich schnaube, schaue in den Spiegel um und mache mir einen Dutt.

»Ich glaube, er weiß ganz genau, dass er eigentlich eine Beziehung mit dir will, ist nur zu stolz, es sich einzugestehen. Er liebt dich, hat aber Angst davor«, sagt Eddy ernst. »Was sein Verhalten aber nicht besser macht.«

Ich mustere ihn nachdenklich durch den Spiegel. »Er ist es auch einfach gewohnt, dass Frauen bisher gemacht haben, was er will, und all seine Bedingungen akzeptieren. Keine Ahnung, warum die sich das alles gefallen lassen – vermutlich war er immer zu schnell wieder weg.« Ich schnaube genervt.

»Ja, wahrscheinlich. Was willst du jetzt machen?«

»Ihm ganz klar sagen, dass er sich das abschminken kann. Entweder die Regeln gelten für uns beide oder er kann mich mal. Ich habe wirklich die Schnauze voll davon, dass er Sachen von mir verlangt an die er sich selbst aber nicht halten will.«

Zu meinem weißen Body mit dem runden Ausschnitt und der Jeansshorts ziehe ich wie immer meine Docs an.

»Kann ich verstehen, würde mir ganz genauso gehen.«

»Genug von Adam, wie läuft es mit den Vorbereitungen für die Modenshow?«, frage ich. Ich brauche dringend einen Themenwechsel.

»Es läuft richtig gut. Wir haben zwar unglaublich viel zu tun, aber es macht Spaß. Die Stimmung und die Energie sind ganz anders als sonst.«

»Ich bin schon so gespannt und kann es kaum erwarten deinen Entwurf über den Laufsteg schweben zu sehen.« Ich kann das Funkeln in Eddys Augen erkennen und weiß, dass es ihm genauso geht.

»Was steht heute noch bei euch an?«, frage ich und ziehe mir einen großen schwarzen Hoodie über den Kopf.

»James muss noch etwas für die Uni machen und ich werde noch mal ins Atelier fahren und danach zu James.«

Ich kontrolliere kurz auf meinem Handy die Uhrzeit. »Das klingt doch toll. Du, aber ich muss leider los. Wir sehen uns morgen und viel Spaß heute Abend.« Dann hänge ich mir meine grüne Tasche um und küsse Eddy zum Abschied auf die Wange.

Kapitel 66

Auf dem Weg denke ich über das nach, was Eddy gesagt hat. Vielleicht hat er recht. Vielleicht will Adam eine Beziehung, kann es sich selbst aber noch nicht eingestehen. Für mich steht jedenfalls fest, dass ich das nicht mit mir machen lasse. Entweder gelten seine Regeln für uns beide oder er hat Pech gehabt. Ich muss keinen Stempel auf unsere Beziehung drücken und ich bin mir mittlerweile sicher, dass ich auch keine feste Beziehung brauche. Ich habe gestern gemerkt, wie sehr ich meine Unabhängigkeit liebe. Adam steht alleine vor dem Cookies, er scheint ungeduldig auf mich zu warten, so wie er sich umsieht. Noch grimmiger als sonst, schaut er immer wieder kurz auf sein Handy. Sobald er mich entdeckt, kommt er mit schnellen Schritten auf mich zu und packt mich am Arm. Ich hasse es, wenn er das macht. Er zieht mich ein Stück hinter sich her, so dass wir in einer kleinen Ecke stehen, wo wir ungestört sind.

Ich verschränke meine Arme vor der Brust und schaue ihn wütend an. »Wo ist dein scheiß Problem?«

Er sieht mich verwirrt an. Anscheinend dachte er, dass er derjenige ist, der wütend ist, und kapiert nicht, warum ich wütend sein könnte.

»Was war das gestern?«, zischt er und ich kann fast seine Zähne knirschen hören, so fest beißt er seine Kiefer aufeinander. Da kann er lange warten, wenn er denkt, dass ich mich davon beeindrucken lasse.

»Was meinst du?«, frage ich und stelle mich dumm, um ihn zu provozieren.

»Kehya, du weißt, was ich meine. Deinen kleinen Ausflug gestern mit diesem Typen.«

»Du meinst, dass ich arbeiten war?«

»Du weißt, dass ich damit nicht meine, dass du arbeiten warst. Du warst in Brighton mit einem fremden Mann und hast dort übernachtet!«

Ich lache ihm mitten ins Gesicht, weil es so lächerlich ist. »Adam, ich war mit einem Kollegen aus Recherchezwecken unterwegs. Es wurde später, wir haben ein bisschen was getrunken und aus Sicherheitsgründen haben wir uns dazu entschieden, in *getrennten Zimmern* dort zu übernachten. Aber warum erzähle ich dir das überhaupt? Kein abmelden, kein rechtfertigen, keine Verpflichtungen! *Das ist das, was du willst*!«

Er schweigt, mustert mich nachdenklich. »Du hast recht. Ich wollte dich gestern sehen, weil ich etwas mit dir besprechen möchte. Und als du dich dann nicht gemeldet hast und selbst Eddy keine Ahnung hatte, wo du warst, habe ich mir Sorgen gemacht. Du hast recht, ich habe überreagiert.«

»Okay. Und was wolltest du mit mir besprechen?«, frage ich.

Er greift nach meiner Hand, kommt ein Stückchen näher zu mir. Seine Stimme ist wieder weicher, sein Ausdruck etwas sanfter. »Kehya, ich muss nächstes Wochenende wieder nach Barcelona.«

Instinktiv ziehe ich meine Hand weg und weiche von ihm zurück. Alles in meinem Körper spannt sich an und ich merke, wie ich in Abwehrhaltung gehe. Die Bilder von ihm und Sofia erscheinen vor meinem inneren Auge. Das mache ich nicht nochmal mit, ich halte das nicht nochmal aus. Ich versuche, meine Gefühle unter Kontrolle zu kriegen.

Adam scheint meine Gedanken zu lesen und macht einen Schritt auf mich zu. »Nicht so, wie du denkst. Ich will, dass du mitkommst. Bitte begleite mich, ich will dich an meiner Seite haben.« Das sagt er mit so viel Liebe und Zärtlichkeit in der Stimme, dass es mir die Sprache verschlägt.

Also nicke ich nur. Er greift nach meiner Hand zieht mich an sich, grinst und küsst mich.

Kapitel 67

Wir sind früher nie groß in den Urlaub gefahren, geschweige denn geflogen. Ich glaube, mein Dad wollte meine Mum nicht überfordern. Jetzt blicke ich aus dem Fenster, sehe die Menschen auf dem Rollfeld umherlaufen und merke, wie ich langsam immer aufgeregter werde. Adams Hand liegt auf meinem Knie, in der anderen hat er sein Handy und schreibt ein paar Nachrichten. Er wirkt völlig unbeeindruckt, für ihn muss fliegen etwas Alltägliches sein. Nach einer Durchsage im Flugzeug steckt er sein Handy weg und wir setzen uns in Bewegung. Ich kann es kaum erwarten, London von oben zu sehen. Wir beschleunigen und ich merke, wie das Kribbeln in meinem Bauch und der Druck auf meinem Körper größer werden. Und dann heben wir ab, das Klappern und die anderen lauten Geräusche lassen nach und wir steigen immer weiter nach oben. Die Menschen und der Flughafen werden immer kleiner, London schrumpft unter uns. Es ist noch früh am Morgen und von hier aus sieht alles unglaublich friedlich aus. Wir überschreiten die Wolkengrenze und plötzlich bin ich im Himmel. Die Sonne scheint, die Wolken leuchten und sehen aus wie weiche Kissen. Ich muss an meine Mum denken. Ob sie glücklich war, als sie damals nach London geflogen ist?

Ich bin mir sicher, sie hätte es geliebt, wenn wir gemeinsam in ihre Heimat geflogen wären und ich meine Großeltern kennengelernt hätte.

Adam drückt leicht mein Knie. »Kehya?«

Ich wende mich zu ihm.

»Geht es dir gut?«, fragt er, und ein winziges Lächeln bildet sich um seine Mundwinkel.

Ich grinse. »Ja, alles bestens. Und bei dir?«

Er nickt knapp, greift nach meinem Kinn, zieht es kurz zu sich und küsst mich. Mein Bauch zieht sich zusammen und augenblicklich kribbelt mein Körper wieder.

»Es ist wunderschön hier oben, Adam.«

»Du bist wunderschön.« Er schaut mir in die Augen und schaut wieder auf sein Handy. Ich hab keine Ahnung, was er da die ganze Zeit macht, unsere Handys sind aus oder im Flugmodus.

Es ist mir aber auch egal, ich sehe wieder aus dem Fenster. Ich kann das Meer unter uns sehen und die ersten kleinen Inseln. Ich bin gespannt, wie Barcelona so ist und was wir alles erleben werden. Heute ist Freitag und wir werden Dienstag wieder zurück fliegen. Ich habe von David bis Mittwoch Zeit bekommen, meinen Artikel fertig zu schreiben. Mein erster Entwurf über die bevorstehende Fashionweek ist schon fertig. Den will ich nur noch mal durchgehen und mit Eddy sprechen, ob aus seiner Sicht etwas Relevantes fehlt. Am liebsten würde ich aber noch einen zweiten Artikel fertig schreiben. Dann kann ich David beide vorlegen und er kann entscheiden, welchen davon er gerne veröffentlichen möchte. Allerdings fehlt mir zu dem zweiten Thema noch ein bisschen Inspiration. Hoffentlich finde ich die in Barcelona.

Kapitel 68

Über unseren Köpfen hängt ein Bildschirm, auf dem wir erkennen können, wie lange wir noch fliegen. Wir landen in zwanzig Minuten. Ich habe gar nicht gemerkt, dass wir langsam sinken. Unter uns sieht man nicht nur Landmassen, sondern langsam erkenne ich auch die Häuser unter uns. Wir fliegen Kurven und sinken immer weiter Richtung Boden. Barcelona sieht unglaublich groß aus. Wir steuern auf den Flughafen zu, bis ich auch den Boden erkenne. Es gibt einen Ruck und das ganze Flugzeug fängt wieder an zu klappern, wir sind gelandet und rollen jetzt zum Terminal. Die Sonne scheint und es sieht aus, als wäre es richtig warm draußen. Am liebsten will ich sofort aussteigen und zapple in meinem Sitz rum. Ich freue mich schon so, Adams Heimat kennenzulernen

Grinsend greift Adam nach meiner Hand. »Bist du aufgeregt?«

»Ja«, sage ich nickend und will aufstehen.

Er lächelt. »Bleib sitzen. Es dauert noch eine ganze Weile, bis wir aussteigen können.«

Enttäuscht sinke ich in meinen Sitz zurück und schiebe meine Unterlippe nach vorne. Er dreht mein Gesicht sanft zu sich und beugt sich zu mir. Er nimmt meine Unterlippe in den Mund, saugt leicht daran und beißt zärtlich hinein. Ich ziehe ihn an mich und küsse ihn leidenschaftlich. Ein Pochen breitet sich zwischen meinen Beinen aus und am liebsten würde ich ihn auf mich ziehen. Mir so die nervige Wartezeit vertreiben. Allerdings ist das gerade etwas unpassend. Einerseits wegen der ganzen Leute, andererseits weil die Sitze dafür einfach nicht geeignet sind.

Adam löst sich von mir, bleibt aber ganz nah vor mir.

»Kehya, ich bin auch aufgeregt«, flüstert er. Er sagt es so leise, dass ich ihn fast nicht verstehe.

Fragend hebe ich die Augenbrauen. »Warum?«, frage ich genauso leise. Er grinst. »Weil du mit mir hier bist.« Er haucht mir noch einen Kuss auf den Mund und setzt sich dann wieder zurück in seinen Sitz. Ich betrachte noch einen Moment sein Profil und ein Lächeln breitet sich auf meinen Lippen aus. Ich kann gar nicht glauben, dass ich wirklich hier bin, mit ihm. Adam und ich waren noch nie so lange ununterbrochen zusammen. Also klar sehen wir uns oft, manchmal auch jeden Tag. Aber normalerweise können wir einfach nach Hause gehen, jeder kann sein Ding machen und wir sind nicht so abhängig voneinander. Besser gesagt, ich bin sonst nicht so abhängig von ihm. Auch wenn ich mich darauf freue, so viel Zeit mit ihm zu verbringen, bin ich trotzdem etwas nervös. Die Nächte, die wir seit unserer allerersten Begegnung zusammen verbracht haben, sind überschaubar, es waren vielleicht vier oder fünf. Und jetzt sind wir vier Nächte hintereinander zusammen. Werden wir uns danach immer noch gut verstehen? Zum Glück sind wir in einem Hotel, im absoluten Notfall besorge ich mir mein eigenes Zimmer. Endlich dürfen wir aussteigen, und da wir nur mit Handgepäck geflogen sind, brauchen wir nicht auf die Gepäckausgabe zu warten. Adam nimmt meine Hand und wir laufen durch das riesige Gebäude. Hier im Flughafen ist alles zweisprachig, das wird in der Stadt wahrscheinlich nicht mehr so sein.

Aber ich werde mich schon zurechtfinden.

Kurz vor den Ausgangstüren, bleibt Adam stehen. »Bist du bereit?«, fragt er.

»Klar«, sage ich freudig.

Er nickt, verschränkt seine Finger mit meinen und wir verlassen den Flughafen.

Vor der Tür stehen einige Taxen, die auf die ankommenden Passagiere warten. Draußen ist es angenehm warm und ich freue mich auf die Tage voller Sonnenschein und frühlingshafter Temperaturen. Die Straßen sind mit grünen Laubbäumen und Palmen gesäumt. Überall stehen wunderschöne alte Häuser aus sandfarbenen Steinen, es sieht unglaublich aus, mir gefällt die Stadt wahnsinnig gut. Wir halten vor einem Hotel mit einer riesigen Glasfassade, das direkt am Meer liegt und aussieht wie ein Segel. Adam nickt mir kurz zu, um mir zu verstehen zu geben, dass wir aussteigen. Er hat die ganze Fahrt nichts gesagt, seine Kiefer sind aufeinandergepresst und er checkt andauernd sein Handy. Ich frage mich, warum er jetzt schon so unentspannt ist. Ich habe gehofft, dass er hier wie im Underground sein wird. Aber vielleicht legt sich das auch noch. Adam steigt aus, ich höre Stimmen von draußen, Menschen, die seinen Namen rufen. Ich greife nach meiner Tasche, folge ihm und werde von hellem Licht geblendet. Ich bleibe entsetzt stehen, verstehe gar nicht, was hier los ist. Die Journalisten reden auf Spanisch auf mich ein, ich verstehe kein Wort und bevor ich überhaupt reagieren kann, greift Adam nach meinem Handgelenk und zieht mich hinter sich her Richtung Hoteleingang. Ich folge ihm und frage mich, ob so sein Leben hier aussieht. Ich bin so mit meinen Gedanken bei den Journalisten vor der Tür, dass ich gar nicht richtig zuhöre, als Adam uns in das Hotel eincheckt. Eine schwarzhaarige junge Frau bringt uns in ein wunderschönes Zimmer. Sie spricht Spanisch, vermutlich weil sie mein Schweigen bisher so verstanden hat, als würde ich die Sprache tatsächlich sprechen. Oder, weil sie Adam für sich haben will. Adam hat auf den Weg ins Zimmer meine Hand nicht ein einziges Mal losgelassen, aber auch das hat sie nicht davon abgehalten, ihm schöne Augen zu machen. Wir bleiben vor einer Tür stehen, die Mitarbeiterin öffnet die Tür und lässt uns dann endlich allein. Ich betrete das Zimmer, schaue mich um und bleibe in der Mitte stehen. Ich habe das Gefühl, dass ich einen Moment brauche, um hier richtig anzukommen. Um zu verstehen, dass Adam für die Leute hier ein anderer ist als für die Menschen in London. Die Journalisten, die Mitarbeiterin, sie behandeln ihn wie einen richtigen Prominenten. Er kommt zu mir, nimmt meine Tasche und stellt sie vor dem Schrank auf den Boden.

»Willkommen in Barcelona, meine Schöne.« Er bleibt vor mir stehen und streicht sich über die kurzen Haare.

Ich blicke ihm in die Augen, seine Stimme hat eine so beruhigende Wirkung auf mich. Adams Gesichtsausdruck verändert sich, seine Lippen öffnen sich leicht und er mustert meinen Körper, blickt mir dann wieder ins Gesicht. Genau das, was auch ich jetzt dringend brauche. Eine Pause von dieser Welt, und einfach nur Zeit für mich und Adam, wo wir beide abschalten können.

Kapitel 69

Als hätte er meine Gedanken gelesen, schiebt er seine Hände unter mein Shirt. Ich bleibe vor ihm stehen und beobachte ihn, genieße jede einzelne Berührung, während er es mir über den Kopf zieht. Seine Züge entspannen sich und sein Anblick ist unglaublich verführerisch. Er macht meine Jeans auf, schiebt sie langsam über meinen Hintern und an meinen Oberschenkeln nach unten. Ich bekomme überall Gänsehaut, spüre wie seine Hände über meinen Körper gleiten, wie er jeden Zentimeter meiner Haut liebkost. Er hebt mein Bein an, zieht die Hose über meinen Fuß, küsst sich dabei von meinem Schienbein zu meinem Oberschenkel und geht zum anderen Bein über. Mein Verlangen nach ihm wird immer größer. Als ich nackt vor ihm stehe, halte ich es nicht mehr aus. Ich ziehe ihn an seinem T-Shirt zu mir hoch, spüre die Wärme seines Körpers, auch wenn wir uns gerade noch nicht berühren. Ich ziehe ihm das Oberteil aus, fahre mit meinen Fingern über seine weiche Haut und über seine angespannten Bauchmuskeln. Einen Augenblick später, hebt er mich hoch und drückt mich an sich. Ich schlinge meine Beine um seine Taille und wir küssen uns, wild und voller Begierde. Wir gehen zu dem großen Fenster vor dem Bett, er presst mich gegen die Scheibe, sodass ich das kalte Glas an meinem Rücken und am Hintern spüre. Adam umschlingt mich mit einem Arm, hält mich fest. Mit der anderen macht er seine Hose auf, schiebt sie runter und dringt direkt in mich ein. Ich schreie auf. Wir bewegen und küssen uns wild. Ich beiße ihm in die Lippe, kriege nicht genug von ihm. Ich will ihm noch näher sein, und ihm scheint es genauso zu gehen. Er schiebt seine Hände unter meinen Hintern, geht mit mir zum Bett und wirft mich darauf. Dann küsste er sich meinen Körper entlang, bis er über mir liegt. Mein ganzer Körper wird von ihm bedeckt, er dringt wieder in mich ein und ich spüre, wie ich langsam dem Höhepunkt näherkomme. Adam behält seinen Rhythmus bei, schlingt seinen Arm um mich, hält mich. Und in dem Moment lasse ich mich fallen und komme gemeinsam mit ihm. Er sackt über mir zusammen und liegt mit seinem ganzen Gewicht auf mir. Meine Beine schlinge ich um ihn und ziehe ihn noch näher an mich. Ich schließe die Augen und genieße die Wärme, die von ihm ausgeht, genieße es ihm so nah zu sein.

»Ich bin froh, dass du mit nach Barcelona gekommen bist«, haucht er mir ins Ohr.

Plötzlich klopft es und Adam blickt stöhnend zur Tür. Dann schaut er wieder zu mir und lässt seinen Kopf in meine Halsbeuge sinken. Es klopft erneut und er rollt widerwillig von mir runter.

»Ich geh schon«, sage ich, wickle mir eines der weißen Laken um den Körper und gehe zur Tür. Ich habe wirklich Hunger und hoffe auf den Zimmerservice, vielleicht hat Adam ja unten an der Rezeption was zu Essen für uns bestellt.

Ich öffne die Tür und erstarre. Es ist nicht der Zimmerservice, es ist Sofia. Mein Herz stolpert. Ich weiß, sie kann nichts dafür, aber Wut steigt in mir auf. Darüber, dass sie hier ist und dass sie diesen Moment zwischen uns kaputt macht. Ich bleibe in der Tür stehen, versuche mich zu sammeln. Ich zwinge mich zu einem Grinsen. »Was kann ich für dich tun?«, frage ich sie so freundlich wie möglich.

Sie würde mich mit ihren Blicken töten, wenn sie könnte. Ich muss mir immer wieder vor Augen führen, dass Adam derjenige ist, der mich verletzt hat, und Sofia keine Ahnung von mir hatte.

Das macht die Situation trotzdem nicht einfacher.

»Ich will mit Adam sprechen«, sagt sie wütend.

»Sorry, Adam kann gerade nicht. Soll ich ihm etwas ausrichten?«

Sie blickt mich mit wutverzerrtem Gesicht an. Vermutlich würde sie mich am liebsten zur Seite stoßen und ins Zimmer stürmen. Doch stattdessen ruft sie etwas auf Spanisch.

»Er hat keine Zeit für dich! Du kannst gehen und brauchst nicht wieder kommen«, sage ich ernst.

Sofia hebt herablassend die Augenbrauen. »Süße, Adam und mich bringt nichts so schnell auseinander. Du bist nicht die Erste dieser Sorte und glaub mir, die einzige Konstante in seinem Leben bin ich.«

Für einen Moment weiß ich nicht, was ich sagen soll.

Ich erinnere mich an das, was Adam mir erzählt hat, und sie hat wahrscheinlich recht. Die Einzige, die immer wieder mit ihm zusammen ist, ist Sofia. Doch das hat sich geändert.

»Alles im Leben ändert sich irgendwann, und falls du es noch nicht wusstest, das mit dir und Adam ist vorbei.« Ich muss mich beherrschen, um nicht auszurasten.

Doch ihr Blick bleibt nicht einmal weiter auf mir haften.

Adam ist hinter mir aufgetaucht, öffnet die Tür vollständig und starrt Sofia an. Mit lediglich seiner Jeans an und oberkörperfrei steht er in der Tür. Plötzlich fühle ich mich wie Luft, als wäre ich für die beiden nicht mehr anwesend. Ich weiß nicht, was Adam zu ihr sagt, denn er spricht spanisch mit ihr. Seine Stimme klingt weich und sanft, sein Gesichtsausdruck ist verständnisvoll und mitfühlend. Ich frage mich, ob ich im falschen Film bin. Ich fühle mich angreifbar und verletzlich, stehe buchstäblich nackt vor dieser Schönheit und Adam spricht auf diese Art mit ihr. War er jemals so einfühlsam mir gegenüber? Ich weiß es nicht. Sofia läuft eine Träne über die Wange. Vermutlich wünscht sie sich sehnlichst, dass Adam sie genauso liebt wie sie ihn. Und erst jetzt wird mir klar, dass es ihr wahrscheinlich genauso geht wie mir. Dieser Gedanke tut weh. Er schiebt sich an mir vorbei, zieht sie an sich in eine Umarmung. Ich weiß gar nicht, was ich machen soll, ich stehe völlig perplex da und starre die zwei an. Adam löst sich wieder von ihr, sagt etwas, Sofia nickt, dreht sich um und geht. Ich hab zwar keine Ahnung, was er zu ihr gesagt hat, aber es fühlt sich irgendwie nicht so an, als hätte er ihr wirklich klar gemacht, dass ich jetzt die Frau an seiner Seite bin. Adam kommt zurück ins Zimmer, schließt die Tür und geht an mir vorbei. Ich bleibe wie angewurzelt stehen und starre die geschlossene Tür an.

»Was war das?«, hauche ich.

Adam atmet schwer aus, wischt sich mit den Händen durchs Gesicht und kommt auf mich zu, nimmt meine Hände in seine und küsst meine Handrücken. »Das war Sofia.«

»Ich weiß, dass das Sofia war. Was hast du zu ihr gesagt?«

»Ich habe dir doch erklärt, dass sie immer einfach auftaucht. Ich habe ihr klar gemacht, dass ich mit dir hier bin.«

»Und das hat sie kapiert? Ich hatte nicht den Eindruck, als würde sie begreifen, dass das mit euch endgültig vorbei ist. Obwohl ich ja keine Ahnung habe, worüber ihr geredet habt, weil du spanisch gesprochen hast.«

»Sie wird hier nicht wieder auftauchen.«

»Ganz ehrlich, wir sind nicht mal eine Stunde hier und ich frage mich, ob es wirklich eine gute Idee war, mit dir hierher zu kommen.« Ich hab keine Ahnung, wie ich damit umgehen soll. Die zwei so zu sehen, zu hören wie zärtlich er mir ihr spricht, sie in seine Arme zieht. Ich muss dieses Bild aus meinem Kopf kriegen. Ich gehe zum Fenster und schaue hinaus aufs Meer.

»Kehy, ich wollte, dass du mitkommst, weil ich wollte, dass du auch diese Seite meines Lebens kennenlernst.« Ich höre ihn näherkommen. »Ich verspreche dir, dass du es nicht bereuen wirst, mit mir hergekommen zu sein.«

Ich atme tief ein, versuche mich wieder zu entspannen. Adam stellt sich dicht hinter mich, legt seine warmen Hände auf meine Schultern. Ich schließe die Augen und lehne mich gegen seine Brust. Atme seinen Geruch ein und hoffe, dass es bei dieser einen Begegnung mit Sofia bleibt.

Kapitel 70

Wir sitzen in einem kleinen Restaurant im Zentrum von Barcelona, an einem kleinen Tisch, der etwas abseits steht. Von unserem Tisch aus können wir hervorragend die Menschen beobachten, die durch Barcelona laufen, ganz so wie in London. Ich versuche, mich auf das Hier und Jetzt zu konzentrieren, obwohl ich immer noch total geschockt bin, von dem was passiert ist. Und trotzdem versuche ich nicht immer und immer wieder die Szene zwischen Adam und Sofia vor meinem inneren Auge abspielen zu lassen. Was verdammt noch mal war das? Adam tut es ab, als wäre die Situation geklärt. Ich habe aber nicht das Gefühl, dass sie kapiert hat, dass zwischen den beiden nichts mehr läuft. Ich meine, ich habe Adam noch nie so gesehen. So einfühlsam, verständnisvoll. Ich habe zwar keine Ahnung, was er zu ihr gesagt hat, aber sein Gesicht, seine Körperhaltung, die Art, wie er sie an sich gezogen hat, wirkten nicht, als würde sie ihm nichts bedeuten. Ich habe mir das doch nicht eingebildet! Meine Gedanken werden unterbrochen, als unsere Kellnerin kommt und unser Essen bringt. Die Pizza duftet herrlich und mir läuft das Wasser im Mund zusammen. Genüsslich schiebe mir das erste Stück in den Mund und sie schmeckt genauso gut, wie ich erwartet habe. Ich hoffe einfach, dass die nächsten Tage hier schön werden und dass diese Leichtigkeit zwischen uns wieder zurückkommt. Und nicht diese angespannte Stimmung, bei der ich das Gefühl habe, dass ein kleiner Funke reicht, um ein ganzes Feuer in Brand zu stecken.

»Wir gehen heute Abend in einen Club. Ich lege auf, aber nicht die ganze Nacht«, sagt er zwischen zwei Bissen.

»Okay.« Trotz Sofia und der Stimmung bin ich gespannt darauf, Adam hier in Barcelona auflegen zu sehen.

Er schaut zu mir, dann legt er Geld auf den Tisch. »Bist du fertig?«, fragt er und deutet auf meinen Teller.

Ich nicke. »Ja.« Ohne etwas zu sagen, steht er auf, nimmt meine Hand und zieht mich hinter sich her. Ich muss lachen, bin überrascht von seinem plötzlichen Elan.

»Was hast du vor?«, frage ich.

»Lass uns shoppen gehen. Wir brauchen was zum Anziehen für heute Abend.«

Ich schmunzle und laufe ihm hinterher.

Adam scheint all den Stress abgeworfen zu haben, als würde auch er die Stimmung zwischen uns abschütteln wollen. Er läuft mit mir Hand in Hand durch die Stadt und immer wieder bleiben Leute stehen und starren ihn an. Er scheint wirklich eine Berühmtheit hier zu sein.

Kapitel 71

Wir laufen in einen kleinen Laden, er nickt den Mitarbeitenden zu und dreht sich zu mir um. Kaum über die Türschwelle getreten, werde ich von einem blumigen Duft eingehüllt.

»Okay, wie läuft das bei dir und Eddy? Stehst du einfach nur da und er entscheidet, was du anziehst?«

Verwirrt hebe ich die Augenbrauen. »Ja, meistens entscheidet er einfach.«

Adam nickt zufrieden und ein Schmunzeln breitet sich auf seinen Lippen aus. »Okay, du kannst dir selbst etwas aussuchen, aber ich will dir auch ein Outfit aussuchen.«

Bevor ich antworten kann, hat er sich umgedreht und ist in einem der Gänge verschwunden. Ich grinse bei der Vorstellung, was Adam mir aussuchen wird. Was ist auf einmal mit ihm los?

Die meisten Männer, die ich kenne, haben in der Regel keine Lust auf Shopping, aber Adam wirkte richtig begeistert. Ich schaue mich in dem Geschäft um. Der Laden hat überwiegend Kleidung für die wilden Nächte in Barcelona. Auf der einen Seite gibt es Second-Hand-Kleidung, auf der anderen neue Klamotten. Die Einrichtung ist dunkel gehalten. Durch die großen Fenster kommt aber so viel Licht rein, dass es trotzdem freundlich wirkt. Außer uns sind nur wenige andere Leute hier. Ich weiß noch gar nicht, was ich heute Abend anziehen will. Bevor ich mich entschieden habe, kommt Adam mit schwingenden Hüften auf mich zu. Ich breche in Gelächter aus, er hat einen riesigen Schlapphut auf, ein Kleid um den Hals gehangen und die Arme voller Klamotten. Er greift nach meiner Hand und tanzt mit mir Richtung Umkleidekabine. Ich grinse breit, mein Herz pocht wie wild in der Brust.

»Los zieh dich aus«, haucht er mir ins Ohr.

Dann schiebt er mich in die Kabine, wühlt einen Moment in den Klamotten auf seinem Arm, reicht mir zwei Teile und zieht den Vorhang zu. Eins davon ist ein fürchterlich hässliches Kleid mit bunten Mustern. Ich ziehe es über und es lässt mich breiter aussehen, als ich bin. Das andere Stück ist ein langes Tuch, vielleicht falls es abends kalt wird. Ich betrachte mich im Spiegel. Es sieht fürchterlich aus, ich würde zu gerne Eddys Gesicht sehen, wenn ich so auf die Straße gehen würde.

Ich stelle mich vor den geschlossenen Vorhang. »Bist du bereit?«, rufe ich.

»Oh ja!«, ruft er, ich höre das Grinsen in seiner Stimme. Ich habe keine Ahnung, was ihm normalerweise gefällt. Hoffentlich meint er das hier als Scherz.

Schwungvoll schiebe ich den Vorhang zur Seite. Adam sitzt auf einer kleinen Bank an der Seite, hat sein Kinn in seine Hand gestützt, seine Augenbrauen sind zwar nach unten gezogen, aber seine Lippen werden von einem kleinen Lächeln umspielt. Ich mache einen ernsten Ausdruck und stolziere vor ihm entlang, als wäre ich ein Model auf einer Show. Kurz vor ihm bleibe ich stehen, posiere kurz und halte inne für die Fotografen. Adam stützt gespannt sein Kinn auf einer Hand ab und seine Mundwinkel heben sich zu einem Grinsen. Dann drehe ich mich um, laufe zur Kabine und wieder zu ihm.

Ich lache und Adam steigt mit ein.

»Und wie gefällt dir deine Auswahl?«

Er zieht mich zu sich, stellt mich zwischen seine Beine und küsst mich innig. Ich gebe mich ihm hin und vergesse für einen Moment, dass wir in diesem Laden sind.

»Egal, was du anhast, ich finde dich unwiderstehlich.«

Bei seinen Worten pulsiert es zwischen meinen Beinen. Sanft löse ich mich von ihm und schaue auf mein Kleid hinab.

»Na gut, es ist schon furchtbar«, lacht er.

Diese Seite von Adam kennenzulernen, fühlt sich so besonders an. Er lässt mich spüren, dass das zwischen uns nicht nur für mich etwas Besonderes ist. Adam gibt mir ein neues Outfit, und ich spiele wieder Model für ihn. Nach einer gefühlten Ewigkeit und unendlichen Lachanfällen scheint Adam zufrieden zu sein. Auf halber Strecke zur Kasse bleibt er stehen und sieht auf meine Schuhe. Ich schaue ihn wütend an, er braucht nicht denken, dass er etwas an meinen Schuhen ändern darf.

»Hast du nur die mit oder auch noch andere?«, fragt er nachdenklich.

»Warum?«, schieße ich zurück.

»Ich stehe auf deine Docs«, er macht eine theatralische Pause, »aber ich würde dich auch gerne mal in anderen Schuhen sehen.« Er zuckt mit den Schultern.

»Eddy hat mir noch ein Paar eingepackt, die ich normalerweise nie anziehen würde. Aber ich kann sie im Hotel für dich tragen.« Ich zwinkere ihm zu, schnappe mir die Klamotten von seinem Arm und gehe zur Kasse. Lachend kommt er hinter mir her und bezahlt für mich. Kurz darauf verlassen wir den Laden.

»Was ist mit dir?«, frage ich vor der Tür.

»Was soll mit mir sein? Ich ziehe Sneaker oder Boots an«, erwidert er grinsend.

Ich lache. »Nein, nicht deine Schuhe. Ich meine, was du anziehst heute Abend.«

»Ich brauche nichts Neues«, sagt er, nimmt meine Hand und wir schlendern weiter durch das Zentrum. Wir holen uns ein Eis und er zeigt mir ein paar Sehenswürdigkeiten. Ich bin froh, dass wir diesen Ausflug gemacht haben und nicht im Hotel geblieben sind. Ich musste raus nach der Sache mit Sofia. Und ich kapiere immer noch nicht, was wirklich zwischen den beiden läuft. Ich schüttle den Gedanken wieder ab. Ich will den Tag und die Zeit hier mit Adam genießen. Er ist so anders, seit wir in die Stadt gegangen sind. Wenn ich nur schlau aus ihm werden würde. Irgendwann gehen wir zurück zum Hotel. Ich brauche dringend noch eine Pause, bevor wir in den Club gehen.

Kapitel 72

Als ich aufwache, liege ich auf Adams Brust.

Er schläft noch, das merke ich an seinen tiefen, gleichmäßigen Atemzügen. Er hat seine Arme fest um mich geschlungen. Als hätte er Angst, dass ich sonst abhauen könnte. Ich bleibe noch liegen. Genieße seine Wärme und Nähe und lausche auf seinen Herzschlag. Ich bin so verliebt in ihn, egal wie schlimm er mich vorher verletzt hat. Ich hoffe, dass sich der Vorfall von heute mit Sofia nicht wiederholt. Und dass wir den restlichen Aufenthalt in Barcelona so verbringen können, wie die letzten Stunden. Bei der Erinnerung an Adam in diesem Laden muss ich grinsen. Er kann witzig sein, wenn er es zulässt. Vorsichtig schiebe ich mich von seiner Brust und werfe noch einen Blick auf den schlafenden Adam. Wie er friedlich in den weißen Laken liegt, ich könnte ihn stundenlang beobachten. Doch ich reiße mich los, gehe ins Bad und springe unter die Dusche. Dann mache ich mich fertig. Ich weiß nicht genau, wann wir nachher los müssen, will aber keinen Zeitdruck haben und fange lieber etwas früher an. Nackt sitze ich vor dem Schminktisch. Das Handtuch, das ich mir umgewickelt habe, ist mir bis zu meinen Hüften runtergerutscht. Ich mache mir gerade die Haare, als die Tür aufgeht und ein verschlafener Adam reinkommt.

Ich grinse ihn an. »Na, gut geschlafen?«

Adam nickt nur.

»Willst du duschen?«

Er nickt wieder.

»Soll ich raus gehen? Ich kann mich auch drüben weiter fertig machen«, sage ich.

Er schüttelt den Kopf und grinst. »Nichts, was du noch nicht gesehen«, sagt er müde und zieht sich das T-Shirt über den Kopf.

Ich schmunzle und drehe mich wieder zum Spiegel um. Er braucht nicht denken, dass ich ihn sofort anspringe, nur weil er sich auszieht. Trotzdem beobachte ich ihn im Spiegel. Er ist nackt und bewegt seinen knackigen Hintern in die Duschkabine. Er ist wirklich unglaublich heiß und ich kriege einfach nicht genug von ihm. Das ganze Bad beschlägt von dem heißen Wasser aus der Dusche. Ich kann mich nicht mehr im Spiegel erkennen. Ich werde mich weiter schminken, wenn er fertig ist. Ich gehe ins Schlafzimmer, räume meine Klamotten weg, die auf dem Boden liegen, und packe die Einkaufstaschen aus. Ich betrachte gerade mein neues Kleid, als Adam aus dem Bad kommt, nur ein Handtuch um seine Hüften gewickelt.

»Na? Gefällt dir das Kleid?«, fragt er.

Ich grinse. »Oh ja, ich sah vorhin fabelhaft darin aus.«

Er kommt auf mich zu, zieht mich an sich.

Ich schlinge meine Arme um seine Taille. »Dein Outfit jetzt ist auch atemberaubend schön.«

Seine Augen wandern dabei über mein Gesicht. Und mir wird bewusst, dass ich mich immer noch nicht angezogen habe.

»Ich kann einfach alles tragen«, scherze ich. Ich fühle mich wohl in meinem Körper und weiß, dass Adam mir nicht widerstehen kann.

Er küsst mich flüchtig auf die Lippen und löst sich wieder von mir. »Wir haben leider nicht so viel Zeit.«

Ich grinse ihn an. »Der Tag ist ja noch nicht zu Ende.« Dann geh ich an ihm vorbei und zurück ins Bad. Ich schminke mich fertig und überprüfe meine Haare noch ein letztes Mal. Ich liebe meine Dreads, und mir gefällt meine Frisur heute. Als ich rauskomme, sitzt Adam angezogen auf dem Bett. An fast jedem Finger trägt er einen Ring, hat schwarze Boots und eine zerrissene Jeans an und ein dunkelgraues oversized T-Shirt. Ich betrachte ihn, seine Tattoos, seine langen Finger, seine markanten Züge. Ich liebe jeden Zentimeter an ihm.

Er grinst mich an. »Was schaust du mich so an?«

Adam weiß, wie attraktiv er ist, also zucke ich nur mit den Schultern und sage beiläufig: »Dein Aussehen ist ganz passabel.« Dann schaue ich ihn verführerisch an und gehe nackt an ihm vorbei. Ziehe mir einen Slip an und hole mein neues Kleid aus dem Schrank. Schlüpfe hinein und spüre den weichen Stoff auf meiner Haut. Adam beobachtet mich und folgt jeder meiner Bewegungen. Das Kleid ist gerade geschnitten, geht mir ungefähr bis zu den Knien. Der Stoff ist aus Satin und es hat einen dunklen Rostton. Es hat dünne Spagettiträger, der Rücken ist fast bis zum Hintern ausgeschnitten und wird nur von einzelnen dünnen Bändern zusammengehalten. Ich will gerade in meine Docs schlüpfen als Adam Einspruch erhebt.

Ich lache. »Ich ziehe keine High Heels an.«

Er zieht einen Karton unter dem Bett hervor und schaut mich grinsend an. »Ich dachte auch eher an diese hier.«

Ich gehe zu ihm rüber und schaue, was er da in den Händen hält. Es ist ein Doc Martens Karton. Fragend schaue ich ihn an und er klappt den Deckel auf. Es sind neue Docs in einem dunklen Kirschrot. Sie sind wunderschön und passen perfekt zu meinem Kleid.

Ich schaue die Schuhe mit offenem Mund an. »Wann hast du denn die besorgt? Hast du die unter dem Bett versteckt?«

»Gefallen sie dir?«

Ich sehe ihm an, wie überzeugt er von seinem Geschenk ist. Und er hat recht damit, ich liebe sie, sie sind wunderschön. Aber das muss er nicht sofort wissen.

Ich ziehe sie aus dem Karton. »Erstmal schauen ob sie passen«, sage ich und schaue ihn herausfordernd an.

»Kehya, ich bin doch kein Anfänger«, sagt er gespielt herablassend.

Ich schlüpfe in die Schuhe, betrachte mich im Spiegel am Kleiderschrank. Es ist perfekt, das Kleid, die Schuhe. Ich drehe mich einmal um mich selbst und präsentiere Adam mein Outfit.

»Ich liebe sie. Danke.« Ich freue mich unglaublich über das Geschenk. Adam kann so süß und aufmerksam sein. Ich gehe auf ihn zu und küsse ihn. »Sie sind perfekt«, sage ich und löse mich von ihm.

»So wie du«, antwortet er, dann schaut er mir in die Augen und ich merke das Kribbeln zwischen uns.

Seufzend unterbricht er unseren Blickkontakt und schaut auf die Uhr. Er steht auf und greift nach meiner Hand. »Wir müssen leider los.«

Ich merke ihm an, wie enttäuscht er ist, und ich bin es auch. Ich hätte gerne noch einen Moment für uns gehabt. Ich nehme meine kleine schwarze Handtasche und wir verlassen das Zimmer.

Kapitel 73

Vor der Tür werden wir von Journalisten begrüßt. Sie stellen Fragen, reden auf Spanisch und Englisch auf uns ein. Adam nimmt meine Hand und läuft mit mir zu dem schwarzen Auto, das auf uns wartet. In diesem Moment wird mir bewusst, dass ich die neue Sofia bin. Sonst läuft Adams Aufenthalt hier wahrscheinlich ziemlich ähnlich ab. Nur dass sonst Sofia an seiner Seite ist. Bilder von den beiden tauchen vor meinem inneren Auge auf, Bilder wie sie Clubs zusammen betreten und auch wieder verlassen. Ich schüttle kurz den Kopf. Nein, nicht schon wieder dieses Gefühlschaos. Ich lasse mir den Abend nicht von Adams früherem Leben versauen. Er hat mich mit hierher genommen, obwohl er wusste, dass sie hier sein wird. Er hat sie aus dem Hotel geworfen. Er will mich und nicht sie. Und das ist das, was zählt. Wir setzen uns ins Auto und fahren zu dem Club, in dem Adam heute auflegen wird. Ich freue mich auf den Abend und werde ganz aufgeregt. Ich zapple wieder und kann es kaum erwarten, Adam hier auflegen zu sehen.

Er schaut mich nachdenklich an.

»Was ist?«, frage ich.

»Ich will nur, dass du es vorher weißt. Sofia wird heute Abend auch da sein.«

Mein Magen zieht sich unwillkürlich zusammen.

»Sie gehört zu den gleichen Kreisen, wir haben gemeinsame Freunde. Es tut mir leid und mir wäre es auch lieber, wenn sie nicht da wäre«, sagt er entschuldigend.

Damit habe ich nicht gerechnet.

»Okay«, ist das Einzige, was ich sage. Die Enttäuschung wird immer größer. Ich habe mich auf einen Abend mit Adam gefreut. Wie er mit seinen Freunden ist. Ich hoffe nur, dass es kein Drama gibt. Noch mal so eine Szene wie heute Morgen im Hotel ertrage ich nicht. Sie soll sich einen anderen suchen und uns in Ruhe lassen. Dabei könnte ich ihn, wäre ich an Sofias Stelle genauso wenig in Ruhe lassen. Allerdings würde ich das, was sie sich gefallen lässt, nicht mitmachen. Ich würde mich niemals von ihm wegschicken lassen, während er mit einer anderen im Hotel ist. Ich frage mich, ob sie, wie ich im Cookies, andere Typen benutzt, um Adam eifersüchtig zu machen. Und wenn sie es tut, wie er darauf reagiert. War er bei ihr genauso besitzergreifend, wie er es bei mir ist? Ist er eifersüchtig, wenn sie sich einen anderen nimmt?

Mit einem Mal kommen wir beim Club an und steigen aus. Bis jetzt ist noch niemand außer uns und den Mitarbeitenden hier. Adam stellt mich den Leuten vor, die hier arbeiten. Sie scheinen alle sehr nett zu sein, wirken aber teilweise etwas verwundert, dass er eine Frau mitbringt. Während Adam sich mit dem anderen DJ abspricht, der heute Abend auch auflegen soll, schaue mich im Club um. Es sieht alles sehr schick und neu aus. Die Wände sind mit Spiegeln versehen, man kann also von überall alles und jeden beobachten. Neben dem DJ-Pult gibt es eine kleine Empore mit einem abgetrennten Bereich. Der ganze Innenbereich ist aus Glas und die Möbel sind schwarz. Unter der Decke hängen zwei riesige Disco-Kugeln. Alles glänzt und ich bin gespannt, wie es wirkt, wenn der Club nachher voll ist. Im Vergleich hierzu wirkt das Cookies richtig runtergekommen und dreckig. Bei uns wird weniger Wert auf modern und schick gelegt, dafür ist es bei uns gemütlicher. Das große Hauptlicht wird ausgestellt. Die Theken sind dezent beleuchtet und ringsherum ist der Fußboden mit Lichtleisten versehen. Ebenso dort, wo es Stufen gibt. Die kleinen Sitznischen sind leicht beleuchtet und wirken jetzt deutlich einladender. So wirkt es mehr wie ein Club als wie ein Spiegelkabinett. Die ersten Gäste strömen in den Club. Ich sitze an der Theke und beobachte die Menschen. Es ist schön, das ganze Geschehen von hier aus zu beobachten, ohne arbeiten zu müssen. Adam steht hinter dem DJ-Pult, zusammen mit seinem Kollegen. Er blickt auf und lässt seinen Blick durch den Raum schweifen, bis er mich erkennt. Er gibt mir ein Zeichen und ich gehe zu ihm rüber. Sein Kollege lässt uns allein und ich stelle mich zu ihm.

»Na? Bereit für deinen Auftritt?«, frage ich ihn grinsend.

»Klar, das bin ich doch immer.« Er deutet auf den separaten Bereich neben dem DJ-Pult.

»Das hier ist unser Bereich. Die Leute in Barcelona sind aufdringlicher als in England«, sagt er zur Erklärung.

Ich nicke. »Alles klar, aber das heißt nicht, dass ich den ganzen Abend hier oben hocken muss, oder?«

»Nein, natürlich nicht. Aber hier findest du mich, wenn ich gerade nicht auflege.«

»Okay«, sage ich. Er kann ja da oben rumsitzen. Ich werde mich bestimmt zwischendurch unter die Leute mischen und mich auf der Tanzfläche amüsieren.

Adam schlingt seinen Arm um meine Taille und zieht mich noch näher an sich.

»Ich werde dich nicht aus den Augen lassen. Lass dich nicht von den temperamentvollen Spaniern um den Finger wickeln. Du gehörst nur mir«, sagt er, dann schiebt er seine Hände in meinen Nacken und küsst mich, hart, besitzergreifend. Er beißt in meine Unterlippe, seine Hand umschließt meine Brust und ich stöhne in seinen Mund. Ich lass meine Finger zwischen seine Beine wandern und spüre, wie hart er ist. Plötzlich höre ich eine Frauenstimme hinter mir. Sie spricht spanisch. Ich habe keine Ahnung, was sie gesagt hat, aber Adam löst sich von mir. Ich drehe mich zu ihr um und stehe direkt Sofia gegenüber.

Kapitel 74

Adam legt den Arm um meine Taille und sagt noch etwas zu Sofia auf Spanisch. Sein Gesichtsausdruck ist hart, seine Augenbrauen zusammengezogen. Von dem verständnisvollen Adam aus dem Hotel ist nichts mehr übrig.

»Sofia, das ist Kehya. Kehya, das ist Sofia. Aber ihr habt euch ja schon kennengelernt«, sagt Adam auf Englisch.

Dabei starrt er Sofia die ganze Zeit an, als wenn er ihr zu verstehen geben will, dass sie sich zusammenreißen soll. Sofia schaut ihn herausfordernd an. Ich dachte, sie wäre eine kleine hörige Frau, die niemals ein Widerwort äußert. Jetzt macht sie allerdings nicht den Anschein, als würde sie sich alles von Adam gefallen lassen.

Dann blickt sie mich an, kommt auf mich zu. »Schön dich kennenzulernen. Ich kann verstehen, warum er dich fickt. Aber denk nicht, dass es mehr als das ist.«

Mir ist klar, dass sie mich provozieren will – trotzdem trifft es mich. Denn genau wie sie liebe ich Adam und habe Angst davor, dass sie recht hat. Adam und mich verbindet etwas, das spüre ich. Unser traumhaftes Date, die Nächte, die wir gemeinsam verbracht haben. Das habe ich mir alles nicht eingebildet. Hätte er Sofia mit nach London gebracht und mich dafür abserviert, würde ich alles andere tun, als ihm hinterher zu rennen. Ich würde ihm zeigen, was er verloren hat, aber dann wäre es für mich vorbei.

»Schön dich kennenzulernen«, sage ich zu ihr.

Zum Glück ist sie nicht allein gekommen. Wir gehen zu dem separaten Bereich und Adam stellt mir den Rest der Gruppe vor.

»Kehya, das sind Rodriguez, Travis und Angelo, mit den dreien bin ich zusammen zur Schule gegangen. Paul und Sebastian sind irgendwann danach dann aufgetaucht und nicht wieder verschwunden.«

Der letzte lacht und zeigt Adam den Mittelfinger.

»Julia war mal das Date von Paul. Zwischen den beiden ist zwar nie was gelaufen, Julia war aber so cool, dass sie bleiben durfte.« Er grinst sie an, dann blickt er streng zu Sofia. »Und Sofia hast du ja schon kennengelernt.«

»Hey«, sage ich in die Runde und hoffe, dass ich mit Adams Freunden, und ausgerechnet Sofia, gut zurechtkommen werde.

Eine Kellnerin kommt gerade mit einem Tablett Shots und Longdrinks zu uns. Sofia, Adam und ich setzen uns zu den anderen und ich schaue mich ein wenig um. Der Club ist mittlerweile gut gefüllt, der andere DJ macht gute Musik und ich kriege Lust zu tanzen.

Ich stehe auf und Adam sieht mich fragend an.

»Ich geh tanzen, du kannst mitkommen oder hierbleiben«, sage ich und muss lachen, als ich die Panik in seinem Blick aufflackern sehe.

»Adam, ich kann auf mich aufpassen«, sage ich grinsend.

»Ich würde mitkommen, aber ich muss gleich auflegen. Ich habe dich im Blick.« Dann zieht er mich zu sich und küsst mich kurz.

Ich verabschiede mich und gehe runter und verlasse den separaten Bereich. Doch bevor ich tanzen gehe, laufe ich eine Runde durch den Club. Ich liebe es, die Energie in mich aufzunehmen. Die Leute zu beobachten und zu flirten. Egal, ob ich die Sprache spreche oder nicht, zum Flirten braucht man nicht unbedingt zu reden. Die Leute hier im Club laufen deutlich freizügiger rum als bei uns in London. Das könnte am Wetter liegen oder an der Mentalität, selbst die Männer zeigen so viel Haut wie möglich. Ich sehe kaum jemanden bei dem ich nicht den Brustansatz sehen kann. Einige tragen obenrum nur ein offenes Hemd. Ich lasse mich von der Musik leiten und erreiche irgendwann die Tanzfläche.

Kapitel 75

Adam steht mittlerweile hinter dem Pult und hat den anderen DJ abgelöst. Unsere Blicke treffen sich und ich habe das Gefühl, dass er richtig erleichtert ist, mich wieder im Blick zu haben. Keine Ahnung, was mit ihm los ist, aber hier hat er einen noch extremeren Beschützerinstinkt als in London. Was soll mir denn passieren? Ich grinse ihn an, und tanze. Ich liebe die Beats und bin überrascht, wie anders sein Style hier ist. Es ist immer noch seine Musik. Aber es ist ausschließlich spanisch und sie wirkt noch erotischer, leidenschaftlicher. Es ist Musik, zu der man sich an jemanden schmiegen möchte. Zum Glück kann ich gut mit mir selbst tanzen. Meine Bewegungen werden größer. Ich lasse meine Hände über meinen Körper gleiten. Streiche von meinen Knien über meine nackten Oberschenkel nach oben, schiebe dabei mein Kleid ein Stückchen mit. Fahre mit den Händen meine Taille entlang und über meine Brüste. Ich schaue immer wieder verführerisch zu Adam. Sein Blick ruht ununterbrochen auf mir und ich lege eine kleine Show für ihn hin - ich habe unglaublich viel Spaß. Auf einmal kommt ein mir bekanntes Lied, das aus dem Underground. Unser Lied. Ich schließe die Augen und erinnere mich an diesen Abend zurück. Adams vertrauter Geruch trifft mich, kurz bevor sich seine Hände an meine Taille legen. Es erinnert mich an den ersten Abend im Cookies. Ich schmiege mich an ihn, drücke meinen Hintern gegen ihn. Adam schiebt meine Haare auf eine Seite. Seine Hände nehmen den gleichen Weg über meinen Körper, den meine eigenen eben genommen haben. Er umfasst meine Brüste, küsst meinen Hals und ich spüre das Ziehen zwischen meinen Beinen. Das Lied neigt sich dem Ende zu. Adam dreht mich um, küsst mich, umschlingt mich mit seinen langen Armen. Oh Gott, wie sehr ich es liebe, wenn es so leicht zwischen uns ist.

»Komm, ich brauche was zu trinken und muss zurück hinters Pult.« Er nimmt meine Hand und wir gehen zurück in den separaten Bereich. Sofia empfängt mich mit hasserfüllten Blicken und ich grinse ihr entgegen. Adam schnappt sich ein

Glas: »Ich muss wieder weitermachen.« Dann deutet er zum DJ-Pult und drückt mir noch einen Kuss auf den Kopf. Ich setze mich auf einen der Sessel und nehme mir ebenfalls was zu trinken. Die anderen unterhalten sich, machen Witze und albern rum. Vermute ich zumindest, denn sie sprechen Spanisch. Ich habe keine Ahnung, worum es geht, und fühle mich fehl am Platz. Ein dunkelhaariger Typ kommt zu mir und setzt sich mir gegenüber. Ich glaube, er hieß Rodriguez.

»Wie gefällt es dir?«, fragt er mit starkem Akzent.

»Sehr gut, cooler Club«, sage ich und lächle ihn an.

»Was ist das zwischen dir und Adam?« Er spuckt seinen Namen geradezu aus. »Sorry für die direkte Frage, aber ist es was Ernstes?« Er schaut mir dabei in die Augen. Ich verschränke die Arme vor der Brust. Zuerst redet niemand mit mir und dann sowas?

»So ernst, dass er mich aus London mit hierher nimmt.«

»Und hat er neben dir noch andere Freundinnen in London?«

»Was geht dich das an? Ist das nicht eine Sache zwischen ihm und mir?«, frage ich ihn.

»Ich kenne Adam schon lange, und die Frauen kommen und gehen. Alle außer eine.« Ich weiß sofort, wen er damit meint: Sofia.

Mein Magen zieht sich zusammen. »Und?«, hake ich nach. Ich kapiere nicht, was genau er will.

»Ich will dich nur vorwarnen. Als er letztes Mal hier war, hatte er nur Augen für Sofia. Jetzt bist du hier, und wer weiß, wer beim nächsten Mal hier ist? Ist es wieder Sofia? Oder hat er wieder eine mit angeschleppt?«

Es tut weh, das zu hören. Ich bin froh, dass mir Adam alles über Sofia und seinen letzten Aufenthalt hier erzählt hat. Aber ich will es nicht von Rodriguez hören.

Mit einem Schnauben überspiele ich, wie schwer das Thema für mich ist. »Das ist süß von dir, aber ich bin groß und kann auf mich aufpassen. Wir sind doch alle erwachsen und wissen, worauf wir uns einlassen, oder?«

Adam taucht hinter Rodriguez auf, legt seine Hände auf dessen Schultern und drückt leicht zu. »Alles klar hier?«, fragt er auf Englisch. Sein Gesichtsausdruck ist ernst und ich frage mich, ob ich etwas verpasst habe.

Rodriguez steht auf. »Klar, wollte nur wissen, ob es deiner Freundin gut geht.«

Das sagt er auf so eine seltsame Art, dass ich mir sicher bin, dass zwischen den beiden irgendwas vorgefallen sein muss. Rodriguez wirft mir noch einen seltsamen Blick zu, den ich nicht deuten kann. »Dann lass ich euch mal wieder allein«, sagt er und geht.

Adam setzt sich auf den frei gewordenen Platz und mustert mich prüfend. »Was wollte er von dir?« Sein Blick ist hart, seine Kiefer aufeinandergepresst.

»Er wollte wissen, was das zwischen uns ist.«

»Und was noch?«, fragt er ernst. Er lässt mich nicht aus den Augen. Ist er wütend auf mich oder den Typen? Was geht hier ab?

»Er hat mir erzählt, dass du und Sofia letztes Mal unzertrennlich wart. Und dass sie die Einzige ist, die immer an deiner Seite ist und alle anderen nur für zwischendurch wären.« Ich erwidere seinen ernsten Blick.

»Was hast du gesagt?«

»Dass wir alle erwachsen sind und wissen sollten, worauf wir uns einlassen. Was ist hier los Adam? Was sollen all diese Fragen von ihm und jetzt von dir?«

Er wischt sich mit den Händen übers Gesicht, eine Geste, die er macht, wenn er gestresst ist. »Er ist einfach ein Idiot. Lass uns was trinken.« Er nimmt meine Hand und zieht mich zu den anderen. Er schiebt uns zwei Sessel an den Tisch und gibt der Kellnerin ein Zeichen. Sie ist innerhalb weniger Minuten mit zwei vollen Tabletts bei uns. Ich bin beeindruckt, wie schnell sie ist.

Die Stimmung entspannt sich wieder und wird etwas lockerer, alle trinken und haben offensichtlich ihren Spaß. Sofia holt sich einen Stuhl und stellt ihn direkt neben Adam, beugt sich vor und flüstert ihm etwas ins Ohr. Um seine Mundwinkel ist ein leichtes Grinsen zu erkennen und er sagt etwas zu ihr. Obwohl sie englisch miteinander sprechen, kann ich nichts von ihrer Unterhaltung verstehen, weil es hier so laut ist. Sie bleibt weiter bei ihm sitzen. Es scheint immer wieder irgendwelche Witze zwischen den beiden zu geben, die nur die zwei verstehen. Irgendjemand sagt etwas und die zwei blicken sich immer wieder kurz an und grinsen. Bin ich paranoid oder läuft da was zwischen den beiden? Bin ich so geblendet, dass ich das Offensichtliche nicht wahrnehme? Bin ich das kleine dumme Mädchen, das sich Hoffnungen macht und denkt, sie hätte Adam gezähmt, obwohl es für ihn immer nur Sofia geben wird?

Ich weiß, dass er gerne flirtet, das mache ich auch, aber da lief nie irgendetwas. Die beiden haben eine gemeinsame Geschichte und turteln hier rum. Direkt vor meinen Augen. Ich fühle mich fehl am Platz. Rodriguez sieht mich von oben herab an. Als wenn er sagen würde: *Süße, ich hab's dir doch gesagt.* Ich nehme einen Shot, kippe ihn runter, verziehe mein Gesicht und stehe auf.

Fragend sieht Adam mich an.

»Toilette«, sage ich knapp und gehe.

Kapitel 76

Die Toiletten sind im Untergeschoss, was ich ziemlich fragwürdig finde, wenn man die ganzen Betrunkenen sieht. Bei all den Stufen bin ich froh, meine neuen Docs anzuhaben. Ich muss an heute Mittag denken. Der Tag in der Stadt war wirklich schön, Adam war so süß und aufmerksam. Aber diese Party ist scheiße. Ich komme gerade aus der Toilettenkabine, als ich Sofia am Waschbecken stehen sehe mit ihren langen Haaren und ihren scheiß High Heels. Na super.

»Falls du denkst, dass er sich für dich entschieden hat, täuscht du dich, Kleine«, sagt sie.

»Kann ich mal vorbei?«, frage ich und deute auf das Waschbecken hinter ihr. Ich habe keine Lust, mich mit ihr zu unterhalten. Sie soll ihren Mist für sich behalten, es ist mir egal, was sie zu sagen hat.

»Du bist nichts Besonderes, er hatte schon so viele Frauen die hübscher und attraktiver waren als du. Dich wird er auch irgendwann satthaben. Die Einzige, die er wirklich liebt und zu der er immer zurückkommt, bin ich.« Ihr Ton klingt mehr nach Drohung als alles andere. Ich bin froh, dass ich keine Komplexe habe und heute umwerfend aussehe. Sonst würde es mir wahrscheinlich deutlich schwerer fallen, diesen Scheiß durchzustehen. Sie soll uns einfach in Ruhe lassen. Endlich geht sie zur Seite. Ich mache den Wasserhahn an, und halte meine Hände unter das kalte Wasser, um meine Nerven zu beruhigen.

»Wenn er dich wirklich so sehr liebt, ist es schon komisch, dass er es mit dir nicht aushält und sich immer wieder eine andere sucht«, sage ich.

Ich lasse sie stehen, gehe Richtung Tür. Sie kommt mit ihren langen Beinen hinterher, greift nach meinem Arm und hält mich fest.

Wütend fahre ich zu ihr herum. »Fass mich noch einmal an, und du wirst erstmal nicht als Model arbeiten können.«

Sie zieht langsam ihre Hand weg, kommt dafür aber einen Schritt auf mich zu.

Ich weiche keinen Zentimeter zurück.

»Halt dich einfach von Adam fern. Er gehört mir, manchmal braucht er ein kleines Spielzeug.«

»Es ist mir scheiß egal, was du denkst, Adam liebt dich nicht. Das beweist doch allein schon die Tatsache, dass er mich mit aus London hierher genommen hat?«

Ich verlasse die Toilette, aber Sofia bleibt mir dicht auf den Fersen. Als wir kurz vor der Tanzfläche sind, fängt sie auf einmal an zu lachen und hakt sich bei mir unter. Sagt irgendwas und lacht wieder. Ich bin so perplex, dass ich stehen bleibe und sie verwirrt ansehe.

»Du bist ein kleines dummes Mädchen«, sagt sie, dann lacht sie wieder und geht. Sie dreht sich zu mir um und winkt.

Ich blicke auf und sehe Adam hinterm DJ-Pult, er sieht mich verwirrt an. Ach, das war ihr Plan. Sie will vor Adam einen auf gute Freundin machen. Wie kann man so hinterfotzig sein?

Ich drehe mich um und gehe zur Theke. Ich weiß, bei Adam auf der Empore steht alles voller Alkohol, aber auf die Leute habe ich keine Lust. Ich brauche eine Pause. Von Sofia und auch von den anderen. Ich bestelle mir etwas zu trinken, leere das Glas mit einem Zug und gehe zurück zur Tanzfläche. Ich muss mich bewegen, den Stress und die Wut loswerden, sonst platze ich. Ich dränge mich an den Leuten vorbei und gehe in die Mitte der Tanzfläche. Ich schaue zu Adam auf, er lächelt mich an und dann sehe ich, wie Sofia hinter ihm auftaucht. Die kann mich mal, die Wut sprudelt langsam über. Aber ich werde ihr zeigen, dass Adam nur Augen für mich hat. Ich lasse ihn nicht aus den Augen. Bewege meine Hüften und tanze zu Adams Musik. Ich spüre, wie die Wut langsam verfliegt. Sofia steht immer noch neben ihm, aber Adam beachtet sie kaum. Er sieht nur mich an, bis… Plötzlich nimmt sie sein Gesicht in die Hände und drückt ihre Lippen auf seine. Adam kommt ihr entgegen, es fühlt sich wie eine Ewigkeit an, aber dann schiebt er sie von sich. Ich bin geschockt und kurz davor, auszurasten. Alles in mir brodelt. Was ist das hier für ein Scheiß?

Er sieht sie wütend an und sagt etwas zu ihr. Die Tränen steigen mir in die Augen, ich spüre den Kloß in meinem Hals. Ich kann mich immer noch nicht von der Stelle bewegen.

Kapitel 77

Adam sucht meinen Blick, ich starre ihn wütend an. Nicht nur, dass ich die Bilder von meiner Recherche in meinem Kopf hatte, nein, jetzt habe ich sie auch live zusammen gesehen. Das tolle Paar. Fuck! Fuck! Fuck!
Mit aller Kraft versuche ich mich zusammenzureißen, ich werde hier nicht heulen. Nicht vor ihr und ihren scheiß Freunden, diese Genugtuung gönne ich ihr nicht. Als ich mich umdrehe, steht zum Glück ein gutaussehender Typ neben mir auf der Tanzfläche. Ich lasse meinen Blick über ihn schweifen, er schenkt mir ein breites Grinsen, dann greife ich nach seinen Händen und ziehe ihn an mich. Ich bewege mich, schmiege meinen Körper an ihn. Ich muss mich beruhigen, und ich muss mich ablenken. Adam kann mich mal. Der Typ schiebt gerade seine Hände Richtung meines Hinterns, als ich am Arm gepackt und von dem Typen gerissen werde. Zu meiner Überraschung ist es nicht Adam, es ist Rodriguez.

»Reiß dich zusammen!«, schreit er mich an. »Wir können hier keine Schlägerei gebrauchen.«

Er zerrt mich von der Tanzfläche.

Ich fluche und schreie ihn an: »Du hast mir überhaupt nichts zu sagen! Ich kann ja wohl selbst entscheiden, mit wem ich tanze und mit wem nicht!«

»Süße, du machst hier nicht die Spielregeln, jetzt halt die Klappe und komm mit.«

»Fick dich!«, schreie ich und knalle ihm eine, bevor er es kommen sehen kann. Schnell reiße ich mich von ihm los. Ich verschwinde in der Menschenmenge, mache mich unsichtbar. Ich ertrage den Scheiß hier nicht mehr. Ich zittere und kriege ganz weiche Knie. Ich bin völlig aufgewühlt und will nach Hause. Ich will zu Eddy und mich in meinem Bett verkriechen. Genau vor solchen Momenten habe ich mich gefürchtet. Ich bleibe in einer Ecke stehen, lehne mich an die Wand und versuche mich zu beruhigen.

Ein blondes Mädchen kommt mit zwei Drinks in der Hand auf mich zu und hält mir eines der Gläser hin. »Geht es dir gut?«, fragt sie erst auf Spanisch, auf meinen irritierten Blick auf Englisch. »Alles okay?«, fragt sie noch mal, als ich erst nicht reagiere.

»Ja«, lüge ich. Ich will nicht zurück zu Adam und seinen Freunden. Ich kann mich hier aber auch nicht ewig verstecken. Ich kriege dieses Bild von Adam und Sofia nicht aus dem Kopf, was läuft da? Warum hat er mich überhaupt mit hierher genommen?

Ich starre in das Glas vor mir. Noch nie habe ich mich so verloren gefühlt wie gerade. Ich wünschte, ich wäre in London, da könnte ich einfach abhauen. Hier bin ich von ihm abhängig. Ich habe kein Geld dabei, selbst meinen Ausweis im Hotel. Selbst meine Getränke sind auf Adams Rechnung gegangen. Ich könnte höchstens zum Hotel laufen, meine Sachen packen und verschwinden. Ich bin keine vierundzwanzig Stunden hier und ich will nur weg. Ich hätte nicht gedacht, dass der Tag so läuft. Das Mädchen stupst mich an und deutet mit ihrem Kopf in Richtung Tanzfläche. Adam kommt auf uns zu. Ich trinke mein Glas aus und reiche es ihr. Dann verschränke ich die Arme vor der Brust und beobachte Adam, wie er sich an den Gästen vorbeischiebt. Er sieht abgehetzt und verzweifelt aus, ich kann die Panik in seinen Augen sehen. Er bleibt vor mir stehen, streckt die Hände nach mir aus, hält aber inne. Ich rühre mich keinen Zentimeter. Keine Ahnung, ob er nichts sagt, weil er nichts zu sagen hat, oder weil er sprachlos ist. Ich spüre, wie sehr mein Herz rast. Ich schlucke alle Gefühle runter, damit ich nicht losweine.

»Kehya, komm bitte mit mir mit. Lass uns reden.« Flehend blickt er mich an.

Ich schüttle den Kopf. »Das können wir auch hier.«

»Verschwinde«, schnauzt Adam die Blondine an, die die ganze Zeit neben uns steht und uns beobachtet. Sie sieht ihn entsetzt an und geht ein paar Schritte zur Seite, bleibt aber weiterhin in der Nähe.

»Ich muss dich berühren dürfen, bitte lass mich wenigstens deine Hand halten«, sagt er verzweifelt.

Ich bleibe weiter regungslos vor ihm stehen. Er hat kein Recht irgendwelche Forderungen zu stellen oder irgendetwas von mir zu verlangen.

»Ich weiß nicht, was ich sagen soll. Sie hat mich völlig überrumpelt. Ich wollte nicht, dass der Abend so läuft. Ich wollte, dass wir Spaß haben und nicht, dass so etwas passiert.«

Er wartet auf eine Reaktion. Aber ich stehe nur da. Kann mich nicht rühren. Kann nicht fassen, dass all das passiert.

»Bitte, sag etwas. Sag mir, dass ich dich nicht verliere.« Ich habe Adam noch nie so verzweifelt gesehen. Ich weiß, dass Sofia alles tun würde, um mich zu vertreiben. Ich weiß, dass sie ihn geküsst hat. Aber ich halte das nicht aus, ich ertrage das nicht. Ich kann so eine Beziehung nicht führen, eine mit so vielen Höhen und Tiefen. Ich liebe ihn, aber er wird mich kaputt machen, wenn es so weitergeht. Mir laufen Tränen über die Wangen, Adam legt seine Stirn an meine und fleht mich stumm an, nicht zu gehen.

»Adam, ich muss hier weg«, presse ich hervor.

»Okay. Ich komme mit, ich lasse dich nicht allein gehen. Ich muss nur zu meinem Kollegen, damit er übernehmen kann. Entweder du kommst mit oder ich bin in zwei Minuten bei dir.«

Ich nicke. »Ich komme mit.« Ich wische mir die Tränen weg, straffe meine Schultern und greife nach Adams Hand.

Adam sieht auf unsere Hände, schaut mir in die Augen und ich erkenne ein erleichtertes Heben seiner Mundwinkel. Dabei geht es mir hier mehr darum, Sofia zu zeigen, dass sie mich nicht kleinkriegt, als dass ich Adam verzeihe. Ich werde mir den Scheiß von ihr nicht gefallen lassen. Als wir oben ankommen, sehe ihr entsetztes Gesicht. Sie dachte wohl, ich wäre abgehauen. Adam läuft an ihr vorbei und zieht mich hinter sich her Richtung DJ-Pult.

Er wechselt ein paar Sätze mit seinem Kollegen, der nickt, und Adam dreht sich wieder zu mir. »Okay, wir können jetzt fahren.«

Wir gehen zurück und bleiben vor den anderen stehen, Adam hält meine Hand die ganze Zeit fest. Er umklammert sie richtig, als hätte er Angst, ich würde mich losreißen und wegrennen.

»Wir verschwinden«, sagt er zu den anderen und würdigt Sofia nicht eines einzigen Blickes.

Ich kann ihr ansehen, wie verletzt sie ist, und dass sie Angst hat, Adam vollends verloren zu haben. Aber es ist mir egal, wie sie sich fühlt. Er wirft mir einen kurzen Blick zu und läuft mit mir zum Ausgang. Vor der Tür stehen Journalisten, die Bilder machen, wie wir den Club verlassen. Plötzlich bleibt Adam stehen, dreht sich zu mir um und sieht mir in die Augen.

»Es können alle wissen, dass ich nur dir gehöre«, flüstert er, zieht mich an sich und küsst mich. Küsst mich vor all den Kameras, wie ein Versprechen, dass nichts und niemand uns auseinanderbringen kann. Nicht einmal Sofia.

Kapitel 78

Als ich am nächsten Morgen aufwache, sitzt Adam neben mir im Bett. Ich weiß gar nicht, wie ich mich verhalten soll. Er will etwas sagen, als es an der Tür klopft. Ich hoffe, es ist Frühstück, nach dieser Nacht brauche ich einen normalen Morgen. Adam zieht sich schnell eine Jogginghose über und geht zur Tür. Ich warte einen Moment – dann höre ich eine laute Frauenstimme, es ist Sofia. Ich stehe auf, ziehe mir schnell ein T-Shirt von Adam über und gehe zur Tür. Sofia steht verheult und im Kleid von letzter Nacht vor der Tür. Als Adam sieht, dass ich näherkomme, wechselt er die Sprache.

»Sofia, ich meine es ernst. Halt dich von uns fern, lass uns in Ruhe.« Seine Stimme lässt keinen Widerspruch zu, sein Gesichtsausdruck ist allerdings weicher als gestern Nacht. Sofia antwortet auf Spanisch. Ich kann die Verzweiflung in ihrem Blick sehen.

»Du musst jetzt gehen. Und ich will dich nicht wiedersehen«, sagt er, dann dreht er sich um und macht die Tür zu. Ich frage mich, ob Adam sie schon öfter so abserviert hat.

Er mustert mich einen Moment. »Lass uns unsere Sachen packen und einen Ausflug machen. Das war genügend Stress für den ersten Tag. Ich will das wiedergutmachen.« Dann küsst er mich auf die Stirn und holt seine Kleidung aus dem Schrank. »Pack alles ein, was du hast, wir kommen nicht zurück in dieses Hotel.«

Ich bin verwirrt, habe aber keine Kraft, um nachzufragen. Mechanisch stopfe ich meine Sachen in meine Tasche, gehe ins Bad und packe meine Schminke zusammen. Da es heute sehr warm ist, ziehe ich eine kurze Jeansshort und ein weißes lockeres Top, mit Spagettiträgern an. Ich binde mir meine schwarze Jacke um die Hüften und ziehe meine alten Docs an. Meine Dreads habe ich nur zu einem schnellen Dutt zusammengebunden.

Adam kommt in einer weiten Leinenhose und einem olivfarbenen T-Shirt zu mir. Er bleibt vor mir stehen, hebt mein

Kinn an und schaut mir tief in die Augen. »Wie geht es dir?«, fragt er und ich höre die Sorge in seiner Stimme. Sorge um mich, um uns.

Ich zucke mit den Schultern. »Ganz ehrlich, ich hab keine Ahnung, was ich fühlen oder denken soll. Alles ist gerade zu viel.«

Er schaut mich nachdenklich an. »Okay, vielleicht habe ich eine Idee, wie wir das ändern können. Komm, wir gehen.« Adam nimmt meine Hand und wir gehen zur Rezeption. Ich habe keine Ahnung, was er vorhat, aber ich will auch nicht darüber nachdenken. Ich will meinen Kopf ausschalten, alles verbannen, was dort rumschwirrt. Wir checken aus dem Hotel aus. Doch statt den Vordereingang zu benutzen, steigen wir in den Fahrstuhl. Adam drückt den untersten Knopf zur Tiefgarage. Ich sehe ihn fragend an.

»Ich habe ein Auto gemietet«, sagt er, verschränkt die Arme vor der Brust, löst sie wieder und wischt sich dann übers Gesicht und die kurzen Haare. Offensichtlich kann er mit dieser Situation genauso schlecht umgehen wie ich. Wir gehen zu einem schwarzen Auto und ich rutsche auf den Beifahrersitz. Ich fühle mich leer. Was soll ich jetzt machen? Stehe ich das Drama mit Sofia durch oder sollte ich versuchen ihn zu vergessen? Einfach nach Hause fliegen und im Cookies kündigen, damit ich ihn nie wiedersehen muss?

Meine Gedanken werden von meinem Handy unterbrochen. Eddy ruft an. Mir steigen augenblicklich Tränen in die Augen, als wüsste er, mit welchen Gedanken ich mich quäle. Und wie sehr ich ihn jetzt brauche.

Adam fährt los und ich gehe ans Telefon.

Ich versuche zu lächeln. »Hi Eddy!«

»Oh Kehy, das war ja ein ganz schlechter Versuch. Kannst du reden oder ist Adam bei dir?«

»Wir sitzen gerade im Auto«, antworte ich und unterdrücke mit Mühe meine Tränen.

»Alles klar, dann stelle ich dir nur Fragen, die du mit Ja oder Nein beantworten musst«, sagt er und ich lächle mit verschwommenem Blick.

Eddy ist einfach meine bessere Hälfte.

»Okay. Wie geht es dir?«, frage ich.

»Mir geht es gut, aber ich habe Bilder von dir und Adam gesehen«, sagt er und an seinem Ton kann ich hören, dass es keine Bilder sind, in denen wir durch die Stadt schlendern.

»Wo hast du sie gesehen?«, frage ich verwirrt.

»Ich schick sie dir, ich hab Adam heute Morgen gegoogelt. Und da sind ein paar Bilder aufgetaucht, die ich nicht verstehe.« Mein Handy vibriert und Eddy hat mir drei Bilder geschickt. Eins von Adam hinterm DJ-Pult mit Sofia die ihn gerade küsst. Eins von Adam und mir, wo wir im Club stehen, ich weine und er seine Stirn an meine legt. Und eins, wo wir den Club verlassen und uns küssen. Ich muss schlucken. Wieso gibt es solche Bilder im Internet? Jetzt ist das Bild von Adam und Sofia beim Küssen nicht nur live in meinem Kopf abgespeichert worden, sondern jetzt auch noch auf meinem Handy. Mir laufen heiße Tränen über die Wangen und ich kann sie nicht aufhalten. Mein Hals schnürt sich zusammen und ich habe das Gefühl, keine Luft mehr zu kriegen.

»Kehya bist du noch da?«, fragt Eddy besorgt.

»Ja«, sage ich schwer.

»Soll ich kommen und dich holen?«

Ich lächle schmal. Eddy ist der beste Freund, den ich mir wünschen kann. »Nein, wir machen heute einen Ausflug und falls es soweit sein sollte, setze ich mich in den Flieger und komme nach Hause.«

Adam blickt kurz zu mir und ich kann die Angst in seinen Augen sehen.

»Okay, was war da gestern los? Macht er jetzt mit euch beiden rum?«, fragt Eddy verärgert.

»Nein, ich glaube nicht.«

»Aber er knutscht mit dieser Bitch rum, an dem gleichen Abend, als auch du da warst. Und jetzt sag nicht, dass er nichts dafür konnte. Warum war sie überhaupt da?«

»Ich kann es dir nicht erklären. Es ist einfach passiert, sie hat ihn überrumpelt und sein Schwanz hat kurz die Kontrolle übernommen.« Als ich das sage, sehe ich Adam böse an.

Er schielt kurz zu mir rüber und hebt fragend die Augenbraue.

»Warte kurz, Eddy.«

Ich nehme mein Handy vom Ohr und zeige Adam die Bilder.

»Fuck«, zischt er, dann konzentriert er sich wieder auf den Verkehr.

Ich will mit Eddy darüber reden, also beschließe ich, dass es mir egal ist, ob Adam neben mir sitzt oder nicht, und erzähle Eddy die ganze Geschichte. Von dem Morgen, an dem Sofia im Hotel aufgetaucht ist. Über unseren Ausflug in die Stadt und alles, was im Club passiert ist. Von dem Zusammentreffen zwischen mir und Sofia auf der Toilette und dass ich Rodriguez, diesem Vollidioten, eine geknallt habe. Und wie wir dann den Club verlassen haben und was Adam zu mir gesagt hat, bevor wir uns vor den Kameras geküsst haben. Ich bin richtig erschöpft, als ich fertig bin und merke, wie gut es tut, Eddy alles zu erzählen.

»Okay, das ist krass. Und er sitzt gerade neben dir?«

»Ja, er sitzt neben mir, aber das ist mir egal. Ich will mit dir darüber reden, ob er hier ist oder nicht. Ich werde noch verrückt, wenn ich es die ganze Zeit in mich reinfresse.«

»Okay, das ist auch richtig so. Verstell dich nicht vor ihm, er baut den Mist, also soll er es sich auch ruhig anhören. Was willst du jetzt machen?«, fragt Eddy.

»Keine Ahnung, wäre das alles gestern in London passiert, hätte ich mich verpisst. Aber ich hatte nichts dabei. Und bevor ich die Entscheidung treffen konnte, ob ich zurück zum Hotel laufen soll, stand Adam vor mir. Und wir sind zusammen gegangen.«

Ich hole tief Luft. »Sofia ist heute Morgen wieder vor unserer Zimmertür aufgetaucht, wir sind jetzt aus dem Hotel ausgecheckt und ich habe keine Ahnung, wo wir hinfahren.«

Mit einem Mal hält Adam vor einem kleinen Kiosk an der Straße und steigt aus.

»Eddy, er ist gerade ausgestiegen, wir sind kurz allein.«

»Okay, also verzeihst du ihm?«, fragt er schnell, als läge ihm diese Frage schon die ganze Zeit auf der Zunge.

»Der Kuss ist eine Sache. Ich habe selbst gesehen, dass sie ihn geküsst hat. Aber alles andere, dieses ›ich bin der einfühlsame Adam‹ und ›wir haben ja auch so viele Insiderwitze und verstehen uns prächtig‹ kotzt mich deutlich mehr an. Ich will, dass er eine ganz klare Entscheidung trifft. Und zwar nicht nur mir gegenüber, sondern auch Sofia gegenüber. Er hat ihr den ganzen Abend über Hoffnungen gemacht und ihr das Gefühl gegeben, dass sich zwischen den beiden nichts verändert hat. Es ist egal, ob er ›verpiss dich‹ sagt, wenn er dann trotzdem mit ihr flirtet und einen auf guten Freund macht.« Mit jedem Wort rede ich mich mehr in Rage.

»Oh Süße, du hast so recht. Willst du meine Meinung dazu hören?«

»Ja bitte.«

»Ich glaube, wenn du dich für ihn entscheidest, sollte dir bewusst sein, dass Sofia wahrscheinlich nicht einfach verschwindet. Sie hat Adam mit hunderten von Frauen gesehen und ist trotzdem geblieben. Selbst wenn Adam ihr ganz klar sagt, dass sie gehen soll, bezweifle ich, dass sie das tun wird.«

Ich lasse seine Worte sacken, ich fühle mich erschlagen, obwohl es mir eigentlich schon klar war.

»Sollte ich ihn einfach in den Wind schießen und ihn vergessen?«, frage ich erschöpft.

In dem Moment steigt Adam wieder ein. Er sieht mich mit aufgerissenen Augen an, vermutlich hat er meine letzten Worte gehört.

»Bitte lass uns kurz reden«, haucht Adam.

»Eddy, ich meld mich gleich noch mal, okay?«

»Klar. Ich setze mich in den nächsten Flieger, wenn du mich brauchst.« Dann legt er auf.

Ich lasse mein Handy in meinen Schoß sinken und fummle an den Fäden meiner Hose herum.

»Kehya.«

Ich schaue zu ihm, Adam nimmt meine Hände, streichelt sie ununterbrochen. »Bitte geh nicht. Verlass mich nicht, ich brauche dich. Ich weiß, der Abend gestern war beschissen. Und wenn ich könnte, würde ich ihn rückgängig machen. Ich verspreche dir, dass unser Ausflug nach Barcelona ab jetzt perfekt wird. Ich werde nicht zulassen, dass noch so eine Katastrophe passiert. Bitte, gib mir die Zeit, solange wir hier sind, um dir zu beweisen, dass ich es ernst meine. Und wenn ich es doch verkacken sollte, kannst du Dienstag sagen, dass du gehen willst, okay?« Flehend sieht er mich an.

»Okay, aber bis Dienstag kann ich es dir nicht versprechen. Wir sind gerade mal einen Tag hier. Ich halte das nicht aus, falls noch mal so etwas passiert. Ich werde dann einfach gehen, scheiß egal, welcher Tag ist. Adam, du machst mich kaputt mit deinem Flirten mit Sofia und diesem Hin und Her. Die Liebe hat meine Mutter zerstört, das lasse ich bei mir nicht zu«, sage ich ernst, stumme Tränen laufen mir über die Wangen. »Ich habe irgendwann keine Kraft mehr Adam, Liebe hält nicht alles aus.«

Ich könnte einfach nur schlafen. Er macht mich fertig, aber ich kann nicht einfach gehen. Obwohl ich weiß, dass es für mich besser wäre.

Er nimmt mein Gesicht in seine Hände und zieht mich zu sich. Wischt meine Tränen fort. »Kehya, du sollst meinetwegen nicht kaputt gehen, ich werde es nicht vermasseln. Ich entscheide mich für dich, nur für dich. Du weißt, dass ich keine andere will und das werde ich dir und allen anderen beweisen. Jede Frau wird wissen, dass sie bei mir keine Chance mehr hat, weil ich nur Augen für dich habe.«

Kapitel 79

Eine Stunde später stehen wir vor einem kleinen Haus in einem Dorf außerhalb von Barcelona. Wir steigen aus und bleiben vor der Eingangstür stehen.

»Was machen wir hier?«, frage ich.

»Essen«, antwortet er und zwinkert mir zu. Er schiebt die Tür auf und geht hinein, doch ich stocke.

Adam kommt zurück und hält mir seine Hand in. »Komm mit«, bittet er mich.

Ich verschränke meine Finger mit seinen und wir gehen durch einen schmalen dunklen Flur. Ich höre eine Frauenstimme etwas sagen.

»Ich bin's Mama, ich hab Besuch mitgebracht, sprich Englisch!«, ruft er. Seine Stimme hat einen ganz anderen, viel liebevolleren Ton als sonst.

Mein Herz bleibt stehen. Seine Mutter? Adam nimmt mich mit zu seiner Familie? Darauf bin ich nicht vorbereitet. Schnell schaue ich an mir herunter. Ich hätte mich ordentlicher anziehen sollen. Eine kleine mollige Frau, mit schwarzen Locken und einem bunten Kleid kommt uns entgegen. Sie spricht Spanisch. Und ich glaube, sie schimpft mit Adam, obwohl ihre Augen strahlen, als sie ihren Sohn sieht.

Er lacht kurz, beugt sich dann zu ihr herunter und gibt ihr einen Kuss auf die Wange. »Mama, das ist meine Freundin, Kehya. Sie kommt aus London und spricht kein Spanisch.« Er wendet sich zu mir.

»Kehya, das ist meine Mutter Maria.« Ich will gerade meine Hand ausstrecken, als sie ihre Arme um mich schlingt.

»Ich freue mich sehr, dich kennenzulernen.« Sie küsst mich auf beide Wangen und nimmt mich nochmal in den Arm.

»Danke, ich freue mich auch sehr, dich kennenzulernen.« Von dieser herzlichen Begrüßung bin ich etwas überrumpelt. Als sie sich von mir löst, lächle ich sie an.

Ungefragt nimmt Maria meine Hand und schleift mich mit sich. Das erklärt, warum Adam ebenfalls diese Angewohnheit hat. Gleichzeitig frage ich mich, wie eine so herzliche und liebe Frau einen so grimmigen Sohn haben?

Das Wohnzimmer ist klein, aber sehr gemütlich eingerichtet. Auf dem hellblauen Sofa liegen unendlich viele Blumenkissen. Die Wände sind voller Familienbilder, die ich mir gerne in Ruhe anschauen würde, um ein paar süße Kinderbilder von Adam zu finden. Die Türen nach draußen stehen offen und man kann raus in den Garten schauen. Ich höre jemanden die Treppe runter poltern.

»Der feine Herr aus England will jetzt also nicht mehr spanisch reden.« Die Stimme ist der von Adam zum Verwechseln ähnlich.

»Dac, halt die Klappe und beweg deinen Arsch hier runter.«

Ein junger Mann Anfang zwanzig kommt die Treppe herunter. Er sieht Adam unglaublich ähnlich, jedenfalls im Gesicht. Die gleiche schmale Nase, die vollen Lippen und die dunklen Augen. Allerdings ist er etwas rundlicher und er hat längere Haare, die sich nach oben locken. Dac trägt eine Jogginghose und ein weites T-Shirt und ist etwas kleiner als Adam.

»Oh, du hast eine Freundin mit Nippelpiercing, das gefällt mir«, lacht er und haut Adam auf den Oberarm.

Ich gucke auf meine Brüste und verschränke meine Arme. Ich schäme mich nicht dafür, aber das muss ja nicht das erste sein, was seine Mutter über mich erfährt.

»Kehya, das ist mein kleiner Bruder Didac, aber alle nennen ihn Dac. Er hat eine große Klappe, also hör nicht auf alles, was er sagt.« Obwohl Adams Tonfall ernst ist, grinst er mir breit zu. »Dac, reiß dich zusammen«, ermahnt er dann seinen Bruder und wirft ihm einen gespielt bösen Blick zu.

Dac zieht mich in eine Umarmung. »Ist ja gar nichts dran an dir«, sagt er kopfschüttelnd, als er mich wieder losgelassen hat.

»Mama, wir brauchen was zu essen, Adam lässt seine Freundin hungern.«

Ich lache und Adam verdreht die Augen.

»Na, zum Glück habe ich gerade einen Auflauf im Ofen«, ruft seine Mutter.

Ich frage mich, ob ich hier im falschen Haus gelandet bin. Seine Mutter und sein Bruder sind so herzlich und aufgeschlossen, wie passt der verschlossene und schlecht gelaunte Adam dazu? Bevor ich weiter darüber nachdenken kann, zieht Dac mich auf die Terrasse und setzt mich auf einen der Stühle. »So, du bist dir also sicher, dass du diesen Miesepeter da drüben toll findest, ja? Also, ich wäre auch noch zu haben.«

Ich grinse und verkneife mir ein Lachen.

»Ich will Adam nicht seine Freundin ausspannen, aber ich will wenigstens so fair sein und es dir zumindest anbieten.«

Ich kann mir nur zu gut vorstellen, wie Didac die Frauen mit seinem Charme um den Finger wickelt. »Das ist sehr nett von dir. Vielleicht werde ich darauf zurückkommen.« Ich zwinkere ihm zu. Adam kommt raus und stellt sich hinter mich, legt seine Hände auf meine Schulter.

»Ich helfe kurz Mama in der Küche. Kommst du mit Dac klar oder willst du mit mir kommen?«

»Ich bleibe hier draußen.«

Dac grinst breit. »Keine fünf Minuten und sie ist lieber bei mir als bei dir. Hast du dir das gut überlegt, sie mit hierher zu bringen? Vielleicht wird sie nicht wieder mit dir zurückfahren.«

Adam verdreht die Augen und geht wieder rein.

»So, jetzt mal Spaß beiseite«, sagt er ernst und zieht seine Augenbrauen zusammen. Es ist verrückt, wie ähnlich die beiden sich sind, und trotzdem so unterschiedlich. Vor allem jetzt, wo Dac mich so ernst anschaut und seine Lippen zu einer schmalen Linie verzogen sind.

»Woher kennt ihr euch?« Seine dunklen Augen sind auf mich gerichtet.

»Wir arbeiten in London in dem gleichen Club«, antworte ich.

»Und du stehst auf schlecht gelaunte Männer? Ist das eine Art Fetisch?«

Ich lache. »Er ist ja nicht immer so.«

Entsetzt sieht Dac mich an. »Nicht immer so? Es gibt Tage, an denen er nicht ein einziges Mal gut drauf ist.«

Zustimmend nicke ich und zucke dann mit den Schultern. »Tja, da hast du vermutlich recht. Es muss an mir liegen, ich bin ein hoffnungsloser Fall.«

Er grinst und entblößt seine geraden weißen Zähne. »Wir Aguados sind unwiderstehlich, selbst Adam.« Er zeigt mir ein verführerisches Lächeln und sieht Richtung Tür als aus dem Inneren des Hauses ein lautes Scheppern zu hören ist.

»Ich geh mal kurz gucken, ob alles okay ist.« Dann steht er auf und lässt mich auf der Terrasse allein.

Ich hole mein Handy heraus und schicke Eddy schnell eine Nachricht:

Kehya 1:47 pm:
Ed, wir sind bei Adams Familie.
Es ist soweit alles okay, mach
dir keine Sorgen.

Kehya 1:48 pm:
Ich melde mich nachher
nochmal bei dir.
Danke für alles <3

Kapitel 80

Adam kommt mit einer riesigen Auflaufschüssel auf die Terrasse. Es duftet unglaublich gut und ich merke, wie hungrig ich bin. Es ist mittlerweile mittags und wir haben heute noch nichts gegessen. Maria kommt mit einer großen Schale Salat und Geschirr auf einem Tablett zu uns. Sie stellt alles auf den Tisch und ich merke, wie mir das Wasser im Mund zusammenläuft. Gerade als alle sitzen, springt Maria wieder auf.

»Zur Feier des Tages trinken wir ein schönes Glas Wein«, ruft sie und klatscht dabei in die Hände.

»Klar, *mittags* in der *Sonne* ist das bestimmt super«, sagt Dac, und Adam und er lachen.

Maria kommt mit einer Flasche Rotwein und zwei Gläsern nach draußen. »Meine Söhne trinken nie mit mir Wein, du schon, oder?« Dabei guckt sie mich flehend an und ich kann einfach nicht Nein sagen.

»Na klar«, sage ich und grinse.

Maria öffnet die Flasche und schenkt uns ein. Sie reicht mir ein Glas und ich nehme es dankend entgegen.

»Das Essen riecht unglaublich«, sage ich.

»Dann warte mal, bis du es probiert hast, ich bin nicht ohne Grund besser gebaut als mein Bruder«, sagt Didac und deutet auf Adam.

»Du bist doch nur neidisch auf mein Sixpack«, sagt er mit einem Schmunzeln.

»Ich wäre auch immer so schlecht drauf wie du, wenn ich den ganzen Tag hungrig wäre«, erwidert Dac grinsend, was Adam mit einem bösen Blick kontert.

Adam tut uns allen auf. Bevor wir essen, nehmen wir uns an den Händen.

»Danke, dass ihr alle heute hier seid. Ich freue mich sehr, dass du Kehya mitgebracht hast und danke, dass du mitgekommen bist, Kehya«, sagt Maria. Wir bedanken uns für das Essen und fangen endlich an. Es schmeckt noch besser als es riecht.

»Siehst du, wie sie schlingt, Mama? Adam lässt sie hungern, sie sollten ein paar Tage hierbleiben.«

Ich verschlucke mich fast an einem Lachen.

»Dac, sie hungert nicht. Sie bewegt sich viel und deswegen ist Kehya so schlank«, sagt Adam mit vollem Mund.

»Ach, sie bewegt sich viel, das würde ich gerne mal sehen.«

Ich werde rot und versuche langsamer zu essen.

»Kehya, Schätzchen, lass dich nicht von den beiden ärgern. Iss so viel du willst, wir haben genug für alle«, sagt Maria und lächelt mich an. Sie hat einen warmen und herzlichen Ausdruck in ihren Augen und sieht richtig glücklich und zufrieden aus. Es muss hart für sie sein, Adam so selten zu sehen. Und auch Adam scheint wie ausgewechselt zu sein, jetzt wo er wieder mit seiner Familie vereint ist. Vielleicht vermisst er sie mehr als ich vermutet habe. Wir sitzen noch eine ganze Weile zusammen und unterhalten uns über alles Mögliche. Die Zeit vergeht wie im Flug und mittlerweile ist es fast Abend. Zu dieser Jahreszeit ist es in Barcelona schon richtig warm und es ist wunderschön hier draußen zu sitzen und den Tag mit Adams Familie zu verbringen. Hat es etwas zu bedeuten, dass er mich mit hierher genommen hat, oder bringt er öfters Frauen mit? Als Adams Mutter aufsteht, schwankt sie leicht. Ich habe mein Glas Wein erst halb ausgetrunken, die Flasche ist aber schon leer. Maria nimmt die Flasche und geht Richtung Küche.

»Mama, du hast genug Wein gehabt, oder?«, sagt Adam ernst.

Maria streift den Türrahmen und dreht sich dann etwas wacklig um. »Adam, sei kein Spielverderber. Ich weiß gar nicht, was ihr immer wollt. Wenn du schon mal deine Freundin mitbringst, kann ich ja wohl mal ein Glas Wein trinken.«

»Ja, ein Glas wäre okay«, ruft Dac und er und Adam seufzen halb genervt, halb lachend.

Ich sehe zwischen den beiden hin und her. »Macht euch das keine Sorgen?«

»Meine Mutter trinkt super selten, aber wenn dann übertreibt sie es ein bisschen«, sagt Adam schulterzuckend.

Maria kommt mit einer Schüssel Mousse au Chocolat zurück.

»Mama, du bist die Beste!«, ruft Dac, springt auf und macht einen kleinen Freudentanz.

Ich muss lachen, Adam sitzt ernst neben mir und beobachtet uns beide.

Ich drehe mich zu ihm um. »Wie kann es sein, dass dein Bruder so ist«, ich deute auf den lachenden Dac gegenüber von mir, »und du so bist?«

Er sitzt mit verschränkten Armen vor mir und sieht mich mit zusammengezogenen Augenbrauen an. Er schmunzelt leicht, doch bevor er etwas sagen kann, fällt Dac ihm ins Wort: »Der liebe Gott war bei der Verteilung von Glückshormonen bei Adam sehr sparsam. Dafür hat er bei mir eine Extraportion drauf gepackt.«

Dann schnappt er sich einen Löffel und schaufelt sich eine große Portion Mousse au Chocolat auf den Teller. »Das ist wie mit Nachtisch, wer zu langsam isst, verpasst das Beste! Und Adam hat das mit der guten Laune irgendwie nie richtig gelernt.«

Adam verdreht nur die Augen.

»Er war schon als Kind ernst, Dac kam dafür lachend zur Welt«, sagt Maria schmunzelnd. Sie wird ernster und wendet sich an Adam. »Bleibt ihr heute Nacht hier? Ich würde mich so freuen, wenn wir morgen noch zusammen frühstücken.« Sie streckt ihre Hand über den Tisch aus und legt sie Adams, dabei sieht sie ihn flehend an.

»Von mir aus bleiben wir, aber nur, wenn es für Kehya in Ordnung ist.«

Marie schaut sofort zu mir. »Kehya?«

»Natürlich ist das für mich okay«, sage ich und lächle Maria breit zu.

»Willst du bei Adam schlafen oder möchtest du im Gästezimmer schlafen?«

Ich weiß nicht, was ich darauf antworten soll, weil ich keine Ahnung habe, ob das für Maria okay wäre, wenn ich bei Adam schlafen würde.

»Nein. Natürlich schläft sie bei mir, Mama«, sagt er, fängt dabei aber meinen Blick auf und hebt fragend die Augenbrauen. Zustimmend nicke ich.

Maria klatscht in die Hände. »Super, dein Bett ist gemacht. Du weißt, für alle Fälle.«

Adam verdreht die Augen. »Danke«, sagt er knapp, dann schaut er zu mir. »Ignorier die anderen hier am Tisch, sicher dass es für dich okay ist? Wir können auch zurück in die Stadt fahren.« Er nimmt meine Hand.

»Ich bin gerne hier, ich fühle mich hier sehr wohl.«

Adam nickt und gibt mir einen schnellen Kuss.

»Oh, sieh dir das an, Mama, Adam ist verliebt, ist er nicht süß?« Dac kichert leise.

»Lass deinen Bruder in Ruhe«, tadelt Maria ihn. Ohne Vorwarnung springt Adam auf, packt sich seinen Bruder und nimmt ihn in den Schwitzkasten. Dac boxt ihm aus Spaß in den Bauch und beide lachen, während sie kämpfen. Adam wirkt richtig jung, wenn er so albern ist, so sorglos und ausgelassen. Ich wünschte, er wäre viel öfter so und ich frage mich, warum er immer so ernst ist. Was beschäftigt ihn? Und wie kann es sein, dass sein Bruder das komplette Gegenteil ist?

Als beide zu Boden fallen, stimme ich ebenfalls in ihr Gelächter ein. Maria kommt zu mir und setzt sich neben mich. Dac konnte sich befreien und Adam jagt ihn jetzt durch den Garten.

»Er bringt seine Freundinnen sonst nicht mit her, es ist wirklich schön, euch beide hier zu haben«, sagt sie.

»Danke für diesen schönen Tag«, sage ich, nehme mein Glas und trinke einen großen Schluck. Dieser Ausflug zu Adams Familie macht das Chaos in mir vielleicht nicht unbedingt besser, aber ich hätte nicht gedacht, dass dieser Tag heute noch so schön wird. Und vor allem nicht, dass ich Adam noch auf so eine ganz andere Art und Weise kennenlerne.

»Ich weiß, Adam ist nicht immer einfach. Aber wenn er jemanden erstmal in sein Herz geschlossen hat, lässt er einen da nicht mehr so schnell raus.« Maria legt ihre Hand auf meine und ich habe das Gefühl, sie kann direkt in meinen Kopf schauen.

»Ich werde einfach nicht schlau aus ihm«, sage ich ehrlich.

Maria schmunzelt. »Ich bin seine Mutter und trotzdem überrascht er mich immer wieder«, sie hält kurz inne, »im Guten und manchmal auch im Schlechten.« Bevor sie das erklären kann, kommen Adam und Dac zurück zu uns gelaufen.

Adam lacht und sein Bruder ringt nach Luft. »Komm, ich will dir was zeigen«, sagt Adam, greift nach meinen Händen und zieht mich aus dem Stuhl.

»Oh ja Adam, zeig ihr die Sterne und mach einen auf romantisch«, sagt Dac kichernd. Adam wirft ihm einen bösen Blick zu.

Ich versuche ernst zu bleiben, muss aber doch grinsen.

Von der Terrasse führt außen am Haus eine Treppe entlang nach oben zum Dach. Wir gehen die steinernen Stufen hoch und es ist atemberaubend schön hier oben. Wir sind auf einer kleinen Dachterrasse. Von hier aus kann man in der Ferne die Lichter von Barcelona sehen und man hört die Grillen zirpen. Es ist ein wolkenfreier Abend und ein riesiger Vollmond leuchtet am Himmel. Es erinnert mich an unser Date. Es ist einfach nur traumhaft schön, hier oben mit Adam. Er stellt sich hinter mich, schlingt seine Arme um mich und legt sein Kinn auf meinen Kopf. So bleiben wir stehen, ich genieße die Nähe und die Stille. Ich habe das Gefühl, dass endlich etwas Ruhe in mir einkehrt. Adams warmen Körper kann ich an meinem Rücken spüren, und genieße es, mich an ihn zu schmiegen. Nach einer Weile löst sich Adam von mir, dreht mich um und mustert mich. Es ist zwar schon dunkel, aber der Mond leuchtet so hell heute, dass ich seine Züge gut erkennen kann.

»Bist du dir sicher, dass wir hierbleiben wollen?«, fragt er.

Ich nicke. »Natürlich, oder spricht für dich etwas dagegen? Wenn es dir lieber ist, können wir auch fahren.«

Er überlegt, dann räuspert er sich. »Ich kann meiner Mutter nichts ausschlagen. Und für mich ist es okay, wenn wir hierbleiben.«

»Warum hast du mich heute mit hierher genommen?« Ich will es verstehen. Ich muss wissen, ob all das etwas bedeutet.

»Ich wusste einfach nicht, was ich machen sollte. Alles lief schief, du bist wie Dac, immer gut gelaunt, siehst immer das Gute und liebst das Leben. Du sahst heute Morgen so erschöpft und fertig aus. Ich habe es verbockt gestern und wenn ich ehrlich bin, ich wusste nicht, wie ich das wieder in Ordnung bringen sollte. Aber ich wusste, dass Didac das schafft. Ich wusste, dass er dich wieder zum Lachen bringt und die fröhliche Kehya zurückholt.« Er zuckt mit den Schultern und sieht mich wehmütig an. »Ich wollte, dass du einen schönen Tag hast.«

»Danke, Adam.« Ich stelle mich auf Zehnspitzen und küsse ihn. »Ich bin froh, dass du mich mit hierher genommen hast.«

»Ich auch.« Dann zieht er mich an sich, umschlingt mich von hinten mit seinen Armen und ich lehne mich an ihn. Höre sein pochendes Herz und betrachte den Mond vor uns.

Kapitel 81

Als ich aufwache, blicke ich direkt in Adams Augen. »Guten Morgen«, sagt er sanft und küsst mich kurz. »Hast du gut geschlafen?«

»Ja.« Dabei nicke ich und kuschle mich tiefer in seine Wärme. Adam schlingt seine Arme um mich und küsst mich, seine Hände wandern an meinem Körper entlang. Ich habe in einem alten T-Shirt von Adam geschlafen. Maria wollte mir einen ihrer Schlafanzüge geben, da hat Adam aber direkt protestiert. In den Klamotten seiner Mutter dürfte ich nicht neben ihm im Bett liegen. Ich schiebe meine Hände unter den Stoff seines T-Shirts, fahre mit den Fingern über seine Bauchmuskeln. Wir küssen uns wieder. Dieses Mal intensiver, leidenschaftlicher. Ich knabbere an seiner Unterlippe und er stöhnt leise. Seine Finger wandern meinen Bauch entlang und fahren den Rand meiner Brüste nach. Umfasst sie dann und knetet sie, mein Verlangen nach ihm wird immer größer.

Plötzlich wird die Tür aufgerissen, ich zucke zusammen und ziehe die Decke über uns.

»Adam, behalt deine Finger bei dir. Es gibt Frühstück, los kommt runter«, sagt Dac und Adam schmeißt ein Kissen nach ihm. Ich lache und vergrabe mein Gesicht an Adams Hals. Ich höre wie die Tür wieder zugeht und steige kichernd aus dem Bett. Adam gibt mir einen Klaps auf den Hintern und wirft mir eine seiner Jogginghosen zu.

Ich ziehe sie über und blicke mich in seinem Zimmer um. »Adam?«

Er sieht mich fragend an.

»Warum ist dein Zimmer so … neutral?« Ich versuche, einen passenden Begriff zu finden. Die Wände sind grau gestrichen, der Boden und die Möbel bestehen aus dunklem Holz und sein Bett hat dunkelgraue Bettwäsche. Es gibt keine Bilder, keine Erinnerungen, nichts, was irgendwie auf das Zimmer eines Jugendlichen deutet.

Adam steht vor mir und sieht mich verständnislos an. »Hast du das Wohnzimmer gesehen? Ich brauchte wenigstens einen Ort in diesem Haus, wo Ruhe herrscht. Ohne Schnickschnack, einfach nur ein Zimmer.«

Schmunzelnd schüttle ich den Kopf. Er nimmt meine Hand, küsst meinen Handrücken und geht dann mit mir nach unten. Der Tisch im Wohnzimmer ist gedeckt und es gibt alles, was man sich für ein gutes Frühstück wünscht. Maria kommt zu uns und zieht uns nacheinander in eine Umarmung. Wir werden auf die Wangen geküsst und sie sieht aus wie der glücklichste Mensch auf der Welt. Ein bisschen wie Eddys Mutter, als wir an Weihnachten zum Frühstück die Treppe runterkamen.

»Wie schön, dass wir gemeinsam frühstücken können.«

Adam lächelt sanft. »Danach müssen wir aber wieder los, wir haben heute Abend noch was vor«, sagt er und setzt sich.

»Ach ja? Was machen wir heute Abend?«, frage ich.

»Wir gehen in einen kleinen Pub, im Zentrum von Barcelona.«

»Okay«, sage ich nur. Sofort habe ich die Bilder von unserem letzte Clubbesuch im Kopf und würde am liebsten absagen. Mich bis Dienstag mit ihm hier bei seiner Familie verstecken. Adam scheint an das gleiche zu denken wie ich. »Nein, nicht so. Eine kleine Gruppe, ohne Drama und ohne Sofia«, sagt Adam, legt seinen Arm um mich und zieht mich zu sich.

Ich nicke und versuche, die Bilder wieder loszuwerden. Maria reicht mir eine große Schale mit frischem Baguette und Olivenöl. Dac schaufelt sich den Teller voll mit Churros und lässt flüssige Schokolade darüber laufen. Nach dem Frühstück verabschieden wir uns und Maria wischt sich eine Träne aus den Augenwinkeln.

»Mama, nicht weinen, ich komme bald wieder. Versprochen.« Dann küsst er seine Mutter auf die Wange und schlingt seine Arme um sie. Maria drückt ihr rundes Gesicht an Adams Brust, die zwei scheinen sich wirklich sehr zu vermissen, wenn er nicht da ist. Dac und Maria nehmen mich nacheinander in den Arm und ich hoffe, dass ich sie irgendwann wiedersehen werde. Im Auto lese ich die Nachricht von Eddy.

Eddy 2:07 pm:
Okay, melde dich, wenn du kannst.

Kehya 11:35 am:
Fahren jetzt zurück in die Stadt. Haben bei seiner Familie übernachtet. Ich rufe dich an, wenn wir im Hotel sind.

Die ganze Fahrt über schaue ich aus dem Fenster und betrachte die Natur um uns herum. Wir sind beide in unsere Gedanken vertieft und die Zeit vergeht wie im Flug.

»Adam wir brauchen ein neues Hotel«, sage ich, als wir in die Stadt hineinfahren.

Er grinst. »Haben wir schon.«

Ich ziehe fragend eine Augenbraue hoch. »Ach ja?«

»Ja« ist die einzige Antwort, die ich bekomme.

Okay, dann lasse ich mich überraschen. Wir fahren weiter Richtung Stadtzentrum. Die Stadt leuchtet im Sonnenschein und unabhängig von dem, was war, gefällt mir Barcelona unglaublich gut. Wir halten an einem Hotel mitten in der Innenstadt. Es ist ein wunderschönes altes Gebäude. Ein Page nimmt die Autoschlüssel entgegen und uns die Taschen ab. Wir gehen direkt in unser Zimmer. Es sieht aus, als wäre es aus einem anderen Jahrhundert. Wir haben ein wunderschönes großes Bett, einen weichen beigen Teppichboden und schwere dicke Gardinen, die vor den großen Fenstern hängen. Adam kommt zu mir, schiebt zwei Finger unter mein Kinn und hebt es an. »Danke, dass du nicht gegangen bist«, flüstert er und küsst mich, ganz sanft und zart. Ich ziehe ihn näher zu mir, schlinge meine Arme um seinen Nacken und vertiefe den Kuss. Ich fahre mit meiner Zunge über seine Lippen und spüre seinen heißen Mund. Ich drücke mich an Adam und merke, wie sehr ich ihn brauche, nur wenige Augenblicke später stehe ich nackt vor ihm. Adam leckt sich über die Lippen und betrachtet einen Moment meinen nackten Körper, dann packt er mich. Trägt mich quer durchs Zimmer und legt mich vorsichtig aufs Bett. Viel zu langsam zieht er sich aus und schiebt sich zwischen meine Beine. Mein gesamter Körper wird von seinem bedeckt und ich spüre die Hitze, die er ausstrahlt. Das Pochen zwischen meinen Beinen wird mit jeder Sekunde unerträglicher, Adams Hand gleitet federleicht über meine Seite, meinen Arm und über meine Schulter bis zu meinem Hals. Ich streiche über seinen Rücken, spüre wie sich seine Muskeln unter meinen Berührungen bewegen. Meine Lippen wandern seinen Kiefer entlang, bis zu seinem Hals. Ich küsse ihn und sauge leicht an der empfindlichen Haut. Ich ziehe Adam mit meinen Beinen näher an mich ran, spüre seine Wärme zwischen meinen Beinen und alles, was ich gerade will, ist nur er.

»Bitte, Adam«, keuche ich.

Vorsichtig dringt er in mich ein, ich komme ihm entgegen und wölbe meinen Rücken. »Adam«, stöhne ich und bin überwältigt von dem Gefühl. Wir bewegen uns langsam, lassen uns Zeit und genießen jeden Augenblick. Wir kommen zum Höhepunkt und liegen noch eine ganze Weile aufeinander. Ich will nicht, dass er aufsteht, will seine Wärme und Nähe noch genießen. Ich atme seinen Geruch ein und schlinge meine Arme fest um ihn.

Kapitel 82

Später nehme ich mein Handy und setze mich auf das kleine Sofa in unserem Hotel. Adam kommt zu mir und in seinen Augen schimmern unglaublich viel Liebe und Zuneigung. Irgendetwas hat sich zwischen uns geändert.

»Willst du Eddy anrufen?«, fragt er.

»Ja.«

»Okay, ich gehe nach oben in den Pool ein paar Runden schwimmen. Dann kannst du in Ruhe mit Eddy reden.«

»Danke«, sage ich und lächle. Adam holt seine Badehose und gibt mir einen schnellen Kuss, bevor er verschwindet.

Nach dem ersten Klingeln hebt Eddy direkt ab. »Ihr wart bei seiner Familie?«, platzt es aus ihm heraus.

Ich lache. »Ja, und wenn du dabei gewesen wärst, hätte es dich genauso geschockt wie mich. Du kannst dir nicht vorstellen, wie süß seine Mutter ist. Und sein Bruder kann nicht eine Sekunde ernst bleiben. Er lacht ununterbrochen und macht sich über alles und jeden lustig.«

»Und du bist dir sicher, dass ihr wirklich bei Adams Familie wart und nicht bei Fremden?«, fragt Eddy, und ich höre, wie er dabei grinst.

»Ja, dafür haben sie sich zu sehr über seine schlechte Laune lustig gemacht.«

»Vielleicht wurde er adoptiert«, überlegt Eddy.

»Hmm, dafür sieht sein Bruder ihm zu ähnlich. Also dass die zwei Geschwister sind, kann, glaube ich, keiner leugnen.«

»Also noch so ein heißer Typ? Vielleicht sollte ich nachkommen.«

»Ich sag mal so, er kommt nicht an Adam ran.« Eddy und ich lachen.

Ich werde wieder ernster. »Eddy? Wir gehen heute Abend in ein Pub, und ich habe echt Schiss vor noch so einer Nacht wie im Club«, sage ich und merke, wie sich allein bei dem Gedanken mein Magen zusammenzieht.

»Kann ich verstehen, aber du musst ja auch nicht mitgehen. Du kannst sagen, dass du im Hotel bleiben willst. Oder allein die Stadt erkunden gehst«, schlägt er vor.

»Ich weiß. Ich muss darüber nachdenken, was für mich das Beste ist«, sage ich traurig.

»Mach das und lass dich nicht zu irgendetwas überreden, was du nicht willst. Du weißt, wie es läuft. Du entscheidest, was du aus dem Tag machst. Siehst du das schöne, oder das schlechte?«

Ich grinse bei seinen Worten. »Danke, Eddy.«

»Kehya, ich schwöre dir, wenn Adam dir das nimmt, bringe ich ihn um.« Ich höre an Eddys Stimme an, wie ernst er es meint.

Ich atme schwer aus. »Ich weiß, aber so weit wird es nicht kommen«, versichere ich ihm, dann legen wir auf.

Kapitel 83

Ich ziehe mir einen Bikini an und mache mich auf die Suche nach dem Pool auf der Dachterrasse. Ich bleibe einen Moment stehen, genieße den Ausblick über den Dächern von Barcelona, wir können sogar den Dom von hier sehen. Die Sonne geht gerade unter und die ganze Stadt leuchtet.

»Hey, kommst du zu mir in den Pool?«, höre ich Adams Stimme hinter mir.

Ich blicke mich um. Fast die ganze Terrasse besteht aus dem quadratischen Schwimmbecken. Ringsherum stehen ein paar Liegen und Stühle und am anderen Ende ist eine kleine Bar. Ich werfe meinen Bademantel auf einen der Stühle neben mir, nehme Anlauf und mache eine Arschbombe ins Wasser. Kichernd tauche ich auf.

Adam wischt sich grinsend das Wasser aus dem Gesicht. »Du bist wirklich wie Dac«, lacht er und zieht mich zu sich.

»Vielleicht sollte ich mir noch mal überlegen, mit welchem Bruder ich zusammen sein will. Didac hat mir ein gutes Angebot gemacht«, sage ich grinsend und Adam guckt mich finster an.

»Ich gebe dich nicht mehr her. Kein Mann der Welt, und erst recht nicht mein kleiner Bruder, wird dich mir wegnehmen.« Er legt seine Arme um meine Taille und küsst mich.

Hier im Pool sieht Adam noch unwiderstehlicher aus als sonst. Seine Tattoos glänzen am ganzen Körper – es ist selten, dass ich alle so gut sehen kann wie jetzt. Ich kriege von seinem Anblick einfach nicht genug.

»Adam, in deinem Zimmer willst du es ruhig haben, aber deinen Körper hast du von oben bis unten mit Bildern versehen.«

Schmunzelnd sieht er an sich runter. »Ja, das kann man wohl sagen.«

»Haben alle Tattoos eine Bedeutung für dich?«

»Ehrlich gesagt nein. Manche haben eine Bedeutung, manche habe ich mir nur stechen lassen, weil es mir gefällt oder ich Bock auf ein Neues hatte.«

»Mir gefallen sie alle«, sage ich und streiche über seine Arme. Fahre die Linien mit meinen Fingern nach und betrachte das Kunstwerk vor mir.

»Mir gefällt es, dass du keine Tattoos hast. Deine Haut ist so schön.« Seine Hände gleiten über meinen Rücken und ich erschaudere unter seinen Berührungen.

»Wie passend, dass wir uns so hervorragend ergänzen.« Ich löse mich von ihm und schwimme durch den Pool. Das Wasser ist angenehm kühl und diese Dachterrasse ist wirklich unglaublich schön, vor allem mit diesem Ausblick. Ich drehe mich auf den Rücken und lasse mich durchs Wasser treiben, schaue hinauf in den Himmel und treffe meine Entscheidung. Ich werde heute Abend mit Adam mitgehen, weil ich den Abend hier mit ihm zusammen verbringen möchte.

Adam schiebt seine Hände unter meinen Rücken und schiebt mich so durchs Wasser Richtung Treppe.

»Wir sollten uns langsam fertig machen, ich will noch in ein kleines Restaurant vor dem Hotel, bevor wir in den Pub gehen«, sagt er und küsst mich zwischen jedem einzelnen Wort.

Ich nicke und habe keine Angst mehr davor, was heute Abend passieren könnte. Eddy hat recht, ich wäre nicht Ich, wenn ich mein Leben von der Möglichkeit einer Katastrophe bestimmen lassen würde. Dafür gab es genug Katastrophen in meinem Leben. Zurück im Zimmer trockne ich meine Haare etwas und ziehe mich um. Wir gehen nur in einen kleinen Pub, also muss ich es nicht übertreiben. Ich schminke mich etwas und lasse meine Haare heute offen. Ich entscheide mich für ein geripptes, beigefarbenes Kleid. Dazu nehme ich mir noch eine schwarze Jeansjacke mit, ziehe die neuen Schuhe von Adam an und greife nach meinem Rucksack. Dieses Mal will ich für alle Notfälle vorbereitet sein. Daher habe ich Handy, Portemonnaie und Schlüsselkarte dabei. Adam kommt aus dem Badezimmer und sieht umwerfend aus, obwohl er ähnliche Kleidung anhat wie sonst. Er trägt eine zerrissene schwarze Jeans, dazu ein schwarzes oversized T-Shirt und zwei schmale Ketten, an einer hängt ein kleines Kreuz. An seinem kleinen Finger hat er einen Ring und eine goldene Uhr um sein Handgelenk.

»Du bist wunderschön«, sagt er und kommt auf mich zu.

Er gibt mir einen schnellen Kuss und wir verlassen das Hotel. Für ein paar Minuten laufen wir Händchen haltend die Straße entlang, bis wir zu einem kleinen Restaurant kommen. Es hat eine süße Inneneinrichtung, mit Steinmauern und kleinen Tischen mit karierten Deckchen vor der Tür. Wir setzen uns nach draußen, und entscheiden uns für einen Platz, von dem aus wir die Straße beobachten können. Es wird langsam frisch, aber noch ist es warm genug, um nicht zu frieren.

»Hier kannst du kein Gericht selbst aussuchen«, sagt Adam.

Ich gucke ihn verwirrt an. »Wie meinst du das?«

»Hier gibt es immer nur eine Vorspeise, einen Hauptgang und einen Nachtisch. Du nimmst entweder das, was es gibt, oder du hast Pech gehabt.« Er grinst.

»Okay, dann lass ich mich mal überraschen.«

Der Kellner kommt zu unserem Tisch.

»Trinken darf ich entscheiden oder das auch nicht?«, lache ich. Adam verdreht die Augen und spricht mit dem Kellner auf Spanisch, dieser grinst mich kurz an, bevor er wieder geht.

Ich ziehe eine Augenbraue hoch »Doch keine Getränke?«

»Doch, aber die Entscheidung habe ich getroffen«, sagt er schmunzelnd.

Ich schüttle den Kopf und lache.

Adam schaut auf sein Handy und zieht dabei seine Augenbrauen nach unten, sein Kiefer spannt sich an. Ich betrachte, sein markantes Gesicht und seinen schönen Mund, ich könnte mir keinen attraktiveren Mann vorstellen. Mal wieder merke ich, wie hoffnungslos verliebt ich bin. Manchmal glaube ich, ich würde ihm alles verzeihen. Die schönen Momente machen es irgendwie immer wieder gut. Ich verliere mich in meinen Gedanken und schrecke kurz zusammen, als der Kellner einen Teller vor mir abstellt. Es ist ein kleiner gemischter Salat und dazu stellt er mir ein großes Glas Wasser hin. Adam bekommt das gleiche.

Bevor ich anfange zu essen, greife ich nach Adams Hand. »Danke, dass wir hier sind«, sage ich und lächle ihn an.

»Danke, dass du mit mir hier bist.«

Obwohl es nur ein Salat ist, schmeckt es wirklich lecker. Adam und ich essen schweigend und sobald die Teller leer sind, kommt der Kellner mit dem Hauptgericht. Wir bekommen jeder eine kleine Pfanne auf den Tisch gestellt.

»Fass die Pfanne nicht an, sie ist sauheiß«, warnt Adam. Es gibt Paella, ein typisch spanisches Gericht.

»Der Nachtisch fällt aus, wir müssen weiter«, sagt Adam, nachdem wir aufgegessen haben, und klemmt ein paar Scheine unter sein Wasserglas.

Ich sehe ihn mit großen Augen an.

»Was würde dein Bruder nur dazu sagen? Dac wäre am Boden zerstört, wenn er hiervon erfahren würde!«, sage ich und Adam schubst mich liebevoll an den anderen Tischen vorbei.

Kapitel 84

Die Bar ist klein und urig. Sie erinnert mich ein bisschen an die Pubs aus England. Nur dass hier aufgrund des Wetters die Türen weit offen stehen und die Einrichtung nicht ganz so düster ist. Wir gehen zu einer kleinen Gruppe, die in einer der Sitzecken neben der Bühne sitzt. Direkt daneben ist ein kleines DJ-Pult aufgebaut, auf der anderen Seite des Raums ist die Theke. Ein paar von den Leuten, auf die wir zusteuern, erkenne ich aus dem Club wieder. Aber weder Sofia noch Rodriguez sind hier und ich bin unglaublich erleichtert darüber. Wir setzen uns zu den anderen und einige wechseln ins Englische. Ich fühle mich so viel wohler als in diesem blöden Club und bin froh, dass ich mich entschieden habe mitzukommen. Eine ganze Zeit lang sitzen wir so zusammen, während sich der Pub langsam füllt. Es wird ruhigere Musik gespielt, die eher im Hintergrund läuft. Ein Typ kommt auf uns zu, geht dann aber direkt zu Adam. Sie unterhalten sich auf Spanisch. Ich liebe es, Adam spanisch sprechen zu hören, seine Stimme bekommt dann einen ganz anderen Klang und es klingt wunderschön.

»Ich bin gleich zurück«, sagt Adam zu mir und verschwindet zusammen mit dem Mann hinter der Theke.

Ich hab keine Ahnung, ob er hier heute noch auflegt, oder ob wir nur als Gäste da sind. Ich unterhalte mich mit Julia, die neben mir sitzt und wirklich nett ist. Die dunklen Haare trägt sie zu einem hohen Pferdeschwanz und sie hat einen französischen Akzent. Sie ist vermutlich etwa in meinem Alter und erzählt mir, dass sie Modedesign in Barcelona studiert.

Als ich ihr von Eddy erzähle, wirkt sie ganz begeistert.

»Ich werde mir die Modenshow von deinem Kumpel auf jeden Fall online anschauen. Es ist richtig cool, dass die meisten Shows jetzt live übertragen werden«, sagt sie und grinst mich an. Ich höre das Scharren von Stühlen und Tischen um uns herum und das Stimmenwirrwarr von den Leuten um uns herum verändert sich.

Julia deutet mit dem Kinn zur Bühne, ich folge ihrem Blick und ziehe verwirrt die Stirn in Falten. »Träum ich oder sitzt Adam mit einer Gitarre auf der Bühne?«

Julia schmunzelt. »Oh, wenn du das noch nicht gesehen hast, hast du wirklich was verpasst.«

Adam sieht umwerfend aus und ich drehe meinen Stuhl so, dass ich ihn besser sehen kann. Er sitzt auf einem einzelnen Hocker auf der Bühne, schaut konzentriert auf die Gitarre und zupft an einzelnen Saiten. Es wird ruhig im Pub, die meisten Gäste haben ihre Gespräche unterbrochen und schauen zu ihm. Ich merke, dass ich immer aufgeregter werde, es kribbelt wie wild in meinem Bauch und meine Hände fummeln nervös an meinem Kleid rum. Ich bin dankbar, dass wir einen Tisch direkt vor der Bühne haben. Jetzt sitze ich in der ersten Reihe und keiner kann mir den Blick auf Adam versperren. Er schaut von seiner Gitarre hoch. Unsere Blicke treffen sich und seine Mundwinkel heben sich minimal. Er legt seinen Arm um die Gitarre und fängt an zu spielen. Seine Finger zupfen gekonnt an einzelnen Saiten und eine wunderschöne Melodie erklingt. Ich bin wie hypnotisiert von dem Anblick und der Melodie. Konzentriert sieht Adam nach unten und scheint ebenfalls in der Musik zu versinken. Gebannt nehme ich jede einzelne Bewegung von ihm wahr, sein Kopf hebt sich kurz, unsere Blicke treffen sich. Um seine Lippen erscheint ein winziges Lächeln bevor er ihn wieder senkt und leise zur Melodie summt, seine Stimme erklingt und er anfängt zu singen. Durch die Lautsprecher an den Wänden bin ich wie eingehüllt von seiner Stimme. Alles um mich herum rückt in den Hintergrund, ich sehe nur ihn. Adam singt ein spanisches Lied. Auch wenn ich keine Ahnung habe, worum es geht, habe ich das Gefühl, es trotzdem zu verstehen. Durch die Art wie er die einzelnen Worte singt, wie er dabei die Augen schließt und sich dem Song voll und ganz hingibt. Ich habe noch nie etwas so Schönes gehört. Mein Herz hämmert in meiner Brust und ich habe am ganzen Körper Gänsehaut. Dann schaut er hoch. Unsere Blicke treffen sich. Als würde er nur für mich singen. Mir kommen die Tränen. Adam schließt wieder die Augen, singt den letzten Refrain. Er bleibt noch einen Moment sitzen, als das Lied zu Ende ist. Als bräuchte er einen Augenblick, um wieder hier anzukommen. Dann stellt er die Gitarre an die Wand und kommt zu mir. Er grinst mich breit an. Er weiß genau, wie umwerfend das gerade war. Die Leute um uns herum klatschen und jubeln. Ich stehe auf und falle ihm um den Hals.

»Na? War ich gut?«, fragt er. Dann zieht er mich zu sich und küsst mich.

»Wieso hast du noch nie in London gesungen? Adam, das war unglaublich.«

Er zuckt nur mit den Schultern. »Ich mach das auch hier nur selten.«

Wir setzen uns wieder und er nimmt meine Hand. So sitzen Adam und ich eine ganze Weile am Tisch und keiner von uns beiden sagt etwas. Die anderen um uns herum unterhalten sich angeregt und ich fühle mich wie im siebten Himmel.

Ich hoffe einfach, dass es nicht das letzte Mal war, dass ich ihn singen gehört habe. Julia stupst mich an, ich schaue zu ihr und grinse sie an.

»Gib mir deine Handynummer, ich habe ein Video gemacht.«

Ich schaue sie mit großen Augen an. »Danke!« Ich nehme ihr Handy, das sie mir hinhält, und tippe meine Nummer ein.

»Und hab ich zu viel versprochen? Da schmilzt jede Frau dahin. Und du warst ja vorher schon hin und weg von ihm«, sagt sie lachend und ich kann ihr nur zustimmen. Ich spüre mein Handy vibrieren, hole es raus und sehe die Datei, die sie mir geschickt hat. Jetzt kann ich es mir immer und immer wieder anschauen. Ich klicke es an und drücke auf weiterleiten. Kommentarlos schicke ich es an Eddy und stecke mein Smartphone wieder ein. Ich habe das Gefühl, immer noch nicht wieder richtig hier zu sein. Adams und meine Hände sind ineinander verschränkt und die Schmetterlinge fliegen wie wild in meinem Bauch umher. Ich könnte hier ewig sitzen und einfach das Gefühl genießen.

Kapitel 85

Plötzlich reißt jemand an meinen Haaren und ich werde von meiner Wolke gerissen. Erschrocken drehe ich mich um und höre Adams wütende Stimme: »Sofia, bist du wahnsinnig geworden? Was zur Hölle machst du da?!«

Sie starrt mich mit wutverzerrtem Blick an, in der einen Hand eine Schere, in der anderen einen meiner Dreads. Ich kapiere es erst gar nicht. Sie hat mir die Haare abgeschnitten.

»Daraus mache ich eine Voodoo-Puppe.« Dann lacht sie laut los.

Ich springe auf, stürze mich auf sie und gehe mit ihr zu Boden, ziehe an ihrem langen Haar und würde sie ihr am liebsten vom Kopf reißen. Adam zieht mich von ihr, hält mich fest, versucht mich zu beruhigen. Kaum, dass ich wieder auf den Füßen stehe, will ich mich direkt auf sie stürzen. Doch ich schaffe es nicht, mich aus Adams Griff zu befreien. Verdammt, die Irre hat mir die Haare abgeschnitten!

Sofia steht mühsam auf, kommt schwankend auf uns zu.

»Adam, verpiss dich, wir klären das jetzt unter uns«, lallt sie, greift an Adam vorbei und packt mich an den Haaren.

Adam dreht sich um, um Sofia wegzuschieben, in dem Moment hole ich aus und schlage ihr ins Gesicht. Fuck! Das tut echt weh. Meine Hand pocht, aber das ist es wert. Entsetzt lässt sie meine Haare los, hält sich die Wange und heult los. Ich habe sie im Club gewarnt, und das hat sie jetzt davon. Hoffentlich kriegt sie mindestens ein blaues Auge. Meine Wut ist nicht weniger geworden. Sie braucht nicht lange, um sich zu sammeln, und stürzt dann wieder auf mich zu. Adam packt sie, ehe sie mich erreicht, hebt sie hoch und trägt sie ein paar Meter von mir weg. Sofia schreit wütend, droht mir, ist völlig außer sich. Ich bleibe stehen, starre sie an und versuche mich wieder in den Griff zu kriegen. Links und rechts von mir stehen zwei von Adams Freunden. Wahrscheinlich um mich davon abzuhalten, wenn ich auf Sofia losgehen will.

Aber diese Bitch hat mir in die Haare geschnitten!

»Was bist du für eine kranke Psychopatin?! Adam will dich nicht!«, schreie ich sie an.

Ich könnte ihr an die Gurgel springen und sie erwürgen, so wütend bin ich.

Adam dreht sich wütend zu mir um. »Kehya, du machst es nicht besser, geh!« schreit er. Dann hält er kurz inne und atmet tief durch. »Geh ins Hotel und warte da auf mich.« Er schreit zwar nicht mehr, aber sein Gesicht ist wutverzerrt und seine Stimme klingt bedrohlich.

»Willst du mich verarschen?«, knurre ich und gehe auf ihn zu.

»Kehya, sie wird sich nicht beruhigen, solange du hier bist, also geh einfach! Bitte!«

»Fick dich, Adam, ich verschwinde. Du kannst mich mal!« Dann laufe ich zur Tür und haue ab.

Draußen weine ich los. Ich halte es nicht aus, ich laufe. Ich renne so schnell ich kann. Es reicht, ich mach den Scheiß nicht mehr mit. Wenn er will, dass ich verschwinde, dann tu ich das auch. Bin ich im falschen Film? Wie kann es immer von perfekt zur riesigen Katastrophe innerhalb weniger Momente kommen? Das Hotel ist nicht weit und ich bin in wenigen Minuten da, ich laufe direkt zur Rezeption

»Ich brauche ein Taxi zum Flughafen, in zehn Minuten.«

Der Mann an der Rezeption nickt knapp und ich laufe hoch ins Zimmer. Meine Lunge schmerzt von meinem Sprint ins Hotel, aber das hält mich nicht auf. Ich stopfe Sachen in meine Tasche und schlage die Tür hinter mir zu. Ich habe ihn vorgewarnt und ich lass mich nicht kaputt machen von ihm und diesem Drama um Sofia. So schnell ich kann laufe ich den Flur entlang und wieder zurück zur Rezeption. Ich knalle meine Schlüsselkarte auf den Tresen. Auch wenn der Mann hinter der Rezeption nichts dafür kann, aber meine Wut will einfach nicht weniger werden. Ich springe in das Taxi, das vor der Tür steht, und fahre zum Flughafen. Ich habe Glück: es gibt noch einen Platz im nächsten Flieger nach London. Alleine betrete ich das Flugzeug, setze mich auf meinen Platz.

Tränen laufen über meine Wangen und ich fliege nach Hause, allein.

Dein Soundtrack zum Buch.

Wichtiger Hinweis
Trigger-Warnung

Dieses Buch enthält:

- Suizid
- Gewalt und Schimpfwörter
- sexuelle Handlungen
- emotionale Manipulation
- toxische Beziehungen

Illustration: Rajni Chunara (@lineart_ly)

Hinter dem Pseudonym »Jo Milu« stecken zwei Schwestern. Durch ihre Liebe zum lesen haben die beiden eine ganz besondere Bindung zueinander bekommen.

Es ist nicht nur die Leidenschaft und Begeisterung, die sie miteinander teilen sondern ebenso das gemeinsamen Durchleben der Geschichten. Keine von beiden hat lange Zeit je darüber nachgedacht selbst Autorin zu werden, bis die Geschichten in ihren Köpfen zu groß wurden und schließlich aufs Papier mussten. Wenn sie nicht gerade in eine andere Welt abtauchen, verbringen sie ihre Zeit am liebsten in der Natur und mit dem Rest der großen Familie.

WHISPER BOOKS:

LIEBLINGSBÜCHER aus der Community